黄土館の殺人

阿津川辰海

講談社
タイガ

目次

Murder of
Koudokan

〈荒土館〉見取図

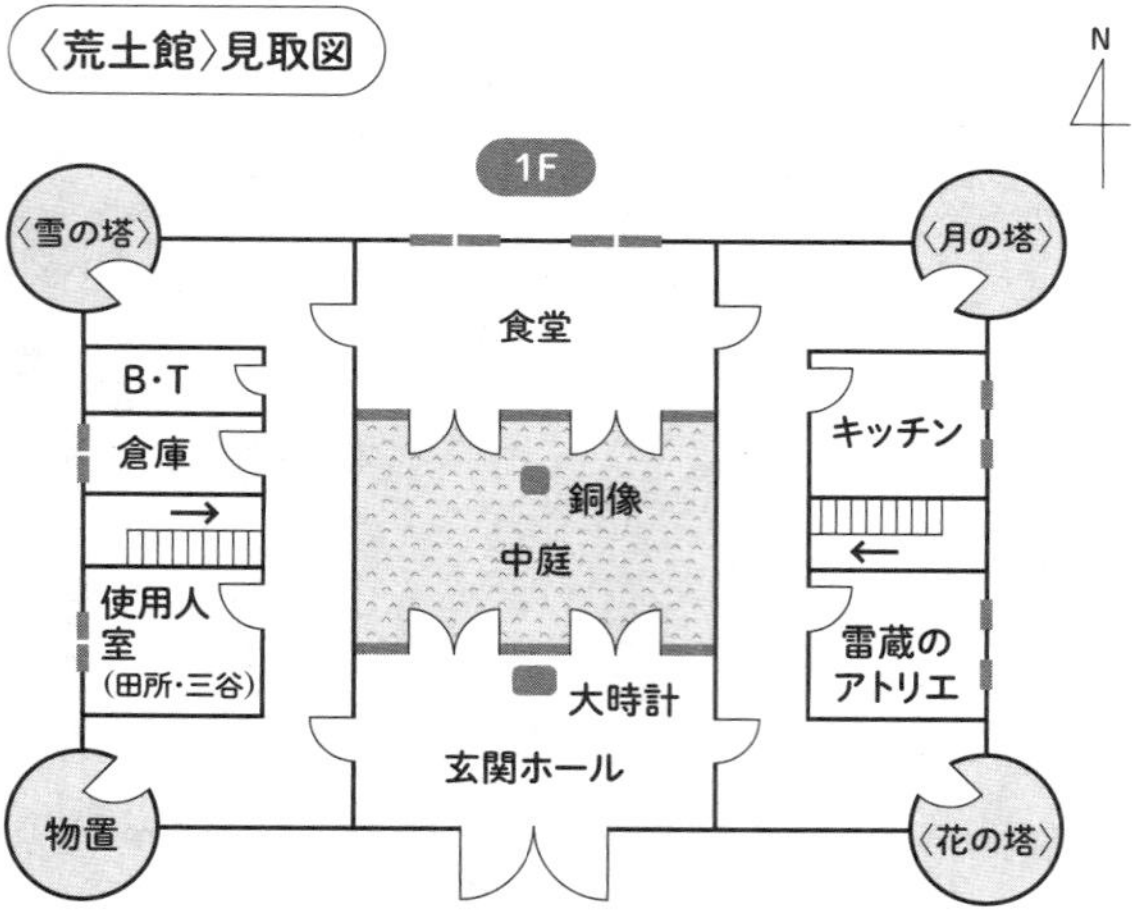
N
1F
〈雪の塔〉
〈月の塔〉
食堂
B・T
倉庫
キッチン
銅像
中庭
使用人室
(田所・三谷)
雷蔵のアトリエ
大時計
玄関ホール
物置
〈花の塔〉

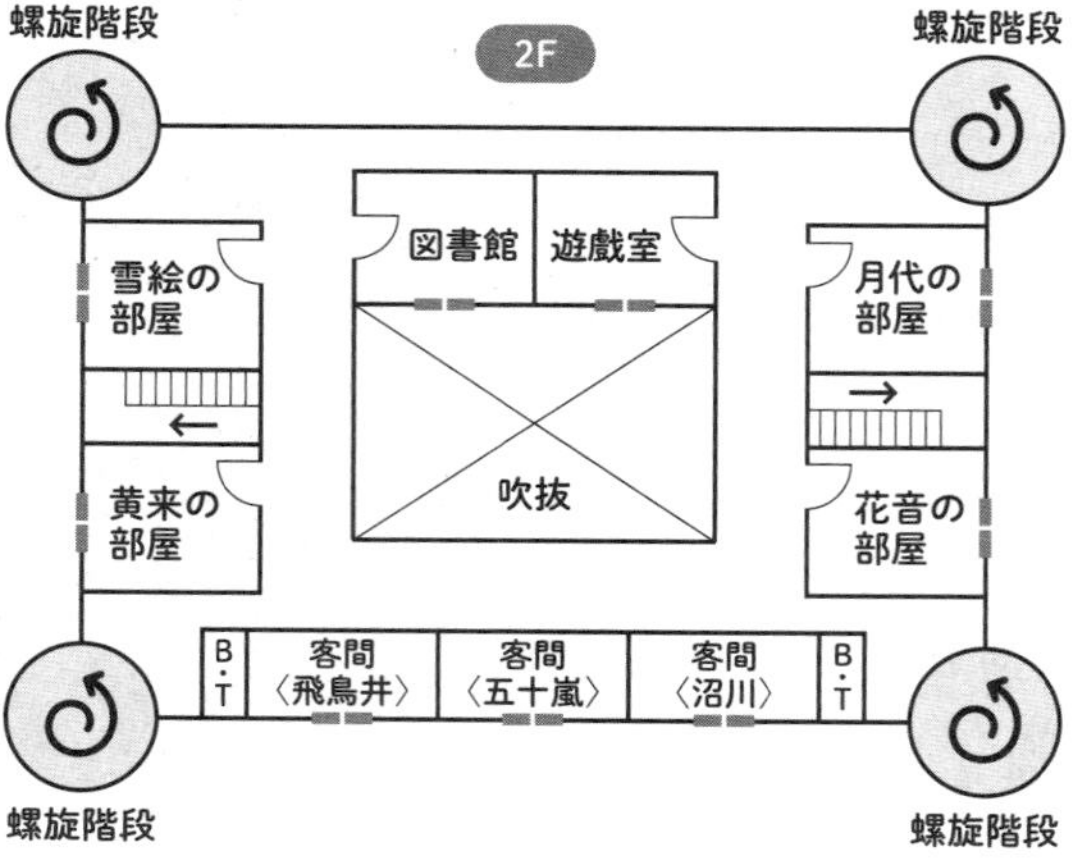
螺旋階段
2F
螺旋階段
図書館
遊戯室
雪絵の部屋
月代の部屋
吹抜
黄来の部屋
花音の部屋
B・T
客間〈飛鳥井〉
客間〈五十嵐〉
客間〈沼川〉
B・T
螺旋階段
螺旋階段

〈荒土館〉周辺図

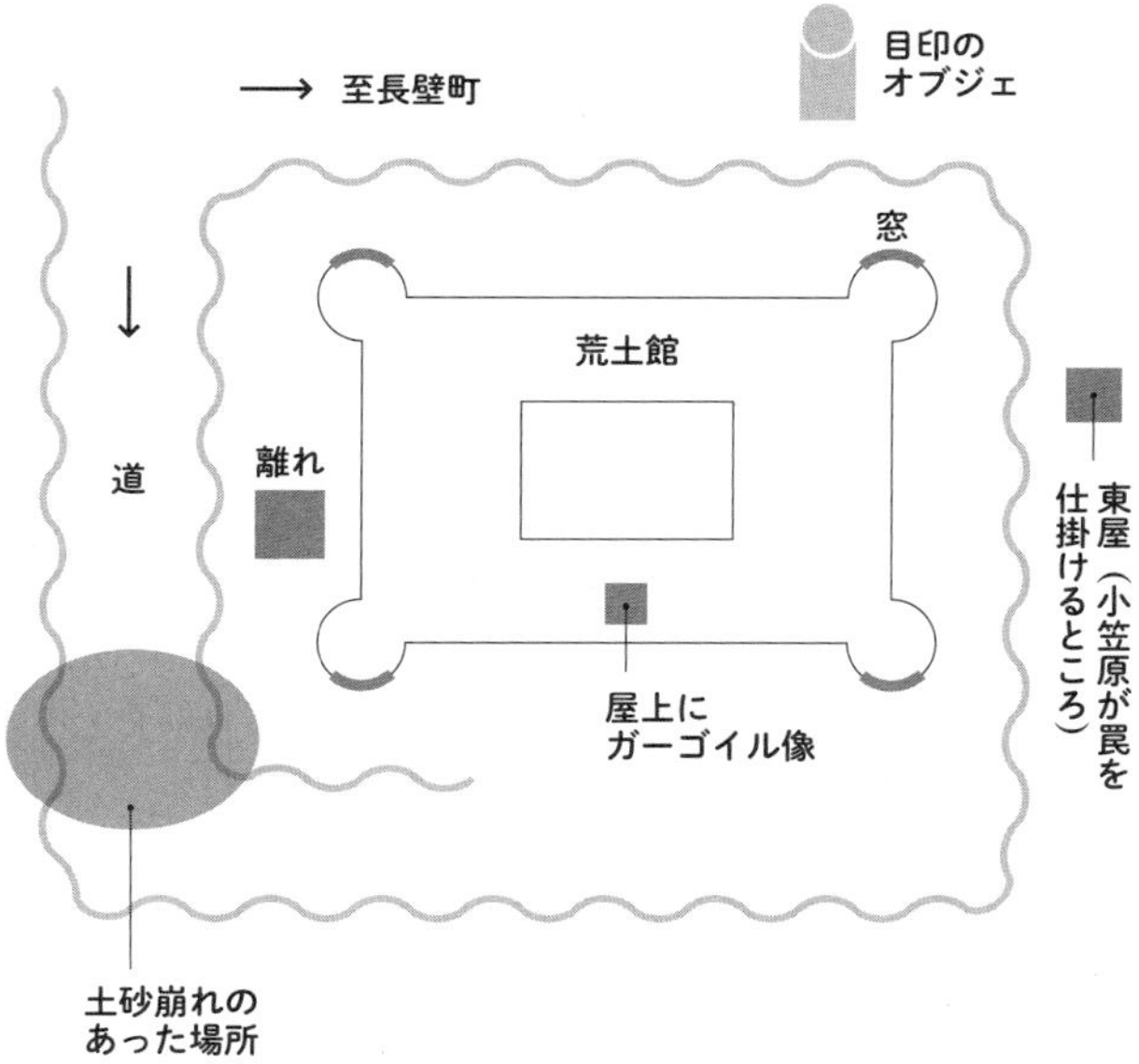
→ 至長壁町
目印の
オブジェ
窓
荒土館
道
離れ
東屋（小笠原が罠を
仕掛けるところ）
屋上に
ガーゴイル像
土砂崩れの
あった場所

登場人物一覧

〈土塔家の人々〉

土塔雷蔵（66）――世界的アーティスト

土塔黄来（28）――雷蔵の長男。土塔美術館の館長

土塔雪絵（27）――雷蔵の長女。画家

土塔月代（24）――雷蔵の次女。彫刻家

土塔花音（21）――雷蔵の三女。歌手

〈その他の人々〉

沼川勝（39）――美術品のブローカー

五十嵐友介（28）――花音のマネージャー

飛鳥井光流（32）――元探偵。黄来の婚約者

小笠原恒治（42）――殺人者

満島蛍（42）――旅館〈いおり庵〉の若女将

葛城輝義（20）――大学生。名探偵

田所信哉（20）――大学生。探偵助手

三谷緑郎（20）――大学生。葛城と田所の友人

〈過去の事件の関係者〉

財田雄山（故人）――小説家。落日館の当主

甘崎美登里（故人）――飛鳥井光流の助手

〈爪〉（故人）――甘崎を殺した連続殺人鬼

カバーイラスト――緒賀岳志
カバーデザイン――鈴木久美

黄土館の殺人

プロローグ

「……さん？　起きている？」

その声で、飛鳥井光流《あすかいひかる》は目を覚ました。ろくな目覚めではなかった。くるまっていた毛布を自らは
頭に酷《ひど》い鈍痛、額には脂汗。

ぎとりながら、重い頭を押さえた。

事実、この数日間、彼女は悪夢の中にいるようなものだった。

（そう……あの地震が起きた時から……）

部屋の中は薄暗かった。どこに何があるかも判然としない。窓は一つだけ穿《うが》たれている
が、外は霧が深く、状況も判然としない。

「すみません」

田所信哉《たどころしんや》の声が聞こえる。

「飛鳥井さん、無事なら返事をしてください」

その言葉を聞いた瞬間、酷く嫌な予感がした。

状況を把握しようとする。ここは塔の中だ。この館《やかた》に四つある不気味な塔……その中の

一つ……。

どうして自分がこんなところにいるかを思い出すと、途端に不愉快な思いに駆られる。あんなことがなかったら、こんな陰気な部屋に閉じ込められることもなかった。

連続殺人事件……。

館を闊《かっ》歩《ぽ》する〈仮面の執事〉……。

断続的に襲い掛かってくる余震の恐怖……。

この悪夢のような現実から、いつ解放されるのだろう？

不意に、何かにつまずいた。

突然のことで、声も出ない。喉《のど》が乾燥していて、張り付いている。

床に打ち付けた膝《ひざ》の痛みに耐えながら、何につまずいたか確認すると――。

部屋の隅《すみ》に誰かが倒れていた。

飛鳥井は息を呑《の》んだ。

その人物の左目は穿たれていた。顔から流れた血が床に滴《したた》っている。

その顔を見た瞬間、衝撃に打たれた。

（どうして……どうして、こんなことが）

飛鳥井はその人物の体を抱きしめた。自分の体に血が付くのも構わず、強く抱き寄せた。重く、冷たかった。生命の気配はまるでない。

死んでしまった。

自分の目の前で。

彼女は、その体をそっと床に横たえると、一つきりの扉に飛んでいく。鍵《かぎ》がかかっていた。

死体を発見したショックよりも先に、「元探偵」だった彼女は、この状況を客観的に分析し始めてしまう。

塔の上の部屋。窓からは脱出不可能。唯一の扉は鍵がかかっている。

密室状況。

（その密室の中には、私と彼の死体だけ）

誰がどう考えても、飛鳥井が殺したとしか思えない状況だ。

――さあ、謎《なぞ》を解いてみろ。

誰かが、自分にそう呼びかけている……飛鳥井はそう錯覚して、思わず両耳を塞《ふさ》いだ。

（もうやめて、私に構わないで）

奥歯を強く嚙《か》み締《し》める。

（どうして放っておいてくれない？　私はもう探偵なんかじゃない。どうして、みんな私に執着するのか――？）

この館にやってきた、田所信哉の顔を思い出す。そして、在りし日の名探偵、葛城輝義《かつらぎてるよし》の姿――。

鍵を回す。

扉を開く。

扉がギイ、と音を立てて開くと、そこに田所信哉が立っている。

腹が立つ、憎らしいその顔。二十歳になって、あの時よりもだいぶ大人びた、その顔。

彼は飛鳥井の姿を見て、目を丸くしていた。

「飛鳥井さん、それ……」

感情が爆発しそうになって、飛鳥井は言うつもりもなかったことを口に出してしまう。

「私が、何をしたというの」

不意に意識が遠くなった。

考えることはただ一つだけ。

——名探偵になんて、なりたくなかった。

第一部　名探偵・葛城輝義の冒険

「なんだって？」

「交換よ！　車をとりかえるの！」

――クリスチアナ・ブランド『暗闇《くらやみ》の薔薇《ばら》』（高田恵子・訳）

＊

あの地震さえなければ、交換殺人などすることはなかった――。

俺は、つくづくそう思った。全《すべ》ての歯車は、あの時からおかしくなり始めたのだと。

「さあ、小笠原《おがさわら》さん、罪を認めてくださいますね？」

目の前で葛城輝義は微笑《ほほえ》みかける。

俺は心の中で嘆息し、荒土館《こうどかん》の方角をこっそり見やった。

――俺の相棒は、あの館の中で、首尾よくやっているのだろうか？

自分のピンチを伝える術《すべ》も、俺にはなかった。

館へ続く唯一の道は、寸断されているのだから。

一日目

1

人を、殺さなければならない。

そうでなければ、自分の存在意義を確保出来ない。

それほどの憎しみに突き動かされたのは、生まれて初めてのことだった。

二〇一×年の大晦日《おおみそか》。俺、小笠原恒治《つねはる》は、O県の深い山奥にいた。

日本は中国地方の山の中は、グッと冷え込んでいた。雪こそ降ってはいないが、外気温は二度だと天気予報で言っていた。体の芯《しん》まで冷え込む寒さだ。

俺は先ほどから、曲がりくねった山道を進んでいた。どうにか事故を起こさないようにハンドリングしながら、カーナビの表示と山道を矯《た》めつ眇《すが》めつしていた。

——ったく、あの野郎、どうしてこんな山奥に住んでやがるんだ……。いくらなんでも、物好きにもほどがあるぜ。

俺が向かっているのは、土塔雷蔵《どとうらいぞう》という芸術家の屋敷《やしき》だった。

雷蔵は若い頃から「神童」と呼ばれた、世界的なアーティストである。その初期は絵画の世界での活躍が主だったが、三十代から彫刻制作に意欲を見せ始め、六十六歳の現在まで、数多くの傑作を残し、賞や名誉をほしいままにしてきた。絵画や彫刻、そして、その邸宅荒土館のデザインを担当して建築の世界にまで手を伸ばしたことから、「東洋のミケランジェロ」と呼称されている。

まさしく殿上人《てんじょうびと》である。そんな土塔雷蔵と俺の人生が、どうして交わることになったのか？

そこには奇妙ないきさつがあった。

土塔雷蔵には、子供が四人いる。男が一人と、女が三人。このうち三姉妹の方は、雷蔵に負けず劣《おと》らずの芸術家に育った。

天才が生んだ、天才。

故事には「とんびが鷹《たか》を生む」というが、鷹が鷹を生んだのである。三姉妹たちはその容姿端麗さも相まって、天才の子供たちとラベリングされ、世界にその名を轟《とどろ》かせた。そういえば、長男の話は、あまり聞かないが、今はどうでもいい。

天才と、その三人の娘。

絵に描いたような話である。

しかし、それはあくまでも、世間では、という話だ。

土塔雷蔵には、他《ほか》にも子供がいたのである。

鷹が生んでしまった、凡才の「とんび」が。

それが、俺だ。

今日、その復讐《ふくしゅう》を果たす——その決意を胸に、俺はここにやってきた。

＊

車がよく揺れる。道が舗装されておらず、小さなデコボコがいくつもあるせいだ。俺は舌打ちする。どうせ金をかけるなら、館までの道も整備して欲しいものだ。

館へと降りる唯一の道に続くY字路が見えてきた。今自分が来た道がYの右斜め上の線、館へ続くのはYの下の線にあたる。左斜め上にあたる道路を見やると、こちらはしっかりと舗装されていて、また自分の迂闊《うかつ》さに腹が立った。俺が来た道は、館の者が使っている道ではなかった、ということだ。

しかし、それはそれで好都合なのかもしれない。相手方に俺の動きを悟られないためには。

ふと、気配を感じて車を停《と》める。Y字路を、館へ続く道から登ってきた車が、左に折れて、そのまま走り去っていく。

館から、誰か出てきたのだろうか？　今向かうと、家族とすれ違うことになるかも……。

いや、確かあの道は、街に続いていたはずだ。正月に向けた買い出しかもしれない。天才の家も、所帯じみたところがある。

一度車を降りて、タバコに火をつける。

この山中、道を下っていったところに、荒土館はある。

土塔雷蔵が荒土館を造った時、インタビューに答えた記事を読んだことがある。荒土館の写真も、その記事には載っていた。

荒土館周辺の地形を分かりやすく例えれば、「すり鉢状」という言葉が適切なのだと思う。そのすり鉢の底の部分に、大きな館が建っている。だが、そんな言葉では生易しいだろう。その館は、地の果ての獄、切り立った崖《がけ》に囲まれた空間に建てられているのだから。

荒土館のその奇観を思い浮かべる時、俺が思い起こすのは、ナイアガラの滝、あの大瀑《だいばく》布《ふ》の光景である。大学の卒業旅行で友人とカナダに行った時、クルーズ船に乗って、あの滝を体感したことがある。三方を水の大壁に囲まれ、そのエネルギーを全身に浴びるような感覚。五十メートル以上の高さから落下する水の力強さに、恍惚《こうこつ》とさえしたのを覚えている。

その、視界を覆《おお》うほどの水を、岩と土の壁に頭の中ですり替える。

そうすれば、荒土館の奇観、そのおおよそが出来上がる。

山を切り開いて生まれた、大地の虚《うろ》。巨人の手で抉《えぐ》り取《と》られたような大地の底。三方を三十メートル余りの大地に囲まれた空間に、四つの尖塔《せんとう》を擁した西洋式の城館がそびえ立つ……。

雷蔵は同じ記事のインタビューにおいて、どうしてこんな建造物を建てたのか、という記者の質問に対して、「これはガイア（大地）の息吹を絶えず感じるための館である」と答えている。創作の力を体に漲《みなぎ》らせるために、大いなるガイアの力を全身に感じていたいのだ、と。これだけ取り出せば、宗教家のような発言である。だが、雷蔵が口にすれば、これも「天才ゆえの思想」ということになる。それだけのカリスマ性が、これほどの奇行を必然のものと感じさせるだけの風格が、土塔雷蔵にはあった。

その、唾棄《だき》すべき、天才……。

タバコを持つ手が震えている。

緊張している。

いよいよこの先に、憎むべき男がいるからだ。

土塔雷蔵は世界中を飛び回っており、せっかくO県山中に造った荒土館にも、なかなか帰らない。営業の仕事をしている、一介のサラリーマンである俺には、雷蔵の動きを察知する術はなかったし、私立探偵などを雇って調べさせるのも、後々足がつくことを考えると上手《うま》くなかった。それに、こういう時に私立探偵などを雇うと、あとで雷蔵が殺された時に、俺が犯人だと見抜いた私立探偵が脅迫者に転じるかもしれない。そんな推理小説を読んだことがあった。

事態が動いたのは、土塔雷蔵の三女、土塔花音《かのん》のSNSを見た時だった。クリスマスに投稿されたものである。

「今度のニューイヤーは、家族みんなで日本のお正月を過ごす予定！　楽しみすぎ！」

花音は歌手であり、彼女もまた世界を飛び回っている。年末年始も何かしらのライブに引っ張りだこなのだが、何かの事情があって、今年は日本に呼び戻されたらしい。

俺が注目したのは、「家族みんなで」の部分である。

家族で集まる目的があって、雷蔵が花音を呼び戻したのではないか。だとすれば大晦日には、雷蔵も荒土館にいる公算が高い。

あの多忙な一族が一堂に会するというのは、並大抵のことではない。まさに千載一遇のチャンスと言うべきだ。

俺はその年の年末年始の予定を全てキャンセルして、荒土館に向かうことにした。

——何も、こんな日に殺人なんてしなくてもな。

日本全体が年末のムードに浮かれ騒ぎ、店も閉められて、多くの人が家に籠《こも》って年末のテレビを楽しんでいる日。こんな日に、わざわざ復讐をするなんて。

いや、だからこそ、だ。

こんな日だからこそ、雷蔵も人並みに、人並みの幸せと家族の団らんを享受《きょうじゅ》しているはずだ。

そんな日に、絶望の淵《ふち》に叩《たた》き落《お》とす。だからこそ、復讐の甲斐《かい》があるというものではないか？

携帯灰皿でタバコをもみ消し、車の中に戻った。


俺は荒土館へ続く道を進んだ。

すり鉢状の斜面をゆっくりと滑《すべ》り降《お》りていく。それが、蟻地獄《ありじごく》に囚《とら》われた蟻《あり》の動きを連想させた。俺は、何か逃れようのない罠《わな》に吸い込まれていっているのかもしれない……。

だが……。

「嘘《うそ》だろ」

俺は誰に聞かせるともなく呟《つぶや》いた。

道が、土砂崩れで寸断されていたのである。

2

俺はすっかり途方に暮れていた。

車を降り、土砂崩れの近くまで歩いていく。頭がぼうっとして現実感がない。その赤っぽい土に手で触れて、撫《な》でて、それでも動き出すことが出来ない。

手に付いた土を拭《ぬぐ》って、スマートフォンを開く。ニュースによれば、今日の十五時七分、震度5強の地震が、この○県付近を襲ったようである。わずか数分前のことだ。

なぜ気が付かなかったのか。

俺が震度5強の揺れを感じられなかったのはなぜか。突き詰めていくと、あのオフロードを走っていた時に、地震があったのではないかと思う。小さなデコボコがある道だったから、揺れに気付かなかったのではないか。

だからこれまで異変に気付かず、土砂崩れの現場まで来てしまったわけだ。

俺はスマートフォンの設定画面を開いて、緊急地震速報のアラームをONに戻しておいた。一度、小さな地震の警報で夜中に叩き起こされ、怒って切ってしまったのだ。

それにしても、震度5強、か。かなり大きい。

M9・0、最大震度7を記録した二〇一一年の東日本大震災の時、東京都内でも震度5強を観測したはずだ。電車が止まり、多くの帰宅難民が発生した。俺はあの日、飯田橋《いいだばし》での訪問販売中に地震に遭った。訪問先は、足の悪い娘と高齢者の二人暮らしで、高齢者に付き添って、小学校まで避難するのを手伝った。その縁で、契約を取れたこともあって、よく覚えている。九段《くだん》会館の天井が落ちたとかで、空をヘリコプターが飛んでいて、その存在がいやに緊張感を煽《あお》ってきたことが生々しく思い出される。

会社からは「出先の従業員は帰社せず、可能ならば帰宅するように」と通達され、あの家族を見送った小学校から、自宅までの二時間余りを徒歩で帰ることになった。それでも、会社から歩いて帰るのに比べたら、だいぶ近い。あの二時間の道のりでも、老朽化したビルの窓ガラスが路上に落ちて割れていたり、コンビニから保存食品やカップ麺《めん》の類《たぐ》いが消えていたり、余震の可能性に怯《おび》えながら避難する人々がいたり、夜になっても街が騒がしかったことを覚えている。

動悸《どうき》がする。あれからもう何年も経《た》つのに、一度覚えた不安は消すことが出来ない。余震があるかもしれないと思うと、恐怖を拭い去ることも難しかった。

それにしても、この静けさはなんだ。

あまりに静かなせいで、目の前の光景が嘘のように感じるのかもしれない。誰ともこの感覚を分かち合えないせいで。

不意に、誰もいない森の中で木が倒れた時、音はするのかどうか――という話を思い出す。確か、大学の頃に哲学の講義で聞いた話だ。観測する者がいない時にも、事物は観測されている時と同じように動くのかどうか。そういう世界への疑問の話だった。

いや、これは空想の話ではない。あくまでも現実の話だ。俺が今目にしている赤い土塊《つちくれ》は、どうしようもないほど現実だ。

急に全身から力が抜けた。

俺には何一つ、上手くこなせないのだ。

胸に宿した復讐の決意さえ、果たすことが出来ない。

だけど、これでよかったのではないか。

「殺人をしようなんて、最初から無茶だったんだ……俺が、あの土塔雷蔵を、殺すなんて……」

俺は口に出しながら、地面を拳《こぶし》で叩いた。口に出すことで、納得しようとしていた。目の前の、どうしようもない現実を。

「――あの」

バッと跳ね起きた。

自分の心臓がバクバクとうるさかった。今の言葉を、聞かれた？　まずい、まだ何も成し遂げていないこんな時点で、捕まるわけには――。

しかし、振り返ってみても誰もいない。荒土館へ続くこの坂道はまっすぐな一本道で、切り通しのように両側を土の壁に挟まれている。見通しはよく、人影一つ見えない。自分の車の陰《かげ》にも、誰もいなかった。

「誰だ？」

俺は警戒しいしい叫んだ。

「どなたか存じませんが、この土砂の山、何が起きたのかご存じありませんか」

女性の声だった。

それも、土砂崩れの向こうから聞こえる。

つまり、寸断された道の、荒土館側の方から。

その言葉の内容からすると、ただの通りすがりなのかもしれない。

俺の全身から力が抜ける。

「あ、ああ……地震があったじゃないですか。5強で、かなり大きかったから」

「そう、でしたね。そういえば」

なんだかぼんやりした人だな、と思った。

しかし、俺が知りたいのはそんなことではない。俺は意を決して、彼女に聞くことにした。

「あの、いつからそこに――」

「失礼ながらお尋《たず》ねしますが」

女性は遮《さえぎ》るように言った。

「土塔雷蔵を」女性が真に迫った口調で言った。「殺したいのですか」

俺はグッと唾《つば》を呑み込んだ。

やはり、しっかりと聞かれていたのだ。

ますます俺は焦った。土の向こうにいる人物は、荒土館の関係者である可能性が高い。家族でなくても、メイドや使用人とか。そんな人に、今の発言を聞かれては……たまったものではない。

頭がぐらぐらする。その酩酊感《めいていかん》には、ショックの他にも原因があった。

女性の声が、どうにも魅力的だったのだ。威厳《いげん》に満ち、その声で命令されたら、なんでも聞いてしまいそうに思える。意志が一本通った、強く、しなやかな声。ハスキーで、それでいて母性を感じさせる。

「もしそうだとしても、それも叶《かな》いませんよ」自然と恨みがましい口調になっている気がした。「こんなことになっては……」

「私が」女性が言った。「殺して差し上げましょうか」

俺はたっぷり数十秒、フリーズした。

「今、なんと？」

「こんな危険なことを、何度も言わせないでください」女性が勢い込んだ調子で言う。「まずはあなたの意思を確認させてください。あなたは、本気で、土塔雷蔵を殺したいと思っているのですか？」

俺はおかしな女と出会ってしまったのかもしれない。先ほどまで、土塔雷蔵への憎悪を滾《たぎ》らせていたことも忘れて、俺は首をひねる。

どう考えても、彼女の方にメリットのない提案ではないか。館へ続く唯一の道を寸断され、館に向かえない俺にとって、確かに雷蔵を殺すことは出来ない。機会があるとすれば、土の向こうにいる彼女の方だ。だが、たったそれだけの理由で、殺人を請け負ってくれるわけもない。

それに。

俺は、俺の手で雷蔵を殺さなくても、いいのだろうか。

この恨みは、自分の手で雷蔵を殺してこそ――その首に手をかけて、恐怖におののく表情を見下ろし、呼吸が止まる瞬間の筋肉の脈動をその手に感じ――そうすることによって、初めて晴らされるのではないか。

見ず知らずの彼女に、任せてもいいのだろうか。

再び、彼女の声が届く。

「なぜ、土塔雷蔵を殺したいのですか」

その質問を受けた瞬間、俺の心は解放された。

「……母と、名も知らないい半身のための復讐」俺は自然と答えていた。「そして、俺の誇りを回復するためです」

俺は正直に話すことに抵抗感があって、過度に抽象化した言い回しを採った。それでも、必要以上に内情を晒《さら》してしまっている。俺は自分で自分の行動が不思議だった。どうして、俺は彼女を信頼しきっているのだろう。まるで赤子のように。

互いの顔も見えない状態で、ただ自分のドス黒い感情を晒し、聞いてもらう。この環境が、昔物語で読んだ、教会の懺悔室《ざんげしつ》のように思えた。俺はキリスト教徒ではないが、ただ、この地震の日に行き会ったというだけの女性に、何か運命めいたものを感じて、信頼しているのかもしれなかった。

「……そう」女性が言った。「いい動機ですね」

「動機にいいも悪いもありますか」俺は言った。「結果は同じですよ。それに、どうも果たせそうもない」

「ですから、代わりに本懐を遂げて差し上げましょうかと、申し上げています」

俺はにわかに緊張を感じた。

「……何が望みですか」

俺はおずおずと尋ねる。

「話が早くて助かります」彼女は淡々と言った。「私も今まさに、人、を、殺、し、に、い、こ、う、と、思、っ、て、い、た、の、で、す」

唖然《あぜん》とした。

「つまり……この道を行って」

「そうです。Y字路を右に折れたところに、長壁《おさかべ》町という小さな集落があります。そこに、人を殺しにいくところでした」

「あなたも、この土砂崩れに邪魔されたわけですか」

そんな偶然があり得るだろうか？

俺の頭の中のかろうじて冷静な部分は、そうツッコミを入れる。どう考えてもありそうにない。殺意を抱いた人間が、こうして二人同時に相まみえている。俺は何かの陰謀に巻き込まれているのではないだろうか。この女性の言葉を、頭から信じることは出来ない――。

しかし、女性が土塔家の人間である場合、そもそも日本に滞在していること自体が珍しいのかもしれない。だからこそ、この地で殺人を犯すにうってつけのタイミングだったのではないか。

「どうでしょう」女性が言う。「私たち、互いのターゲットを入れ替えるというのは」

「交換殺人――というわけですか」

「交換……とは？」

　女性に問われ、俺は言った。

「ミステリーの用語です。パトリシア・ハイスミスの『見知らぬ乗客』で有名になった手法で、その小説では、列車の中で出会った二人が、互いの殺したい人物を交換して、殺人を犯すことになるんです。つまり、AとBが、殺したい相手を交換して、AがBの殺したい相手を殺す時は、Bはアリバイを作っておく。BがAの殺したい相手を殺す時は、反対に、Aがアリバイを作っておく。そうすると、互いの殺したい相手が死んだ時に絶対のアリバイを確保したうえで、それぞれの被害者から人間関係を辿《たど》っていっても自分には辿り着かない……そういう安全性があるわけです。でも、小説や映画の中の交換殺人は、大抵失敗するもので……」

　昔はミステリー作家を志していたので、このくらいのことはスラスラ出てくる。そんな自分が恥ずかしくなり、古傷がズキッと痛んだ。

　彼女はコロコロと鈴が鳴るような、快《こころよ》い笑い声を立てた。

「小説や映画の中では、ね。私たちがするのは、もっと完璧《かんぺき》な犯罪です。だって、考えてみてくださいよ。誰もが地震で右往左往している中、私たちが二人こうして会っているなんて、誰に想像出来るっていうんですか?」

「俺にもまだ、信じられませんよ」

今度は、声を揃《そろ》えて笑う。

顔の見えない状況というのも手伝ってか、人見知りの俺でも、気兼ねなく話すことが出来た。彼女との間に、奇妙な連帯感が生まれていた。

「つまり、交換殺人でいうところのアリバイを、この状況……土砂崩れによって確保しようと、そういうわけですね」

女性は、我が意を得たりというような笑い声を立てた。

「そういうことです。私は道の向こうにいる私の標的に近付けず、あなたは土塔雷蔵に近付けない」

だが、彼女の主張には大きな矛盾がある。

「確かに、俺はそれで追及を逃れることが出来るでしょう」

そもそも、俺の雷蔵殺しの動機を突き止めるには、警察もかなり時間がかかるはずだ。過去の恨みと隠された親子関係、どちらも入り組んだ事情だからだ。

その点、俺は自分の身の安全を確保したうえで、彼女の言葉を借りるならば「本懐を遂げる」ことが出来る。

「ですが、あなたはそうもいかないはずだ。あなたはいわば、荒土館という名の密室に、閉じ込められることになるわけでしょう」

ミステリーでいうところの、「クローズド・サークル」というやつだ。つまり彼女は閉鎖空間の中にいるのである。

「その中で土塔雷蔵が殺されれば……当然、あなただって疑われる。あなたは、アリバイを確保するというわけには、いかないですよ」

「なんだ、そんなこと」

彼女はカラカラと乾いた笑い声を立てた。

「アリバイといっても、何もこの、土砂崩れだけに頼ったものではありません。あなたは何も心配せず、土塔雷蔵のことは、私に任せておけばいいのです――」

「……すごい自信ですね」

彼女はどうするつもりなのか。その疑問を呑み込んでしまうほど、彼女の声音《こわね》は、説得力に溢《あふ》れていた。

地震という災厄の中で、ただ、俺たち二人は、自分の殺人のことばかりを考えている……。

しかし、このシチュエーションはむしろ、ハイスミスの『見知らぬ乗客』よりは、クリスチアナ・ブランドの『暗闇の薔薇』というパズラーに近いかもしれない。あの作品では、嵐《あらし》の夜、木が倒れている道で一組の男女が出会う。二人はそれぞれ車に乗って、その道を通ろうとしていたが、倒木のせいで向こう側に車は走れない。ただ、木の下をくぐって、人だけは行き来出来るという状況だ。そこで、二人とも自分の体だけ向こう側に渡って、互いの車を交換し、目的地へ急ぐ。

倒木の代わりに土砂崩れが起き、俺たちは車の代わりに、殺人の標的を交換した……。

俺は益体もない妄想を振り切って、彼女に問う。

「それで？」俺は聞いた。「俺は、どこの誰を殺せばいいんですか？」

「ああ、肝心なことを言い忘れていました」

彼女は言った。

「長壁町に〈いおり庵《あん》〉という旅館があります。その旅館の若女将《わかおかみ》、満島蛍《みつしまけい》を殺してください。満ちる島に、虫の蛍で、満島蛍です」

「なぜ、あなたは満島蛍を殺したいのですか」

「さあ」女性はフフッと笑った。「どうしても、それを知らなければなりませんか？」

「俺にとっては縁もゆかりもない人であっても……いや、そうであるからこそ、理由があった方が、納得がしやすいですよ。納得して、殺せると思います」

納得して殺すというのも変な話だし、身勝手な理由だが、本心だった。それに、自分ばかりが身の上話をして、相手はしないというのは、不公平な気がした。

「……一口に言うのは難しいですが」

彼女は間を置いて言った。

「満島蛍のことが、心の底から嫌いだからです。憎いからです。満島蛍さえいなければ
……」

彼女はそこまで言ったきり、押し黙った。

幾分抽象的にすぎるきらいはあったが、それは俺も同じだったし、必死さは伝わってきた。俺が耳にした、今の声の調子だけでも、体を張る理由にはなるだろう。

「分かりました。俺だって、詳しい事情までは話していないわけですし、これ以上は聞きません。全てを知るのが、お互いにとっていいことだと思えませんし」

「ええ」彼女は言った。「助かります」

俺は不意に不安になった。

からかわれている、だけではないだろうか。

これで俺がすんなりと信じ、満島蛍を殺してくれれば儲《もう》けもの——そんな風に考えて、からかわれているのでは。

「ひょっとして」鋭く切り込むように、女性が言った。「私を疑っていますか。自分にだけ人殺しをさせるつもりでは、と」

「いや」俺は図星を突かれて動揺した。「そんなことは」

相手の機嫌を損《そこ》ねてはまずい。俺は言《い》い繕《つくろ》おうとしたが、すぐに、女性が「そうですね」と口にした。

「では、私が先に土塔雷蔵を殺し、合図を出すことにいたします。館には、確か、使われていない信号弾があったはずです」

「どうして家にそんなものが」

「土塔家は、地の果ての獄ですからね。いつ孤立するとも限りませんから、救難信号用に置かれているのです。その赤い閃光《せんこう》が、土塔雷蔵が死んだという合図です」

それなら、実質的に、俺が負うリスクは低くなる。彼女の出方を窺《うかが》ってから行動すればいいのだから。俺にとって、虫がよすぎる話ではあるが。

実際には、信号弾が撃ち上がったとしても、それが女性の撃ったものかは分からないし(家族の誰かが救難信号として撃つかもしれない)、本当に雷蔵を殺したという保証もない。しかし、俺はなぜだか、彼女の言うことを聞いてやりたい気分になっていた。

俺は承諾した。それからふと気になって聞いた。

「……ところで、あなたの名前は?」

女性が笑い声を立てた。

「知らない方がいいのではないですか。それに、あなたもまだ、名乗っていませんし」

「そうか……それもそうですね」

女性のことを知りたいという気持ちはまだ強かった。魅力的な声のせいで、ただ単に、彼女のことが気になっただけかもしれないし、やはり心のどこかでは運命に似た何かを感じているのかもしれない。

「それでは」

土砂崩れの向こうで、カツ、カツという足音が聞こえた。

いつ余震があるとも知れない。いつまでも土砂崩れの現場にいても危険なので、俺もその場を後にする。

＊

なんとかバックでY字路まで車を戻し、カーナビで〈いおり庵〉の場所を調べる。

右折してしばらくは、右手に崖が続く。少しでも運転を間違えば奈落《ならく》の底——いや、土塔家の地の果ての獄までまっさかさまだ。

俺は車を降り、崖を見下ろした。

霧が立ち込めていて、城の威容は見られない。塔の先端だけが、わずかに霧の中から突き出している。

あの館の中で何が起きているかは、誰にも分からない……。

俺が車を停めた傍《そば》に、大きなオブジェがあった。看板によると、土塔雷蔵がこの地に住むようになった時、町に贈ったものだという。高さ三メートルほどの巨大な円筒形になっていて、表面に絵が描かれている。人目を引くビビッドな彩色が特徴的だ。

このオブジェが、まるで霧の中の土塔家を、見下ろしているかのようだった。

俺は、雷蔵の作品に唾を吐《は》いてから、その場を後にする。

彼女から合図があるのを、待てばいいだけなのだから。

3

〈いおり庵〉は、長壁町で唯一の旅館だという。

木造の二階建てで、由緒正しい風格の旅館である。長壁町の観光名所は、近くに建つそこそこ有名な神社と、〈いおり庵〉にある温泉ぐらいのものだ。

部屋数は十六部屋。ごく小規模で、落ち着いた佇《たたず》まいの旅館である。

駐車場に赤い車が停まっている。不意に、その車に既視感を覚えた。あの車をどこかで見た気がする。しかし、どこでだっただろうか？

時刻は十六時半。あの地震から一時間以上が経っていた。

カーラジオで仕入れた情報によれば、あの地震は最大震度5強で、O県が震源地だった。県内では鉄道の運転見合わせや、老朽化した道路のひび割れなどの被害が出ているが、激甚災害とまではいえない。道路のことがあるので、物資の運搬には支障が出ているが、電気・水道・ガスなどのライフラインは生きており、人的被害の情報もまだない。TVではローカル局は積極的に事態を報じているが、全国局は速報を出したのみで、今は通常の番組になっていることがSNSを通じて分かった。

——今後一週間程度は余震に注意してください。

東日本大震災の時にも、何度となく聞いた言葉がラジオでは、飛び交っていた。

受付に行って宿泊したい旨を告げると、受付の女性が申し訳なさそうに頭を下げた。

「すみません、今日はあいにくと満室でして……」

「そうなんですか……」

肩にかけたカバンの、外ポケットのあたりを撫でながら言う。

「いつもは、年末年始でも埋まりきらないのですが」聞かれてもいないのに、女性はぺらぺらと喋《しゃべ》り始める。「でもほら、さっきの地震で、電車が停まったでしょう？　ダメですねえ、線路の途中に橋があるから、すぐ点検だなんだって。普段は地元住民しか使わないような路線ですけど、あれが停まると、もうねえ。車道もさっきの地震で一部がひび割れて、交通規制がされているし……」

「はあ」

「でも、あれが停まると、ほら、近くの神社があるでしょう。あれに来たお客さんは帰れなくなっちゃうから。それで駆け込みで何人かお客さんが来て……」

女性は早口に続けた。

「本当は、ロビーも開放して、避難する方の受け入れをしようなんて話もあったんですよ。でも、若女将のいない時にそこまで思い切れないし、どのみち、流行っていない観光地ですから、少し前に人のピークも収まってね。満室でどうにか間に合いそうだと思ったんですよ。どうにかしてあげたいんだけど……」

俺はカウンターを指でトン、トン、と叩いた。

困ったな。

まだ若女将の満島蛍には会えていないが、ここに泊まれないと、満島蛍との接点が出来ない。いや、接点が出来ないに越したことはないのだが、旅館の客でもないのに、〈いおり庵〉の周辺をうろつくのはいかにも怪しい。ここに泊まれないとなると……。

「すみません、ここで聞くことじゃないと思うんですが、近くに他の宿とかって……」

「ないわねえ……」

本当に困った。車中泊でもしながら、信号弾の合図を待つ他ないか。

「安西《あんざい》さん、どうかなさって？」

階段から和服姿の女性が降りてくる。

思わず、ハッと目を惹《ひ》かれる存在感があった。

小さな鼻と、目元の泣きぼくろが印象的な女性である。彼女は足音一つ立てず、スッと伸ばした背筋や、その所作から、全身に緊張が張っているように見えた。

「ああ、若女将。いつ戻っていらしたんですか？　さっき事務室にいらっしゃらなかったから……」

受付の女性が聞いた。それを遮るように、ぴしゃりとした声で、泣きぼくろの女性は言った。

「買い出しに行っていたら、あの地震に遭ってね。戻ってくるのに時間がかかっちゃったわ。ごめんね、大変だったでしょう」

この女性が、満島蛍。

あの謎の女性が、殺したがっている女……。

「ところで安西さん。あの陶器はどうしてあのままにしてあるの」

彼女は旅館のロビー、その奥を指さした。

見ると、飾り台のある近くに、割れた破片が散乱している。陶器が割れたもののようだ。

「す、すみません。バタバタしていて……」

「そうだよ若女将さん」

ロビーに座っていた中年の男性が、嫌そうな顔で言った。

「俺、部屋に戻るのも怖くなって、結局ずっとここにいるけど、かれこれ二時間近くもあのままだよ。人があまり通らないところだけどさ」

若女将こと満島蛍は、素早く男性の傍に行き、丁寧にお辞儀した。

「お客様、大変失礼いたしました。すぐに対応いたしますので」

「頼むよ」

男性はそう言うと、ばつが悪くなったのか、そそくさとロビーから姿を消した。

満島は安西の傍に行くと、声を潜めるように言った。

「バタバタしているのは分かるけど、地震のせいで割れたものを、ずっと放置しているのはよくないわ。誰かが怪我《けが》したらどうするの」

叱《しか》りつける満島の口調は、厳しくも温かいものだった。

「え？　は、はい……すみません、若女将」

安西はなぜか、納得のいかなそうな顔で少し首を捻《ひね》った。

その時、ボーッと立ち尽くして、自分の方を見ている俺の存在を、満島はようやく思い出したらしい。

彼女は俺を振り向いた。

「失礼いたしました。お待たせしてしまって。お客様は……」

「あの、すみません若女将。さっきの地震で立ち往生して、こちらに泊まりたいと……」

安西が俺を示した時、俺はまずいと思った。ここで満島蛍の印象に残るわけにはいかない。

俺はサッと頭を下げて、言った。

「あ、いや、失礼しました。そちらの方から、満室だとは聞いています。なんとか他の手を考えてみます」

俺が踵《きびす》を返しかけた時、背後から声がした。

「僕の部屋を相部屋にしてはどうです？」

よく通る声だった。さっき出会った謎の女性とはまた別の、魅力的な声。説得力があり、自信に満ちた男の声だ。

振り返ると、ロビーの椅子《いす》に小柄《こがら》な男が腰かけていた。緑色のタートルネックのセーターを着て、年齢は二十代くらいだろうか、肌の色つやもよく、だいぶ顔立ちが幼《おさな》いので、高校生くらいにも見える。傍《かたわ》らには小さなスーツケース。

彼の前のローテーブルに、ブックカバーをかけた文庫本があった。彼もさっきの中年男性と同じように、人恋しくなってロビーで過ごしていたのかもしれない。

「しかし、お客様……」

満島が言う。

青年は立ち上がって、つかつかと素早い足取りで歩み寄ってきた。

「いいじゃないですか。さっき手続きした時、本来なら二人用の部屋、とおっしゃっていたはずですよ」青年はにこやかに笑って言った。「それに、困った時はお互い様というものです。僕だって飛び入りで、こちらに拾っていただいた身ですから」

青年は俺に向き直る。

「ああ、もちろん、まだ部屋には入っていませんからご安心を。僕はあなたよりだいぶ前に着いていたのですが、部屋に案内してもらうのを、本を読んで待っているうちにこんな時間になっていました。皆さん、忙しそうに動いていらしたので、遠慮してしまって。そういうわけで、部屋の中もまだ綺麗《きれい》なままですから」

俺はなんと言っていいか分からず、肩をすくめた。

随分、とぼけた調子の青年だ。部屋に案内されるのを待っていて、時間を忘れるというのもなんだか間抜けに聞こえる。

だが、俺はこれから人を――目の前にいる、あの満島蛍という女性を殺そうというのだ。警戒するに越したことはない。この目の前のとぼけた青年の魂胆はなんだ？　何が目的だ？

「はあ」安西が頰《ほお》に手をやった。「もちろん、お客様がよろしいのであれば、当方としてはありがたい限りですが……」

「いいじゃありませんか、安西さん」満島は頷《うなず》いて言った。「すみませんがお客様、私たちからもお願い出来ますでしょうか」

「ええ。その代わり」青年はニヤッと笑って、俺を見た。「部屋代は二人で折半というのでどうです？　僕は大学生なので、こういう急な出費は痛手がすごいんです」

ははあ。

俺は安堵《あんど》して、ホッと胸を撫で下ろした。

分かってみれば大したことはない。それが彼の目的だったのだ。それなら心配はいらない。こちらとしてもありがたい提案なのだから。

「どうもありがとうございます。それでは、お言葉に甘えさせてもらいます。私は、小笠原恒治です」

「葛城です」青年は言った。「葛城、輝義といいます」

4

身の上話をしておこう。

俺は介護用品の営業販売をしているサラリーマンである。

元来の人見知りが災《わざわ》いして、営業成績は散々だった。自分のセールストークが上滑《うわすべ》りしているのを感じながら、日夜胃を痛めている。出来のいい同僚は、「話術だけで人を説得出来た瞬間、脳に快感物質が流れるだろ?」と嘯《うそぶ》くが、俺には全く共感出来ない。家に帰ってきて、ゲーミングPCを立ち上げ、ネット上の知り合いたちとオンラインゲームをすることだけが、楽しみだった。

だけど、パソコンを立ち上げるたびに、鬱陶《うっとう》しく、未練がましく、中学の時の夢を思い出す。

昔、俺は小説家になりたかった。

小説を書くぞと息巻いて、中学で入った文芸部の活動に必要だからと、親にお古のパソコンをもらった日から、俺は毎日のように小説を書いた。ミステリーが好きだったから、見よう見まねで書いていた。

高校の時、自分の住んでいる県で、文化の奨励活動として、「K県U-18文学賞」という賞が募集されているのを知った。十八歳以下が応募出来る新人賞だ。文学賞の選考委員は、県出身の作家や有名人が務める。応募規定枚数は二百枚まで。受賞作は二、三作品毎年出るので、これを短編集としてまとめて、大手の出版社から刊行してくれるという。

この時の賞の選考委員に、土塔雷蔵がいた。雷蔵は、K県の出身者だったのである。

当時、俺は高校二年生だった。進学校だったから、もうその頃には受験のために勉強しろとしつこく尻《しり》を叩かれていたし、部活では将棋部に入って、日夜頭を酷使していたから、勉強や将棋の合間を縫って小説を書くのは、かなりの苦労だった。

俺の書き上げた、『すべて校長のしわざ』は、最終選考の七作まで残った。

選考が行われたというその日、俺には電話の連絡がなかった。

ダメだった——という思いそれ自体が俺を打ちのめした、それもそうである。しかし、それ以上に、俺を苛《さいな》んだものがあった。

いよいよその短編集が刊行され、賞の選評が掲載された。

あの選評は、一言一句思い出せる。

『土塔雷蔵

（……）まず議論から外されたのは、「すべて校長のしわざ」という学園ミステリーである。これは高校二年生が書いたとしても稚拙極まりない内容で、密室犯罪のトリックに至っては噴飯ものである。文章は目が滑って仕方がなく、この選考のために通読しただけでも、褒めて欲しいという代物だった。』

雷蔵の悪口雑言は、実のところ、受賞した三作品にも及んでいて、「この賞のせいで私の貴重な時間が奪われた」などと賞の批判にも及んでいた。これが大いに問題になったのか、翌年以降は選考委員に選出されなかった。雷蔵は俺以外の人間も全員傷つけ、踏みにじって、ただ圧倒的な存在としてそこにいた。だから被害を受けたのは、何も俺だけではない。

だが、そんなことはどうでもよかった。

俺だ。

俺なのだ。

その瞬間、この世には俺と土塔雷蔵しか存在しなかった。俺は絶対者に否定され、辱められ、貶《おとし》められ、叩き折られ、踏みにじられたのだ。それは俺なのだ。これは俺だけに向けられた憎悪なのだ。

その日以来、俺は書くのをやめた。

受験勉強が都合のいい言い訳になってくれた。何かに打ち込んでいられたことで、そして打ち込んだ対価が明瞭《めいりょう》なことで、俺は受験勉強に「逃避」することが出来た。

それでいい大学に入れた。

それでいい会社に入れた。

それで?

それで、手に入れた生活がこれか？

会社でも訪問先でも人と上手く接することが出来ず、人を殺すゲームを通じてしか人と接することが出来ない。

あの日、俺があの選評を読んだ時、なにくそ、と燃え上がってリベンジするような気質だったら——何かが変わっていただろうか？

学生のうちに、と言わないまでも、作家にはなれていただろうか。自分を誇ることが出来ていただろうか。

どうしようもない仮定の話。

俺はパソコンを開くたびにこうした一連の「お話」を思い出して、自分にしか味わえない辛酸と苦味を舐《な》める。

オンラインゲームで敵を殺した瞬間、その味は口の中から消える。


これが俺と雷蔵の馴《な》れ初《そ》め、その一だ。殿上人と一般人の間にも、こうしてドス黒い絆《きずな》が出来たわけである。多分に、一方的なものだけれど。

二つ目の絆の存在があきらかになったのは、三ヵ月前。

そう、俺が雷蔵の生んだ「凡才のとんび」であることが明らかになったのである。

九月の終わりに、母が他界した。

父は俺がまだ小さい頃に、俺を遺《のこ》して交通事故で死んだのだと聞かされていた。母は出版社の雑誌編集をこなしながら、女手一つで俺を育ててくれた。俺が中高生の頃、小説を書くのを渋々ながら応援してくれたのも、自分が出版業に携わっているからだった。

「父ちゃんの写真、飾らないの」

小学生の時、何気なく、家の仏壇を見てそう言ったことがある。仏壇には祖父母の写真が飾られているばかりで、父の写真はなかったのである。

母は顔を背けて、

「お父さん、あまり写真なんて、撮らせてくれなかったから」

と言うだけだった。子供心にも、何か聞いてはいけない事情があるのだと思って、それ以上聞くことはしなかった。

七十一歳で母は亡くなった。三年前に脳梗塞《のうこうそく》で倒れ、介護が必要になってからは、老人ホームに入所し、最後は病院で息を引き取った。

病院に見舞いに行くと、母が言った。

「もし私が帰れなかったら、仏壇の中のものを、処分しておいて」

「……馬鹿《ばか》、縁起でもないこと言うなよ。きっとよくなるから。俺も出来るだけ来るようにするから。な?」

その時の俺はそう言ったが、胸騒ぎは抑えようもなかった。

母が他界してしばらくは、葬儀のことや手続きに忙殺されてしまい、母の言葉は忘れていた。

母の遺品を整理しようとして、仏壇のことを思い出したのは、つい一ヵ月前のことだ。

仏壇の中には、古ぼけた茶封筒があった。端《はし》が変色している。

嫌な予感がして、手が震えた。俺はそれでも、その封筒を開いた。

封筒の中には、一枚の写真と、数枚の便箋《びんせん》に書かれた手紙が入っていた。

そして、その写真には、若き日の土塔雷蔵の姿が写っていた。二十代前半くらいだろうか。髪の毛は無造作に流してあって、口ひげも黒々としている。バストアップなので、タートルネックのセーターを着ていることしか分からない。

手紙には、母の過去が綴《つづ》られていた。出版社に入ったばかりの頃、美術雑誌の担当をしていたこと。その関係で、土塔雷蔵と知り合ったこと。雷蔵と関係を持ったこと。その時に子供を身籠《みご》り、雷蔵に認知を求めたこと。彼はそれを受け入れなかったこと。代わりに多額の手切れ金を渡し、母を捨てたこと。美術誌の担当は外されたこと。雷蔵の悪行を世に知らしめてやろうと幾度思ったか知れないが、母も雷蔵の才能だけは愛していたこと。どうしても彼を破滅させることは出来ないと思ったこと。一人で俺を育てていく決意をしたこと。ところが、お腹《なか》の中の子は双子だと分かったこと。二人の子供を抱《かか》えていく自信はなく、一人は里子に出し、俺だけが母の元に残ったこと。息子には父は交通事故で死んだと嘘をつき通したこと。

読み終わって、茫然《ぼうぜん》とした。

雷蔵が母からの子供の認知要求を受け入れなかった時の言葉が、強烈に脳裏に焼き付いた。

「お前のような平凡な女が産む子を、俺の子と認めるわけにはいかない」

許せなかった。なんという時代錯誤な男だろうと、俺は心の底から腹が立った。母のために怒った。こんな男を、天才だ鬼才だと世にのさばらせておくわけにはいかない。母と、雷蔵の本妻と、何が違うというのだろう？　本妻である鮎美《あゆみ》は数年前に病死しているということもあり——俺の憎しみは、不当に母を苦しめた雷蔵へと一心に向けられた。

何より、この世のどこかにいる俺の「きょうだい」のことを思った。物理的にも、精神的にも引き裂かれた俺の半身。顔も見たことがないそのそいつの分まで、俺は怒った。

俺は——俺たちは、当然与《あずか》るべき人生に与っていない。

あの唾棄すべき天才に、そう仕向けられたのだ。

土塔雷蔵が憎かった。

土塔の家が憎かった。

土塔の血が憎かった。

当然、この手紙を使って、雷蔵を破滅させる道も考えた。だが、テレビや週刊誌にこの情報を持ち込んだところで、信じてもらえないだろう。片や世界的な天才、片や普通のサラリーマンだ。ＤＮＡ鑑定の結果でも突き付ければ話が違うかもしれないが、それには、検体なりなんなりを手に入れるために、雷蔵に近付く必要がある。

それに、この情報だけで本当に破滅するだろうか、という思いもあった。今は傍若無人《ぼうじゃくぶじん》な芸術家たちが、その振る舞いによって容易に炎上する社会である。しかし、雷蔵のような昔ながらの人間相手では、どんなに憎むべき行いでさえも、芸術のため、という美化された言葉に落とし込まれる可能性がある気がした。被害妄想的かもしれないが、それくらい俺は視野が狭くなっていた。

しかし、それ以上に、公衆の面前で雷蔵と闘うことは、俺には考えられなかった。

脳裏に焼き付いて離れない、あの選評があるからだ。

母からの手紙を読み、あの選評を思い出した時――俺は雷蔵に、こう嘲笑《あざわら》われているように感じたのだ。

「それみたことか！　所詮《しょせん》とんびはとんびしか産めないのだ！　貴様には、文筆の才能などこれっぽっちもなかったではないか！」

そう、俺の自尊心は、既に叩き折られていたのである。

しかし、俺は母のために、名も顔も知らぬ半身のために、この仕打ちに黙っているわけにはいかなかった。

――土塔雷蔵を、殺す。

母と半身の復讐を、俺の人生の復讐を果たす。

そうすることでしか、俺は俺の人生を取り戻せないと思ったのだ。

5

部屋は和室で、八畳ほどの空間がある。床の間には書が飾られ、襖《ふすま》を開けると、のどかな長壁町の光景を眺《なが》めることが出来る。真ん中に低い座卓が置かれ、お茶請けの饅頭《まんじゅう》が置かれている。ガスストーブが部屋の隅にあった。この状況では、つけっぱなしにするわけにもいかないだろう。

部屋に荷物を置くやいなや、満島蛍が部屋の襖を開いた。正座をして、背筋をまっすぐ伸ばしている。

「本日は当館に御宿泊いただき、誠にありがとうございます」

三つ指を立てて小さく礼をする彼女の姿は、どこか魅了されるような佇まいだった。あの謎の女性は、一体、この人の何を憎んでいるのだろうか。それに、この鄙《ひな》びた旅館の若女将と、あの土塔家に、どんな繫《つな》がりがあるというのか。

好奇心がまた疼《うず》いたが、どうにか嚙み殺す。

そのまま、満島蛍から、今回の宿泊についての説明がある。

曰《いわ》く、当館も地震の影響により、通常通りのサービスが提供出来なくなる可能性があること。

曰く、交通状況が寸断されているため、特に食事は、明日の朝食までは通常通りのメニューを出すことが可能だが、その後は、保存食等で対応する可能性もあること。

曰く、温泉も、露天含め、今日は普通に入れるが、明日以降は保証しかねること。

「このお部屋については、交通状況が回復し、長壁町を出られるようになるまでは御宿泊いただいて結構です。お代はこの一泊分のみで、明日以降のお代はいただきません」

「え、いいんですか」

俺が思わず聞くと、蛍は小さく頷いた。

「お客様に一夜一夜の快適な居場所を提供する。それこそが当館の役割だと思っております。こういう時こそ、私たちの宿がお役に立たせていただくべきです」

蛍は凛《りん》とした顔つきで言った。なんと殊勝《しゅしょう》な心がけか。ますます恨まれる理由が見当たらない。

「なるほど」葛城がうんうんと頷きながら言った。「ですが、代金はきっちりお支払いしますよ。泊めていただいているんですからね。それに、男手が必要な時はおっしゃってください。ね、小笠原さん」

「あ、ああ」

葛城は、若いのに妙に場慣れしている。突然帰れなくなった現状にも、怖がったり、不安がったりはしていない様子だ。

「その他は避難される方などいませんか。こんなに広い部屋なら、僕はもう一人、二人増えても……」

葛城の言葉に「冗談じゃない」と内心思った。蛍をつけ狙うなら、監視の目は少ない方が良い。

「ご心配には及びません」蛍は言った。「町役場の避難所も開設したようですし、万一これから新たに人が来たら、そちらをご案内することになると思います。ロビーを開放する案を出している従業員もいましたが、もう人も来なさそうですから」

外部の人間がこれ以上入ってくることはないということだ。蛍をはじめ、こんな状況でも己の職務を放棄しない、立派な人たちのおかげだ。そんな彼女の殺害を目論んでいることに、我ながら矛盾を感じるが。——あの女性は、蛍にどんな恨みがあるのだろう？

蛍は俺たちに丁重に礼を言ってから、部屋を辞した。

「素晴らしい方ですね」葛城が言った。「きっと、あの調子で全部屋を回るんだろうなあ。十数部屋とはいえ、大変ですよねえ」

「そうだね」

葛城は早速饅頭をパクついていた。

「いやあ、こうして話し相手に恵まれて助かりましたよ。実はここには、田所君と三谷《みたに》君という、二人の友人と共に来たんですが、彼らとはぐれてしまいましてねえ。僕一人、長壁町に取り残されてしまったんです。あ、どうぞどうぞ、部屋の奥を使ってください。人生の先輩なんですから」

「はあ……そりゃどうも」

放っておけばそのまま一人で一生喋っていそうな男だった。

「差し支えなければ、小笠原さんのお仕事のお話も聞いてみたいですねえ。ほら、そろそろ就活のことも考えないといけませんから。田所という男は作家志望なんですが、昔短編賞の候補になって以来は、賞でも箸《はし》にも棒にも引っ掛からないという体たらくでして。『学生デビューだ！』と息巻いて、就活から全力で目を逸《そ》らしているんです。一方の三谷は公務員試験一本に絞ったので、やることが明確になって、迷いの一つもないですしねえ。かくいう僕もひとまずは大学院を志そうと思うのですが、やはり色んな話を聞いておくに越したことはないですから」

話を聞きたい、と言いつつ、葛城はハイペースでまくしたてる。田所とか三谷とかいう友人たちは、こんな男にいつも付き合っているのだろうか？

それにしても、煩わしい。こんな奴《やつ》と何日一緒に過ごせばいいのだろうか？　一刻も早く道が復旧し、殺人も終えて、おさらば出来ることを祈る他ない。

「俺なんか、東京《とうきょう》でしがない営業マンをしているだけだよ。そんな話でよければいくらでもするけど……」

「そうですか。もちろん興味津々ですよ」

彼は未開封の饅頭の包みを破った。言っていることとやっていることが一致していない。

「お饅頭は食べないんですか？　食べておくといいんですよ。血糖値が下がったまま温泉に浸《つ》かると、倒れてしまうかもしれませんからね。旅館がこうやって甘味を置いておくのは、決してお土産の宣伝だけではなくて、合理的な意味があるらしいですよ」

ここまでくると、段々腹が立ってきた。何が悲しくてこいつからトリビアを聞かされなければならないのか。

「そうかい。あんまり腹は減ってないからなあ」

「そうですか。田所君たち、大丈夫かなあ」

一拍置いて、彼はぐるっと俺の方に向き直った。

「僕らはですね、土塔家に向かうためにこの街に来たんですよ」

思いがけず、「土塔家」の名前が彼の口から飛び出してきたので、俺は内心ドキッとした。努《つと》めて反応を抑える。

「へえ？　土塔家っていうと、あの芸術家一家の？」

俺はすっとぼけて言った。

「ええ、もちろん」葛城は頷いた。「目当ては土塔さんたちじゃなくて、土塔家の長男と結婚する女性……その人に呼ばれて、なんですけどね。今日はその婚約披露が予定されていたようですよ」

疑問が一つ減った。だから、あの多忙な一族が一堂に会しているわけだ。

「まあ、そんなことはいいでしょう」

葛城は湯吞《ゆの》みをテーブルに置いた。

「ところで、小笠原さんはなぜ、この長壁町に?」

「え?」

「この年の瀬に、どんな用事がおありになったのかと思いましてねえ。ほら、温泉くらいしかない土地なのに、この宿に予約は取っていないようでしたから。宿に泊まるということは、里帰りでもないんですよね?」

沈黙が流れる。さっきまでマシーンのようにまくしたてていたのに、忌々《いまいま》しいことに、この男はじっくり返答を待っていた。

「明星《みょうじょう》神社だよ、もちろん」

さっきカーナビの地図で見た名前だ。予習の甲斐《かい》があった。

「今日お参りして、すぐお帰りになる予定だった、ということですか?」

「まあ、そうなるね」

「しかし、それなら立ち往生になってむしろよかったかもしれませんね。初詣《はつもうで》が出来ます。僕もついていこうかなあ」

葛城はズズッとお茶をすすってから、吐息を漏らす。彼は少し間を置いてから言った。

「神社マニアなんですか?」

「は?」

「だってそうじゃないですか。この年の瀬に、わざわざ東京からこんなところにいらっしゃったんでしょう。よほどのマニアなんですね」

「ま、まあね」

これで質問がやんでくれることを祈った。余計な嘘をついてしまったが、これ以上ツッコまれても答えられない。

「いやあそれにしても」

興味の矛先が逸れたようだ。俺は安心し――。

「あの土砂崩れには参りましたよ。ねえ？」

ドキッとした。

「土砂、崩れ？」

さっき安西は、鉄道は点検で停まり、車道はひび割れて交通規制がかかったと言っていた。土砂崩れとは言っていなかった。

そうすると、葛城の言う「あの土砂崩れ」とは……やはり、土塔家に続くあの道のことではないのか。

「おや、あなたも行ってきたんじゃないですか？　土砂崩れの現場に。土塔家へ繋がるあの道ですよ、もちろん」

葛城はゆっくりと立ち上がって、沓脱《くつぬ》ぎに向かう。「失礼」と言って、俺の靴をつまみ上げた。

「ほら、かかとに赤土がついている。まあもちろん、この辺の土壌の専門家というわけじゃありませんが、土砂崩れの現場には特徴的な赤土がありましたからねえ。それで、ひょっとしたらと思い、お聞きしてみたわけです」

俺はゾッとした。

この男――やばい。

「土塔家に繋がるあの道で、ちょうど地震に巻き込まれて、土砂崩れが起きたまさにその現場にいたんです。幸い、なんとか事なきを得たんですが、代わりに分断されてしまいまして。田所君と三谷君が土塔家に行ったのに、僕だけ長壁町に戻ってきたのは、そういうわけなんですよ。免許を取っておいて助かりましたよ。レンタカーを運転して、どうにかここまで戻ってきたというわけで」

内心、ハッとする。

あの時か！

俺がY字路に辿り着いた時、土塔家の方から登ってきて、長壁町に向かって走っていった赤い車があった。旅館の駐車場で見かけた赤い車は、葛城のレンタカーだったのだ。

俺の頭は真っ白になった。

あの時、姿を見られなかっただろうか？

もし、俺の車を覚えられていたら？

いや、と内心で否定する。もし見つかったとしても、あの土砂崩れの現場で謎の女性と会ったこと、そこで交《か》わした内容までは、バレることはない。あの道は一本道だから、後をつけられて、会話を聞かれたということもない。堂々としていればいいのだ。

「さあ……その赤土、どこでついたんだろうね。随分長いこと履いてる靴だからなあ」

「そうですよねえ」葛城が言った。「あの神社に行こうとおっしゃっていたあなたが、あの土砂崩れの現場に行くわけがないんですよねえ。いくらなんでも道を間違えすぎですから。ああ、でも、道に迷っていたから、地震から一時間も経って旅館に着いたんですかね？」

「……そうだね」

どうしてこの男は、こうも回りくどい言い方ばかりするのだろう。腹が立ってきた。

「あ、このお菓子も食べていこうかな。地元の名産のオレンジを使ったお菓子みたいですよ」

「オレンジにはアレルギーがあるんだ。君が俺の分も食べてくれていいよ」

「そうですか？　では、お言葉に甘えて」

葛城はそのオレンジ菓子を二つとも取って、立ち上がった。洗面所から浴衣のセットと、バスタオルを持ってくる。

「夕飯前に、温泉に入ってこようと思います。温泉に確実に入れるのも今日までということなら、入らないと損ですからね。小笠原さんはどうしますか？」

のんきな野郎だ、と内心で毒づく。

「俺は荷物を整理するよ。先にどうぞ」

「では、お言葉に甘えて。鍵は二本ありますから、一本ずつ持てますね。気にせず外に出て大丈夫ですよ」

「じゃあ——」

「あ、そうだ」

葛城は自分のカバンを探り、革財布とそれより一回り小さい小銭入れを取り出した。彼は小銭入れのマジックテープをバリバリと音を立てながら開けた。大学生にもなって、マジックテープの小銭入れって……。

「風呂上がりはアイスを食べたいので、二百円だけ持っておきます。では」

ようやくこれで、解放されたか——俺が安心しきった瞬間。

葛城が素早く振り返った。

「ああそれから」

俺の心臓が飛び跳ねる。

「あの神社、明るい星と書いて、めいせい、と読むようですよ。よく皆さん、みょうじょう、と間違えられるそうですが……神社マニアなら、間違えないようにしておいた方がいいですよ。僕相手になら構いませんが、お仲間相手ですと、恥をかいてしまいますからね」

葛城は、ふふふ、と笑ってから、「それでは」と手を振って、部屋を出ていった。

その足音が充分に離れてから、俺は、頭をガリガリと掻《か》きむしった。

6

俺はもう、あの男に目を付けられているのだろうか？

馬鹿な！　と心の中で激しく否定する。目を付けるも何も、俺はまだ、肝心の殺しすらやっちゃいないのだ。ミステリードラマの探偵や刑事だって、そんな段階から犯人を追い詰めやしない。だって材料がないのだから。

まあいい。

まあ、いい。

あの、クソ生意気で、しかし妙に鋭い大学生と年末年始を過ごさなければならないのは悪夢だが、ともあれ、ようやく自由時間が出来たのだから。

俺には、殺人計画を遂行するために用意した、三つの道具があった。

毒薬の小瓶《こびん》。

クロスボウ。

盗聴器。

この三つである。

使える手札は多い方がいい。

もちろん、この時点で荷物を検《あらた》められたら一発アウトだろう。クロスボウも毒薬の小瓶も危険物だ。盗聴器にしたって、こんなものを持ち歩いているサラリーマンが健全なはずがない。

だから、使える手札を効果的に使った後は、ぬかりなく処分する。

俺はカバンの外ポケットから、小瓶を取り出してみる。

これは、俺が土塔雷蔵の命を奪うために持参した、毒薬の小瓶だった。中身は液体の強い毒で、即効性のあるものである。ダークウェブを通じて入手した品物だ。自宅の近所で捕まえたネズミで、効果のほどは検証してある。

車のトランクにはクロスボウが入っている。工作の趣味が高じて、昔自作したものだが、威力は充分だ。上部のスリットに矢をセットし、弓を引き、トリガーを絞ることで、セットした矢を射出する仕組みだ。二〇一×年の現在では、所持自体は違法といえないとはいえ、こんなものを持っているとあの男に知られたら一発アウトだろう。

盗聴器は三つ用意しておいた。二股《ふたまた》プラグに偽装したもので、中に機材が仕込まれている。プラグと同じく、コンセントに差し込んでおけば、給電もコンセントから行う優れものだ。

もとより、雷蔵をいかに殺すか、具体的で精緻《せいち》なプランがあったわけでもない。雷蔵のライフスタイルや生活リズムも知らないからだ。だが、あんな男のために捕まってはつまらんという気持ちがあったし、やはり大好きなミステリーへの思い入れから、やはり完全犯罪を目論《もくろ》もうと考えたのだ。あの男に馬鹿にされたミステリーのやり方で、あの男を殺せば、高校生時代の俺も救われるのではないかと思った。

盗聴器を使って情報を集め、毒薬と矢のどちらかを使い、殺す。しかし、出来ればクロスボウは使わずに済ませたい。毒薬だって死体に痕跡《こんせき》を残すわけだが、小瓶を上手いこと満島蛍の持ち物に紛《まぎ》れ込《こ》ませられれば、自殺に見せかけることだって出来る。一方、クロスボウはどうしたって矢傷を死体に残す。自殺に使うこともあり得ない。

毒薬の小瓶を、指でピン、と弾《はじ》く。

これを、満島蛍の食事に混ぜる……。

そのためには、満島蛍の生活パターンを知る必要があった。


持参した盗聴器を、人目を盗んで仕掛ける。

地震に伴うドタバタで、従業員も動き回っている。その目をかいくぐるのは容易《たやす》かった。受付の近くのコンセントに一つ、厨房《ちゅうぼう》の傍の廊下に一つ仕込んだ。

あと一つぐらい、従業員が立ち入るところに仕掛けられれば……。一階をうろうろしていると、廊下で呼び止められた。

「――小笠原様？」

思わず飛び上がりそうになる。

「こちらの方には従業員用の休憩室しかございませんよ」

満島蛍だった。

「あ、ああ、すみません」

咄嗟《とっさ》に、ポケットに入っていたタバコの箱を取り出す。

「ええっと……ライターが切れてしまって。どこかに売店などないかと思って探していたのですが」

もちろん嘘である。ポケットの中には、愛用のオイルライターも仕舞ってある。

「そうでしたか。申《もう》し訳《わけ》ありませんが、うちの売店にはお菓子やお酒が少々ある程度で

……あ、そうだ」

ちょっと待っていてください、と、くだんの休憩室に入っていく。扉が開いているのをいいことに、俺は入り口から中の様子を観察した。

中には誰もいない。机が一つと、パイプ椅子が二つあるだけの窮屈な洋室と、そこから一段高いところに、六畳程度の和室がある。和室には座布団と、畳まれた布団が出しっぱなしになっている。灰色の大きなケースが壁際に置いてあるが、あれはなんだろう。楽器ケースか何かだろうか。机の上では、スマートフォンが充電ケーブルに繋がれていた。

「そういえば、もうそろそろ、終わったかしら」

俺が覗《のぞ》いているとは気付いていないらしく、蛍が何気なくスマートフォンを手に取る。

彼女はスマートフォンの電源を入れてから、満足したように頷いて、入り口近くの壁のコンセントから、ケーブルを抜いた。

壁のコンセントには、上に加湿器のコードが刺さっているが、今ケーブルが抜かれたの

で、下が空いている。そこに盗聴器入りの二股プラグをセットした。

何食わぬ顔で廊下に戻る。

しばらくすると、蛍が部屋を出てきた。

「こちら、もしよければお使いください」

使いかけの百円ライターを受け取る。

「これは？」

「先月までこちらで働いていた方の持ち物だったのですが、処分されずに放置されていたのです。そんなものでよければ、ですが……」

「いえ、ありがたくいただきますよ」

俺は百円ライターをポケットに仕舞った。

ふと、机の上にある、小さな眼鏡《めがね》ケースのような、鼈甲《べっこう》のものが気になった。眼鏡ケースよりは少し小さいような気がする。ケースは開いていて、中が見えた。どうやら栓抜きのようだ。持ち手の表面に〈いおり庵〉と屋号が刻んであり、なんとなく、雰囲気があった。

「ちなみに、あれってなんですか？」

「ああ、あれは、当館の百周年記念で製造したものです。物騒《ぶっそう》だからあんまりその辺に置いておかないようにと言っているのですけど、ね……多分、安西さんが置いていているんじゃないかしら」

物騒だから、という言葉が気になったが、満島に「では、また何かありましたらお申し付けください」と言われて会話を切られそうになったので、慌てて話題を続けた。

「皆さん、その部屋に寝泊まりされているんですか」

蛍は不思議そうな顔で言った。

「泊まりこむ日はここで仮眠を取ることもありますが……まあそうですね、今日はこんな事態ですし、家に帰るのは難しいかもしれません」

「大変ですね」俺は心底同情しながら言った。「ご家族は大丈夫なんですか」

蛍は曖昧《あいまい》な笑みを浮かべながら言った。

「独り身《ひとみ》ですし、両親は既に他界しております。兄弟姉妹もおりません。この宿の近くに家がありますが、家が無事なのは、先ほど確認出来ておりますので」

その時、チャラランチャラランチャラランチャラランと緊急地震速報の音が鳴った。

俺と蛍は、同時にスマートフォンの画面を見る。ほとんど同時に、足も机の方に向いていて、いざとなったら机の下に駆けこめるように準備をしていた。

「三秒後に震度3……」

まさに三秒ほどして、地面が揺れた。

ぐらあっ……。

気を付けていなければ分からないほどの揺れだが、ワイングラスの中に入れられて、中の液体ごと円形にゆっくり揺すられたような気分になった。

「こういう時は、余震が怖いですね」蛍が言った。「体がすくんでしまいます」

「緊急地震速報の音も、聞くたびに心臓が跳ねます」

俺たちは気まずい沈黙を埋めるように言葉を紡いだ。

「――さっき、同室の葛城君も言っていましたが、何か手伝いが必要な時は、いつでも声をかけてください。あんまり、客と思わなくても結構ですから」

何かしらで手伝いを頼んでもらえれば、それだけ蛍との接点も増える。殺害の機会も見つけやすくなるだろう。

「そういうわけには」

蛍は上品そうに口元を押さえて笑った。

収穫は上々だった。


かれこれ一時間は経つが、まだ葛城は部屋に戻っていなかった。

風呂《ふろ》の長い男だ。

しかし、それならそれで好都合だった。

スマートフォンで盗聴音声を聞けるように環境を整える。イヤホンを耳に差し込んで、音楽でも聴いているふりをしておけば、突然葛城が入ってきても誤魔化《ごまか》せるだろう。

三つの「中継地点」を行き来しながら、従業員同士の会話を盗み聞きし、この旅館と満島蛍に関する情報を集めていく。休憩室で交わされた真面目《まじめ》な会話や、受付の近くで交わされる従業員同士の雑談などから、キーワードを拾っていき、情報を繋ぎ合わせる。

○休憩室にて。満島蛍と従業員による、人数確認の会話から。

今いる従業員は、若女将を含めて全部で十二名。受付に一名、客室係の仲居が三名、料理人が三名、浴場スタッフが二名、清掃員が二名。普段はもっと多いが、地震によって夜勤の職員たちが一部来られなくなったり、この周辺に家がある人で、家族の面倒を見るために家に帰っている人もいるという。

○厨房での料理人たちの会話から類推。

食事は日に三回、他の従業員と一緒に、配膳《はいぜん》を終えてから休憩室で順番にとる。いわゆる賄いで、調理は料理人たちが行う。

○受付付近で交わされていた、従業員二人の会話から。

〈いおり庵〉の奥の方にある従業員用階段は、今は満島蛍しか使っていない。なんでも、歩くとギイギイ酷い音が鳴るそうで、使っていると、いつ踏み抜くかと不安になるらしい（大きな地震の後ではなおさら、使う気になれない、と）。音を鳴らさないよう歩けるのは、蛍だけだそうだ。コツを摑《つか》んでいるのだ、という。

毒薬を持ってきてはいるが、賄いで三食を食べているという現状なら、毒を混ぜるのは難しいだろう。今後、料理が通常通り提供出来ないという状況になれば、変わってくるか？

それよりも、今聞いたばかりの「階段」の話題が気になった。

二階にある部屋を出て、問題の、奥にある従業員階段へ向かう。途中に遊戯室《ゆうぎしつ》があって、チラッと中を覗くと、卓球台が二つと、パターゴルフのセットが一つ、置かれていた。客が放置したらしく、床に一つピンポン玉が転がっている。上から誰かに踏んづけられたものか、下半分が潰《つぶ》れていて、これはどこでも使えないだろうから、どこかで捨ててやることにしてポケットに仕舞った。

階段に着く。少し板に体重をかけただけで、ギィ、と激しい音が響いた。

こんな音を響かせていては、誰かに気付かれるかもしれない。俺は上からのアングルを写真に収めておいて、すぐに、別の階段から下へ向かった。従業員用階段は、例の休憩室の傍にあり、あそこに行くにはロビーを通らなければならない。

従業員用階段を下から見上げると、段と段の間の高さもかなりあり、ここで転んだらかなりの惨事になりそうだ。

その時、ピンときた。

――プロバビリティーの犯罪だ！

今思い付いた考えを頭の中で転がしながら、別の階段で一階に降りる。

「おや、小笠原さん」

ロビーには、葛城の姿があった。浴衣の上から半纏《はんてん》を羽織《はお》っている。ロビーは玄関から風が吹き込むので、さすがに少し肌寒い。

ところが、葛城はカップアイスを食べていた。

「風呂から上がって、十分くらいゆったりしていたところですよ。小笠原さんは、その様子だと温泉はまだのようですね」

「ああ、今から行こうと思っていたところだよ」

俺は上機嫌に手をひらひら振って、葛城の横を通り過ぎた。

7

「夕食ですよ、夕食。楽しみですね！」

葛城は楽しそうに言った。

――俺の分の温泉まんじゅうまで平らげているのに、まだ食うのか。

特に怒りも湧《わ》かない。むしろ、そうして無邪気に過ごしてくれていた方が、気が楽だった。

一階の食堂に向かう。食堂には大きな窓があり、のどかな風景の庭を観賞しながら食事をとることが出来る。葛城と俺は少し遅れて食堂に向かったため、窓際の席は取れなかった。

大晦日ということもあり、和食の御膳《ごぜん》に、天ぷら、小さなお椀《わん》に年越しそば、という布陣だった。

食堂のテレビにはニュースがかかっていた。ふと見ると、テレビの周りには、多くの人が集まっている。高齢の方が多い。あそこで情報を収集しているのだろう。

ニュース映像は、土塔家こと荒土館の様子を伝えていた。

『世界的なアーティスト、土塔雷蔵氏が暮らす荒土館ですが、先ほどの地震で道が寸断され、住人たちが閉じ込められる事態が発生しています』

テレビには、あの土砂崩れ現場の様子が映し出されていた。

「地震情報の一環ではあるのでしょうが、個人宅の様子がニュースになるというのは、異例のことに思えますね。ローカル局なので、地元の名士の話題を取り上げているのでしょうか」

葛城は付け合わせの漬け物を食べながら言った。

「それだけ土塔雷蔵への注目度が高いということじゃないかな」

俺はとりあえずそう答えておく。

映像が切り替わった。乳白色の深い霧が画面全体に映し出されていて、何が何やら分からない。

『こちらはヘリコプターから撮影した荒土館周辺の映像ですが、霧が深く、荒土館を見通すことは出来ません』

「土塔家の中は今、どうなっているんでしょうね」

俺は自分の考えを見透かされたような気分になって、驚いた。

「君の友達も、そこにいるんだったね。大丈夫だろうか」

心の内を悟られないよう、平静を装って答える。

「彼らなら、大丈夫ですよ。意外とたくましいですから」

葛城は、フッと笑った。

「田所君、昔は危なっかしいところもありましたけど、もうあれから三年も経っていますしね」

「あれから?」

「ああ」葛城は言った。「二度ほど、災害級の事態に巻き込まれたことがありましてね。一度目は、落日館《らくじつかん》という場所で山火事に。二度目は、僕の実家である青海館《あおみかん》で水害に。僕が高校の時の話です」

だから、彼は場慣れして見えるのか、と俺は奇妙に納得する。

「しかし、火事と水害、そして地震では、随分と違う」

「そりゃあそうだが……どういう点が?」

「火事と水害の時は、刻一刻と迫るタイムリミットを、僕は目で追うことが出来ました。山火事の輪が狭まっていくごとに、水位が上がっていくごとに、命の危険を感じられた。起こる瞬間は予想がつかないけれど、起こった後の予測は立ったわけです。

ところが、地震では違う。最初の地震を予測出来ない点は同じですが、その後の余震も、いつ来るかはサッパリ予測することが出来ない。やれることをやり、避難さえすれば、あとはどうすることも出来ないんですよ」

葛城は苦虫を噛み潰したような表情を浮かべた。

「だから今、僕には田所君と三谷君のためにしてやれることがあまりない」

彼は心底無念そうに言った。

「君は、随分と正義感が強いんだね」

俺は半《なか》ば呆《あき》れながら言った。自分だってこんなことになって大変だろうに、人の心配ばかりしている。

葛城がテーブルの上にそっと身を乗り出した。

「僕ね、名探偵なんですよ」

ぞわっ、と肌が粟立《あわだ》った。

心の中のまだわずかに冷静な部分は、葛城の言葉にツッコミを入れている。名探偵？自分で言っちゃうのか、それ。なんて恥ずかしい奴なんだ、と。鼻で笑いたい気持ちもあった。

だが、思い当たることもある。俺があの土砂崩れの現場にいたことを、鋭く言い当てた事実……。

本当にこの男が『名探偵』だというなら、最悪の出会いだったことになる。

「本当なんだって！　僕、見たんだ！」

隣のテーブルから、子供の声が聞こえてきた。

五歳くらいの男の子である。

彼の向かい側に座る、父親らしき男が、長い息を吐いた。

「またその話か」

「だから本当なんだって！　一つしか目がない、大きな、大きな人が、ぐおーって、霧の向こうに見えたんだ。あのぐらぐらだって、あの大きな人が歩いたからぐらぐらしたんだよ。お父さん、早く逃げなくちゃダメだよ。僕たちも、あのおっきな人に殺されちゃうんだ」

少年は怯えたように言う。

父親らしき男は、顔をポリポリと掻いていた。

一つ目の巨人、か。いかにも子供らしい妄想だ。何か最近見たテレビやゲームの影響でも受けているのだろう。

「お前はさっきからそればっかりだな」父親の方が不満そうな顔つきで言った。「お前にはもっと、反省して欲しいんだぞ、父さんは。ロビーでキャッチボールを始めて、あのお皿を割ったこととか……」

彼は眉根《まゆね》を押さえて、はあ、と深いため息をついた。ロビーの陶器は、あの子が割ったのか。

「大体お前な」父親は続けた。「そんなこと言ってると、本当にそいつがやってきて……」

少年は、ひいっと小さな悲鳴を上げた。

「ねえ僕、面白そうな話をしているね」

よせばいいのに、葛城は少年にちょっかいをかけた。

「すみません」父親が恐縮したように言う。「うるさかったですよね」

「いいえ」葛城が父親の方を見て言った。「可愛《かわい》いお子さんですね」

彼は苦笑しながら、「壮太《そうた》といいます」と子供を紹介した。

「ねえ壮太君」葛城は少年に狙《ねら》いを定めて言った。「さっきの大きな人の話だけど、それ、いつ見たのかな?」

「いつって、そんなの、あのおっきなぐらぐらの時だよ。あの人がどしーん、どしーん、って歩いたから、おっきなぐらぐらがあったんだ」

つまり、地震の時と同じタイミングだったということだろう。十五時七分だ。

「またお前はそんなことを言って……」

「ちなみに壮太君は、どうして、それが大きな人だと思ったの? それに、目が一つだけしかない、って」

「だって、雲みたいなのの中で、きらって光ってたから」

「ああ、それは霧のことです。私からも何回か説明したんですが、霧、という言葉を覚えられないみたいで」

父親が頭を掻きながら言った。

葛城は小さく頷く。

「だったらね、壮太君。それは、大きな人じゃないよ」

葛城がいきなり言ったので、俺は驚いた。

「そうなの？」

壮太が大きく目を開く。

葛城はゆっくり頷いた。

「これを見てごらん」

葛城はスマートフォンを取り出した。画面には、荒土館の写真が写っている。

「ここに高い高い建物が見えるだろう？」

彼は塔を指し示した。

「で、ここに窓があるよね。ここに電気がついていたら、『雲みたいなの』の中で、どう見えると思う？」

少年の目が輝いた。

「おっきな目！」

「そうだ。壮太君は、この塔を大きな人だと見間違えただけなんだ。だから、大きな人なんていないし、怖がる必要だってないんだよ」

「そっかぁ」

彼は安心したように頷いたが、その表情にはどこか、残念に思っていそうな気配もあった。

「ああ、なんだ、そういうことだったんですか」

父親が得心のいったように頷いた。

名探偵の名前に値する謎解《なぞと》きかは知れないが、確かに葛城は、目の前に謎があると黙っていられない性格らしい。俺は半ば呆れながら彼を見た。

しかし驚いたことに、彼の話はまだ終わっていなかった。

「それにね」葛城が言った。「さっきの大きなぐらぐらは、地震っていって、本当に怖いことなんだよ」

壮太の顔が曇る。

「またあるの？」

「それは、お兄さんにも分からないんだ。でも、あのくらい大きな地震だと、人が死んじゃうこともあるし、それで傷ついた人だってたくさんいるんだ。特に、この国にはね」

壮太の大きな目が葛城をじっと見つめている。全て理解しているかは分からなかったが、その目は真剣だった。

「だからね、さっきみたいに、死んじゃうとか、殺されるとか言うと、色んなことを思い出して、辛《つら》くなる人もいる」

「お兄ちゃんも、傷ついた？」

「僕は平気だよ。でも、大きな人なんていないって分かったんだし、さっきの話は、もうやめられるね？」

　壮太は、そこだけはよく分かったのか、大きく頷いた。

　葛城はニヤッと笑って、「壮太君はいい子だな！」と言い、ポケットから飴《あめ》を取り出して渡した。

「すみません、同じ話を大声で繰り返すので、ほとほと困っていたところでした。本当にありがとうございます」

　父親が深々と頭を下げていた。

「さっきの話なんて、まさに私の気にしていたところだったので、私の心を読まれたのかと思っていましたよ。阪神《はんしん》・淡路《あわじ》の震災の時、高校生で、あっちの方に住んでいましたから……」

　葛城は「たまたまです」と謙遜《けんそん》してから、二人を送り出した。

「ありがとう、変なお兄ちゃん！」

　別れ際、壮太は葛城に手を振りながらそう言って、また父親にちょっと怒られていた。

「変なお兄ちゃん、ですって。まあそうですよね。急に話しかけてきて、彼にとっては、滅多《めった》にない体験だったでしょうし」

　彼は苦笑した。

「さ、すっかりそばが伸びてしまいましたね。食べましょうか」

　葛城はさっきの出来事をあっさり忘れたように口にした。俺は一瞬、呆気《あっけ》に取られた。

彼には、自分の手柄《てがら》を誇るような素振りもまるでなかったからだ。

「子供の扱いに慣れているんだね」

「うーん、まあ、ちょっと経験があるだけですよ」

彼は肩をすくめた。

まだ自分からは話さない。俺は結局尋ねた。

「さっきの、本当に偶然なのか？」

「え？」

「父親が気にしていることを見抜いたの」

葛城は少し迷ったようにしてから、口を開いた。

「あの父親、ストレスを感じると右目の横を掻く癖《くせ》があるようです。それが、壮太君の『殺す』『ぐらぐら』というワードに応じて出るようだったので、もしかしたら、と」

俺は内心驚いていた。

「そうだったのか？」

「見ていませんでしたか」

「全然だ」

「まあ、それが普通だと思います。幸か不幸か、人よりもよく気付くというだけのことで」

俺は息を呑んだ。葛城がそのレベルで人間の行動を観察出来るなら、警戒しなければばいけない。

「ところで、さっきの話だけど……名探偵、だって？」

「ええ。山火事の中の落日館では少女が死に、水害時の青海館では連続殺人が起きました。そして、青海館の事件は、僕がなんとか解き明かしました。名探偵としては許されないこともして、痛みも抱えて、それでもどうにかね」

彼の顔が少し翳《かげ》った。

「青海館の事件は、と言ったね」俺は言った。「その、最初の落日館の方はどうなんだ」

「別の名探偵……元、名探偵と言った方がいいですかね。そのひとが解決しました。僕も真相は解き明かしましたが、解決したのはあのひとです」

「よく分からない」俺は正直に言った。「真相を解くことと、事件を解決するのは、どう違うんだ？」

「ただ謎を解き明かすだけなら、人並みの推理能力があれば出来ることです。解決するにはそれでは足りない。関係者たちの心の襞《ひだ》まで分け入って、事件を収束させること。そうして、初めて解決したと言える」

そう聞いても、やはり、分からない。

「しかし、二人の探偵の対決、というのはアツいな。ガストン・ルルーの『黄色い部屋の謎』を思い出すよ。素人探偵ジョゼフ・ルルタビーユと、警部フレデリック・ラルサンの対決……」

葛城は薄く笑った。

「あなたは、ミステリーマニアでもあるらしいですね。神社だけではなく」

俺は途端に気まずくなって、話題を逸らす。

「その二つの現場に、田所君という子もいたのかい」

「そうです。だから、彼はきっと大丈夫ですよ。あれから三年。彼だって成長している」

葛城はにやりと笑った。

「だからね、小笠原さん。僕も、頑張らないといけないんですよ」

ふと思った。

こいつは、俺の考えていることを全て見透かしているのではないか。だから、こんな風に、自分が名探偵であることを口にしたのでは、と。

俺はあえて虚勢を張る。

「でも、君は、落日館と青海館では、その館に居合わせたんだよね？」

「ええ、そうですね」

「だったら、今は状況が違うな。土塔家の荒土館から離れたところに、君はいる……」

「そうなんですよ。これが寂《さび》しいことに、全く蚊帳の外という次第でして」

葛城は、くっくっ、という笑い声を立てた。

「ですが、これでも案外、出来ることがあるんじゃないかと思うんですよ、僕にも」

彼はじっと、全てを見透かしたようなまっすぐな瞳《ひとみ》で、俺を見た。

俺は呼吸を乱しそうになるのを堪《こら》えた。葛城の言葉の続きを待ったが、彼はなかなか口を開こうとしない。俺は焦《じ》れて、先を促《うなが》してしまう。

「……ほう。例えば？」

葛城はニヤリと笑って、立ち上がった。

「ごちそうさまでした。先に、部屋に戻っていますね」

いつの間にか、葛城はそばを平らげていた。俺は彼が残していった空の器を見ながら、じっと怒りを堪えた。

まだ、共犯者からの連絡は届かない。信号弾は打ち上がっていないのだ。

しかし、葛城の目障《めざわ》りな動きを考えると……先へ、先へ、動いておくべきかもしれない。

俺は第一の計画を実行に移すことに決めた。

8

夜中。

四、五十分前まで、外では弱い雨が降っていたが、雨音も今やしなくなっていた。

余震で一度、目が覚めた。緊急地震速報が今回も鳴って、震度はまた3。隣の部屋から、不満そうに唸《うな》る大きな声が聞こえた。窓から外を見ていると、何室か明かりを点《つ》けて、眠れない夜を過ごし始めた。不安に駆られたのだろう。ちなみに、葛城は一切目覚めず、爆睡し続けていた。のんきなものだ。その能天気さが羨《うらや》ましくなる。

俺は電気を点けずに、そのまま待った。一つ、また一つと明かりが消え、夜が静けさを取り戻すのを。

葛城が寝付いているのを確認してから、忍び足で客室を出る。

俺には毒薬の小瓶がある。あれを使った計画も考えたいところだが、まずは、ピンポン球を使う。これは一の矢。二の矢、三の矢に毒薬の小瓶とクロスボウを温存する。これらを使わずに済ませられるなら越したことはない。

ピンポン球を使った殺人計画は、例の従業員用階段を使った仕掛けだ。

例の、プロバビリティーの犯罪である。

谷崎潤一郎《たにざきじゅんいちろう》の「途上」や江戸川乱歩《えどがわらんぽ》の「赤い部屋」など、探偵小説の世界には、「プロバビリティーの犯罪」と呼ばれるものが存在する。人が死ぬかもしれない些細《ささい》な仕掛けを用意して、標的が死ぬことを期待する。

例えば、階段にピンポン球を置いておく、というような。

ピンポン球を踏んだ満島が、足を滑らせて転倒し、頭を強打するのを期待する、というような。

仕掛けも簡単に用意出来るし、いざという時には、まさか死ぬとは思わなかったという抗弁も出来る。また、このタイプの殺人は、捜査陣には殺人に見えないのもあって、完全犯罪を目指すことも可能だ。

従業員用階段は老朽化が激しく、ギシギシ音を立てるので、満島蛍しか利用しない——この事実に、俺は目を付けたのだった。

一階は通らないようにして、二階を通って従業員用階段を目指す。

従業員用階段の近くには、遊戯室がある。昼間、卓球台があるのを見て、下半分が潰れた白いピンポン球を拾ったところだ。この位置関係が、上手い。ピンポン球が部屋から飛び出して、偶然、階段まで転がったという言い訳が立つ。

階段には朝日が差し込むから、光の中で白が紛《まぎ》れる可能性が高いし、底が潰れていれば、セットした後、何かの衝撃で落ちてしまうこともない。

地味だと思われるかもしれない。だが、秘策とは案外シンプルなものなのだ。

階段は踊り場もなく、一直線に下へと続いている。上から真《ま》っ逆《さか》さまに落ちれば、ひとたまりもない。一段目か二段目、目につきにくい位置に仕掛けるのがベストだろう。

恐る恐る板に足を載せてみると、ギシッ、と音が響いた。ひやりとする。あたりを見回すが、誰の気配もない。

音もなくこの階段を上り下り出来る、とは、どういうことだろう。どこか特定の位置に足を載せれば、音が鳴らないのか。あるいは力のかけ方か。満島蛍が実際に階段を上り下りしている様子を観察出来れば、彼女が踏む位置をより確実に特定出来るのだろうが、こんなところまで客がうろうろ入っていっては怪しすぎる。やはり、運を天に任せるしかなさそうだった。

階段の二段目、やや上からは見通しにくそうな位置に、ピンポン球を仕込む。ピンポン球の表面をあらかじめ拭って指紋を消してある。仕込む時には、ハンカチ越しに触って指紋を遺さないようにする。万が一に備えた用心だ。

これはあくまで、一の矢だ。欲を張ってはいけない。それに、さっきのような余震で、ピンポン玉の仕掛けが自然と落ちてしまうかもしれない。その可能性までは、俺も排除出来ない。

俺は仕掛けを終えると、足早に部屋へと戻った。

窓の外を眺めていたら、蛍が旅館に戻ってきた。こんな夜に散歩だろうか。時計を見ると夜の十二時だった。散歩ルートか何かあるのなら、把握しておくと次の計画に役立つかもしれない。

雨がいつの間にかやんでいた。明け方にまた降ると予報には出ているが、朝にはやむらしい。

部屋では、腹が立つほど平和な顔をして、葛城が寝息を立てていた。

のんきな奴め、名探偵。

二日目

1

「あけましておめでとうございます、小笠原さん！」

「……あけましておめでとう」

朝から葛城は元気だった。朝起きていきなり見る顔がこいつというのも、なんだか残念だ。

部屋の空気は寒々としていた。灯油は節約する必要があり、ガスストーブは点けていない。

「せっかくだから明星神社に初詣に行きましょうよ。初詣」

「葛城君、土塔家にいる友達が心配なんじゃなかったの？」

「彼らは彼らで頑張っていると思うので、心配いりませんよ」

葛城は曖昧に微笑んだ。

「しかし、昨日の今日で初詣なんて出来るのかね。神社も人がいないんじゃないのか」

「激甚災害ならともかく、朝のニュースでも、一夜明けて死者はなし、なんて言っていましたからね。小笠原さんの言うことにも一理ありますが、駄目で元々行ってみませんか」

葛城は立ち上がった。

ロビーに降りると、満島に出迎えられた。

「おはようございます」

こんな朝にも、礼儀正しい所作のお辞儀だった。

「おはようございます」

俺はそう答えながら、内心少しだけがっかりする。一日目からプロバビリティーの犯罪の結果が出るとは思っていないが、それでも、こうやって元気な姿を見せられてしまうと、少し不安だ。ピンポン球の仕掛けも、気付いて回収されてしまっていたら、再度セットしなければならないが、何度もやると怪しまれるだろう。

まあ、所詮は偶然任せの犯罪である。

期待しすぎてはいけない。

ピンポン球の仕掛けが残っているかどうか、くらいはすぐにでも確認しにいきたかったが、今は葛城の相手をしておかなければならない。忌々しいが、怪しまれないためには仕方がなかった。

明星神社が普通に参拝客を受け入れているか疑問だったが、地元住民らしき人たちがちらほらと初詣に来ていた。俺たちと同じように、暇を持て余しているらしい〈いおり庵〉の客も、見知った顔が何人かいる。

朝の空気は身を切るほど冷たい。手袋をしてなお、手を擦り合わせてしまう。

震度5強の地震で、交通は未《いま》だ復旧を待つ状態だが、街はほとんどいつもの活動を取り戻していた。海から遠いので津波の心配もなく、昨日から普段通りに過ごしていた人も多いのだろう。大きな地震だったが、激甚災害級ではなかった。この状況下で孤立してしまった土塔家は、不運としか言いようがない。

「時折、自分たちの感覚が麻痺《まひ》しているんじゃないかと思わされることがありますよ」

本殿に至る階段を上りながら、葛城が言った。

「俺の会社に外国人の同僚がいるけど、ちょっとの揺れでも、おっかない、おっかないってすぐに言ってくるよ。地震がほとんどない国から来たから」

「そちらの方が正常なのかもしれませんね。大地が揺れる……そんなの、どう考えても異常事態なのに」

「そういう俺たちだって、こうやって初詣に来ているわけだが」

「ええ、絶賛平和ボケ中です」

葛城の言い方が少し可笑《おか》しくて、ふふっと笑う。話してみると、案外面白い子かもしれない。

「昨日の地震、大丈夫でした?」

近くの参拝客の会話が耳に入る。中年の男性二人組だ。正月だからか、赤ら顔でもう酔っている様子だ。

「結構大きかったですな。床に積んでおいた本が崩れてしまいましたが、その程度で済んで幸いでした」

「年末に買い出しに行っておいたから、食うものもあるしね。あれで終わればいいけど」

ここにも平和ボケした人たちがいる。

その時、また緊急地震速報が鳴った。参拝客からも、「またか!」というような苛立《いらだ》たしげな声が上がる。しかし、それでも身をかがめたり、ガラス戸から大急ぎで離れたりと、日本人に根付いた防災意識には驚かされる。

ぐらあっ……。

今回は、昨日の余震よりも大きく、長い。震度は4。

参拝客の中にも、さざめきのように不安の声が飛《と》び交《か》う。先ほどの二人組も、少し青ざめていた。酔いは醒めてしまったようだ。

再び気分が悪くなった。まだ朝食をとっておらず、胃の中が空っぽなのも災いした。少しふらつく。

「大丈夫ですか?」

「あ、ああ……」

「最初のものほどではありませんが、大きかったですね。ここにいる限り、これが続くと思うと気が重いですが、道が寸断されているのではね……」

「葛城君は、随分平気そうに見えるが」

彼は意外そうに目を瞬《まばた》いてから、「強がっているだけですよ」と苦笑した。

空から、バラバラバラ、と大きな音がした。

見上げると、ヘリコプターが一機、空を飛んでいく。昨日もニュース映像で見たが、今日も飛んでいるらしい。

「土塔家の方角ですね」

葛城が言う。また友人たちのことを考えているのだろうか。

参拝客の列に並ぶと、「あ、そうだ」と葛城が言い、ポケットの中に手を突っ込んだ。彼が取り出したのは、白いボールだった。自分の体で半分隠すようにして、俺の方に差し出している。朝日の光の中で、ボールは光っていた。

俺はごくりと唾を飲み込む。

「これは、旅館の『ある場所』で拾ったものなんですけどねえ」

「へえ」

俺はなんとか相槌《あいづち》を打ったが、頭は真っ白になりかけていた。

葛城は俺の顔をじっと見つめる。

「ねえ、これ、どこで見つけたと思います？」

「さあ。その遊戯室とやらで拾ったんじゃないのか」

葛城はボールをポケットの中に仕舞う。ポケットに手を突っ込んだまま、話を続ける。

「それが違うんですよ。旅館の奥の方に、もう一つ階段があったんですけど、これが踏むとギシギシ酷い音を立てる階段でしてね。その階段に落ちていたんですよ。近くに遊戯室という部屋があって、どうも、そこの部屋から転がってきたようなんですがねえ。危ないと思いませんか？　誰かが踏んだら階段を転がり落ちてしまいますよ」

「君は」俺は動揺しながら聞く。「どうしてそんなところまで行ったんだ？」

「いやあ、ちょっと宿の中を探検していただけですよ」

はぐらかされた、という感触だけが残る。

「宿に戻ったら、ちょっと一緒にやりませんか、これ。僕、結構強いんですよ」

俺は肩の力を抜いた。

こいつは単に無邪気なだけなのかもしれない。考えすぎだ、と自分に言い聞かせる。

「卓球は、高校の授業でやったきりだ……手加減してくれよな」

「卓球？」

葛城が怪訝《けげん》そうに言った。

「ああ」葛城が頷く。「確かに、温泉といえば温泉卓球ですね！　そうか、あの遊戯室には、卓球台もあるんですね」

「は？」

俺は焦った。葛城の反応がズレている。

「卓球なら、僕も高校の授業でやったきりです。そちらの方が互角で戦えそうですね。僕が得意なのは、こいつですよ」

葛城は、ポケットの中に入れていた手を出した。

彼が持っていたのは、ゴルフボールだった。

俺の頭は真っ白になる。

よく見れば、明らかにゴルフボールだった。底の潰れた、白いピンポン球ではない。ピンポン球の表面はつるつるしていて、ゴルフボールはデコボコしたクレーターのような表面になっている。

葛城は自分の体で半分隠すようにしていたし、朝日の光の中で、ボールの表面は光っていた。見間違える要因は揃っていたが、誘発されたのは間違いない。

駆け引きを仕掛けられた。そして、俺は負けたのだ。

俺はちっとも冷静ではなかった。

これが偶然なわけがない。葛城は俺を揺さぶっているのだ。もっと決定的な失言をするように。

ピンポン球の仕掛けは回収されたのだろうか？　こいつが本当にド天然で、たまたまそこに転がっていたゴルフボールだけ拾ってきた可能性も、わずかにあるか？　宿に戻ったらすぐにでも確かめにいきたかったが、それこそ葛城の思《おも》う壺《つぼ》な気もする。後でもつけられたら……。

それにしても、なんて嫌味な奴なのだ。表立って断罪はせず、「お前のことを見ているぞ」と絶えず働きかけてくる。やりにくいったらありゃしない。

「あ、小笠原さん、順番来ましたよ」

賽銭箱《さいせんばこ》に五円玉を投げ入れながら、俺は一瞬、神に祈ろうとした。

この、自称・名探偵から、逃れさせてくれ、と。

だが、すぐに思いとどまった。

神には祈らない。

なんとしても、自分の力で、このクソガキに勝ってやる――。

2

十二時四十分。

土塔家を巡る状況が、またしてもローカル局のニュースになっていた。

食堂では、そのニュースがテレビで垂れ流されている。

荒土館は地の虚のような空間に建っているが、その虚全体に霧が立ち込め、館の状況や下の地面の状況も確かめられない。

土砂崩れの現場を復旧する作業を進めているが、道路の復旧にはもちろん数ヵ月、あるいは数年単位の時間がかかるし、人が通れるようにして、救助に向かうようにするだけでも、数日はかかる。

おまけに、ハーネスなどを利用して下に降りようにも、霧が濃すぎて危険性が高く、自衛隊も救助に踏み切れない状況だという。

「荒土館は完全に孤立状態ですね」

テレビを見ていた葛城が、ぼそっと口にした。

『——見てください！　今、荒土館に人の姿が見えました！』

おおっ、と食堂の人々がどよめいた。

塔の窓から、男が半身を乗り出している。ぶんぶんと手を振り回し、カメラに向けてアピールしているように見える。

『誰かが助けを求めるように手を振っています！　あれは……土塔家の長男、黄来《こうらい》さんでしょうか。必死にこちらに向けて手を振っています』

『彼の無事だけでも確認出来たのはよかったですね』

コメンテーターが当《あ》たり障《さわ》りのないコメントを投げる。

『あのように塔から顔を出せるなら、あそこから救助することは出来ないのでしょうか？』

コメンテーターは顔をしかめた。

『難しいでしょうね。下からはしご車でアプローチするような場合なら別ですが、ヘリコプターで上からロープを降ろして、窓から救出されたとしても、風でヘリコプターの操縦が乱れれば、救助した人ごと壁に――』

食堂のどこかから、ヒッという女性の声が上がった。

まるでその言葉を切るように、ニュースは不自然にCMに入った。

俺はあくまでも焦れた。土塔雷蔵は、いまどうなっているのか。

「小笠原さん。荒土館を見渡せる、面白い場所があるんですけど、ついてきませんか」

葛城にそう誘われる。こいつの言う通りにするのは癪《しゃく》だったが、状況は気になる。

「どうしてそんな場所を知っているんだ?」

「探検で見つけたんですよ。宿の裏手です」

外は身も凍《こお》る寒さだったが、長壁町を少し離れた山道を行くと、人気《ひとけ》の少ないところに、小さな東屋《あずまや》があった。見晴らしがよく、荒土館がある大地の虚がよく見えた。

東屋の向かい合った椅子に二人で座ると、「うわあ」と葛城が声を漏らした。

「どうした?」

「座面がベタベタです。誰かジュースでもこぼしたんですかね。参ったな、宿に戻ったらこのジーンズは綺麗にしないと……」

彼は立ち上がり、しきりに尻を気にしている様子だった。彼が座ったのは手前側の椅子だったが、見た目には普通に見えるので、葛城にとっては災難だった。ただ、彼がトラブルに見舞われるのは、ざまあみろという気分ではある。

荒土館にある四つの尖塔が、先端の方だけ、霧の中から突き出している。その上空を、ヘリコプターが一機、飛び回っていた。さっきのニュースを報じていた局のものだろう。

チャラチャラン、チャラチャラン。

心臓に突き刺さるこの音は――。

自覚するのとほぼ同じタイミングで、地面が大きく揺れる。

ぐらあっ……。

縦揺れと横揺れがほぼ同時に襲ってきた。今回もかなり大きく、震源も近い。

「うわっ」

東屋がぐらぐらと揺れる。このまま崩れるのではと気が気ではなかったが、なんとか持ちこたえた。

三十秒ほど続いた揺れは、ようやく収まった。

「大丈夫ですか？」葛城が俺の肩を支える。「顔、青ざめていますよ」

「あ、ああ……」

スマートフォンで確認すると、十三時ジャストに、この地域を深度5弱の揺れが襲ったという。今回も大きな地震だった。

山の向こうから、どおん、という大きな音が聞こえた。

大地の虚の中で響いたようにも聞こえる。つまり、荒土館の方から。

「なんの音だ……？」

「さあ、何も分かりませんね」

葛城が青ざめた顔で言った。

戻りましょうか、と彼に誘われて、来た道を戻る。

彼は、土塔雷蔵が造ったというあの円筒形のオブジェの前で、しばらく立ち止まっていた。ペタペタと壁を触り、何やらうんうん唸っている。

「何をしているんだ？　作品鑑賞？」

彼は首を振った。

「いえ、違います。恐らく、ですが――」

彼は素手でペタペタとそのオブジェを触っている。恐らく土塔家のものだろうに、素手で無遠慮に触っていいのだろうか。

彼は小さく頷いた。

「うん、ここだけ色が薄い」

彼はそのまま、オブジェを触っていた手に力を籠《こ》める。すると出し抜けに、ガコン、という音を立てて、オブジェの表面が中に沈み込んだ。

俺は驚いた。

すると、その部分がスイッチになっていたのか、扉がスライドするように開いて、中に狭い空間があるのが見えた。

「か、葛城君、これは……？」

「思った通りです」彼は俺を振り向いた。「これはね、小笠原さん。土塔雷蔵がこの地に造った、地上から土塔家までの隠し通路――」

「隠し通路？」

彼がその狭い空間の中に入っていくので、俺もついていった。

すると、そこには見慣れたものがあった。金属製で、スライド式の扉はガラスで二重構造になっている。横にはボタンがあり、「↑」「↓」の素《そ》っ気《け》ない表示だけが刻まれていた。

「エ、エレ、ベ、ー、タ、ー……」

俺はボソッと呟いた。

「まさしく、そういうことでしょうね」葛城が頷いた。「細かい階数表示はないようですから、地下の荒土館とこの地上のオブジェまで直通というわけでしょう。崖を切り開いてこんなものを造ったのは、道楽なのか、緊急脱出用なのか、なんなのか」

彼は呆れたように息を吐いていたが、なんで目の前の現実をそう簡単に受け入れられているのか、俺にはワケが分からない。

「ちょっと待ってくれ。こんなもの、あり得ないだろう？　小説の中でしか見たことがない――スケールが違いすぎる」

「それが普通の反応でしょう。僕には、土塔雷蔵のような人間なら、こういうことをやりかねない、という個人的な確信がありましてね。まあ、それを説明すると複雑になってこしまうのですが……」

一体こいつはなんなんだ？　と不安が頭をもたげる。名探偵などと嘯いてみたり、雷蔵のことを知っているとアピールしてきたり。

「妙な異音はしませんね。エレベーターシャフトには異常がないのかもしれません」

「てことは、これ使えるのか？　だったらすぐ救助出来るじゃないか」

雷蔵の死を報せる信号弾は打ち上がっていないから、俺にとっては都合が悪いが、話を合わせておく。

「しかし」彼は続ける。「見てください。ガラスの向こうに見える、エレベーターのカゴを吊っているワイヤーですが、切れてしまっているようです」

ガラス越しに覗き見ると、確かに、ワイヤーは無惨に千切れている。断面はギザギザだった。

「下で、落ちてきたカゴに誰か潰されていないといいけどな」

俺が言うと、一瞬、彼の顔が青ざめた気がした。

それは見間違いだったかもしれない。彼は素早く自分の顔の下半分を手で押さえ、隠してしまったからだ。

「あっ」

俺はハッとした。彼の友人たち、確か、田所と三谷という男たちが、荒土館にはいるのではなかったか。

俺にとっては、荒土館は、にっくき土塔雷蔵のいる場所である。だから、カゴに潰された雷蔵——というのは実に胸のすく想像なのだが、彼にとってはそうではないのだろう。

「すまない。君の友人もいるんだったな。無神経だった」

「いえ——気にしないでください」

彼が自分の手をどけた時には、彼の顔には、もう血色が戻っていた。やはり見間違いだったのだろうか。

「まあ」彼は続けた。「こういう仕掛けがあったにせよ、今は使えない。これは間違いないようですね」

俺はただ頷いた。彼の言葉に納得する他なかったからだ。

「しかし、今は使えないとしても、大晦日の時点では使えたかもしれませんね」

「なんだって?」

「だってそうでしょう。記録がない以上、いつ壊れたかは分からないんですから」

エレベーターが大晦日の時点では使えたとすれば——例えば、あの土砂崩れの道の向こうにいた共犯者は、外に出てくることが出来たのだろうか?

そう考えかけて、すぐ心の中で否定する。

何せ、まだ信号弾の合図は来ていないのだから……。

まだ彼女が土塔雷蔵をその手にかけていない以上、館から脱出してしまうわけにはいかない。だからやはり、彼女は今も、眼下の荒土館で闘っているのだ。

恐らくエレベーターは、昨日の午後、深度5弱の地震直後から壊れていたのだろう。これが生きていたなら、館の中からみんな脱出出来たはずだからだ。

葛城がジーッと俺の顔を見つめているのに気付き、俺はハッとした。

「俺の顔に何かついてるか？」

「いえ」彼は首を振る。「別に」

一体何なんだよ、とツッコむ暇もなく、彼はエレベーターの仕掛けを閉じ、宿への道を歩き始めてしまった。

忌々しい……。

俺はあらためてそう思った。

毒薬の小瓶は――このガキに使ってしまおうか？

心の中で、悪い考えが頭をもたげる。そうだ、まだクロスボウという「弾」は残しているのだ。毒薬の小瓶をこのガキに使って露払いとし、来たるべき蛍殺しはクロスボウでやる――これで、帳尻《ちょうじり》が合うではないか。

ポケットに入れた毒薬の小瓶を服の上から撫でる。

幸い、彼は食欲だけは衰え知らずのようだ。昨日の夕食も、今朝の朝食もよく食っていた。毒を混ぜても、がつがつ食ってくれるだろう。機会には困らない。

俺は、彼の命を手の中で弄《もてあそ》んでいる気分になった……。

宿に戻ってから、俺たちはしばらく二人で過ごしていたが、彼は「考え事をしたい」と言って部屋を後にした。

だが、一人の時間さえ出来れば、また情報収集が出来る。

厨房から、こんな会話が聞こえた。

『正月なのに、おせち料理も振る舞えないっていうのは、ちょっと心苦しいよな。とにかく、物資についてはかなり孤立状態だからな。あと四、五日もこんな状況が続いたら、カップ麺くらいしか提供出来なくなるぞ』

『酒なら大量にあるんだが……。せめて、宴会の席でも設けようか。オレンジ入りのビールなんかは、うちの名産だから喜ばれるかもしれない。泥酔すると、何かあった時に困るから、希望者に一杯だけ、とか』

『つまみはありあわせのものしかないが……よし、ちょっと若女将に提案してみよう』

降って湧いた話だが、これは使えるかもしれない。

〈いおり庵〉周辺の交通状況は依然改善せず、昼食以降は、保存食での味気ない食事となっていた。宿を得ている俺たちにとっては、それでも充分ありがたい。

とはいえ、〈いおり庵〉側は、それではどうなのか、と頭を悩ませているようだ。値段に見合ったサービスを提供出来ていないのでは、と思うゆえだろう。

酒の席が設けられれば、満島蛍のガードも緩《ゆる》んで、一口ぐらい口をつけるのではないか。

その酒になら、毒薬を仕込めるかもしれない。

俺は名案を思い付いた。

あの名探偵を殺すのはやめだ。

むしろ——俺が、あいつを利用してやる。

被害者を装うのだ。

3

二十時半のこと。

不意に、窓の外に赤い光が上がった。

パンッ、という炸裂音《さくれつおん》も、やや遅れて聞こえてきた。

ロビーにいた従業員や客が口々に言った。

「花火か？　こんな季節に？」

「正月は本来めでたくはあるが、今年は全然めでたくないからなあ」

あれは花火ではない。俺だけは分かっていた。

——信号弾。

土塔雷蔵が死んだ……その合図が、空に打ち上げられたのだ。信号弾の光自体も、ざっくり、荒土館の方角から上がっていた。

「荒土館からの救難信号ですかね」

いつの間にか隣に立っていた葛城が言う。

「一体、中では何が起こっているんでしょうか……」

葛城は中にいる友人たちのことを思ってか、少し心配そうな表情を見せる。

――土塔雷蔵が死んだのさ！　間抜けな名探偵！

俺は心の中で毒づいた。

そのまま十五分くらい、ざわざわと騒ぐロビーの客たちを観察していると、「これは一体なんの騒ぎ？」という聞き慣れた声が飛び込んできた。

振り返ると、満島蛍が玄関口に立っていた。クーラーボックスのような形をした肩掛けカバンを持っている。

「ああ、それが……」

安西が説明すると、彼女も柳眉《りゅうび》を歪《ゆが》めて、

「この季節に花火だなんて、おかしいわね」

と口にした。

その顔を見ながら、俺は心の中にふつふつと燃え上がるものを感じた。

信号弾は打ち上がった。

あの女性は、約束を果たしてくれたのだ。

目の前にいる満島蛍を、改めて観察する。綺麗な人だ。俺には一切の恨みはなく、むしろ好感さえ抱いているが、この人には死んでもらわないといけない。その思いを新たにする。

今度は――俺が契約を履行する番だった。

二十一時。

この時間になると、荒土館の周辺に飛んでいたヘリコプターの姿はない。土砂崩れの復旧作業は淡々と進んでいるようだが、ここまで音は届かないので実感はない。

食堂を宴会場として、ささやかな酒席が設けられると、満島蛍から各部屋に通達があった。宿泊客、十六室分、三十名ほどが、やや申し訳なさそうにしながらも、食堂に集まっていた。

「俺、手伝いますよ。皆さんの飲み物を配るの……」

「小笠原さんがやるなら、僕も。こんな状況じゃ、スタッフさんも人手が足りないでしょうし」

俺と葛城は、蛍に手伝いを申し出た。本当のところ、酒には一切触れないくらいの方が、怪しまれないで済むのだが、背に腹は代えられない。

「そうですか……?」

蛍は小首を傾《かし》げて考え込んでいたが、やがて、決心したように頷いた。

「では、お言葉に甘えることにします。皆さん好みがあると思うので、ご希望のものをカウンターで提供する方式にしようと思っていました。グラスに注いで、お渡しするという流れです」

カウンターで提供する方式にすることは、盗聴で既に確かめていた。

それこそが、俺の狙いだった。

食堂の長机に、俺にとっては毒になるオレンジビールが所狭しと並んでいる。グラスに注いで渡されると不衛生《ふえいせい》だ、という人のために、未開栓のものや、缶のビールやチューハイなども色々ある。随分気前のいい旅館だ。

俺たちはしばらく機械的に作業を続け、他の客、十五室分、二十八人全員に飲み物を配っていった。

テーブルの上に、残りの飲み物が三つになった段階で、俺は行動に移った。三つの内訳は、オレンジビールが一つ、普通のビールが一つ、黒ビールが一つだ。

俺は手元のオレンジビールの中に、毒薬の小瓶の中身を入れる。ビール瓶《びん》をわずかに揺らして、液体を混ぜる。時間にして五秒もかからない。葛城にも見咎《みとが》められなかっただろう。

このビール瓶自体は、二十八人の客がテーブルに近付いてくる時にも、ずっと開栓された状態で置かれていた。他の客にも、投毒の機会はある。毒薬の小瓶そのものは、指紋を拭った後、食堂内のゴミ箱に捨てる予定だ。満島蛍が死んだ瞬間、食堂内は大騒ぎになるはずだ。その騒ぎに乗じて、小瓶を処分する。

「すみません、お手伝いいただいて、ありがとうございました。お二人も、ぜひ召し上がってください」

「ありがとうございます」俺は言いながら、手元のビールを示す。「若女将も一つどうですか？」

「え？」

蛍は意外そうに目を見開く。

「ほら、ちょうど数も三つですし」

「いえ、私は……」

俺は素早く自分でオレンジビールを手に取り、残りの二つを示す。重要なのは、葛城の視界に自分がいつも入っているようにすること。

俺はこの時、オレンジビールのラベルを巧妙に手のひらで隠している。

「じゃあ、僕はこれを」

葛城は黒ビールを手に取って、早々に飲み始める。

「ほら、こういう席ですから、ぜひ一緒に」

「いえ、仕事中ですから……」

蛍はあくまで固辞するが、手に取ってもらわないと始まらない。自分がパワハラ親父《おやじ》にでもなった気がして気分が悪くなる。

「満島さん、ぜひ。せっかくですし」

葛城も促す。ありがたいことだ。自分の言葉がどんな結果を招くかも知らずに……。

「……はあ、では、少しだけ……」

蛍が普通のビールを手に取る。

「じゃあみんな、勝手に始めているようですから、この三人だけでささやかに」俺は言った。「乾杯」

「あっ、ごめんなさい、先に口付けちゃって」

葛城が申し訳なさそうに言った。

「社会人経験の差だね」

俺がツッコミを入れると、わずかに、蛍が微笑んだ。

乾杯でビンをカツン、と合わせた後、ようやく、ビールのラベルを、人から見えるように持つ。

「あれっ」

葛城が言うと、ビールを口に運ぼうとしていた蛍の動きが止まる。

葛城は、俺のビール瓶を指さしていた。

「それ、オレンジビールですよ。小笠原さん、オレンジにアレルギーがあるんじゃありませんでしたっけ」

いい、いいぞ、よく言ってくれた、葛城。昨日部屋でした何気ない会話を、よくぞ覚えていた。俺は心の中でこの自称名探偵を称賛する。

「あれ……ああ、ほんとだ。ラベルをよく見てなかったから、気付かなかったよ」

「困りましたね。僕はもう口をつけてしまいましたし」

蛍は、少し間を置いてから、ためらいがちに言った。

「でしたら」蛍は自分のビンを俺に差し出す。「取り替えましょうか……？　私も、まだ口をつけていませんから」

「申し訳ない。そうしてもらえると助かります」

オレンジビールに投入された毒薬は、客を無差別に狙ったもの、もしくは俺、小《え》笠原を狙ったもの……ボトルを直前に取り替えたから、なんとか難を逃れた。こういう画を描けたわけだ。

これで、俺は被害者扱いだ。

俺の心理的な「アリバイ」は名探偵が立証してくれる。

俺の勝ちだ——。

そう思った瞬間だった。

「あっ」

葛城の体が突然、視界から消える。

葛城が転んで、蛍の方に倒れ掛かる。

葛城の手が、彼女のビンに触れようとする直前、蛍の手からビンが滑り落ちた。

「きゃっ」

蛍が叫ぶ。

葛城は、テーブルに手をついてなんとか止まる。

ビンが床に落ちて砕《くだ》ける。

俺は唖然とした。こんなに呆気なく、そして蛍にとって都合よく、計画が頓挫《とんざ》するとは。

「だ、大丈夫かい、葛城君、若女将」

俺は儀礼上そう声をかける。

「え、ええ」葛城が言った。「あれを踏んづけたみたいです」

彼が指さしたのは、あの忌々しいゴルフボールだった。

「こんなもの、まだ持っていたのか」

俺は半ば吐き捨てるように言う。

「す、すみません。満島さんも怪我はしませんでしたか?」

「ええ、大丈夫です。あ、割れたビンには触らないでください。すぐに片付けますから」

蛍はそそくさと離れていった。

「すみませんでした、小笠原さんも。服が汚れてしまいましたよね」

「あ、ああ……それくらいは別に、構わないよ……」

葛城の表情は心底心配そうにしているので、叱るに叱れない。それがまた、腹の立つ原因だった。

葛城は口ではそう言いながらも、じっと、満島蛍のことを見つめていた。

俺は茫然としていた。

なんて都合のいい事故だ。これが偶然なら、葛城という男は天性の幸運を持っていることになる。俺はそんなことは信じない。葛城は俺の計画を見抜いたのだ……。

そんなことより、少し気になったことがある。

葛城が転び、その手がビンに触れる——いや、彼の意図からすれば、事故に見せかけてはたき落とそうとした、ということになるだろうが——そのまさに直前、蛍は、ビンから手を離したように見えた。

恐らく、蛍は咄嗟に葛城の体を支えようとして、手を空けるために、ビンから手を離したのだろう。だが、あの蛍の動きが、俺にはなぜだか気にかかった。

4

こうも失敗続きだと、さすがに自信をなくしてくる。

ふと、なぜ葛城は、俺を食堂で問い詰めなかったのだろうと疑問に思う。満島蛍のビンが割れ、毒殺が失敗した時点で身体検査でもされれば、毒薬の小瓶を発見され、俺は弁明に窮したことになる。これだけでも、葛城は勝負を決められたはずだ。

もう敵にもならない、と侮られているのか？

冗談じゃない。

俺は再び闘志を燃やした。

再度部屋に一人になったタイミングで、盗聴音声を聞くと、休憩室で男性従業員二人の会話が聞こえた。

『お前、あの話知っているか』

『あの話って？』

『若女将の散歩コースの話』

『散歩？　ああ、もしかして、夜によく出歩いているあれか？　いつも三十分くらいばったりいなくなるよな』

『そうだ。宿の裏手に行って、どうも山の方に行くらしいんだ。どこまで行くのかは知らないけど……』

『こんな時にまで……若女将も不用心だよなぁ』

『ところが、誰か大切な人に会いに行っている、なんて噂《うわさ》もあって……』

結局、彼がその話題を持ち出したのは、単なるゴシップ趣味らしい。

夜の散歩、か。それが満島蛍の習慣なら、追いかけてみる価値はある。

次の計画はクロスボウを使ったものだからだ。

自動発射される仕組みを作って、遠隔から満島蛍を殺す。満島が罠にかかると思われる時間帯には、葛城にべったり張り付いているようにして、アリバイを確保するのがいいだろう。

クロスボウには、拳銃《けんじゅう》と同じように持ち手の下にトリガーが付いている。このトリガーを引くことで、矢を固定していた機構が外れ、糸の張力で矢が射出される……という仕組みだ。

したがって、クロスボウを固定したうえで、自動でトリガーが引かれるような細工を考えればいい。

問題は、どこに仕掛ければ、確実に満島蛍を殺すことが出来るか、である。他の人間が罠にかかるようなことがあってはならない。

従業員用階段は既に葛城に目を付けられている。事務室は他のスタッフも利用する。

では、どこに。

そこで、夜の散歩コースが重要になるわけだ。

午後十一時。ロビー脇《わき》の喫煙スペースでタバコを吸いながら張り込んでいると、満島蛍が、受付の女性に声をかけ、旅館の外に出るのが見えた。

俺は裏口から回り込んで、彼女の後を付ける。

彼女は宿の裏手、林の中を進んでいき、荒土館を見渡せるあの道の方に歩いていく。そこから少し左に道を曲がって、昼間に葛城と向かった、あの東屋の方に向かった。

大体、十分くらいの道のりだった。

彼女は東屋に辿り着くと、ハンドバッグを傍らに置いて、奥の方の椅子に座り、何か思索にでもふけるように、しばらくたそがれていた。

そのまま、十分ほど経っただろうか。

思い立ったように、彼女は突然立ち上がった。茂みの中に隠れて、やり過ごす。

散歩は、聞いていた通り、大体三十分ということだった。往復に二十分、ここで座って十分休む。

なるほど、東屋のあたりは森閑としていて、喧騒《けんそう》からしばらく離れ、心を休めるにはうってつけだ。これが満島蛍の習慣というわけだ。

彼女が充分に離れたのを確認してから、茂みから抜け出し、東屋に近付く。昼間に葛城とも来たところだが、改めて確認してみる。東屋の周りは鬱蒼《うっそう》とした林に囲まれているが、荒土館の方角だけは、見晴らしがよく、今も突き出た尖塔の部分だけが霧から覗いている。月明かりの中で見る荒土館の白亜の尖塔は、どこか神秘的に見えた。

――彼女は、ここに座って、館を眺めていたのだろうか。何か、物思いに耽《ふけ》っているような表情にも見えた。

荒土館の中に、誰か知り合いがいて、その身を案じているのかもしれない。荒土館の面々と彼女にはなんらかの繋がりがあって、だからこそあの謎の女性も満島の殺害を依頼してきたのだ。その隠された関係が、やけに気になった。

東屋の真ん中には、備え付けのテーブルが一つ置かれ、向かい合うように二つ、座席スペースが配置されている。東屋の壁と座席スペースはくっついているので、動かせない。

その時、俺は閃《ひらめ》いた。

俺は蛍と同じ椅子に座って、位置関係を確認してみる。隣にハンドバッグを置き……うん、まさにこの位置に腰かけていたはずだ。

この位置から林を見る。枝ぶりのいい木が、いい角度にある。

——いけるぞ。

俺は急いで車に取って返し、クロスボウを取ってくることにした。

果たして、罠作りをしていると、地面が少し揺れた。

ぐらあっ……。

少し遅れて、緊急地震速報が鳴る。誰かに聞き咎められないかと、ズボンのポケットを上から強く押さえた。

震度は2か3だろうか。いずれにしろ、大きなものではない。しかし、不安を抑えるのは難しかった。何せ、この東屋から少し崖の方に身を乗り出せば、そのまま崖下《がけした》まで真っ逆さまなのだから……。

大地が自分の罪をなじっているような気がした。

それでも、俺は淡々と作業を続けた。

三日目

1

チャララン、チャララン、チャララン。

緊急地震速報の音で起こされた。

俺は急いでガバッと身を起こす。それと全く同じタイミングで、揺れがやってきた。

ぐらあっ……。

この地震は、いつ終わるのだろう……。痛む頭、慣れない作業をしたことによる筋肉痛。収まらない動悸。フーッと深い息を吐きながら、ゆっくりと傍らのスマートフォンに手を伸ばす。

震度は４。

俺はようやく立ち上がり、襖を開いた。

そこに、葛城が立っていた。彼は全開にした窓の傍で、景色を見ていた。靴下を履いている途中だったのか、途中から履き潰していた。

「……おはようございます、小笠原さん」

「……ああ、おはよう。早かったんだな」

葛城はもう、浴衣からセーターに着替えている。しかし、地震があったので、いつでも靴を履けるように急いで靴下を履こうとしたのだろう。彼の人間らしい姿をようやく見た気がして、少し気持ちがほぐれる。

時計を見ると、午前八時四十三。通勤日にはいつも午前六時に目覚めるので、かなり遅起きだったが、どうにも眠かった。

夜を徹して、クロスボウの自動殺人トリックを作り上げていたからである。

「荒土館の霧は未だ晴れないようですね。今朝もローカル局のニュースはその話題でもちきりですよ」

彼はマグカップを傾けながら言った。

「……そうか」

「眠そうですね、小笠原さん」葛城が言った。「コーヒーいりますか？　インスタントですけど」

「……お願いしようかな」

葛城はテキパキとコーヒーを用意してくれる。出来た執事みたいだ。鬼のように鋭いかと思えば、こんな風にのんびりと接してくることもある。とにかくペースを乱される。

だが、今日のところはこいつと仲よくしておかなければならない。アリバイを作らねばならないからだ。

林に仕掛けたものは、自動殺人のための装置だった。

具体的な仕掛けはこうだ。

クロスボウを、枝ぶりのいい木の枝に固定し、トリガーを引けばあとは矢が射出される、という状態にしておく。

トリガーに、テグスを絡ませて、片方に錘《おもり》を吊り下げ、もう片方を椅子の方に伸ばしておく。他の木の裏などを経由して、目立たないようにして、である。

ここで椅子の欠陥について説明しておかないといけない。椅子は東屋に備え付けられている。備え付けた金具の部分が少し弱ってきていて、座面に荷重がない状態では、金具はぴったり椅子と東屋を固定しているが、椅子に誰かが座ると、固定がわずかに緩むのである。

この金具にテグスを噛ませる。すると、椅子の重さと錘が釣り合って、テグスは均衡状態になる。しかし、誰かが椅子に座ると、金具の固定が緩み、錘が地面に落ちるので、トリガーが引かれる……という仕組みだ。

つまり、誰かが椅子に座るだけで、自動的にその誰か目掛けて、矢が放たれる、という罠になっている。

満島蛍の身長を考慮して、ちょうど心臓を貫《つらぬ》くように角度を調節した。体重までは知りようがないが（昔読んだ探偵小説に、女性が橋を渡った時の橋のたわみ方だけで、トリックのために必要な女性の体重を逆算する描写があったが、俺にはそんなキモい特殊技能はない）、自分よりもかなり軽い荷重でも、金具の緩みが発生するのは確認済みだった。

満島蛍以外の誰かがこの罠にかかってはいけないので、現在、仕掛けは外してある。昼間の明るいうちには、誰かに見咎められるリスクもある。仕掛けの位置、角度などは入念に写真に収め、記録を取ってあった。

今日の二十一時頃になったら、再度ここを訪れて仕掛けを作り直し、満島蛍を狙う……。

それによって、俺の計画は完成するのだ。

2

二十一時。

行動開始だ。

葛城が風呂に入っている間に、俺は素早く動く。

十五分かけて東屋に行き、十分で仕掛けを設置する。昨日のうちに何度もシミュレーションしたから、スムーズに遂行することが出来た。

部屋に戻った時には、葛城は風呂から上がった後だった。

「ちょうどよかった、小笠原さん。将棋でも指しませんか。ポータブルの盤を持ってきてあるんですが」

渡りに船だった。

「どうだろうなあ」俺はあえて焦らすように言う。「ちょっと齧《かじ》った程度で、駒《こま》の動かし方しか知らないよ……」

「もちろんハンデはつけますから」

そう言って、葛城は六枚落ちで対局を始めた。舐められていると感じたが、ネット対局で鳴らした腕は全く役に立たず、一時間も経たずに投了した。

「もう一回だ、もう一回」

何気ない素振りを装って、チラリと時計を見る。蛍の散歩の時間が来た。

これであと一局指せば（俺がしっかり粘《ねば》れれば）、満島蛍が死ぬ瞬間のアリバイを確保出来るはずだ。一局と言わず、何局でも、相手が飽きるまで指していればいい。仕掛けの回収は、夜中のうちに済ませればいいのだ。

クロスボウそのものは、現場に残してもいいと考えていた。所持するだけで違法なので、蛍の死体発見時も持っていると、それだけでリスキーだし、そこそこの大きさなので処分にも困る。となれば、予備の矢とケースごと、死体の傍に放置し、通り魔の犯行に見せかける方がいい。自分の指紋は既にふき取ってある。

ただし、テグスと錘については回収する必要がある。トリックがバレては、アリバイを作った意味がないからだ。

勝負には熱中するふりをしておく。

この自称名探偵も、最後の最後、俺の役に立ってくれたわけだ――。

午後十一時四十分。第二局の終盤。

そろそろ満島蛍はこの世を去っただろう。あとはこいつが寝入ってから、ゆっくり仕掛けを回収しにいけばいい。

「うーん」

葛城は唸っていた。

「もう少しでいい手が思いつきそうなんだけどなあ……」

葛城の手が震えている。将棋の羽生《はぶ》名人は、勝つ手を思い付くと手が震えることがあるという。これも、その類いのものだろうか。

「ゆっくり考えてくれ。葛城君は面白い手を指すから、見たくなってきたよ」

俺はちょっと余裕を取り戻して、そんなことまで言った。

「コーヒーが飲みたくなりましたね」

「だったら、朝のお返しだ」俺は言った。「淹《い》れてきてあげるよ」

「そうですか？　助かります」

俺は立ち上がり、襖を開けた。

その瞬間だった。

「――王手」

葛城の声が背後で聞こえた。

ヒュン、と空気を切り裂く音がした。

胸に激しい衝撃を感じる。

――何が。

――一体、何が。

俺は自分の胸元を見た。

ぎゃっ、と思わず声が漏れる。

矢が突き立っていた。

いや、違う。矢は矢だが、先端にはマジックテープが付いている。無害化された、おもちゃの矢だ。

混乱しながら、顔を上げる。

戸口に、男の従業員が二人、立っていた。彼らは敵意を剝《む》き出《だ》しにして、俺のことを見つめていた。

「葛城さん、あなたの言う通りでしたよ」

「確かに東屋には妙な仕掛けがありました。そいつを外して、葛城さんの指示書通りに、この廊下に仕掛け直しておきました」

「ありがとうございました、お二人とも」

背後から葛城が現れた。

「お、お前……」

こんな時にも、葛城はあどけなく、無邪気な子供のように笑っている。

「おや、小笠原さん。驚いていただけましたか」

「驚いたも何も……こいつは、なんのイタズラだ」

「イタズラ？　いえいえ、とんでもない。これは、あなたへの告発ですよ」

部屋の外で、カツ、カツ、と足音がした。

「――お客様？　大きな声が聞こえてきましたが、どうかなさいましたか」

戸口に現れたのは、満島蛍だった。

「どうして、生きて……」

俺は葛城を振り返った。

葛城は満面の笑みを浮かべた。

「ダメ押しで失言まで！　ありがとうございます。これで認めていただけますね。あ、い、あなたの殺人計画は、完全に失敗したのですよ」

葛城の笑みを見ていると、途端に無力感が襲ってくるのが分かった。ダメだ、こいつには敵《かな》わない。

あの地震さえなければ、交換殺人などすることはなかった――。

俺は、つくづくそう思った。全ての歯車は、あの時からおかしくなり始めたのだと。

「さあ、小笠原さん、罪を認めてくださいますね？」

目の前で葛城輝義は微笑みかける。

俺は心の中で嘆息し、荒土館の方角をこっそり見やった。

——俺の相棒は、あの館の中で、首尾よくやっているのだろうか？

自分のピンチを伝える術も、俺にはなかった。

館へ続く唯一の道は、寸断されているのだから——。

もう負けを認めよう。

俺は、完膚《かんぷ》なきまでに負けたのだ。

それも、殺人を実行する前に止められたのだ。

俺の全身から力が抜けた。

3

俺と葛城の部屋に、五人の人間が集まっていた。

俺、葛城、満島蛍、そして先ほどの二人の従業員。彼らは蛍の両隣について、俺を鋭く睨《にら》みつけている。まるで狛犬《こまいぬ》のようなポジショニングだ。

「さて、まずはこの三日間について、僕がどう考え、どうあなたに目を付けたか、話していきましょうか」

「俺はまだ何も認めていない」

俺はあくまでも抗戦する構えを見せた。

「そうですか。では、まずはこれの話から始めましょうか」

葛城は机の上に手をかざした。

俺が仕掛けた盗聴器だった。

俺は息を呑んだ。

「どうして」

「これが僕の疑惑……ひいては計画の起点でした」

葛城がにやりと笑った。

「疑惑を抱いたのは、一日目、大晦日のあなたの動きです。一階のロビーを通って旅館の奥、事務室や、従業員用階段しかない場所に向かっていたあなたと、僕はすれ違いました」

俺は大晦日、従業員用階段を下見した後、ロビーで葛城と会ったことを思い出す。彼はアイスを食いながら、十数分はロビーにいた、と言っていた。

「あの直前、ロビーでは女性の従業員二人が、従業員用階段のボロさについて噂話をしていた。その階段を、若女将の満島さんしか使わないこともね」

あっ、と俺は思い至った。

あの時、俺は盗聴器から、ロビーにいた女性従業員の会話を聞いていた。しかし、そのちょうど同じ時、葛城はロビーにいたのである。

とすれば、俺が盗聴器で聞いた従業員二人の会話を、彼も自分の耳で聞けたのだ。

なぜ気が付かなかったのか。俺は歯噛《はが》みする思いだった。

「あなたは何か、従業員用階段に用があったのではないか？　そう思った翌朝に、従業員用階段で、底の潰れたピンポン球を見つけました。遊戯室から飛び出してきたと考えてもあり得る位置関係です。でも、僕は違うと思った。

そこで、あなたの反応を見るために、神社でカマをかけたわけです。遊戯室からゴルフボールを持ち出して、日の光の中で、それを見せることで、ピンポン球だと誤認させる。かなり動揺なさってましたね。あなたは嘘をついたり、心にストレスを感じると、右手の中指がピクッと動く癖があります。気を付けた方がいいですよ」

俺は思わず右手を押さえた。

満島蛍と二人の従業員は、黙って葛城の話を聞いている。

「……だが、それだけで俺が怪しいとは……」

「はい、これだけではまだ半分以下です。そこで、僕はさらに思考を進めました。どうやら、あのピンポン球を置いたのは小笠原さんらしい、だが、その目的は何か？　ただのイタズラとは考えにくい。殺意があってのことか？　探偵小説の世界では、『プロバビリティーの犯罪』というものがあります。偶然による死を誘発する。そういう仕掛けの完全犯罪……あなたはそれを狙ったのでしょう。では、誰を標的に？

無差別殺人を狙ったのでしょうか？　いえ、それはありそうもない。だったら、誰かを狙ったのです。あの階段を使うのは満島蛍さんだけ、だったら、あなたは彼女を狙っているはずだ。しかし、ここで問題だったのは――なぜ、あなたは従業員用階段を使うのが満島さんだけだったと知っているかです」

俺は唾を呑んだ。

「可能性1。あなたは以前からこの旅館を知っており、満島さんの習慣も知っていた。よって、全てが計画的なものである。これは否です。僕はあなたがチェックインする時の様子を見ています。あなたは明らかに飛び入りの客だった。

可能性2。あなたは飛び入りの客としてやってきたが、観察により、満島さんしかあの階段を使わないことを突き止めた。これも否です。あの階段は奥まったところにあり、見咎められず監視することは不可能でした。それに、従業員たちにも確認しましたが、満島さんは地震の後、一切従業員用階段を使っていません。やはり地震があったことで、使うのが怖くなったようですね」

従業員たちがしていたのは、あくまでもいつもの「習慣」の話だ。確かに、地震の後に階段を使っているとは聞いていない。

「可能性3。あなたは、僕が聞いたのと同じような会話を聞いた。よって、従業員用階段の老朽化が進んでいることも知っていたし、普段から満島さんしか利用しないことも知っていた。一日に何度も、ああいった些末《さまつ》な内容の会話がされていたとは考えづらいですから——同じような、とは言いましたが、全く同じ会話を聞いていた蓋然性《がいぜんせい》が大きくなります。

ですが、僕はあの時ロビーにいた。あなたの姿はありませんでした。ではどこから聞いたのか？　距離的に、僕らの部屋から聞けたはずはありません。近くに隠れていたということもあり得ない。そこで僕は思い付いたのです。あなたの姿はなかったが、あなたの耳はあそこにあったのではないか。

つまり、あなたは盗聴器を仕掛けたのではないかと」

完全に逆算された。葛城があの時ロビーにいたのは偶然だろうが、その偶然からここまで論理を手繰《たぐ》ってこられるのは、まさしく才能だった。

「もちろん、彼女たちが何度も似たような会話を繰り返していて、あなたが聞いたのは別の会話だったという可能性もある。でも、ロビーから盗聴器を見つけた時、僕の想像は現実になった。僕は従業員の皆さんに相談しました。人海戦術を使って、ロビーにあったのと同じ型の盗聴器を、厨房近くの廊下と、事務室からも発見。この時点で八割方、僕はあなたに狙いを定めた。しかし、僕はもう一つ証拠が欲しかった」

「だったら、二日目の夜、ビール瓶を割った時に俺の身体検査でもすればよかっただろう」

俺はかねてからの疑問を口にした。

葛城は表情を曇らせた。

「それは確かに失策でしたね。あの時は、他に気になることがあったので」

「他に？　それで取り逃しているなら、世話ないさ」

「あなたが毒薬らしきものの小瓶を持っているのは、既に確かめてありました。あなたはチェックインの時、カバンの外ポケットのあたりを大事そうに押さえていた。それで、何が入っているのだろうと気になっていたんです。で、あなたが部屋にいない時に……まあその瓶を見た時点では、あなたが自殺するために投宿した可能性も疑いましたが、あなたの態度は今から死ぬ人間のそれではなかった」

葛城がフフッと鼻で笑った。人のいない間になんてことを。普通、人の荷物を漁《あさ》るか？

俺は内心はらわたが煮えくり返りそうになったが、黙っていた。

「あの日、アレルギーがあるはずのオレンジビールをためらいなく手に取った時点で、僕はあなたが何を企《たくら》んでいるのか分かった。計画に乗るふりをして、満島さんの持っているビンをはたき落とそうと思ったんです」

「あれはそういう……」

満島が納得のいったように頷いた。

「野球で言えばこれでツーアウトですかね。僕はもう一つの証拠を摑むために、あなたに罠を張っていました。ここまでで、僕が摑んだあなたの行動パターンは一つ。『自分が設置した盗聴器から得た情報は信じる』ということです」

俺はハッと息を吸い込んだ。

「まさか」

「ええ。満島さんの散歩コースについての会話は、僕があえて盗聴器の近くで話させたものです」

俺は痛恨の吐息をもらした。

「このことは、満島さんにも話して協力してもらいました。彼女にとっても、命を狙われているのは気持ちのいい事態ではないでしょうから」

満島は複雑そうな顔で頷いた。

「ええ、あんたの出入りをちゃんと報告させましたよ」

従業員の男が口を挟んだ。

「お前の気付かないうちに、包囲網が敷かれていたわけさ」

もう一人の従業員も、嘲笑うように続けた。

「さっき、彼女に登場してもらったのも、あなたの失言を誘ってのことでした。まさか、あんなに上手くいくとは思いませんでしたがね」

俺は敗北感を覚えながら呻《うめ》いた。

「あなたが満島さんを尾行していた時、後ろに僕もいたんですよ。まさか、突然襲い掛かるようなことはしないだろうと思いましたが、万が一ということがありますからねぇ」

「分からないだろう。ナイフでも持って、突進するかも」

「いえ、出来ませんよ、あなたには」

葛城が笑った。

「最初が階段からの転落死。次が毒殺。最後に編み出した仕掛けも、結局、自動殺人装置でした。あなたは人を直接手にかけることが出来ない。そういう性格です。それを見抜いていたからこそ、あなたが捨て鉢の特攻などしないことを、僕は信じていました」

「……くそっ、馬鹿にしやがって」

ここまで侮られても、反論の材料がない。自分が少し情けなかった。

「僕は二日目の夜に尾行し、あなたが車のトランクからクロスボウを持ち出すところまで確認した。それだけで、あなたが何かトリックの実験をなさろうとしていることは分かりましたからね。東屋の様子を思い浮かべれば、トリックも見当がつく……」

「なぜ、その時点では俺を泳がせていたんだ？」

「計画が上手くいっていると信じているうちは、極端な行動に出ないでしょう。事実、あなたは今日の二十一時に装置をセットするまで、新たな計画を生み出すような工夫はなさらなかったし、装置をセットして戻ってきてからは、僕をアリバイの証人にすることだけを、考えていらした。僕が将棋を持ち掛けた時、渡りに船だと思われたでしょう？」

俺は絶句した。

そういうことだったのだ。

彼は、あえて俺を油断させることで——俺から一日を奪ったのだ。

全て上手くいっていると、誤認させることによって。

「そうやって行動を縛ってしまえば、あとは簡単です。ここにいらっしゃる従業員のお二人……北沢《きたざわ》さんと南《みなみ》さんというお名前ですが、彼らに頼んで、僕らが将棋を指している間に東屋に行ってもらったんですよ。殺人装置を写真に収め、あなたの動揺を最大限に誘うため、装置を回収して僕らの部屋の入り口にセットする。マジックテープ付きの矢は僕のお手製です。痛くなかったでしょう？　僕の小銭入れがマジックテープ式だったので、調達は容易でした。買い替えないで良かったですよ」

その様子を見ていてほとほと実感出来た――俺は、負けたのだ、と。

「……君は凄《すご》いな」

俺が思わず呟くと、葛城が目を丸くした。

「君が自分のことを名探偵だと言った時、俺は内心笑っていた。随分イタい奴だって」

「よく言われます」

葛城は確かにケロッとした表情をしている。自分を恥じている様子は少しもなかった。

「だが、俺が間違っていたな。君は殺人事件を未然に防いだんだ。小説でしか見たことがないよ」

葛城は薄く微笑んだ。どこか寂しそうな、しかし、確かな自信を窺わせる笑みだった。

「ただの真似事《まねごと》です」

「真似事？」

「ええ。僕が完膚なきまでに敗れた……それゆえに、憎くて、忘れられなくて、それでも憧《あこが》れたあのひとの真似事です」

——落日館の事件の方は、どうなんだ？

——別の名探偵……元、名探偵と言った方がいいですかね。そのひとが解決しました。僕も真相は解き明かしましたが、解決したのはあのひとです。

記憶が蘇《よみがえ》る。

元、名探偵。それが、彼の言う「あのひと」なのだろうか。

真相を解き明かしたが、解決することは出来なかった葛城。

解くことと、解決することに、どれほどの距離があるのだろう。俺にはやはり、それが分からない。

「今日はどうなんだ」俺は言った。「謎は解けたのか？　それとも事件を解決出来たのか？」

葛城は目を瞬いた。他の三人は、怪訝そうに俺を見ている。

「……解決出来た、と言っていいでしょう。僕にしては上出来です。やはり僕も、この三年間で進歩しているということなんでしょう。

ただ、どうしても一つ、すっきり解けない謎が残ってしまいました」

葛城は身を乗り出した。

「なぜ、あなたは満島さんを殺そうとしたのですか？　その、動機だけが分からない」

4

そうして俺はすっかり打ち明けた。

土砂崩れの現場でのこと。

あの謎の女性と出会って、交換殺人の申し出を受けたこと。

信号弾の合図を受け、殺人の計画を開始したこと。

「なるほど……交換殺人ですか。それはさすがに思いつきませんでしたね。あなたが土砂崩れの現場に行ったのは靴の赤土の件で分かっていたので、何かあったのではないかと推測していましたが……」

葛城は顎《あご》を撫でた。

「しかし、俺はこうして失敗してしまった」

「相手の女性の方は、信号弾が打ち上がったことを考えると、標的——土塔雷蔵を殺したようですね。ある意味、あなたは手を汚すことなく、自分の目的だけ達成したことになる」

葛城の言葉が責めるような口調を帯びて、俺は目を伏せた。

「いえ、無論、悪いことではありませんよ。いくら契約とはいえ、動機を持たない相手を殺したとなれば、いつまでも罪悪感を抱き続けることになったでしょう」

俺が今肩の荷を下ろしたような気持ちになっているのは、それが理由かもしれなかった。止めてもらえたことを、葛城に、感謝している面もある。

「まさか、お客様がそんなことを考えていたなんて……」

蛍は口元を押さえ、じっと俺を見つめている。その視線には恐怖が滲《にじ》んでいた。

「葛城さん、改めまして、危ないところを助けていただいて、ありがとうございます」

「とんでもないです。それよりも、満島さんには心当たりはありませんか？」

「え？」

「もちろん、殺される理由に、ですよ」

従業員のうちの一人、北沢と呼ばれていた男が立ち上がった。

「葛城君ッ、いくら君でもそんなこと……！」

「しかし、小笠原さんの言う『謎の女性』さんには、何か動機があったはずです」

「『謎の女性』は、荒土館の方から坂道を登ってきていた。土塔家の人間だと考えて差し支えないと思う」

俺は言った。

「とすれば」南が言う。「若女将が、土塔家の人たちに何かの理由で恨まれていた……と？　そう言いたいんですか、葛城さんは」

葛城君だの葛城さんだの、随分とこの二人に慕《した》われているものだ。葛城の人間性がそうさせるのだろうか。

「その可能性もあります」葛城は肩をすくめた。「なので、ひとまずお聞きしたわけですよ。心当たりがあれば、話が早いですからね。まあ、無理にとは申しません」

「はあ……」

蛍は頬に手をやった。

「とんと見当もつきません。もちろん、この旅館で私が働き始めたのは五年前からで、土塔家があそこにあることはよく存じ上げておりましたが……特段、これといった関《かか》わりはございませんし」

葛城はじっと蛍を見つめていた。

蛍は、少したじろいだように、後ろに身を引いた。

「お会いになったこともないですか？」

「はい。テレビや新聞で活躍を見ることはありますが、私自身は、会ったことはありませんし。第一、土塔家の皆さんがあの家にいること自体、珍しいことなんです」

「そのようですね。世界中飛び回っているようですから」

葛城が一拍置いてから聞いた。

「あなたの来し方について話してくれませんか」

「は……？」

「あなた自身は重要と思っていないことでも、人にとっては重要……そういうこともあります。ですから、あなたと土塔家の接点を探るために、聞かせてもらえないかと思いましてね」

葛城がパッと口を閉じて、満島の返答を待っていた。彼女は気まずそうな反応を示してから、やがて口を開いた。

「……私には両親がおらず、この老舗《しにせ》旅館〈いおり庵〉の先代である満島孝三郎《こうざぶろう》と英恵《はなえ》の夫婦に、養子として引き取られ、大切に育てられました。ええ、それはもう、本当によくしていただきましたとも。満島夫婦は、私に好きなように生きて欲しいと、私の進学を手厚くサポートしてくれました。

大学時代は役者を志していました。その勉強と役作りの方法、様々な分野について勉強しました」

「若女将ね」南が言った。「昔、映画にも出たことがあるんですよ」

「マイナーなものに、数本だけ、ですよ」

満島は首を振った。

「それに」北沢も勢い込んで言った。「事務室にたくさんあるトロフィーは、全部若女将が昔取ったものなんですよ。社交ダンス、クレー射撃、生け花、最近はドローンの操縦のグランプリまで……とても勉強熱心なお方で、しかも呑み込みが早いんです」

「器用貧乏なだけですよ」

二人はすっかり、若女将こと満島蛍の信者のようだった。だが、彼女はあくまでも謙遜する姿勢を崩さない。

「絵画、彫刻、芸術、そういうものをやっていたことはありませんか？」

「いえ、ありません」

葛城が脇の二人にも促すと、「聞いたことがない」という返事だった。

「それにしても、役者、ですか。そんなあなたが、〈いおり庵〉の若女将になったのは、どういう経緯で？」

「父の孝三郎が病《やまい》に臥《ふ》せり、その看病のために母の英恵も〈いおり庵〉の経営に手が回らなくなってきて、旅館を畳もう、という話になったからです。それなら自分が受け継ぐと言いました。父はかなり反対したのですが、最終的には、この旅館の伝統を私が守ってくれるなら、と、私に継がせてくれたのです」

聞けば聞くほど、立派な人物だった。

恨まれるような理由は何一つない。いや、そんな人物だからこそ、逆にその完全性が妬《ねた》ましい――ということなのかもしれない。あの土塔家の人間に限って、そんな思いを抱くとは信じられないが。

葛城は大体聞き終わって、興味が失《う》せたのか、俺の方に向き直った。

「それにしても、小笠原さんが会ったその女性は、随分と頭の回転が速い」

「思わぬ事故のせいで、〈いおり庵〉に辿り着けなくなり、予定していた殺人を実行出来なくなった……それなのに、俺と出会った瞬間、交換殺人なんていうアイデアを思い付いたからか？」

葛城は深々と頷いた。

「誰だって、地震を予測することは出来ない。つまり土砂崩れにより道が寸断されたのは、完璧に偶然だったはずです。それ以外はあり得ない。偶然をもねじ伏せようとする強引さは、僕が過去に対峙《たいじ》した犯人を思い出させます。しかし、どうも、それだけではない気もしますね……この人物は、偶然に搦《から》めとられているようにも見える」

どうやら名探偵は、思ったよりも経験豊富らしい。

「謎の女性、謎の女性、と呼び続けるのも窮屈なので、思い切って名前を付けましょうか。そうですね……あなたを自分の計画の中に組み込み、交換殺人を持ち掛けたその大胆不敵さに照らして、そこに、悪女のイメージを加味して……」

葛城が指を鳴らした。

「〈狐《きつね》〉、というのはどうでしょう」

「〈狐〉……?」

「古来『九尾の狐』は、美女に化けることで悪行を働いてきたとされています。中国では妲己《だっき》や褒似《ほうじ》、インドでは華陽《かよう》夫人、そして日本では玉藻前《たまものまえ》。いずれも時の権力者に取り入った、傾国の美女のイメージで知られています」

「〈狐〉、ですか」蛍は小首を傾げた。「面白い表現ですね」

俺は内心、この事件の最中に度々考えていた『暗闇の薔薇』の小説の中にも、狐亭という名前の店が登場するので、悪い冗談みたいだと驚いていた。

「しかし、極端な話、声しか聴いていないんだから、美女かどうかまでは……」

「いいえ、当たっていると思いますよ」

すごい自信だった。土塔家の三姉妹のうちの誰かなら、テレビか何かで見たことがあるのかもしれないが。

「〈狐〉について気になることをまとめてみましょうか」

葛城は手帳を開いた。ボールペンでしばらく何かを書いていた。

「こんなところでしょうか」

手帳を掲げて見せてくる。

『疑問
一、〈狐〉はなぜ、満島蛍を殺したかったのか？
二、〈狐〉は荒土館側にいた。満島殺しのアリバイは作れるが、閉鎖空間の中で雷蔵を殺すのはリスクが高い。〈狐〉はいかにして、土塔雷蔵殺しの容疑を免《まぬが》れるつもりだったのか？
三、〈狐〉は誰か？』

俺は頷いた。

「まあ……そうだね」

「僕が特に気になるのは『二』ですかね」葛城が言った。「持論ですが、交換殺人というのは本来、都市の犯罪であるはずですから」

「都市の犯罪……？」

「多くの人が行き交う都市で、一瞬だけ出会った二人が互いの標的を交換する。殺しを犯す二人に接点がない——捜査陣から見れば見当たらないからこそ、この仕掛けに意味があるのです」

「しかし」俺は言った。「それは交換殺人の最初の形態がそうだ、というだけだろう。パトリシア・ハイスミスの『見知らぬ乗客』とか。交換殺人というアイデア自体は、それ以降、推理小説の世界ではいくらでも応用されているじゃないか。クローズド・サークルの状況と掛け合わせたものもある」

葛城はニヤリと笑った。

「小笠原さんも、よほどのミステリーマニアらしいですね」

「からかうな。今大事なのは……」

「あくまで推理小説の話をするなら」葛城は遮るように言った。「クローズド・サークルのように、都市の犯罪としての交換殺人の最大のメリットが生きない環境下においては——交換殺人を企んだ動機に、プラスアルファの理由が必要になるでしょうね」

俺は黙り込んだ。

「さて、あとは田所君たちの動きが気になりますね。荒土館の中で、何が起きているか」

「あの……」満島が口を開いた。「その、田所さん、というのは？」

「ああ、満島さんには話していませんでしたね。田所君と三谷君……僕の友人二人があの館に取り残されているんですよ」

満島の顔が青くなった。

「そうでしたか……それは、大変でしたね」

「無事でいてくれればいいんですが……」

葛城は顎を撫でながら、自分の作ったリストを見ていた。何やら、ボールペンで二重線を引いて書き直していたようだが、修正後のものは見せてくれなかった。

そのまま流れ解散となり、俺の処遇については、「事件が起こらなかっただけでもよしとしたい」と蛍が言ってくれたので、通報等はされないということになった。その温情に深く感謝し、俺は彼女に正式に謝罪した。魔が差したのだ、と——。

南と北沢は、せめて俺を〈いおり庵〉から追い出すべきだと強く主張したが、これも蛍が庇《かば》ってくれた。せめて道が復旧して、普通に他の街へ出られるようになるまでは、彼にも「居場所」を提供したいと。本当に、守られる身になってみて、ますます彼女への信頼が高まった。殺される理由など、あろうはずもない。

そして、俺は葛城と部屋に二人きりとなった。

窓の向こうでは月が煌々《こうこう》と輝いている。人を殺そうとする重荷から解き放たれると、世界がやけに明るく見えた。

「だが、驚いたな……」

俺が言うと、葛城が「何がです？」と言った。

「君の推理能力だよ。こういう状況にも場慣れしていて、二十歳とは思えないほど落ち着いているのもすごい。やっぱり経験のなせるわざなのかい？　不安とかは感じなかったのかい？」

葛城は俺の質問を受けて、しばらく黙り込んでから、フッと、自嘲《じちょう》するような笑みを浮かべた。


「不安に、決まっているじゃないですか」


その瞬間。

俺には、葛城という男が等身大の二十歳の青年に見えた。あれほどまで手強《てごわ》く見えていた「名探偵」が、ただの青年に見えたのだ。

「今も、不安でたまりません」彼は続けた。「無事に家に帰れるのか。荒土館へ取り残された田所君と三谷君は、果たして無事なのか。彼ら二人に何度も連絡を取ろうとしましたが、携帯が繋がらない。災害伝言板を十分に一回開いていた時もあります。ＳＮＳ等にも二人共浮上してこない。恐らく、妨害電波発生装置か何か、館に仕掛けられているのでしょう。〈狐〉が警察に連絡されるのを嫌って、前もって用意していた可能性がある……」

俺は自分の発言を後悔した。そして、あのエレベーターを見つけた時、彼の顔がはっきりと青ざめた瞬間があったことを思い出す。故障したエレベーターのカゴに、誰かが圧《お》し潰されて死んでいるのではないかと口にした時のこと。

彼はやはりあの時、親友たちの死を想《おも》って、不安を覚えていたのだ。

「だが、葛城君は」俺は言った。「いつも自信に満《み》ち溢《あふ》れていて、子供の前でも優しく謎を解いてみせて……そんな素振り、俺の前では……」

「ええ」彼は頷いた。「あなたの前だから、虚勢を張っていたんですよ」

衝撃を受ける。彼の態度は、全然そんな風には見えなかった。

俺が悪人だから――同室の俺が人を殺そうとしていたから、彼は本心を誰にも打ち明けず、ただ自分の不安と恐怖を噛み殺し、この三日間、闘ってきたというのか？

葛城は息を吐いた。

「さっきはね、あなたは捨て鉢の特攻などしないと言いましたが、人の本当のところは分からない。やけを起こすかもしれないわけですから。だからせめて――上手くやらないと捕まると、プレッシャーを与えておかなければならなかったのです。

それには、少なくともあなたにとって、僕が手強くて、知恵比べのし甲斐がある相手でなければならなかった。あなたが推理小説好きなのは、会話からある程度アタリをつけていましたから、そういう風に見せかけられれば、必ず乗ってくると踏んだのです。事実、あなたは手持ちの手札を使って、必ずトリックを弄《ろう》してくれた。おかげで、仕事は随分やりやすくなりました」

「俺は最初から、君の手のひらの上だったというわけか」

「そんなにカッコいいものじゃありません」彼は苦笑した。「内情は、ただ自分を抑えるのに必死でしたよ」

ただただ、俺は驚いていた。葛城という男が持つ、本当の顔に。俺が悪人であるがゆえにこれまで気が付かなかった、その顔に。

それでも自分を抑え込んで戦う——それが、彼の言う「名探偵」なのだろうか。

「実のところ、不安で仕方がないですよ。三人が無事かどうか」

「三人？　君の友人は、田所と三谷の二人なんじゃあ……」

「ああ、そういえば説明していませんでしたね」

葛城は遠い目をして、窓の外を見た。

「土塔家の長男、土塔黄来の婚約者……その人に呼ばれて、僕たち三人はここに来たんです。僕が心配している三人目は、その婚約者の方です。

その人の名前は、飛鳥井光流」

「飛鳥井……」

彼は煌々と光る月を見上げていた。その目が、少し細められる。

「ええ。僕が、憎んで、忘れられなくて、でも憧れたあのひとの名前です」

四日目

荒土館の中で何が起きているか知りたい。

昨日そう言ったばかりだったが、早くも、明らかになる時がきた。

霧が晴れ、救助隊がロープを下に降ろせるようになったのだ。

朝起きて、ヘリコプターの音を聞いた時には、葛城はもう身支度を整えていた。

「小笠原さん、土塔家の面々が救助されるようです。僕は先に行っています！」

葛城は、いてもいられないという様子で、部屋を飛び出していった。

俺も素早く身支度を整えると、葛城の後を追いかけた。


荒土館を見渡せるあの道路に、救助隊や救急隊、報道陣、野次馬たちが詰めかけていた。

一月三日、朝の八時。まだ三が日だ。仕事で来ている人々は大変だが、野次馬たちはよほど暇なのだろう。

「危ないので、離れてください！」

現場には怒号が飛び交っている。

ロープを降りていった隊員が、ハーネスで被災者の体を固定して、一人一人、地上まで運んでくる。

衰弱した様子の人もいる。土塔家の面々の顔を知らない俺には、誰が誰なのか、見当もつかない。

葛城が〈狐〉と呼んだあの女性を探そうにも、俺には声しか手掛かりがない。今の状況では探しようがなかった。

最初に助けられたのは、スーツ姿の男だった。救助隊に名前を確認され、「五十嵐《いがらし》」と名乗っている。

まだ、他の面々の安否は分からない。

五十嵐のところに、葛城は駆け寄っていった。

「すみません！　僕は葛城といいます。荒土館にいた、田所君と三谷君の友人なのですが――」

彼は勇んで切り込んでいく。

五十嵐は虚《うつ》ろな目で葛城を見た。何日も風呂に入れていないからか、体から垢《あか》じみた臭《にお》いが漂っている。水道管が断絶していたのだろう。荒土館の避難生活は困難を極めたに違いない。

「田所……」

五十嵐はボソッと呟いた。

「彼は……」

そのまま、五十嵐はぼそぼそと蚊の鳴くような声で何かを続ける。何を言っているのか、俺のところまでは聞こえてこない。

しかし、葛城の顔がはっきりと青ざめていくのが分かった。

俺の前で不安を押し殺していた時――一瞬、俺の前で覗かせた、あの青い顔。

「五十嵐さん、答えてください。荒土館で、一体何があったのですか？　どんな事件が起こったのですか？」

五十嵐の唇《くちびる》はひび割れていた。

その口が、ゆっくりと開く。

「、、、、――人死んだ」


ぐらあっ……。

分かっている。今、地震は起きていない。

しかし、足元から崩れるような、途方もない感覚が襲い掛かってくる。その場に立っていられないという気がしてくる。

何人、と言ったのだ？

それが「一人」ではないことだけは、確かだった。

俺の頭の中には、ぐるぐると同じ言葉が頷いていた。

——違う、違う、違う……俺は望んでいない、俺は望んでいない、俺は望んでいない……。

こんなことは断じて望んでいない。

俺が願ったのは、土塔雷蔵の死だ。それだけだ。

〈狐〉だって？　そんな可愛い名前では、あの女の残酷さを捉《とら》えられない。

俺が交換殺人を持ち掛けられたのは、稀代《きたい》の殺人鬼だったのだ。俺が彼女に人殺しの理由を与えてしまった。そうして彼女は殺戮《さつりく》の宴《うたげ》に及んだ。

俺が願ったから。

俺があそこにいたからだ。

俺は、邪神に祈りを捧《ささ》げたのだ。

でも、こんなことは、断じて、望んでいない。

受け止めきれない。

「田所君！　三谷君！」

葛城が崖から身を乗り出し、腹の底から絶叫していた。

「田所君……！」

彼の小さく丸まった背中を見ていると、なおさら絶望感が深まっていった。

今、地獄の釜《かま》の底が開いたのだ。

*

それから俺は知ることになる。
一月三日、朝八時。今この時から——六十五時間以上前に遡《さかのぼ》った、大晦日。
その時から彼らが巻き込まれた、連続殺人劇の顚末《てんまつ》を。

第二部　助手・田所信哉の回想

よし、気力を奮い起こそう。今度は目に見える手がかりを探すんだ。それは円のなかに収まるはずだ。両側が盛りあがった額の真ん中に描いた、もっと大きな円のなかに。

——ガストン・ルルー『黄色い部屋の謎』（平岡敦・訳）

＊

何かあった時のために、この記録を残しておく。

こんな言葉は大げさかもしれない。僕、田所信哉は以前、落日館という場所で山火事と殺人事件に巻き込まれ、青海館では水害と連続殺人に巻き込まれた。あの時も、生き残れるかどうか分からないと思ったが、なんとか生存した。当時高校生だったことを考えると、それは奇蹟《きせき》だとも思える。

だが、今回はどうか分からない。この館にいる住人たちは、以前の事件の時よりも曲者《くせもの》揃《ぞろ》いに思える。大きな地震が起きれば、崖が崩れてきて、館ごと呑み込まれてしまうかもしれない。

葛城――今、お前がこれを読んでいる時、僕は果たして、お前の元へ無事に帰り着いているのだろうか？

弱音を吐いていても仕方がないと分かっている。これは、これまでの二つの事件で、いつも隣にいたお前がいないせいで、僕が弱気になっているだけなのだろう。ここで、自分に出来ることをする――その気持ちは強く持っているはずなのに、どうしても、不安が萌《きざ》してしまうんだ。

断続的にやってくる余震のせいで、不安のあまり、眠れないというのもある。僕は眠れない夜を越す方法を、書くことしか知らない。だから、この記録を書き残しておこうと思い立った。

落日館と青海館の事件については、葛城、お前には見せていないが、実は自分なりに小説として記録に残している。まあでも、これはどこに出す予定もない。あまりにも生々しくて、事件関係者の許可も得られそうにないからだ。それでも、事件を記録した時の手法が、自分の中で役に立つかもしれない。

持ち込んだノートパソコンに、ともかく、ベタ打ちでもいいから文字を打ち込んでいこうと思う。

前置きはこれくらいにしよう。

書き始めは、館に辿り着く前、三人で乗っていた車の中から……。

一日目

1　その65時間50分前

大晦日の十四時十分。

僕、田所信哉は、荒土館に向かう車の中にいた。

「葛城ー」運転席に座る三谷が言った。「そろそろ運転代わってくれよ。約束の二時間経つぜー」

葛城が助手席に座り、僕は後部座席に座っている。

「あと一時間もしないうちに着くよ。それに、昨日よく眠れなくてね、もう一度ハンドルを握ったら危ないかも……」

葛城はからかうような声音で言った。

三谷は助手席の方に向けて、恨めしそうな視線を送った。

「葛城……お前、それはいくらなんでも酷いんじゃないの」

「うるさいな。免許を持っていない田所君に言われたくないよ。僕と三谷君が免許合宿に行った時、一緒に参加すればよかったのに」

「あの時は新人賞の応募締め切りが迫っていたんだよ！　何度も言ってるように……」

「そうだったっけ」

人一倍記憶力がいいくせに、葛城はとぼけた。

僕は苦笑しながらも、この三人で過ごす時の空気も、随分ほぐれてきたな、と感慨にふけった。

三人は高校生からの仲である。

夏、葛城と僕は、高名な推理小説家である財田雄山《たからだゆうざん》が住む落日館を訪れた。そこで元・名探偵の女性、飛鳥井光流との出会い――葛城とは初対面だったが、僕は十年ぶりの再会――を果たし、程なく殺人事件と、折悪《あ》しく起きた山火事に巻き込まれる。落日館の隠し通路を見つけ出し、犯人の正体にも辿り着いて、生還した僕らだったが、飛鳥井が犯人の命を奪うシーンを目の前にしたうえ、名探偵としての不甲斐《ふがい》なさも突き付けられてしまい、葛城は失意に暮れることになった。

秋、塞《ふさ》ぎ込《こ》んで関東の某県山中の実家に引《ひ》き籠《こ》もってしまった葛城を心配し、僕と三谷は葛城のもとを訪れた。その実家は名士だらけの葛城の家族が住む館で、青海館と呼ばれていた。僕は葛城を説得し、連れ戻せればそれでよかったのだが、台風による水害に巻き込まれてしまい、さらに連続殺人まで発生してしまう。葛城も僕も精神的にボロボロになったが、葛城は家族や避難者の命を救い、謎も解き明かす道を最後に見出《みいだ》し、名探偵として再起した。

それから、三年。

言ってみれば腐れ縁の三人だ。

あの頃十七歳だった僕らは、今や二十歳。大学生になり、立派な成人である。あの時ほど未熟ではないと思っているが、あれからさほど遠くに来た気もまだしない。

葛城は東京の国立大学Hの社会学部、三谷は千葉の私立大学Cの法学部、僕は東京の国立大学Tの文学部に進学した。葛城は人間に興味があり、三谷は僕らの間近にいたせいで警察の道を志し、僕はある教授が目当てでT大を目指した。その教授は、アメリカ文学の分野で功績を残しているのだが、実は推理小説家の顔もあるのだ。

三人で進路を揃えることはしないし、互いの道を応援すると決めていた。と同時に、必要な時はいつでも三人で会おう、とも。その時は、ああ、三人で会うのはもう数年、数十年先なのかもなと思っていたのだが――。

まさか、これほど頻繁に会うことになるとは。

葛城はああ見えて結構寂しがり屋だし、三谷は二十歳になるとひたすら飲み仲間を欲しがった。僕も原稿のグチに付き合ってくれる相手や、ミステリー談義の相手が欲しい。そんなわけで、三人で、あるいは二人で会うことが結構多かったのだ。

「しかしよお」三谷が言った。「三人で遠出なんて、あの時以来だろ。葛城の実家に行った時以来……」

「まあ、あの時は僕は家にいたわけだし……こうして三人で旅をするってなると、実は初めてなんじゃないかな。ほら、田所君の『旅行禁止令』もあったし」

「ああ、あれなあ」

三谷がハンドルを指で叩きながら、カカッ、と弾けるように笑う。

「いい加減、そのネタでいじるのやめてくれよ……」

落日館に続いて、青海館でも事件に遭遇した僕は、両親によって、大学生になるまで旅行の一切を禁じられた。またぞろどこかで危ないことに巻き込まれるのでは、と心配されたのだ。葛城と三谷には、この決定が下りた時、大いに笑われた。いや、今もだが。

だから、あれからいくつかちょっとした事件を解決したことはあるが——落日館や青海館ほどの大事件には遭遇していない。

僕ら三人は、この三年の腐れ縁の気安さもあって、楽しく陽気に振る舞っている——。

少なくとも、表面上は。

しかし、僕らは一様に、緊張を感じてもいるのだった。三谷がやたらと陽気な笑い声を立てたり、葛城が景色ばかり眺めていたりするのは、その表れだ。葛城は人の癖を見抜き、その人の「嘘」を見破ることが出来るが、それほどの精度でなくても、二人の気持ちぐらいは僕も読み取ることが出来る。

三人とも、感じているのだ。

今から行く場所で――落日館や青海館に匹敵する大事件に巻き込まれるであろう、その予感を。

僕は、手持ち無沙汰《てもぶさた》に手紙を開いた。

もはや、内容もほとんど暗記してしまっている。

それは、飛鳥井光流からの手紙だった。

＊

二週間前、僕らは母校のかつての担任から「葛城と田所宛《あ》ての手紙を預かっている」と連絡を受けた。その差出人が飛鳥井光流だというので、僕と葛城は驚いて、一も二もなく母校に赴いた。

担任はこう言った。

「封筒は二重になっていてな。最初の封筒を開けたら、高校教師宛ての手紙と、もう一通の封筒が入っていた。そのもう一つの封筒の方に、お前ら二人の名前があったってわけだ。

教師宛ての手紙によると、なんでも、落日館で命を助けられたので、あの時の高校生たちにお礼を言いたいが、学校名とあの子たちの名前しか分からない。そこで学校に手紙を送った、ということらしい。不審だからそのまま処分してもよかったんだが、あの事件のこととなると、お前らも興味があるかと思ってな。ひとまず連絡してみようと、卒業生名簿を当たって連絡したんだよ」

なぜこのご時世に手紙なんて寄越したのだろう、と思ったが、僕と葛城がろくにSNSをやっていないのも一因かもしれない。Facebookなど本名で登録するサービスはあまり触っていない。――それなら母校経由で連絡するのが一番確実、と踏んだのだろう。

飛鳥井光流。いかにも懐《なつ》かしく……同時に、苦い記憶を思い出させる名前だ。

飛鳥井光流は現在、保険会社の調査員である。三年前に会った時に二十代の後半と言っていたから、今は三十代前半だろう。

彼女は高校生の頃、甘崎美登里《あまさきみどり》という同級生と共に探偵として活動していた。僕は子供の頃に家族旅行で泊まったホテルで、彼女が謎を解き明かすところに遭遇し、それからずっと彼女に、あるいは、名探偵というものに憧れてきたのだ。

しかし、連続殺人鬼〈爪《つめ》〉の事件で、甘崎美登里が殺され、彼女は孤独になってしまった。その事件以来、彼女は名探偵であることを辞め、無邪気に名探偵として振る舞おうとする葛城に憎しみを向けてきたのだ。彼女は推理で葛城に対抗し、葛城のやり方は間違っていると、徹底的に否を突き付けてきた。

――君のことは見ていられなかった。

――全てを解くために、全てを壊そうとしていた。

あの燃え盛る落日館を背後に、彼女はそう言い放った。僕は、何も言い返すことが出来なかった。

——それでも僕は——謎を解くことしか、出来ないんです。

息も絶え絶えに言い放った時の葛城の表情は、未だに脳裏に焼き付いている。

思えば、あの時の飛鳥井は、昔日の自分と、目の前の葛城を重ね合わせ、同族嫌悪にも似た感情を抱いていたのではないか。過去に葛城と同じように振る舞ったことで、最も大切な存在であった甘崎を喪《うしな》った経験を持つ彼女は、葛城の行動に危うさを感じたのだろう。だからこそ、彼女は葛城を否定しようと思った。

そんな因縁《いんねん》のある彼女である。

本来なら、もう二度と会いたくもない相手だった。

だが、そうも言っていられない。

僕らは今回——助けを求められたのだから。

*

「またその手紙、読んでるのかよ」

顔を上げると、ミラー越しに三谷と目が合った。

「あ、ああ。ごめん。やっぱり、飛鳥井さんの性格を考えると『柄《がら》にもない』手紙だからさ……色々考えちゃうんだよ」

「ふうん」

三谷が拗《す》ねたように唸った。

「そうだ。俺、結局まだその手紙、読んでないんだよ。田所、音読してくれないか、それ」

「え」

「だってそうだろ。お前と葛城だけで回し読みして、その後は田所が後生大事に保管してたんだから。想い人のラブレターでも受け取ったみたいだぜ。それで結局、俺はまだ蚊帳《かや》の外だ。かわいそうだと思わないのか？」

三谷はちっとも自分を憐《あわ》れんでいなさそうな声音で——要するに、僕をからかうような声音で、そう言った。

「うわあ、田所君、それは酷いね」

葛城がくすくすと笑った。

「だろう？　お前らに相談されて、事情も聞かないうちにレンタカーを手配してやった、友達甲斐のある俺を大事にして欲しいね」

こんな風に、二対一になってしまうと僕の立場は弱い。そして、僕をからかう時の二人の連携は素早い。

「お前らな……」

僕は呆れながらも、三谷の言うことを聞いてやった。

もう一度、この手紙に対する葛城の反応を見たかった、というのもある。

『拝啓　葛城　輝義　様
　　　田所　信哉　様

突然、このような形で手紙をお送りする無礼をお許しください。

差出人を見た瞬間、あなたたちに湧き上がった感情は予測が付きます。そのまま手紙ごと破り捨てられたとしても、仕方がないことを、私はしたと思っています。

それでも、あなた方しか頼れる人がいません。

力を貸してください。』


「随分直接的だな」

三谷が言った。

「お前たちの話から想像する彼女は……なんというか、もっと気の強い女性だと思っていたが」

「その通りだよ」僕は言った。「だから僕と葛城はここまで読んだ時、誰かのイタズラではないか、と思ったくらいだ。この手紙の内容は、飛鳥井さんの性格に合わない」

「しかし別の解釈もある」

葛城が窓の外を眺めながら、呟くように言う。

「似合わないことをせざるを得ないほど、追い詰められている……とかね」

彼は手持ち無沙汰に、車のウィンドウを開けたり閉じたりしていた。

『なぜ自分たちを頼るのか――あなたたちはきっと、疑問に思われていることでしょう。

理由は大きく分けて二つ。一つは、これがいわゆる「探偵の直感」とでも言うべき予感に過ぎないからです。まだ決定的な事件は起きていない。ですが、近いうちに何かが必ず起こるという予感があるのです。

もう一つは、その予感に、あの落日館、葛城君と私が初めて出会ったあの場所に住んでいた小説家――財田雄山が深く関わっているからです。』

「『葛城君』、ね」

葛城がつまらなそうに鼻を鳴らして言った。

「彼女の中では、いつまで経っても僕はあの頃の少年のままなんだろうね」

「拗ねることないだろう」三谷が苦笑して言う。「とはいえ、途端にキナ臭くなってきたな。確かお前らは三年前の夏、その小説家、財田雄山に会うために落日館に行ったんだったな」

「そうだ」僕は頷く。「だが、財田雄山は病気のため昏睡《こんすい》状態に陥《おちい》っていて、会話を交わすことは出来なかった。僕らは、変わり果てた憧れの小説家の姿を見て、ショックを受けたくらいだ」

「事件の後、その人はどうなったんだっけか?」

「山火事の中から、僕らがなんとか助け出して、救急隊に対応を引き継いだ。病院に搬送されて救命措置が施され、その甲斐もあって一年は生きていたけど、僕らが高校を卒業する頃、亡くなった。病気によるもので、落日館の事件が負担になったとか、そういうことではないらしい」

「そうか」三谷は軽く頷いた。「だったら、なおのこと分からないな……どうして、その財田雄山が、今回の一件に関わってくるんだ」

それにしても、人からもらった手紙を読み上げて、みんなで品評するのは、やはり後ろめたさを感じる。運転中の三谷に聞かせている、というシチュエーションであるとはいえ。イギリスのミステリーには、こんな風に手紙をみんなで読むことで推理するものがあった気がするが……ああ、思い出した。サラ・コードウェルだ。彼女の作品はそういうプロットが多い。

僕は手紙の続きを読み上げる。

『話を急ぎすぎました。少し整理して書きます。

君たちは、土塔一族を知っているでしょうか。その当主、土塔雷蔵は、東洋のミケランジェロと謳《うた》われる絵画、彫刻、建築の世界的アーティストです。彼には四人の子供がおり、そのうち下の三姉妹は、それぞれ雷蔵譲りの芸術家に育っています。絵画の雪絵《ゆきえ》、彫刻の月代《つきよ》、歌姫の花音。

長男の土塔黄来は、芸術的才能こそ受け継ぎませんでしたが、芸術を愛する、心の優しい人です。

私は、黄来さんとこのたび、結婚することになりました。』


「ようやく役者が揃ったらしいな」

三谷が愉快そうに口笛を吹いた。

「土塔の『華麗なる一族』……」葛城は鼻を鳴らした。「全く鼻白むほどだよ」

「お前が言うな」

僕は葛城の家族のことを思い出して、呆れる。葛城の家には芸術家こそいないが、政治家や大学教授、警察官、弁護士と、お堅いエリートたちが勢揃《せいぞろ》いしていた。葛城家と土塔家では、確かにまるで性質が違うかもしれないが、葛城に言われる筋合いはない。

葛城は続けた。

「メディア露出が多いのは、歌姫である花音だけど、彼女が広告塔となって、土塔家の名声は世界中に轟いている。メディアに出たがらない、雪絵や月代も、よく『美人三姉妹』という鋳型にはめられて、度々特集が組まれる。女好きの田所君は好きなタイプだろうが、どう考えても、あの飛鳥井さんが好んで近付くタイプの人たちじゃない。頼まれたってやらないだろう」

「今、聞き捨てならない言葉が聞こえた気がするが？」

僕は苦々しく呟くが、飛鳥井について述べたくだりについては同意だった。

「美人三姉妹だのなんだの、ニュースもうるさいったらないよなー」三谷は肩をすくめた。「大切なのは作品そのものじゃないか」

「ところがその作品もいいものだから、タチが悪い。花音の伸びやかな美声は三谷君もテレビで知っての通りだし、雪絵はグラフィティアートを近年精力的に発表していて、月代も街の風景に溶け込む現代彫刻を数多く作製している。この前、僕も丸の内《まるのうち》で行われていたストリートギャラリーで月代の作品を見てね。見る角度によって像の印象が変わる、不思議な作品になっていて、例えばあそこが通勤路なら、行きと帰りで騙し絵《だまえ》のように見え方が変わる、といった代物なんだ……」

「お前、芸術にまで詳しいのかよ」

僕は思わず呆れてツッコんだ。

「飛鳥井さんからの手紙を受けて、調べ直したに決まっているじゃないか」

「まあ、それはそうか」

「土塔三姉妹の活躍の場はそれぞれ違うが」葛城は構わず続けた。「理念は共通している」

「ほう。どんな風に？」

「土塔雷蔵は、芸術を金持ちのためだけのものにしてしまった、というのが三姉妹の主張だ。だからこそ、私たちは『みんなのため』の芸術を作る、と。テレビや街中で気軽に味わうことが出来来、それぞれの日常に溶け込んで、共に存在する。それが、三姉妹の理想なんだ」

へえ、と三谷が言う。

「そいつは立派な理念だが、どうも……子供じみた理想にも聞こえるな」

「子供なのは事実だろうね。父親への反発というニュアンスがあるのは間違いない。この理念を最初に唱えたのは月代で、雪絵と花音はそれに同調した形だから、本当のところ、三人が一枚岩なのかどうかは分からない。商業戦術として有効だから乗っているだけかもしれないね」

三人の人物像がある程度分かったところで、「手紙に戻るぞ。三谷も聞いておいた方がいい箇所だ」と僕は続ける。

土塔黄来の人物像が分かる箇所があるからだ。

『黄来さんは美術館の館長を務めています。その美術館は土塔雷蔵が作ったもので、主に土塔一家の美術品の管理を行っているのです。まだ二十八歳なので異例の若さですが、前任の館長が定年退職で辞めたタイミングで、雷蔵が指示して引き継がせたもののようです。

私が働いている保険会社では、個人の生命保険や損失保険だけでなく、動産保険、つまり、高価な美術品にかけるような保険商品も取り扱っています。彼と出会ったのは、その商談の時でした。

彼は物腰の柔らかい人で、よく気が付く優しい人です。彼は三人の妹の才能、その作品を心から愛していますし、その魅力を世界に伝えようとしています。妹たちにも優しく接しているようです。私は、その優しさに縋《すが》りたくなった、ということなのかもしれません。

黄来さんは学生時代、三姉妹と同じ芸術大学に通い、絵画の道を志していましたが、才能が芽吹かず、一つ下の雪絵さんの方が先に有名になってしまったため、挫折感《ざせつかん》を味わっていました。しかし、美術品への造詣《ぞうけい》は深く、その知識と芸術への愛情を買われ、美術館の館長となったもの、とされています。

ですが、それはあくまで表向きの理由だと、黄来さんは言っています。彼の言葉を、ここにそのまま綴ります。

「父さんは、芸術の才能を受け継がなかった自分を疎《うと》ましく思っている。失敗作とまで言われたよ。自分の息子だと認めたくないんだ。だから、美術館の館長なんて役をあてがって、最低限の体裁を整えたんだよ」

あえてここに強調しますが、私は一切、そんな風には思っていません。先に書いたように、黄来さんは芸術の素質などよりも大切なものを持っている、と思っています。私の口からも、そう、彼にはっきり伝えています。

それでもありのままここに記すのは、雷蔵のパーソナリティーを示すのに、これ以上的確な言葉はないと思うからです。今も私は、書いた端からこの手紙を破り捨てたい衝動と闘っています。

本当に、どうして君たち相手にこんな話を書《か》き綴《つづ》っているんでしょうね。自分でも理解に苦しみます。』


「酷い父親だな」

三谷が、うへえ、と舌を出した。

「それ、黄来さんは面と向かって言われたのかね。俺だったら、目の前でそんなこと言われたらグレるわ」

「実際にはどうか分からないよ。父親は全くそんなことは考えていないのに、黄来さんが思い込んでいるだけ……ということもあり得る。それよりも、僕としては、飛鳥井さんの黄来評の方が気になるよ」

「どういう意味だ、葛城」

葛城は組んでいた腕をほどいた。

「彼女は最も重要なことを記していない」

「回りくどいな」三谷が言った。「で、重要なことっていうのはなんだよ」

「飛鳥井さんが土塔黄来さんに惹かれた、その本当の理由だよ」

「葛城には分かるって言うのか？」

僕が聞くと、葛城は肩をすくめた。

「彼女という人の性格を考えれば、明らかなことだよ。飛鳥井さんと黄来さんには、共通の根っこがある。だが――それにこだわっている以上は、彼女はまだ……」

僕と三谷は次の言葉を待ったが、葛城はそれ以上説明する気はないらしい。葛城の説明が不足しているのはいつものことだ。彼はいつももったいをつける。僕も三谷も慣れっこなので、催促するのは諦《あきら》めた。


『土塔雷蔵は、芸術品だけでなく、自分の子供たちまでも、自分の作品だと思っている傲《ごう》慢《まん》な男です。いくら作品そのものが素晴らしかろうと、その人格は全く愛することが出来ません。

その特徴から、君たちはある人物のことを思い出しませんか。

ここで、話は落日館のことと繋がってきます。

実は、土塔雷蔵は財田雄山の古くからの友人なのです。彼らは同じ大学に通った仲で、それ以来の長い親交があります。どちらも作品の出来不出来を何よりも大事にするタイプなので、大学時代は喧嘩《けんか》が絶えなかったようですが、芸術と小説、それぞれの分野で活躍の場を求めたこともあって、衝突せずに親交だけが続いていたと言います。

それゆえ、彼らは自分たちの作品を交換したのです。

土塔雷蔵は、落日館の設計・デザインを担当することで。

財田雄山は、土塔の住む荒土館を舞台にした小説を書くことで。』


「馬鹿な！」

三谷が声を上げた。

「ちょっと待て、一体なんの話が始まったんだ。雷蔵と雄山が昔馴染《むかしなじ》みだと？　二人が互いの作品を交換した、だと？」

「三谷君、運転だけは安全に頼むよ」

葛城が冷静な声で言った。

「無理もないよ」僕は言った。「このくだりを初めて読んだ時、僕も驚いた。葛城はどうだったか知らないけれど……」

葛城がため息をついた。

「それよりも、雷蔵と雄山が友人だったとは、驚いたがね。芸術家としては正反対のタイプじゃないか？」

「分野が違うからか？」

三谷の素朴なツッコミに、葛城は首を振る。

「いや。理念が違うんだ。土塔雷蔵は常々、死んだ芸術家だけが本物だ、と口にしている。だからまだ生きている自分は『未完成』なのだと」

「こだわりが強そうだよな」三谷が頷く。「俺も、インタビューか何かでそう言っているのを見たことがあるぜ」

「一方の財田雄山は、死ねば全て泡《あわ》と消える、という信念の持ち主だ。だからこそ、生きているうちの浮世の栄誉に執着する。傑作を常に書き続けようとするのは、失望されたくないからだ」

「そう聞くと、正反対のタイプって感じだな……」三谷が頷く。「その二人が、いわばプレゼント交換みたいなことをやっていたわけだろ？　一体どういうことなんだろうな」

「さあ」葛城は態度を保留した。「いずれにせよ、単純なものではなかったのは間違いなさそうだね」


『君たちは、財田雄山の「未発表原稿」のことを覚えているでしょうか。アガサ・クリスティーの「カーテン」のように、雄山が死後に発表されるように手配し、自宅の金庫に保管していた原稿。金庫ごと盗まれそうになり、長い長い隠し通路の中に放置された、あの原稿のこと……。

　この「未発表原稿」こそが、雷蔵に贈られるべき原稿――現実の荒土館を舞台にした、架空の連続殺人を描いた作品だったのです。

　二年前、雄山が亡くなると、雷蔵は落日館の焼け跡を再調査させ、隠し通路の中の金庫を見つけ出しました。そして、望み通りのものを手に入れたのです。

その原稿の内容というのが――。

すみません。

ここから先を書くのが恐ろしいのです。

初めて、その内容を土塔雷蔵の口から聞いた時、覚えた生々しい恐怖を――今、この手紙を書いているこの時でさえ、まざまざと思い出します。

信じてもらえるかどうか、心もとないのですが。

あの落日館の事件は、財田雄山の手によって引き起こされたものだったのです。』


「はあ⁉」

三谷が声を上げた。

「おいおい、冗談だろ。お前らの話じゃ、お前らが落日館に着いた時にはもう、財田雄山は昏睡状態だったんだろ？　それがどうして、犯人になれるっていうんだ？　飛鳥井さんも、今回ばかりは冷静じゃないんじゃや……」

「いや」

葛城が出し抜けに口を挟んだので驚いた。

「彼女は冷静なはずだ。『信じてもらえるかどうか』のところで、インクの色が濃くなっているだろ。ボールペンを替えた証拠だよ。一拍置いてなお、その続きを書き記しているんだから、立ち止まってもその推理に正当性があると信じているんだ」

葛城の観察が細かく、しかも記憶力にも優れているのに改めて呆れた。目の前の手紙を観察してみると、確かにそのようになっている。

「それに」と僕は続けた。「確かに、落日館の事件……つまりつばさという少女が殺されたあの事件だけど、あれには明確な実行犯がいたんだ。その人物は明確に指摘され、形がどうあれ……裁きはもう受けている。そのこと自体は、覆らない。飛鳥井さんは、財田雄山が『犯人だ』とは言っていない。あくまでも、『事件を引き起こした』存在だと指摘しているんだ」

「そうだとしても……」

「まあ、続きを聞いてみてくれよ。僕にも、飛鳥井さんにそう言われてみれば、思い当たるフシがあったんだから……」

『あの事件には、いくつもの偶然が絡んでいました。山火事という災害そのものは偶然とするしかないにしても、あれだけの数の犯罪者が一堂に会していたというのは、途方もない偶然に見えます。

その多くは、財田雄山という磁場――彼が持つ金の力に引き寄せられたものと考えれば、どうにか理解出来るところです。ただ、その悪意が数多く集まり、交錯してしまっただけだ、とも。

しかし、それでは説明出来ないことが一つだけありました。言うまでもなく、〈爪〉と私が再会したこと――これです。〈爪〉があそこにおり、山火事に巻き込まれ、落日館に来たのは、そして私と再会したのは、本当に偶然だったのでしょうか？

結論から言いましょう。

あれは、「仕組まれた偶然」だったのです。

彼は、自分の最終作であり、友人への大切な贈り物となる作品を完成させるために、本物の名探偵と犯人との対決を求めたのです。生々しいリアルの血を啜《すす》ることで、彼は最後の作品を完成させようとしていた。

そのために目を付けていたのが、〈爪〉と。

そして、私だったのです。

彼は〈爪〉について調べて追跡し、落日館をその居場所の近くに建てた。そして、私についても調べ上げ、生命保険会社に勤めていることを突き止めると――彼は、まるで仲人のように、私と〈爪〉を引き合わせることを考えた。

自分が生命保険の契約をし、私を担当に指名し、私の担当地区をあの地域にすることで。

あの日でなくても、いつか、私と〈爪〉は再会するはず。私が探偵としての推理で〈爪〉の正体を看破するか、それとも〈爪〉の方が先に気付くか――どちらにせよ、財田雄山は自分の望みを叶えられる。

本物の名探偵と、本物の殺人鬼が出会う瞬間を、目の前で目撃する。最後の物語を仕上げるために、自分に必要な刺激を。最後のピースを。そのお膳立《ぜんだ》てだけして、彼は昏睡状態に陥ったのです。

あの日、山火事に巻き込まれたことは偶然に過ぎない。だけど、私と〈爪〉が出会ったのは、ただの偶然などではなかった。

謀《たばか》られていたのです。名探偵というイコンに魅せられていた男に。取り憑《つ》かれているのです、私は。

名探偵という宿痾《しゅくあ》に。』

「なんという……」

三谷が苦々しげな表情で呟いた。

「俺は飛鳥井さんには会ったことがないが、なんだか、同情してきたよ」

僕は頷く。

「最初ここを読んだ時は、失礼だけど、飛鳥井さんの妄想かと思ったくらいだった。だけど、思い当たることはあった。財田雄山は未解決事件の資料を蒐集《しゅうしゅう》し、自分の作品への刺激とするのを得意の創作手法としていた。落日館の図書室にはそうした資料が多く並んでいたが、その中に〈爪〉に関する資料も確かにあったんだ」

「宿痾、ね……」葛城が呟く。「僕もそんな風に感じていた時期があったよ」

「今は違うのか」

僕が水を向けると、葛城は、チラッと僕に視線を投げかけた。

「さあ、どうだろうね」

それきり、また葛城は黙り込んだ。

「ところで」三谷は言う。「その雄山が書いた未発表原稿っていうのは、結局、完成したのか？　だって、飛鳥井さんと〈爪〉を目論見《もくろみ》通り会わせた時には、もう雄山って昏睡状態だったんだろ？　原稿を書けないじゃないか」

「この先を読むと分かるんだが、一旦《いったん》整理しておくと、雄山は一度原稿を書き上げていたらしい。しかし、その出来に納得がいかなかった。そこで、飛鳥井さんと〈爪〉の対決を目の前で見て刺激を受け、もう一度原稿を直し、完成したら雷蔵に贈るつもりでいた――こういうことのようなんだ」

三谷は「なるほど」と言って頷いた。

「じゃあ、そのあたりをさらに詳しく聞かせてくれ」

『どうして、私がここまでの事実を調べ上げることが出来たのか――君たちは、特に、葛城君は、それが気になってきた頃でしょう。

きっかけは、先にも書いた、あの落日館の焼け跡から見つかった財田雄山の「未発表原稿」です。

ある日、雷蔵の部屋を訪ねようとした黄来さんは、その「原稿」を手にしている雷蔵を目撃したと言います。声をかけようとしたようですが、一人で笑っていて、異様な様子だったので、隠れていたそうです。

「あの失敗作も、最後には役に立ったな。これでもうすぐ、この原稿の通りになるだろう。いや、それ以上のものになる。俺の館で、友の芸術が、運命の手によって完成する……お前の血によって、この館に絵が描かれるのだ」

黄来さんはすぐに、「失敗作」というのが自分のことだと気付き（そう気付いてしまうこと自体、私は複雑な心境で受け止めていますが）、その言葉に異常な気配を感じたと言います。それで、土塔雷蔵の持っていた原稿のことをなんとか探れないかと、間に妹の雪絵さんを立てて、雷蔵に原稿の内容を聞いたようです。

曰く、その原稿のタイトルは「荒土館の殺人」ということ。

曰く、その原稿は十年前、一旦最後まで書き上げられているそうですが、雄山がその出来栄えに納得がいかず、「書き直して完成させる」と雷蔵に伝えていたということ。

曰く、その原稿は、まだ雷蔵も全部は読んでいないということ。雷蔵は、雄山の著作を全部順番に読んで、最後にそれを読むつもりでいるらしい（そういうところは、妙に律儀なんだ）。

曰く、しかしその原稿の冒頭を読んでおり、そこには、「光宗飛鳥《みつむねあすか》」という名前の探偵が登場すること。それが飛鳥井光流という高校生探偵を意識した名前であると、雄山から聞いていたこと……。

　こういう事情を、雷蔵は、まるで自分の大事なコレクションを自慢するかのように、雪絵さんに語ったようです。

　雪絵さんが何よりも気になったのは、雄山曰く「未完成」である原稿を、勝手に雷蔵が持ち出していいのか——ということろだったようですが、それについては「奴はもう死んでいるんだから、俺の勝手だろう」と雷蔵は答えたということでした。この一言をもってしても、彼の傲慢さは伝わるでしょう。

　私の過去を知る黄来さんは、雪絵さんからこういった報告を聞くと、すぐに私に相談してくれました。私は土塔雷蔵の周辺を探り、財田雄山との繋がりを確かめ、先の推理——私と〈爪〉の出会いは仕組まれていたのではないかというもの——に至ったのです。

　その直後、今度の年末年始に、土塔家の一族を全て荒土館に集め、婚約披露の席を設けたいと、土塔雷蔵から申し出があったのです。

　黄来さんは、断ろうと言ってくれました。私も元々、結婚式は挙げなくても構わないと思っていたクチなので、黄来さんの申し出はありがたいとも、思いました。私が荒土館に行ってしまったら、人が死ぬのではないかと不吉な予感もしました。

　もちろん妄想に過ぎません。

　ですが同時に——この引力に、抗《あらが》えるものだろうかとも、思ったのです。

　私は、立ち向かうべきなのではないか、と。

私は率直な気持ちを黄来さんに伝え、年末年始、荒土館に行くことに決めました。同時に、私と同じような宿痾に取り憑かれ、才覚を持つ昔馴染みを、呼んでも構わないかと伝え、黄来さんに了承してもらいました。

言うまでもなく、君たちのことです。

もちろん、悪い予感という以上のものではありません。ですが、不吉な思いを止めることが出来ないのです。

最後に、もう一度お願いします。

力を貸してください。

敬具

二〇一×年十二月一日

飛鳥井光流』

なお、手紙の末尾には、飛鳥井のSNSのアカウントとメールアドレスが記載されていた。SNSのメッセージを通じて、飛鳥井にはあらかじめ、今日の午後三時頃に行くと連絡してある。

僕が手紙を読み終えると、ほう、というため息が三谷から漏れた。

「なるほどねえ。それでこんな風に、わざわざ好き好んで、年末年始に物騒なところに行くってわけか」

「お前、言い方ってもんがあるだろ」

僕が言うと、三谷は呵々《かか》大笑した。

「そりゃ、そのくらい言わせてもらわないと！　このために俺は、家族で過ごすのも諦めて、紅白もお笑い番組も蹴《け》ってここに来ているんだからな。友達甲斐があるだろ？」

「いつも感謝しているよ」僕は苦笑した。「だが、そこまで言うなら、東京で一人留守番していてもらってもよかったんだぞ」

「青海館の時と同じだよ。お前らを二人だけにしておくと、危なっかしいったらない。二人してどうでもいいことにこだわって、自縄自縛になっていたしな。まあ、あの時よりは、お前らも落ち着ているように見えるけど」

「田所君、覚悟しておけ」葛城が微笑んだ。「あのネタで僕らは生涯擦《こす》られるぞ」

「言ってろ、言ってろ。それにしても、アレだな。『宿痾』ときたか。葛城といい、飛鳥井さんといい、言うことが大げさだよな。名探偵っていうのは、殉教者か何かなのか？

それに、意外といえば、ああいう風に手紙で助けを求められて、葛城がすんなりと応じるのも意外だったたな。葛城は飛鳥井さんのことを恨んでいるのだと思っていたよ。青春のトラウマというか」

僕は密《ひそ》かに緊張した。顔が強張《こわば》っていないか、心配になる。

僕はそっと葛城の顔色を窺った。

葛城は、先ほどまで浮かべていた微笑を口元に浮かべたままだった。

「いや、僕は田所君についていくだけだよ。彼が、どうしてもってせがむものだからね」

「――は?」

三谷がブレーキを踏んだ。周囲に他の車の姿はなく、あたりに一瞬、静寂が広がる。

彼は助手席の方に、ポカンとした顔を向ける。

「……おい、どういうことだ」

「最初に、田所君と手紙を読んだ時にも同じように伝えたんだ。僕の意思は変わらない」

「ちゃんと説明してくれないか」

三谷は後ろを振り向いた。葛城は居ずまいを正した。

「僕は、彼女を助けない」

車内の空気が凍《こお》り付《つ》いた。たっぷり一分ほど、そのまま時間が止まった気がした。

「本気で言っているんだな」

三谷が険《けわ》しい目で葛城を見た。

「本気だよ。言葉通りの意味だ」

「そうか」三谷は前を向いて、ハンドルを両手で強く握りしめた。「でも、行くんだな?」

「行くよ。こうして、ついてきているじゃないか」

三谷の肩がゆっくり上下した。

「ま、いいさ。事件が起こるとは限らないんだ。お前らは昔馴染みとの再会を楽しめばいいし、俺は友達と旅行に来ただけだからな。

田所も、それで納得しているんだろ?」

三谷に水を向けられて、僕は驚く。

「……まあ」

「そっか。なら、いい」

三谷は大きく息を吸う。

「葛城、お前もたいっがい、めんどくさい奴だよなあ!」

「悪いとは思っているよ」

「いーよ。今に始まったことじゃないしな」

三谷はそう言ったきり、運転に戻った。すぐに、「俺の取ってる講義で、座禅体験をさせられたんだけどさ」と全然違う話題を話し始めた。

葛城も、それを聞いて笑っている。

本当に、三谷の物分かりのよさには毎度呆れる。

三谷は恐らく、一瞬で察したのだ。僕と葛城が、今のやり取りを延々と繰り返していたことを。この件で相当揉《も》めたことも見抜いているに違いない。だから、これ以上蒸《む》し返《かえ》すことはしなかった。三谷は、名探偵だのなんだのという屈託には、大して興味がない。そうしたことでぶつかる役目は、僕と葛城の二人だけでいいと思って身を引いている。

——だって、それが一番いいだろ。俺はお前と葛城を信頼しているんだ。ある意味な。必要なことはお互いに言い合ってくれりゃいいよ。お前らだって、俺まで関与しない方が、気が楽だろ？

三谷には以前、そう言われた。

だからこそ、「そういう空気」を察すると、彼は鈍感で陽気な男のふりをして、さっと身を翻《ひるがえ》し、僕らが帰るべき日常を体現してくれるのだろう。誰よりも気付いて、気を遣える奴なのに、進んで道化を演じている。

彼こそが、この三人組のバランサーなのだ。

三谷が察している通りだ。

僕と葛城は、この件で散々やり合っている。

——僕は、彼女を助けない。

手紙を読んだ直後、葛城は全く同じセリフを吐いた。

——お前がそんな冷たい奴だとは思わなかったぞ！

——君だって、彼女のことは知っているだろう。

——知っている⁉　どうしてそんな突き放した言い方が出来るんだ。ああ、知っているさ！　彼女は因縁の人だ！　だが、過去は過去じゃないか！　いつまでも恨んでいたって仕方ないだろう！　彼女は今助けを求めているんだ。助けられるのは、僕たちだけなんだぞ！

——もう一人いるよ。

——もう一人⁉　もう一人っていうのは、手紙に出てくる土塔黄来さんのことか？　事件が起きた時も、そのフィアンセに丸投げしておけば大丈夫と？　それとも甘崎美登里さんのことか？　死者の記憶だけが、彼女を慰めるとでも？

——田所君。何を言われようと、僕の意思は変わらないよ。僕は、彼女を助けない。だが、君が行くと言うならついていこう。

——それは友情に篤《あつ》いことで。だったらついてきてもらおうじゃないか。お前のことだ、どうせ目の前で事件が起きたら、放置出来るような奴じゃないさ。嫌でも謎を解く羽目になるよ。

葛城は何も返答しなかった。

僕が車内で三谷に読み聞かせながら、葛城の反応を窺っていたのは、そういうわけだった。

三谷のいる場でも、その頑《かたく》なな態度が変わらないのかどうか——僕は、それを確かめたかったのだ。

結論。

変わらなかった。

葛城の意思は固い。

僕はゆっくり息を吐いて、ストレスを逃がす。

じきに、荒土館へ着く。

時刻は十四時五十三分になっていた。

2　その65時間7分前

荒土館へと降りる、長い坂道に差し掛かった。

「不便な家だねえ」葛城が言った。「館に降りるのがこの道一本だけだなんて」

「『地の果ての獄』なんて揶揄《やゆ》されているらしいぞ」

僕が言うと、葛城が苦笑した。

「あれ」

坂道を下っていると、人影が見えた。

男女が一名ずつ。

女性の方は、飛鳥井光流だった。

肩口で切り揃《そろ》えられた髪と鋭《き》い目。その佇まいを見ただけで、三年前の夏が脳裏に蘇る。

ベージュのコートと耳に光ったイヤリングが、大人っぽい印象を強調している。前に見た時はスーツ姿だったから、かもしれないが、服装の傾向も変わった気がする。

葛城の反応を窺うが、窓の方に顔を背けていて、表情が見えない。

すると男の方が、例の、土塔黄来か。

グレーのダウンを羽織り、黒縁の眼鏡をかけている。眼鏡の奥の目は、どことなく冷たい印象がした。やや猫背気味で、線も細く見えた。

車を停め、三人とも外に出た。びゅうっと冷たい風が吹き下ろしてきて、思わず身をすくめる。

車を置いて、二人が立っているあたりに歩いていく。

「――久しぶりね」

飛鳥井が言った。

自分で呼んだ割には、特段、嬉《うれ》しくもなさそうな口調だった。

クールで、低い声。独特の響きがある声で、その声で命じられたらなんでも言うことを聞いてしまいそうになる。ある意味、探偵向きと言える声かもしれない。

その一つ一つが、僕を郷愁に誘う。

「こちらが手紙でも紹介した土塔黄来さんよ。黄来さん、彼らが、この前話した葛城君に田所君」

「手紙でも、って」黄来が不安そうに飛鳥井を見た。「どんな風に紹介されているんだい、僕」

「安心して、黄来さん。素敵な人だと言っておいたから」

飛鳥井ははぐらかすように微笑んだ。

その様子を見た瞬間、二人の間に、割って入れない空気があることを感じた。あの飛鳥井が、よくぞここまで。僕は黄来を手放しで称賛する気分になった。

「そっちの方が困るなあ」黄来はなおも言った。「僕に期待してもらっても、応《こた》えられなくて悪いから」

「何をおっしゃるんですか」葛城はにこやかに言った。「期待以上の方で安心していますよ。初めまして、葛城輝義といいます」

葛城はすっと黄来の懐《ふところ》に入り、握手を求めていた。黄来は面食らったようにたじろいでから、葛城の手を取る。

「君が三谷君ね」飛鳥井は三谷に向けて頷いた。「三人とも、私の親戚《しんせき》の子ということにしているから、よろしく」

「じゃあ、さしずめ——姉さん、とでも呼べばいいですかね?」

三谷が冗談めかして言うと、飛鳥井は薄く笑った。

不思議だった。

葛城だけでなく、飛鳥井も三年前とは全然違う。飛鳥井は相変わらずクールだし、声も冷たいが、物腰は随分柔らかくなった。

葛城だって、人付き合いが苦手だった時期が嘘のように、最近は、人の懐にサッと飛び込む呼吸を心得ている。

それなのに。

二人は、目を合わそうともしない。葛城に対する、飛鳥井の忸怩《じくじ》たる思いが滲んでいるかのようだった。葛城も、飛鳥井に対するわだかまりを解消出来ていない様子だ。

なんとも居心地の悪い空間だ。その空気に耐えかねてか、三谷が僕を肘《ひじ》で小突いてくる。

「そ、それにしても」三谷が言った。「どうしてこんな道端《みちばた》で出迎えを？　館で待っていていただければよかったのに」

「他の家族の目がないところで、あらかじめ話しておきたかったから」飛鳥井が言った。「黄来さんには事情を話してあるけれど、他の家族がいると、明け透けに話すことも出来ないでしょう」

「なるほど。確かに、呼び方と設定くらいは事前にすり合わせしておかないとですね」

三谷がうんうんと頷いた。

「それだけじゃなく……まあ、あの家族といるのが、息苦しくなった、というのもある」

飛鳥井が苦虫を嚙み潰したような表情を浮かべた。

「すまない。可愛い妹たちなんだけど、変な行動を取るのはいつものことだから……」

黄来は目を伏せた。

「彼女たちだって、満更、君に興味がないわけじゃないと思うんだ。だって家族になるんだから。ただ、あの子たちにはそれぞれの芸術がいつだって大事で、だからなかなか……」

「黄来さん、大丈夫です。分かっていますから……」

葛城が突然口を開く。

「事件が起こりそうな兆候は？」

飛鳥井の顔がサッと緊張するのが分かった。

「……まだ、気付いたことは何もないわ」

「そのまま予感が外れてくれるといいですけどね。ただのどかな年末年始になってくれれば」

葛城の口調は優しかったが、皮肉を言っているようにも聞こえた。

「ええ……まあ、そうだといいけどね」

「この曲がり角を曲がれば、もう荒土館ですか？」

葛城の言葉に、黄来が頷いた。

「まずは見てみたいですね。家族の方に気付かれない方がいいなら、遠目にでも」

葛城は言って、曲がり角から首だけ出すような感じで、顔を突き出した。僕や三谷もそれに続く。

三者三様の嘆声が上がった。

目の前の光景が現実のものとは思えなかったのだ。それほどまでに荒土館の威容は異様なものだったし、迫力に満ちていた。

巨人がその手で山を抉《えぐ》り出《だ》したかのように、四方を高い崖に囲まれた閉塞感《へいそくかん》のある空間。その空間いっぱいに、四つの尖塔を抱えた、まるで城のような館が聳《そび》え立《た》っている。実際には建材にそのような装飾を施しているだけなのだろうが、見た目は、レンガを重ねたような外観になっている。異国の城に見えるのはそのためだ。館そのものにも窓が少ないが、尖塔にも窓が一つずつあるだけなので、さながら要塞《ようさい》のように見えた。

「冗談も大概にしろよ……」と三谷が呆れたように言った。「これが現実の光景か？　現代日本にあるような建物じゃねえだろ。あり得ない」

「確かに……異様だな」

玄関の上部、屋上にあたる部分には、ガーゴイルと思《おぼ》しき怪物の彫像が飾られている。そいつが浮かべている哄笑《こうしょう》が、まるで訪れる者を笑っているかのように見える。

「それが普通の反応よね」飛鳥井が苦笑した。「私も昨日現地に来た時はそう思ったけれど……不思議と、慣れてしまうものね」

「僕としては、むしろ納得する思いですよ。あの土塔雷蔵の館だと思えば、説得力がある」

館の後ろに聳える崖に、人の顔のようなものが見えた。

見間違いかと思って目を凝《こ》らすと、そうではない。

崖の壁面に誰かが彫刻を施したかのように、巨大な人の顔が四つ、浮き彫りになっている。満面の笑みを浮かべた顔、眉《まゆ》をギュッと寄せてこちらを睨む顔、眉がハの字形に下がり歪んだ顔、微笑んだ顔……。そんな顔たちが、互いに二メートルほどの距離を空け、顔を背け合いながら、並んでいる。

　まさに奇観である。

「……なんだろう」三谷が首を捻る。「どっか、見覚えがあるような気がすんだよな」

「こんな異様な光景に……か？　ここ以外ではまずお目にかかれないと思うが……」

　館の塔と顔が被《かぶ》ってしまうので、少しずつ首を動かしながらでないと、全容を把握することは難しかった。

「気味が悪いな」葛城が言った。「大きな人間の顔みたいだ……四人の人間が、土の中に閉じ込められて、顔だけ出している、そんな風にも見えるね。そう思うと、余計に不気味だ」

「ああ……」

　僕はぶるっと震えた。

「父の解釈は、少し違う」

　土塔黄来が口を挟んだ。

「あれは、喜怒哀楽、四つの感情を表現するために、巨人がその手で彫ったものだ、と父は考えている」

「え？」

　三谷が目を丸くした。やがて、苦笑を漏らしながら、彼は言う。

「いやいや……巨人だなんて、いくらなんでも、想像が飛躍しすぎじゃないですか？」

「ところが、そうでもないんだ」黄来は教師のような口調で優しく続ける。「そもそも父がこの地に荒土館を建てようと思ったのも、この地に巨人伝説があるからなんだ。この大地の虚は、巨人が眠るためのものだったとされている」

「ここの巨人は、こんな、落とし穴みたいなところで眠るのが趣味だったんですか？」

三谷の言葉に、黄来はプッと噴き出した。

「言い得て妙だなあ……三谷君は、超自然的な存在や神秘的な存在は、一切信じないタイプなんだね」

「まあ……そうですね」

「僕の場合は、父に感化されすぎたのかな。三谷君のツッコミが新鮮に感じるよ」

「あの、そうすると、巨人が喜怒哀楽を表現してあの崖に作品を残した……という設定で、土塔雷蔵さんが、あれを作ったってことなんですか？」

「いや、違うよ。あれは、元々あそこにあったものだ。誰が作ったのかは分からない」

「ええっ！」

三谷は大げさに声を上げた。黄来は愉快そうに笑い声を立てた。

「シュミラクラ現象……ですか」

葛城が言うと、三谷が怪訝そうに眉根をひそめた。

「葛城、なんだよそれ」

「人は三つの点があると、それを自動的に人間の顔として認識してしまう……そういう現象の名前だよ。ほら、天井の汚れとか、木目の歪みが、人の顔に見えて怖い……そういうことってあるだろう」

「ああ、アレのことか。アレの名前が……なんだって？」

「シュミラクラ現象」

「シュ……ああめんどくせえ、『木目の顔』現象でいいだろそんなの」

三谷がぼりぼりと頭を掻きながら、もう一度、館の向こうの崖を見やる。

「言われてみれば……たまたま、四つの感情を表しているようにも見えるけど、顔の造作は結構曖昧だ。『悲しい』の顔なんかは、目がほとんど見えないから、岩肌の模様が、悲しんでぎゅっと目を瞑《つぶ》った人の顔の肌に見えるだけだな」

「しかし、一度はそう見えた……それは確かだよね」

黄来の言葉に、三谷は頷いた。

「だからこそ、父はこの自然の芸術……大いなる偶然としか言いようのない、眼前の芸術に胸を打たれたんだろうね。そして、自分の作品にも、この光景を描いた」

「あーっ！」

その瞬間、三谷が大声を上げたので、隣の僕は飛び跳ねるほど驚いた。

「な、なんだよ一体。なんの騒ぎだ」

「道理で見たことあると思ったんだよなあ！　この光景、土塔雷蔵さんの代表的な油絵の一つ、『自然の四人』で描かれたものじゃないですか！」

三谷は目を輝かせている。意外だった。まさか、三谷が芸術に興味があったなんて。

「随分横に長い絵だなあとは思っていたんですよ。それこそ昔の壁画みたいなデカさの絵じゃないですか。特に顔と顔の間の余白が巨大すぎるのが気になっていたんですけど……そういうことだったんですね。目の前のこの光景を、そのまま絵筆で写し取ろうと思ったなら、あのサイズも納得ってもんです」

三谷が一人で悦に入っている。僕は、後で時間が出来た時にでも、ネットで調べてみようと思った。

「三谷君は、父の作品をよく見てくれているんだね」

黄来に言われて、三谷は照れくさそうに頰を掻いている。

「無駄話はそのあたりでやめにしない？」

飛鳥井の冷たい声が割り込んでくる。

僕らは慌てて首を引っ込める。仲のいい三兄弟のような動きになってしまった。

だが、その時のことだった。

チャラランン、チャラランン。

その音の正体が何か、しばらく見当がつかなかった。前に聞いた時から時間が経っていた。一度聴いたら忘れようがない、心臓の恐怖の部分に刻み込まれているその音——正体に気付いた瞬間、僕はスマートフォンを取り出した。

「緊急地震速報だ！」

三谷が叫ぶ。

僕は自分のスマートフォンの画面を見た。

震度5強が0秒後。

大きい。身体中《からだじゅう》から血の気が引いた。

ゴゴゴゴゴゴ……。

不意に小刻みな縦揺れを感じた。

が、それは一瞬で、すぐに大きな揺れに変わる。

ぐらあっ……。

「なんだ⁉」

黄来がほとんど同時に叫ぶ。

緊急地震速報とほぼ同時に揺れが襲い掛かってきたのは、かなり震源が近いからだ――その認識が、ますます恐怖を高める。

そう考えている間に、立っているのが難しくなった。

この道は両側を崖に挟まれている。上から岩などが落ちてきたらまずい。だが、恐怖で体がすくんでしまう。

飛鳥井は黄来の腕に抱かれ、二人で体を低くしてやり過ごしている。葛城は車のボンネットに掴まり、三谷はその場で大股《おおまた》を開いて立ち、様子を窺っていた。

ぐらあっ……。

それから、気分の悪くなるような揺れは三十秒ほど続いただろうか。

「……収まった？」

飛鳥井がゆっくりと立ち上がる。

「どうやら、そのようですね」

「かなり大きかった。震源も近くのようだし――」

飛鳥井の声を、ゴゴゴ、という轟音《ごうおん》が遮る。

だが、先ほどのような揺れではない。一体なんんだ？

「――上だ！　危ない！」

黄来が叫ぶ。

その叫びにつられて上を見上げると、恐ろしい光景が広がっていた。

天から地が降ってくるように感じた。まるで雪崩《なだれ》のように、土と岩が襲い掛かってくる。ちっぽけな人間を押し流そうとして。

土砂崩れ――。

昔本で読んだ知識が高速で頭を駆け巡る。その時速はおよそ二十キロから四十キロ。同じ方向に逃げては絶対に捕まってしまう。横に跳ぶしか逃げる方法はない。

体に衝撃を感じた。

その衝撃のまま横に吹っ飛ばされ、倒れる。

「いたた……」

視界全体に土煙が立っていた。激しく咳込《せきこ》む。

半身を起こすと、体の上に三谷が覆いかぶさっている。三谷が身を挺《てい》してタックルし、ボーッとしていた僕を助けてくれたようだ。

「おい、怪我はないかよ」

「ああ、大丈夫だ……」

ふと横を見ると、飛鳥井と黄来も、無事に難を逃れたようだ。

「早く立つんだ、田所君。運よく助かったが、余震があるかもしれない。早くこの場を離れよう」

目の前に土砂の山が積み重なっている。まるで巨大な生き物の手が伸びて、道を塞いでいるように見えた。自然の脅威はそれほどまでに巨大で、容赦がない。

僕はスマートフォンを見る。地震情報の通知が届いていた。十五時七分、この地域は震度5強だ。緊急地震速報の見込みよりも強かったことになる。地震の規模の大きさに体が震えた。

そこでようやく気が付いた。

「――葛城《いい》は!?」

葛城の姿がない。まさか、土砂崩れに呑まれてしまったのだろうか。血の気がサーッと引く。

スマートフォンから、ポコン、という通知音がした。僕と三谷のものから、同時にだ。

三人で作っているグループLINEに通知があった形である。

葛城からのLINEだった。

『僕なら大丈夫。車の傍にいて、土砂崩れには巻き込まれなかった。車もバックすれば動かせそうだ』

体から力が抜ける。

横で見ていた飛鳥井が、ふう、とため息をつく。

「腹が立つほどクレバーね」

「え？」

「だってそうでしょう。普通なら、まずは二人に『大丈夫か？』と聞くべき場面よ。それを『僕なら大丈夫』と切り出しているのは、君たちの会話と、自分への呼びかけが聞こえていたからよ。と同時に、呼びかけが聞こえて、この土砂崩れのせいで互いの姿は見えないけれど、声は聞こえるという状況に気付いているのに、自分は叫ばなかったのは、体力の消耗を抑えるためじゃない？

おまけに、地震の直後、電波状況を確かめてLINEで連絡を取る冷静さまで備えている。これをクレバーと言わずして何と言うの？」

飛鳥井が淡々と説明するその内容は、土砂崩れ越しに葛城に聞かせているのだろう。

「葛城から伝言です」三谷がスマートフォンを掲げた。「『おみそれしました』だそうです」

「よくもまあ……」

飛鳥井は苦虫を嚙み潰したように顔を歪めた。

しかし――。

まだ殺人こそ起きていないとはいえ、今のは肝を冷やした。一歩間違えれば死んでいたという事実がじっとりと肩にのしかかってきて、額から汗が噴き出てくる。口の中に入り込んだ粉塵《ふんじん》を唾ごと吐き出す。

服のあちこちに赤っぽい土が付いていた。不快だが、諦めるしかない。着替えなどの荷物は車の中だ。

「それにしても……」

飛鳥井は土砂崩れを憎々しげに睨みつけた。

「――これで、肝心の葛城君が来られなくなってしまった」

「あ」

そうなのだ。

僕と三谷、飛鳥井と黄来の四人が、寸断された道の荒土館側にいる。

葛城は向こう側――館の〈外〉に追い出されてしまったのだ。

「日ごろの行いが悪いせいかしら」飛鳥井が頭を押さえた。「私と葛城君と来たら……本当にこう、間が悪いというか、何かに取り憑かれているみたいね」

「でもまあ」三谷が言った。「俺たちが来たじゃないですか。あいつほどじゃなくても、俺と田所が力を合わせれば、あいつの八割くらいは役に立ちますよ」

三谷はいい意味で、葛城のことを舐めている。八割は甘く見積もりすぎだ。本当に殺人事件が起きたなら、僕と三谷を足しても、葛城の五割にも満たないだろう。

飛鳥井が僕らを見た。

冷たい目だった。鈍《にぶ》く、重たい光をたたえていた。そこに、幾ばくかの失望が宿っている気もした。

僕の体は凍り付いた。それは、飛鳥井という人が心に宿している氷の大きさが、不意に伝わってきたゆえだった。

そして、同時に痛いほど理解した。

僕では、この氷は溶かせない。

ふと、飛鳥井の目つきが柔らかくなる。一瞬、僕が覗いてしまったものを、仮面の下に覆《おお》い隠《かく》してしまった。

「……そうね。あまり悲観してばかりもいられないわ。君たちが来てくれたんですもの。それに、事件が起こると決まったわけでもないし」

どんなに前向きな言葉を聞いても、あの目の冷たさはもう忘れられない。

「――大丈夫ですよ！」

不意に、土砂崩れの向こう側から、葛城の声が聞こえた。

「飛鳥井さん、あなたなら大丈夫です！　自分を信じてください！」

「葛城……」

僕は呟いた。

感動的だった。飛鳥井への伝言までLINEで投げてきた、飛鳥井曰く「クレバー」な葛城が、あえて自分の肉声で届けたメッセージなのだ。

飛鳥井は顔をしかめてから、ぷいっとそっぽを向いた。

「……簡単に言ってくれる」

ポコン、とLINEの通知音が鳴る。

『僕は車を運転して、この近くの、長壁町まで行こうと思う。状況次第では、土砂崩れが早く復旧するとか、荒土館に行ける手筈《てはず》も整えられるかもしれない。僕はそこで待機して、君たちからの連絡を待っている』

僕と三谷は顔を見合わせて、うん、と頷いた。

『それに、もう一つ考えていることもある。隠し通路だ。荒土館が、落日館の設計者と同じく土塔雷蔵の作品だというなら、落日館と同じように、隠し通路が用意されているかもしれない』

葛城は葛城で、動いてくれる。途端に二人きりで放り出された僕らにとって、これほど頼もしい言葉はない。

『生き残ろう、田所君、三谷君』

3　その64時間39分前

そのまま土砂崩れの現場に残っていると、一組の男女が館の方から近付いてきた。

「――兄さん！　光流義姉《ねえ》さん！」

女性の方が黄来に駆け寄りながら言った。

「雪絵！」と黄来が叫んだ。

綺麗な瞳をした女性だった。長い黒髪を後ろで結んでいる。絵の具で汚れたエプロンをしていた。

土塔雪絵。

雪絵は絵を専門にすると聞いている。そして、飛鳥井の手紙の中では、最も黄来に協力的である、とも。

「捜したぜ。どこにも姿が見えないからよ」

男性はがなるような声で言った。

彼は茶色のジャケットを羽織り、スクエアフレームの眼鏡をかけている。三十代後半くらいで、ダンディーといった趣だ。挙措の一つ一つに自信が溢れているように見えた。

「こいつらは？」

男は僕と三谷を指さしながら言う。黄来が間をとりなしてくれて、僕らは自己紹介を済ませた。

「なるほどね、飛鳥井さんの親戚の子か」男は納得したように頷いた。「俺は沼川《ぬまかわ》勝《まさる》だ。美術品のブローカーをやっている」

僕たちは頭を下げた。

「それで、あんたたち、あんなところで一体何を……」

と言いかけた沼川の目が、驚愕《きょうがく》に見開かれた。無理もない。彼も、土砂崩れの惨状を目にしたからだ。

「すみません、今そこで……」

飛鳥井が土砂崩れについて説明すると、二人は驚きの声を上げた。

「じゃあ——長壁町へ向かう唯一の道が——この館から出る唯一の道が塞がれてしまった、ということですか？」

雪絵の端的な要約は、この絶望的な状況をよく言いあらわしていた。

「参ったな」沼川が頭を掻いた。「今、雪絵さんと一緒に館の状況を見て回っていたんだが……あまり状況がよくねえんだ。一刻も早く脱出したいと思っていたが、それも出来ねえとなると……」

「状況がよくない、というのは……？」

「とりあえず中に入らねえか。そこで話そう」

沼川に促され、館へ向かう。彼が両開きの戸に手を掛けた時、飛鳥井がフーッと息を吐いた。

僕は内心、密かに驚いた。この人でも、緊張するということがあるのか。飛鳥井がここまで緊張するほどに、土塔家の一族というのは、曲者《くせもの》揃いなのだろうか。

館の扉が、ギィ、と音を立てて開く。

いよいよ、僕らは荒土館へ入る。

4　その64時間35分前

玄関ホールには、紅《あか》い絨毯《じゅうたん》が敷かれていた。豪華なシャンデリアが天井に吊り下がっている。あんな装飾物があって、さっきの地震では大丈夫だったのだろうか。

ホールにもテーブルと椅子があったが、誰もいない。

目の前に大きな扉が二つ、左右にも小さな扉が一つずつある。

「まず」雪絵が蒼《あお》い顔をして言った。「水道が全部使えなくなったの……全ての部屋を調べたわけじゃないけど、台所とトイレがもう使えなくなっている」

「水道管が断裂したのかもね」黄来が唸り声を上げた。「ミネラルウォーターの備蓄はあるはずだから、それでやり過ごすしかなさそうだけど……」

この地の果ての獄にどうやって水道管を引いているかは分からないが、あの地震で水道管が断裂したというのはいかにもありそうなことだ。

青海館の事件でも、水の確保の問題には悩まされたが、水害はある程度予測することが出来る。一日目に、僕らも協力して、全てのバスタブに水をためておいたり、窓を補強したりといった対策を組むことが出来た。しかし、地震ではそうはいかない。日ごろの備えしか役に立たないのだ。地震は午後三時頃だったから、まだ風呂も入れていなかっただろう。

「電話は?」と三谷は聞く。

「父さんが嫌うものだから、ウチには置いていないの。携帯があれば充分だって」

「そんな……」

「あと、電波もなぜか繋がらないの。スマートフォンもさっきからアンテナが立っていないし、テレビもラジオも繋がらない」

「ええっ」

僕と三谷は一斉に声を上げて、手元のスマートフォンを確認するが、確かにアンテナが立っていない。さっきまでは、緊急地震速報も震度情報も確認出来たのに——。

試しに葛城とのLINE画面も開いてみるが、メッセージを送ってみても、送信中のアイコンが表示されたまま、送信されない。もちろん、向こうから何か送ってきていても受け取れない。

あの時、土砂崩れ越しに交信したのがラストチャンスだった——ということか。

「近くのアンテナや基地局が使えなくなったのでしょうか」

「さあ……そこまでは。長壁町の方では普通に使えるのかもしれないし……少なくともこの館の中では、塔に登ったとしても使えない……としか言えないわね」

雪絵の表情が曇った。

電波が通じないと、地震の現状も把握することが出来ない。不透明な状況の中で、僕らはひとまず最善を尽くすしかない、ということだ。

「あの、すみません、そんな大変な時に……」

三谷が恐縮したように首をすくめて言うと、雪絵が「いいの！」と快活に言った。

「困った時はお互い様でしょう。あなたたちも光流義姉さんのために来てくれたんだから、もう家族の一員よ」

「雪絵さんは情に篤いねえ」沼川が揶揄するように言う。「ま、他のご家族がどう考えるかは知りませんがね……」

「それは……」

雪絵の表情があからさまに曇った。そんなに他の家族は気難しいのだろうか。

「食料の様子も見ておこうか」

黄来が「ちょっと待っていてくれ」と僕らに言い残して、奥にあるという食堂と厨房を見にいった。

十分ほどで戻ってくると、彼は言った。

「年末年始を過ごせるように、使用人がおせち料理を作ってくれたようだが、お重で三段のものが二つという量だ。それで充分過ごせると思ったのか、冷蔵庫の中に食材はあまり残っていない。チーズとかハムとか、簡単な食材が少しあるだけだ。

あとは保存食や乾麺《かんめん》の備蓄がある程度。君たちも入れて、この館には今十人いるから……五日くらいなら充分持つだろうけど、何とも言えないね」

「おせちは調理済みだから、それこそ三が日で食べた方が衛生的でしょうけど……」飛鳥井が言った。「何日ここに留《とど》まることになるか分からないわ。保存食はしっかり日によって分けておいて、管理しておく必要がありそうね」

現実的な提案だった。飛鳥井はやはり、「場慣れ」しているためか、こんな状況でも冷静に思える。

「冷蔵庫といったけど、電気は来ているの?」

「うん。電気は無事みたいだ。万が一の時も非常用電源があるから、一週間は保《も》つ」

「さすが貴族の屋敷」

沼川がニヤリと笑いながら言った。

「しかし、今年の寒さは耐え難いぞ。暖房器具をつけっ放しにしたら、この規模の屋敷だ。あっという間に……」

黄来が唇を嚙んだ。

「家のどこかにカイロがあったはず。探してみるわ、兄さん」

「ミネラルウォーターは五百ミリペットボトル二十四本入りの箱が三箱あった。飲み水はひとまず確保出来そうだ」

「お風呂《ふろ》には入れないでしょうけど、生活用水や、トイレを流すための水に一箱は確保しておいた方がいいでしょうね」

飛鳥井は淡々と言った。

「それにしても……」

黄来は言った。

「こんな風にバタバタ僕らが集まっていても、なかなかみんな出てきてくれないな。地震があっても心配じゃないんだろうか？」

「また皆さん」飛鳥井が言った。「それぞれのアトリエに引き籠もっているの？」

「間違いないだろうね」

玄関ホールの壁際に、大きな振り子時計があった。ガラス戸の中で、金色の振り子が規則的な快い音を立てて動いている。こういう館は、ちょっとした調度品も印象深い。

「これだけ広いと、使用人の方も多いんじゃないですか」

「今日は、家族水入らずで過ごしたいだろうからと、父さんが全員家に帰らせたと聞いているよ。掃除は当分、諦めるしかないね」

中庭に続く扉が開いた。

戸口に立っていたのは、女性が一人と男性が一人。女性は髪を赤く染めている。かなりすらっとした長身で、目つきも鋭い。ロリポップを手に持っている。

「あー、さむ。あんたの言うこと真に受けて、中庭に避難したけど、全然みんな来ないじゃん。余震がどうとか言ったって、こんな家にいたら、どこにいたって同じだよ。崖が崩れてきたら終わりなんだし」

男性はスーツを着ている。彼女の半歩後ろを歩き、へつらうように女性に話しかけている。二十代後半くらいだろうか。かなり若い男性だった。

「花音さんの身に何かあったらと思うと少しでも……しかし、杞憂《きゆう》でしたね」

「あーあ、日本ってホント最悪。空気も悪いし狭苦しいし」

女性が最初に僕らに気付いた。

「あ」ロリポップで飛鳥井を指し示した。「光流お義姉さまじゃん。さっきの地震、大丈夫だった？」

「ええ。街へ続く道で土砂崩れに巻き込まれかけたけど」

ええっ、と男性が目を丸くする。

「そ、それって、道が寸断されたってことですか」

「そうなりますね」飛鳥井が頷いた。「私たちは怪我をせずに済みましたが……道があの状況では、街に戻ることは不可能でしょう」

「でもさあ、お義姉さま。どうしてそんなところにいたの？　館を飛び出してまで」

花音の目がきらりと光った。

「この子たちを迎えに行っていたのよ」

そう言って、飛鳥井は僕と三谷を示した。花音と呼ばれていた女性は、へえ、と値踏みするような目で一瞬僕らを見て、すぐに背けた。

「お義姉さまの元カレ？」

「違います。全然年が違うでしょう」

花音はケラケラと笑った。

「もう、冗談に決まってるじゃん。お義姉さまってホント堅物なんだから。まあ、いかにも冴《さ》えなくて、全然ナシって感じだよね。本当に元カレだったらセンスを疑っているところだったわ」

「花音！　あんた、お客さん相手にいい加減にしなさいよ」

雪絵がぴしゃりと叱りつける。まるで子供をしつけるような口調だった。

「おー、こわ。そんなに眉間《みけん》に皺《しわ》寄せちゃって、だから結婚出来ないんだよ」

はあ、と飛鳥井がため息をついた。

「本当に話を聞いていないんですね……親戚を連れてくるって、話したつもりでしたが」

女性は僕らに向き直って言った。

「土塔花音。さすがに知っているよね？」

確かにテレビなどで見たことはあるが……歌っている時の凛々《りり》しい姿しか知らないので、目の前の姿とはギャップがあった。あどけない少女といった印象で、明らかに年上と思しきスーツの男性にもタメ口で話すところなど、あどけなさを通り越して、生意気な女性に見える。

彼女は土塔三姉妹の中では、とりわけメディアの使い方が上手い女性だ。自分のネームバリューを利用して、どんどん業界に進出している。並べられる残り二人の姉妹の迷惑も顧みず、一人でのし上がっている、という印象だ。

体全身から発散している自信のオーラは眩《まぶ》しいほどで、それが彼女の魅力になっていた。

「あ、はい。ご活躍はかねがね……」

三谷はそれでも、そのオーラに圧倒されたのか、へつらうような口調で言った。

「いーから、そういう堅苦しいの。名前は？」

僕と三谷は名乗った。

「ああ、そうすると、君らがお義姉さまの親戚の子か。律儀だねえ。こんな山奥まで来て、しかも閉じ込められるなんて」

僕は苦笑する。

スーツ姿の男は、僕たち相手にもぺこぺこ頭を下げた。

「ええっと、僕は五十嵐友介《ゆうすけ》です。花音さんのマネージャーをしています」

「土塔家の才能をカネに換える仕事——って意味では、俺とご同業ってわけさ」

沼川が言うと、意外にも、五十嵐がムッとした。

「あなたなんかと一緒にしないでください」

花音に対しては低姿勢だが、言いたいことはハッキリと言う性格らしい。

沼川は余裕げに肩をすくめた。

「悲しいねえ。別に仲間意識くらい持ってもいいじゃないの。この年末年始の家族の集まりに、部外者は俺たち二人だけなんだから」

「だから、そういう風に、あなたとペアにされるのが嫌だと言っているんです」

「いーじゃん、別に」花音が言った。「オジサンたち二人だけじゃなくて、この子たちだって増えたんだから。もう寂しくないでしょ？」

「か、花音、何度も言っているように、僕はまだオジサンっていう年じゃあ……」

「俺は大歓迎だぜ。ダンディーなオジサマと呼んで欲しいくらいさ」

花音という女王様と、その取り巻き二人。五十嵐には悪いが、そういう構図に見えてしまう。しかし、超然としている花音にあてられているせいかもしれないが、彼らには緊張感のカケラもない。さっきの地震も、土砂崩れも、現実だというのに。

「花音さん」飛鳥井が言った。「じゃあ、そういうことだから。こういう非常事態だけど、二人新たに面倒を見てもらうことになってしまって……」

「ああ、別に私はいいよ、そんなの。お姉ちゃんたちとお父さんには……」

「それは、僕がやっておくから」

黄来が口を挟んだ。

「そ。じゃ、よろしく」

花音は、黄来の方を一顧だにすることなく、そう口にした。口の中で、飴を嚙んでいるらしく、ゴリ、ゴリと硬い音がした。

僕はひやりとした感覚を抱いた。

飛鳥井の手紙に書かれていたこと。芸術の才能を持たなかった黄来が、三姉妹や家族に冷たくされている――という内容を思い出したのだ。

――いくらなんでも大げさだ、と思っていた……仮にも血を分けたきょうだい相手にそんな仕打ちが出来るわけがない、と。だが、どうやら本当みたいだ。花音さんは、沼川さんや五十嵐さんと普通に話していたのに、黄来さんと話したのはさっきのが初めてだった。それに、黄来さん自身、会話に割って入らないように、僕たちの会話の輪を乱さないように、一歩引いて見ていたようなフシがある。こりゃ、思ったより、厄介な状況だな……。

僕は心の中でそう分析した。

「あーあ」花音が言った。「こんな陰気臭いところに閉じ込められたら、あとはテレビかアプリぐらいしか楽しみがないわ」

「花音、それだけど、電波が通ってなくて使えないみたいだわ」

雪絵が言うと、「えぇーっ」と花音が大げさな声を上げた。

「じゃあもう、こんなところで出来ることなんてないじゃん！　はあ、まあいいか。ボイトレでもしようかな。ねえ姉さん、離れ、使ってもいいよね？」

「ええ、それは別に構わないけど……」

「やりぃ」

花音はニヤッと子供のように笑って、スキップするような足取りで玄関ホールを出ていった。

5 その63時間50分前

ホールを抜けて、一階の右翼側の廊下を歩く。

「ごめんなさいね、二人とも。うちの妹が……」

雪絵が気まずそうに言った。

「いえいえ気にしないでください」三谷が言った。「エキセントリックな人たちの対応は慣れていますから」

三谷には全く他意はないのだろうが、弩級《どきゅう》に失礼なことを言っているのに気付いているだろうか。案の定、雪絵は曖昧な笑みを浮かべている。

塔に向かう階段室が見えた。

僕と三谷を振り返って、黄来が言う。

「塔の螺旋《らせん》階段を上ると、姉妹ごとアトリエが用意されているんだ。それぞれの名前を取って、〈雪の塔〉〈月の塔〉〈花の塔〉と呼ばれている。もう一本は、今でこそただの物置になっているけど、じきに光流さんの部屋として開放されるはずだ」

「別に私は構わないのだけれど」

飛鳥井が平板な声で言った。

「今見えている、東南側の塔は〈花の塔〉――花音のアトリエだね。彼女の専門は声楽だから、塔は私室代わりで、スタジオには離れを使っている。

北東が〈月の塔〉、北西が〈雪の塔〉、南西が物置だ。今はとりあえず、〈月の塔〉から見て回ろうと思っているところ」

月、つまり、彫刻家の次女、土塔月代がいるところか。

階段室に向かうまでの廊下に、もう一つ扉があったので、指し示して、黄来に聞いてみる。

「ここは……?」

黄来の顔が強張った。

「そこは――あとにしようか」

黄来は有無も言わせず、すぐさま顔を背けた。何か異様な雰囲気を感じたので、僕もそれ以上追及せずにおく。

「なあ、一体何があるんだろうな、この部屋」

三谷に肘で小突かれる。

「さあ。黄来さんがあれだけ嫌がるってことは……想像はつくけど……」

僕は言い澱《よど》んだ。土塔雷蔵の名前を出すことにためらいがあった。

〈月の塔〉で、反時計回りの螺旋階段を上っていく。いつ終わるとも知れない階段を上がって、息が切れてきたところで、ゴールに辿り着いた。これをあともう一回やるのか？

「ここは？」

「私のもう一人の妹で、月代の部屋よ。彫刻が専門なの」

「ちなみに、どういう人なんですか？」

「えぇっと……だ、大丈夫、花音よりは人当たりの柔らかい子だから」

その言い方でなんとなく察してしまった。

黄来が扉をノックし、「入るよ」と声をかけた。十数秒待っても返事がないので、不在なのかと思っていると、黄来は「いつも返事はないんだ」と僕に耳打ちして、扉を開けた。

部屋の中は雑然としていた。中心に木のオブジェがあり、削りカスが床にうずたかく積もっている。唯一の窓もベニヤ板をガムテープで貼《は》って塞がれているので、部屋全体が薄暗かった。明かりは、ランプが部屋の隅に二つ、置かれているのみ。

壁際にビデオカメラが三脚付きで置かれている。制作者自身とその彫刻の姿を捉えるような角度だ。

真ん中に置かれた木製の椅子の上で、片膝を抱くようにして座っている、前髪の長い女性。黄来の姿を認めるなり、彼女の体がビクッと跳ねた。

「……今度は何……。飛鳥井さんへの挨拶《あいさつ》はもうしたでしょ……」

ぶっきらぼうな口調だった。黄来と目を合わせることもしない。不機嫌そうに口を尖《とが》らせて、ただ目線は、目の前の木のオブジェにだけ注がれている。怒っているようにも見えるし、どこか怯えているようにも見える。

雪絵が遅れて部屋に入ると、彼女は、ヒッと引きつるような声を上げた。

「つ、月代！　明かりぐらいちゃんと点けて作業しなさい！　そんな明かり……！」

「あ……ねえさん……」

月代はやや不服そうに、二つのランプの火を吹き消して、電灯を点けた。

煌々とした明かりの中だと、月代の目の下にクマがあるのが分かった。

「ごめん。もう二人ほど、客人が増えたから挨拶をと」

そう黄来が言って初めて、僕と三谷に視線が向いた。興味がなさそうに、ふうん、と鼻を鳴らして、前髪をいじっている。

「……土塔、月代」

月代は黙り込んだ。自己紹介はそれで以上、ということらしい。

困惑しながらも、僕は名乗り、三谷と共に、飛鳥井の親戚であるという例の嘘を口にした。月代は「田所信哉、三谷緑郎《ろくろう》」と、僕たちの名前を口の中で転がすように口にする。

「平凡な名前……その点、『飛鳥井光流』は好きだけど」

飛鳥井は肩をすくめて、部屋の外の扉付近にもたれかかった。会話にあまり参加したくないらしい。

暗いというのでも、怖いというのでもない。ダウナー、という言葉が最も雰囲気に合っているだろうか。芸術以外の生活や会話については全て無気力、という感じだ。

「さっきの地震、大丈夫だったか？　月代」

「……見ての通り」月代は無愛想《ぶあいそう》に答えるが、しばらくしてから、バツが悪そうに付け加える。「……この子が倒れそうだったから、それはちょっと心配だったけど」

そう言いながら、彼女は木のオブジェを撫でる。

「そうか。じゃあ、男手が必要な時はいつでも呼んでくれ」

「……ないと、思うけど」

月代はにべもなく一蹴《いっしゅう》する。そうか、と笑う黄来は、気分を害したような様子もない。

「さっきね」雪絵が言う。「水道が使えなくなって、電波も届かなくなっているのが確認出来たの。道が寸断されて、すぐに外にも出られない。だから困ったことがあったら、ちゃんと言ってね」

月代は雪絵をちらっと見た。「ねえさん」と、子供のような声で言う。

「そう……水がないのは、確かに困るね……あとでミネラルウォーターだけ……二、三本、持ってきておいて欲しい」

「こんな非常時だから、水も限られている。あとで持ってくるが、そのつもりでゆっくり飲んでくれよ」

黄来の言葉に、月代は小さく頷いた。

「テレビは……ない方がいいかも……その方が静かだし……誰も来られないなら、報道の人も来ないでしょ。誰にも邪魔されなくて済むから……」

消極的な意見だが、この状況はむしろ彼女にとっていい環境ということになるようだ。花音とは全く正反対の意見である。メディアなしで生きられないのが花音なら、そういうものと一切隔絶《かくぜつ》して生きているのが月代なのだろう。

花音とはまた別の意味で、芸術家肌の人間だった。僕などは、何か下手なことを言って気分を害したらと思うと、怖くて何も言い出せない。

「不安は感じないんですか？」

三谷がぼろっと言うと、月代はすぐに頷いた。

「……私は……この子を作るだけ……その他のことは、誰かがなんとかしてくれるから」

ここまでくると、立派なものだ。

「それ、新しい作品なんですか？」

三谷が軽い口調で聞いた。僕は内心、三谷のクソ度胸に驚いていた。相手の態度は絶対零度というほど冷え切っていて、ある意味、飛鳥井の応対よりもキツいからだ。

「……そのつもりだけど」

月代の目が、三谷の方を向いた。

「月代さんの彫刻、いくつか見たことがありますけど、ほとんどが鉄やプラスチックを使ったアセンブリングの手法、掛け算で造られた現代彫刻が大半ですよね。今回は、引き算のカービングに立ち返って、木でいこうというわけですか」

ふうん、と月代は薄く微笑んだ。初めて、三谷という人間に興味が湧いたというように、その目が光を宿した。

「君……まさかこの私に、彫刻技術を説こうとしているの……？」

「まさか、そんなつもりはないですよ。ただ純粋に興味があって」

「ま、いいけど。沼川とかいうあのオジサンよりは話になるよ。あのオジサン、口を開けば『すごい』『感動的だ』『魂を揺さぶる』の三種類だから。あとはお金の話……」

月代は、うーん、と唸った。

「まあ……一つには、実際的な問題かな……」

「というと……？」

「あの長い螺旋階段、上ってきたでしょ」月代はため息をついた。「この木も、運搬業者の人に運んでもらったんだけど……これっきりの部屋に、石材やら鉄やらを持ち込む気にはなれないから……。道具だって限られているしね」

「確かに、そうですね」

「木なら、削る道具だけ持ち込めば仕事が出来そうだったから」

月代が木の表面を撫でた。

「ミケランジェロは……大理石の中に天使を見た。その天使を自由にするために、彫刻を彫った。素材の中に何者かを見出して、それを表に出すために引き算する。そういうロマンに惹かれたのはあるよ。今は——」

月代は部屋の隅のランプを示した。

「色んな角度からこの子に光を当てて、その表情を見ていたところ。火の揺らめきはいい……。ほんの少し状況が変わるだけで、この子の表情が全然違って見えるから」

「ああ、それで火なんか使っていたのね……」

雪絵はため息をついた。

「ねえさんは、火が怖いんだもんね……」

「え、そうなんですか」

僕が問うと、雪絵の顔が曇った。

「火恐怖症……パイロフォビアと呼ばれているものね」

「確か、火を見るだけで不安に襲われるんですよね。恐怖症の一つとして、診断もきちんと出ているものとか」

「よく知っているわね」

雪絵の言葉に、思わず苦笑してしまう。些細なことを調べているのは、作家志望者の悪い癖だ。

月代が今手に持っているランプは、本物の火を使ったものだった。火が怖いなら、あれを見ただけで卒倒しかねない。そう思うと、悲鳴を上げるだけで耐えたのは大したものだ。

もしも僕も火が怖かったら、あの落日館で、山火事に巻き込まれただけで参っていたのだろうか。あれ以来、火が怖いと思ったこともあったが、さっきランプの火をなんとも思わず見ていた。あの時のことが、自分の中で風化し始めているのかもしれない……。

「それにしても、木に光を当てる……ですか」三谷が言う。「それで窓を塞いでいるんですね。そこから、月代さんの『天使』を見つけようとしていると。ビデオカメラをセットしているのも、それと同じ理由ですか」

よく恥ずかしげもなく、そんなことが言えるなと呆れ返るが、僕が葛城を名探偵と褒めそやす時、三谷も同じことを想っているのかもしれない。

三谷の言葉に、月代はわずかに微笑んでいた。彼女の暗めな性格を考えると、これでも充分心を開いてもらっているのかもしれない。

「見たところ、君は私より年下みたいだけど……物怖《ものお》じしない性格なんだね……羨ましいよ」

「どうも」

月代はもう一度木を撫でながら、遠い目をした。

「じゃあ月代、何かあったらすぐに呼んでもらって構わないから」

黄来が明るく言うと、月代は彼とは目を合わせなかった。

「わ、分かったから……」

困惑したような声だった。花音は黄来に冷たく当たっているという感じだったが、月代はむしろ、距離感を摑みかねているようなところがあった。もう二十年以上も一緒にいるはずなのに、だ。あの対応はあの対応で、きょうだいとしては辛いところだろう。

月代はそう言ったきり、僕らへの興味をなくしたように背を向けた。また木の観察に没頭し始めている。

雪絵は遠い目をして、悲しそうな表情を浮かべた。月代は自分だけの世界に入ってしまって、そこには、雪絵も入っていけないのだ。

6　その63時間28分前

「三谷君は、芸術が好きなんだね」

「好きというか……いや、お宅にお邪魔するので、付け焼き刃で勉強しただけです。基本的なことが少し分かるだけの、にわか勉強です。それこそ葛城の方がよく知っていると思いますよ」

「謙遜しなくてもいいよ。家族以外に、月代があんなに話しているのを見たのは初めてだ」

黄来は顔を綻《ほころ》ばせて、嬉しそうにしていた。階段もステップを踏むように下りていく。一階に辿り着いて、食堂を横切る。北西の〈雪の塔〉を目指してのことだ。

「雪絵さんのアトリエも、見てみたいです」

三谷がそう言って、〈雪の塔〉に行くことを提案したからである。

食堂の窓から、中庭が見えた。中庭の真ん中に、大きな銅像が立っていた。鎧《よろい》をまとった男の彫像だ。左手に剣を掲げ、何かを叫んでいる様子の、勇ましい風情だった。

「あれは?」

僕が指さすと、黄来が、ああ、と言った。

「あれこそまさしく、月代の作品だよ。鋳造して造ったものだから……」

「キャスティング、ですね」

三谷がなんなく答える。黄来は頷いた。

「一年くらい前に、月代が造って、あそこに配置したものなんだ。この景観まで含めて、デザインされた彫像だよ。あの崖の壁にあった、四つの巨人の顔に向けて、騎士が蛮勇を振るって剣を掲げて向かっていく……というイメージで造ったらしい。彼女は、あれでもゲームが好きなところがあるから」

「へえ……」

食堂の大扉を開けて中庭に出る。中庭を歩き回りながら、様々な角度で彫像を見てみる。見る場所によって表情が変わるような気がした。おまけに、あの岩壁との距離まで含めて計算に入っているので、この土地を生かして彫像がデザインされたという感覚があって、面白かった。葛城や三谷ほどではないが、少し楽しさが分かったかもしれない。

「確かに、剣を向けている先は、斜め上、あの崖の岩肌の方ですね。この場所に置かれていることも、アート表現の一部になっている……って感じですか」

三谷が言うと、黄来は満足げに頷いた。

「そういうこと。君がうちの家族の作品を評価してくれるとなんだか嬉しいよ」

三谷も満更でもなさそうに、後頭部を掻いていた。

食堂を抜けて、北西の塔の螺旋階段を上る。またしても長い階段にくじけそうになったが、なんとか上り切った。

〈雪の塔〉は整然とした印象だった。窓から薄く光が差し込んでいた。真ん中にポツンと置かれたキャンバスが、光を受けて鈍く光っていた。絵の製作途中だったようで、岩肌に刻まれたあの「顔」のようなものを写生しているのが分かる。

「そうだ」

雪絵は机の上のスケッチブックを手に取り、何やら素早く、エンピツを動かし始めた。

「あの……」

「少しだけ、待っていてもらえるかな」

黄来にたしなめられ、そのまま三分ほど待つと、雪絵はエンピツを置いた。

「田所信哉君、それに、三谷緑郎君。二人とも大学生で、光流お義姉さんの親戚」

雪絵はもう、分かっているはずのことをぼそっと繰り返した。

「雪絵。見せてあげて」

わっ、と三谷が歓声を上げた。

スケッチブックの一ページに、僕と三谷、二人分の似顔絵が描かれていたのだ。やや斜め下を向いているのが僕で、斜め上を見上げているのが三谷。どちらも、実物よりカッコよく見える。

「すごいですね、今のたった三分くらいで……」

「すごくないって。こうしないと、人の顔と名前を覚えられないだけで……」

雪絵はその説明を、なんだか申し訳なさそうに口にした。何度も繰り返しているのであろう。

「雪絵は、目にしたものをなんでもスケッチする癖があるんだ。僕ら家族の間では、結構、備忘録代わりに役立っているんだよ。この前も、福岡《ふくおか》に出張した時の飲み屋の名前を、雪絵のスケッチブックのおかげで思い出せたんだ」

「もう兄さん、そのネタ話すの何回目？　恥ずかしいからやめてよ」

雪絵は口調ほど嫌がっている様子はなかった。また扉のあたりにもたれかかっている飛鳥井も、どこか表情が柔らかく見える。きょうだいのじゃれ合いめいた響きがある。

三姉妹の中で、人当たりは間違いなく彼女が一番いいのだろう。ただ、彼女もやはり、ある種の天才なのだった。似顔絵を描くというのが、彼女にとってのコミュニケーションなのだろう。

目の前でこんなものを見せられると、自分の才能のなさが恨めしくなってくる。公式プロフィールによれば、確か雪絵は、今年で二十七歳だったはずだ。二十七年間、絵のことだけを考えて生きてきたのだろう。僕も小説のことばかり考えてきたはずなのに、足元にも及ばない。

「今は何を描いてらっしゃるんですか？」

三谷がまたしても切り込んでいく。

「今はね」雪絵が窓の外を指さした。「あれ――あの巨人の顔を、私も描いてみようと思っているの」

窓の外では、薄く霧がかかっていた。霧のたまりやすい地形なのかもしれない。

塔の唯一の窓は、あの崖の方角、つまり北側に向いていた。窓はガラスの片開き戸になっていて、三十センチ四方に穿たれている。そこから、どーんと、怒りの表情を浮かべた岩肌の巨人が見えた。

「おお……さっき地面から見た時もすごかったですが、窓からこの距離で見ると、また強烈なインパクトですね。『私も』とおっしゃったのは、雷蔵さんが描いた構図だからですか？」

「そういうこと」雪絵は頷いた。「ただ、どうしてもあの構図では描けなくて……ほら、お父さんの作品は、まるで昔の壁画のように横に長かったでしょう。この窓から見える景色だけじゃ……」

「ああ、確かに」

僕は頷く。

「私なんて絵描きとしては全然だめで、目にしたものしか描くことが出来ないの」

私なんて。

これほど世界から高い評価を得ているアーティストが、謙遜めいた様子でもなく、本気の口調で「私なんて」と弱音を吐いたので、僕は衝撃を受けた。

「いやいや、それってすごく大事なことじゃないですか。観察が優れているから、スケッチがこんなに上手いんですよ。想像して描くなんてのは、ここにいる小説書きとかに任せておくべきで」

この話の流れで僕を出すか。僕は顔がサッと熱くなるのを感じた。

「へえ、田所君、小説を書いているの？」

「いや、僕なんて全然で……プロになるために投稿したり、編集さんに作品を見てもらったりしているくらいで……」

「編集さん」というのは、高校の頃に投稿した短編賞で最終候補に残ったことから、目をかけてくれるようになった人である。あれから三年経つが、今でも親交は続いていて、僕の投稿生活も続いている。何本か「編集さん」の好感触を得た短編もあって、その点は自分でも手応《てごた》えがあるのだが、彼も「やはりどこかの賞を取って箔《はく》はつけたい」と、大学在学中は今の投稿活動を続けようと言ってくれていた。

「小説家は見たことがあるものしか書けない……とも言われますが、僕なんて、見たことがないものばっかり書いているようなもんで。だから、リアリティーがないだの、人間が書けていないだの、そればっかり言われています」

「分野によって、そこは色々違うかぁ。目に見えていない余白の部分まで想像する力があったら、私ももっと色々な絵を描ける気がするんだけど――」

雪絵はおっとりとした声で言った。

「僕からしたら観察眼が羨ましいほどですよ」

僕は卑屈っぽい言い方にならないよう気をつけながら、そう言った。先に続く言葉は呑み込む――僕には、それすらないから。

「それで言うと」三谷が言った。「雷蔵さんは、経験していないことでも描けるタイプ……ってことですか？」

うーん、と雪絵は首を捻った。

「多分、そういうことなんでしょうね。お父さんにコツがないか聞いてみた時は、『あの絵には秘策がある。だが、お前には秘策を授けるのはまだ早い』なんて言われて、はぐらかされちゃったけど……」

「まだ早いってことは、おいおい教えてくれるんじゃないか？」

黄来が冗談めかして言った。

「そしたら」雪絵は僕らを見つめて言った。「私はここでの作業に戻ろうと思うわ。何をしていても落ち着かないし……二人も、落ち着かないと思うけど、遠慮せずにいてもらっていいから」

雪絵に微笑みかけられて、僕らは深く頷いた。

「じゃあ、あとはお父さんへの報告だけね」

雪絵が言うと、黄来の体が強張った。

「気が重いけど、済ませてくるよ。ああ、そうだ、光流さんも、もう部屋に戻っていて構わないよ」

「……そうさせてもらうわね」

飛鳥井はあっさりとそう言って、螺旋階段を下りていった。

それほど、土塔雷蔵に会いたくない、ということなのだろうか。

「じゃ、二人とも、行こうか」

黄来が階段を下りていくのを、三谷がすぐ追った。三谷は僕の顔を見て、小さくウィンクする。僕の意図を察していたようだ。

「あの……」

雪絵と部屋に二人きりになると、僕は彼女に尋ねた。

「どうしたの?」

「こんなことを初対面で聞くのは不躾《ぶしつけ》だと思うのですが」僕は声を潜めた。「黄来さん、お父さんのことが苦手なんでしょうか」

本当は、飛鳥井からの手紙にあった表現が頭をよぎっていた。芸術的才能を持たずに生まれた黄来は家から疎んじられている、とかなんとか。しかし、そこまで直截的《ちょくせつてき》な表現で聞くことはためらわれた。

雪絵の顔がサッと曇った。

「そうね……でも、それは誰だってそうなると思う。あんな風に冷たい態度を取られたら」

「花音さんも、月代さんも、黄来さんへの態度に、どこか不自然なところがある気がしました」

「あなたも出来るじゃない」

「え？」

「観察」

僕は胸を突かれたような気分になった。

「ごめんごめん、嫌味じゃないから」雪絵がふう、とため息をついた。「初対面のあなたにここまで見抜かれるくらいだもの。月代も花音も、露骨だよね。親戚の立場から見たら、光流さんがこんなにギスギスした家族に嫁《とつ》いで大丈夫かなー、って、思っちゃうよね」

「あ、いえ……」

「兄さんに対してみんなが冷たいのは、本当の話。お父さんとの仲が一番悪くて、花音が一番露骨に態度に出している。月代は未だに距離感が分からないみたいで、いつまで経ってもぎこちなくて、対応が冷たい。我が姉妹ながら許せないよ、ほんとに」

雪絵は不満げに鼻を鳴らした。

「黄来さん、あんなにいい人なのに……この家では、そんなにも、才能が全て、なのですか」

雪絵の表情が翳った。聞きやすい雰囲気に甘えて聞いてしまったが、さすがに踏み込みすぎだったか。謝罪の言葉を口にしようとした時だった。

「たまにね、考えるの。私に才能がなかったら、どうなっていたんだろうって」

「え？」

ふう、と雪絵は息を吐く。

「もしかしたら、兄さん以上に家族から辛く当たられたかもしれない。そしたら、才能のない我が身を憐れんで、家を出ていくしかなかったの？」雪絵はパッと手を開いた。「家族なのに？」

「それは……」

「この質問について、私たち三姉妹は話し合ったことがあるわ。全員答えが違った。

花音は『私は絶対にそんなことにはならない。兄さんに才能がないのは自己責任だ』と言った。圧倒的な自信家だから、そんな言葉にも説得力があった。そして、彼女はそれゆえに兄さんを見下している。

月代は『私は絶対に耐えられない。だから兄さんはかわいそうだ』と言った。彼女自身、落ち着いた性格で、あまり人前に出たがらないから、自分にはせめて才能があってよかったと、悪意なく思っている。そして、彼女はそれゆえに兄さんを憐れむ。でもそれだって、兄さんに対して失礼だと思う」

僕はその言葉をゆっくり咀嚼《そしゃく》して呑み込んでから、聞いた。

「……雪絵さんの、答えは？」

「私は――」

彼女はまっすぐに僕の顔を見た。

「『私もそうなっていたかもしれない。だけど兄さんは私を守ってくれた。だから今度は私が守る』」

全く質の違う答えだ。愛、と言い換えてもいいような気がした。だから雪絵だけが、あんなにも優しく、黄来に接しているのか。そしてその優しさは、月代の憐れみとは質の違うものだ。

「三姉妹の中では、私が一番遅咲きだったの。花音は小学生の時、月代は中学生の時には才能が開花した。私が今くらい描けるようになったのは、ようやく高校生の時。才能才能って言われるけど、私はほとんど努力で手に入れたものだと思ってる……同時に、だから、月代や花音ほど飛び抜けたものがないんだ、って」

「そんなことは……」

「でも、才能が芽吹かない間、私を家族から守ってくれたのは、兄さんの存在だった」

彼女はアトリエの書棚に向かい、スケッチブックを一冊手に取った。その一ページ目を開くと。そこに似顔絵があった。

雪絵を描いたものだった。制服を着た姿で、今よりもあどけない顔立ちをしていた。さっき雪絵が見せてくれたものよりも、細部の描き込みが甘い気はしたが、それは雪絵の絵がすごすぎるからだ。例えばこれを大学の友人が描いたなら手放しで褒めただろう。

「それ、兄さんが描いてくれたの」

「そう……なんですね」

「確かに、お父さんが要求する水準じゃないのかもしれない。でも……それが私の宝物。家族と折り合いが付けられなくて悩んでいた時に、ちゃんと自分を見てくれる人がいるんだって、このスケッチで教えてもらったの。欲しいと言ったら、兄さんは照れて嫌がったけど、今でも大切にしている……」

雪絵はスケッチブックを胸にかき抱いた。

「私は、妹たちが忘れてしまった、兄さんの姿を今でも覚えている。だから、私だけは兄さんの味方でいるのをやめない。だから光流お義姉さんとは、すぐに仲よくなれた。あの人も、ちゃんと兄さんの姿を知っている人……」

雪絵は僕に向けて頷きかけた。

「だから、君もどうか、あの人の味方でいて」

7　その62時間59分前

「あ、おかえり、田所君」

ホールに戻ると、黄来に声をかけられた。僕はさっきまでの話を思い出して、ビクッと体が跳ねた。

「腹痛はもう大丈夫なの？」

三谷から、僕の姿が見えない理由をそう説明されたのだろう。僕は適当に説明しておいて、ホールを見回した。

「飛鳥井さんは」

「彼女なら、二階の客間に戻ったよ。まあ……我が父親ながら、そう何度も会いたくない人ではあるからね」

黄来は苦笑して言う。

「さ、気を取り直して行こうか。父さんの部屋は一階だ」

「ついに生ける伝説との対面、というわけですか……」

三谷が呟くように言うと、それに応えて、戸口から別の男の声がした。

「生ける伝説、か」

沼川である。その隣に、五十嵐の姿もあった。

「その言葉、雷蔵先生の前では口にしない方がいいぞ。えーっと、三谷君、で合っていたかな」

「ええ、でも新聞とかでもよく使われているフレーズですし」

「だからこそ、だ」沼川が首を振った。「どうも先生のお気には召さないらしい。先生の余計な怒りを買いたくないんだったら、使わないことだ。道が復旧するまでの間、ここからほっぽり出されたら困るだろう?」

「沼川さん、脅すようなこと言っちゃダメですよ」五十嵐が気弱そうな声で付け加えた。「いくら雷蔵先生だって、そんな鬼のようなことしませんよ」

「まあ、先生も最近は角が取れて丸くなったからな。年のせいかね。な、息子くん」

「――あの」

僕は口を挟んだ。

「一つだけ教えて欲しいんですが」

「なんだ、田所君」

「土塔雷蔵というアーティストは――何が、そんなにすごいんですか」

三谷が僕の肩を摑む。

「バッカお前、そういうのは後で俺が教えてやるから、今はやめろよ、そういうの。恥ずかしい」

僕が沼川を挑発しようとしているのを、肌で感じ取ったのだろう。さすが鋭い。

「いや、僕は沼川さんの意見が聞きたいんだ」

月代の言葉通りなら、すごい、感動的だ、魂を揺さぶるがこの男のレパートリーの全てだ。ろくに答えられるわけもない。

沼川は自分の顎鬚《あごひげ》を撫でながら、僕を値踏みするような目つきで見た。やがて、口《くち》の端《は》に笑みを浮かべて言った。

「自分で調べろ——と言いてえところだが、電波も繋がらないからな。モノを知らねえお子様に、一つ講義してやるよ」

彼はホールの椅子にどっかと腰を下ろした。向かい側の席を、僕と三谷に指し示す。

「あの人ほど古臭い芸術家も、今となっちゃいないよ。悪いことだって相当やってるよ、ありゃ。三十代から四十代前半くらいの頃には、プレイボーイとして浮き名を流していた。俺の勘では、あの人には隠し子の一人くらいいるだろうな」

僕がじっと沼川の顔を見つめているのを確認してから、彼は、フッと鼻で笑った。

「分かってる分かってる、そういうことじゃねえってんだろ？　坊主《ぼうず》、なんか暑苦しくて面白いから教えてやるよ」

誰もが僕のことを舐めて、子供に言い含めるように「教えて」くれる。ある意味で、これも僕の万年助手としての才能なのかもしれない。

「俺に言わせりゃ、芸術家ってのはあまねく、自己顕示欲をカネに換える天才だ。土塔雷蔵は、その才能が飛びっきり高いんだよ」

先生、と言っていた時の、あの媚《こ》びへつらうような声はもうなかった。沼川は今、あくまでも『土塔雷蔵』という『商品』について口にしている――なぜだか、そう思った。

「どういうことですか」

「この絵は見たことがあるか?」

沼川はスマートフォンに写真を表示する。画像フォルダから呼び出したもののようだ。

中年の男が描かれた油絵だった。男は雑然とした部屋の中で、スツールに座り、目の前のキャンバスに絵を描いている。しかし、その絵が奇妙だった。キャンバスの中にも、「絵を描く男」が描かれているのだ。しかし、その男は、メインで描かれている中年の男より若い。構図も違う。中年の男はこちらに横顔だけ見せているが、「絵の中の若い男」は、絵筆を手に、画面の向こうからこちらを見ている。絵を描いている最中、こちらの視線に気付き、半身だけ振り返ったというような格好だ。

「これは四十歳の時、土塔雷蔵が描いた絵、つまり自画像だ。彼の傑作の一つと言われている。この自画像の中のキャンバスに描かれている若い男の絵は、画の中に描かれた画、つまり画中画と呼ばれるもので、この若い男は二十代後半の頃の彼自身だ。そして、この若い男がキャンバスに描いているのは、彼が二十代の頃に仕上げたもう一つの傑作『聖なる家』だ。雷蔵はこの『聖なる家』の構図がいたく気に入っていた」

「……つまり、これが?」

「画中画というのは、絵を読み解く手掛かりになる。そして、この画は……四十代の自分の自画像を描きながら、その絵の中に若かりし日の自分を登場させ、しかも当時に描いた傑作をもう一度描かせている。要するに」

沼川は効果的に言葉を切った。

「自分がクソ大好きってことさ」

僕は愕然《がくぜん》とした。

「それ以外にあるか？」沼川は、くっくっと笑った。「土塔雷蔵にとって、大切なのは自分だけだ。ただそれだけ。彼が三姉妹を大事にするのも、それが自分の才能と名前を、長くこの世に留《とど》めてくれるからだ」

「沼川さん、さすがに言いすぎ……」

五十嵐がたしなめた。ハンカチで額をしきりに拭っている。

「まあつまるところ」沼川は肩をすくめた。「土塔雷蔵は自分のことが大好きで、その自己表現を、作品の形に昇華させるのが天才的に上手い。次々と芸術の他の分野に手を出すのも、今となっては名声を得ているが、新しい分野にちょっかいを出すたびに昔はちょくちょく叩かれていた。ただ、雷蔵の手にかかれば、全ては『土塔劇場』に様変わりする。あの人の自己愛と自信に満ち溢れた作品――それも、巧妙に脱臭された自己愛が、人を惹きつけるってこった」

沼川は言い終えると、ふうっと長い息を吐いた。

「だからこそ、生ける伝説なんて言っちゃいけない」

「どういう意味ですか」

「なぜなら土塔雷蔵にとって、作品を作る原動力である自己愛が、最後の枷《かせ》だからさ」

沼川は続けた。

「先生はよく俺に言うんだ。芸術家は、死んで完成する。だから自分は未完成だ――ってな」

沈黙がホールに漂った。

「……もう一つ、聞かせてもらってもいいですか」

僕がなおも言うと、三谷が制止しかけたが、諦めたように彼は手を引っ込めた。

沼川はニヤニヤ笑って言う。

「どうぞ」

「さっきの話……どうして、本人たちの前ではしないんですか」

彼は驚いたように目を見開いた。

「誰とは言いませんが……あなたの語彙《ごい》は、褒めるばかりだと評価していた人がいます」

「家族の中の誰かだろ。大体あたりはつくけどな。それに、俺は何を言われていても気にしねえよ」

「そこです。これだけの説明がスラスラ出てくるなら、いくら金儲《かねもう》けのためという打算的な目的があるとしても……あなたは芸術のことが好きなはずです。どうして、それをご家族の前でも披露しないんですか」

「考えたこともなかったな」

沼川はクックッと笑った。

「だが、引っ込めた、ということなのかもしれねえな」

「引っ込めた？」

「本物の天才には、どんな言葉も響かないんだよ。どんなに美辞麗句を並べて褒めようが、芯を食ったことを言おうが関係ない。特に土塔雷蔵はそうだ。なぜならあの人の中で、全ての作品は『未完成』なんだから。それを褒めそやす奴は馬鹿に見え、貶《けな》す奴も阿呆《あほう》に見える。何を言っても響きはしない」

だったら、と彼は続ける。

「せいぜい道化を演じた方が、金になるってわけだ」

彼はニヤリと笑いながら、まるで僕の内心を見透かしたように言う。

「俺はただの空っぽなブローカーだ。美術愛好家じゃない……」

沼川、五十嵐の二人と別れた後、僕らは雷蔵の部屋に向かった。

黄来のノックに、「入れ」としわがれた声が応えた。

部屋の中に入ると——そこは、〈月の塔〉のアトリエ以上の惨状だった。

部屋の中は、塔の中に作られた雪絵や月代のアトリエと違って、かなり広い。しかし、その中に絵画の道具、彫刻の道具、製図用の道具が入り交じり、渾然一体《こんぜんいったい》となって散らばっており、カオスが極まっていた。

製図用の道具が載った机に向かって、座っていた。机の傍らには、車椅子《くるまいす》が置かれている。

羽織《はおり》を着ていて、顔の皺は深く、表情は険しい。老眼鏡をかけて本を読んでいた。

財田雄山の本だ。

彼はこちらを一顧だにせず、本を読み続けて言った。

「前に言っていた子たちか」

低く、たった一言で威厳を感じさせる声だった。

「――はい、お父さん」

黄来の声は心なしか硬かった。

僕と三谷は黄来に紹介された。雷蔵はようやくこちらを向いて、老眼鏡を下にずらし、僕らの顔を見た。

「君たちか」雷蔵がしわがれた声で言った。「雄山の館が燃えた時、そこにいたっていうのは」

「あ、それは」三谷が言った。「彼だけです。僕は今日、付き添いで来ました」

雷蔵がじっと僕の顔を見た。僕の体は自然と強張る。

「お前か？」

「え？」

「察しの悪い坊主だ」雷蔵がチッと舌打ちした。「確か、落日館に向かった二人の高校生は、その館で起こった事件を、あの飛鳥井光流という嫁と一緒に解決したと聞く。お前が、その『名探偵』か？」

雷蔵の発した『名探偵』には、揶揄するような厭《いや》らしい響きがあった。まるで空想上の生き物やオカルトについて口にするような言い方だ。

「いえ」僕はきっぱりと答える。「僕ではなく、もう一人。葛城という男の方です」

「何？　そうなのか……」

雷蔵はまた軽く舌打ちした。

「そのもう一人はどうした？」

「あの」僕はおずおずと言った。「ここに来るまでの道で土砂崩れに遭って、こっち側には来られなくて……」

雷蔵が呻き声を上げた。

「ああ、聞いている。あの土砂崩れに巻き込まれたか、そりゃ災難だったな」

雷蔵は顎を撫でながら言った。

「迎えに行けんものか」

「えっ？　いや、道が復旧しないことにはとても……」

「役者が揃うと思っておったがなあ……なんだ、つまらん」

雷蔵は子供のような口調で言って、本に視線を戻した。

「怖くないんですか、今の状況が。ここから逃げ出したいとは……」

「どこにいようと変わらん。読まなきゃならん本があるここの方がマシなくらいだ。どうせ街の状況も変わらんよ」

雷蔵はドライで、地震に対する恐怖とは無縁のようだ。

「で、そこの坊主」

「ああ、はい……」

「どうだった？」雷蔵が視線も合わさずに言った。「死にぞこないの、奴の様子は」

僕は軽い衝撃を受けた。

奴とは、間違いなく財田雄山のことだ。二人は友人のはずではなかったのか。

「……僕らが行った時には、財田雄山さんは病に臥せっていて、ろくに話も出来ませんでした」

「そうか」

雷蔵はそう漏らしたきり、黙り込んでしまった。

「あの、お父さん。この子たち、そういうわけで街にも戻れないから、ここに泊めてもいいかな」

雷蔵はチラッと黄来を見やって、小さく頷いた。

「好きにしなさい」

案外あっさりしていた。あれだけ沼川に脅されたのが嘘のようだ。

黄来は明らかにホッとした表情で、「じゃあ、また夕飯の時に」と声をかけ、部屋をそそくさと出ていこうとした。

黄来の気持ちを思うと、それが正解なのだけれど——僕は、どうしても気になった。

「あの」

雷蔵がゆっくり顔を上げて、僕を見た。

「何かね。私は忙しいんだが」

「どうして、財田雄山さんの本を読んでいるんですか」

「おい田所」三谷に小声でたしなめられる。「今聞くことかよ」

「た、田所君……」黄来は呆れたように口にしてから、「僕は用があるから、先に失礼するよ」と言って、部屋を出てしまった。

ふん、と雷蔵は鼻を鳴らす。

「本当にダメな息子だ」彼は言った。「唯一役立ったのは、彼女を私の前に連れてきたことくらいだな」

独り言《ひとりごと》のような口調だった。

「彼女というのは、飛鳥井さんのことですか」

雷蔵は、今僕たちの存在を思い出したというような目で、僕らを見た。

「そうだ」

僕は実の息子にこんな態度を取れる目の前の男を信じられない気分になった。彼には悪びれるような素振りもない。

「さっきの質問に答えて欲しいのですが」

「なんだね？」

「どうして、雄山さんの本を……」

「ああ、それか。どうしてって――」

雷蔵は、僕が可笑しな問いをしたとでもいうように、くすくすと笑った。

「そりゃあ君、奴が死んだからさ」

「死んだから……？」

「その通り」雷蔵は本を伏せ、頷いた。「死んだ芸術家だけが本物だ。あいつはようやく、本物になったんだから」

伏せられた財田雄山の本を見る。あれは最後から数えて二番目の著作だっただろうか。僕のお気に入りの一冊だ。あんな風に伏せて置いては、本が傷む。帯はまるで邪魔だとでもいうように、ゴミ箱の中に何枚も捨てられていた。雷蔵は本に特段の愛情はないようだ。

「死ぬまでは、雄山さんの本を読んでいなかった、ということですか？　それでどうして、この荒土館を舞台にした小説を書いてくれと、雄山さんに頼んだのですか」

「なんだ、そこまで知っているのか。随分勉強熱心じゃないか」

雷蔵の口調に、ようやくユーモアめいた色が覗いた。しかし、僕は笑わない。

「本当に一冊だけ読んだことがある。あいつが読め読めとうるさくてね。奴の最初の作品だよ。それ一作読んで、奴はいずれ本物になると思った。だから死ぬまでは読むのをやめておいた。こうして大切に取っておいて、死んだ後にまとめて読んでいるんだよ。しかし、奴の唯一の欠点は作品を残しすぎたことだな。おかげで、私は奴の作品を読み切るために、途方もない時間を使っている。この私の、貴重な時間をな」

雷蔵は空笑いした。好きだった作家を侮辱された気分になって、僕はますます気分が悪くなった。

「どうして、死んだ芸術家だけが本物なんですか。僕には納得がいかない。みんな、生きているうちに評価されるために頑張っているはずでしょう。雄山はまさにそういう小説家でした。死んでから評価されるなんて、どんなに名誉なことでも、悲劇でしかない。それに、あなたがどれだけ言おうと、財田雄山は生前に多くの評価を受けていました」

「こりゃあ論客だ。おっかない若造だなあ」

雷蔵が肩を震わせて笑った。

「坊主から若造に格が上がりましたね」

「おまけに口も達者だ」雷蔵は愉快そうに続けた。「そりゃあ君、生きている芸術家は、自分の作品に対する評価に、作品で返すことが出来るからさ」

「え……？」

「言っておくが、君ら世代がやっているように、インターネットを通じて直接反論するようじゃ芸がない。批判には作品で返さないとな。芸術家は批評に作品で返す。だが、そうすると、どうだ？　本来、作品と芸術家は切り離されているべきで、作品単体をありのままに鑑賞した時の感動を、鑑賞者は感じるべきだ。だけど、芸術家が批判に作品で応えるなら、ありのままには感得出来ない。その後の芸術家の反応が、勘定の中に含まれてしまうからだ。今みたいに、相互監視が進んだ世界だとなおさら、そういう息苦しさを君も感じるんじゃないか？」

そのこと自体は、僕も否定出来なかった。「編集さん」と出会い、彼に向けて書くことを覚えるまでは、僕も広大なネットの海の中で、誰に向けて書けばいいのか分からなくなっていた。それが息苦しかった。

「作品と批判に関する応答関係が断ち切られない限り、鑑賞者はありのままに作品を鑑賞することが出来ない。それでは鑑賞する甲斐がない。堅苦しいからな。そして今は作者と鑑賞者の距離が近すぎる。だが、その応答関係が断ち切られれば別だ。つまり」

「芸術家が死んだ時……ですか」

僕が言うと、雷蔵は初めて満足そうに頷いた。

「納得したかね？」

「出来ません。この世には批判などものともしない作家もいるし、そんなもの気にしないで書ける作家もいる。読者だって、もっと自由に読んでいいはずだ」

「作家、か。ああそうか、君は雄山の家を突き止めて会いにいくくらいだからね。君も彼と同じように、毒にも薬にもならないミステリーを書いているっていうわけか?」

雷蔵に言われて、グッ、と息が詰まった。

「……書いています」

「いいことだ」雷蔵は意外にもそう言った。「なんにせよ、作るのはいいことだ。成果物がいいものかどうかは、別だがね」

「しかし僕が死ななければ、あなたは読む気がないのでしょう」

「それはそうだ。だけど安心しなさい。君は永遠に私よりも若いんだから。何よりの財産だよ」

雷蔵は自分で自分の言った言葉が可笑しかったというように、笑った。

「まあこうして、雄山が死んだおかげで、私は何も気にせずに雄山の本を読めるというわけだ。毒にも薬にもならないが、なんの思索も浮かばない時に読むには格好の作品だね。現実と全てが正反対だ。全ての構成要素が綺麗に割り切れて、後に何も残さない」

僕は呆れて首を振った。

「やはり、納得出来ません。その言でいくと、あなただって偽物ということになる」

三谷に腕をはたかれる。

ところが、雷蔵は笑った。

「ああ、私なんぞは偽物だ。私は死んで完成する」

沼川の言った通りだった。この男はどうかしているだけだ。

「黄来さんが飛鳥井さんと結婚するからよかったというのは、『荒土館の殺人』という原稿のせいですか」

雷蔵の顔がサッと紅潮した。

「誰から聞いた？」

「雄山の日記で知りました」

あの館は燃えている。絶対にバレないと思って、僕は強気に嘘をついた。

「そういうことか」雷蔵はあっさり納得した様子だった。「あいつは自分の原稿の出来に納得がいっていない様子だった。十年前、あの飛鳥井という女がまだ高校生だった頃の話を仕入れて、それを刺激に第一稿を書き上げたが、それが上手くいっていないと彼は言い訳していた。手直しをしたい、もう一度書き直せば傑作になるはずだ、と。だが、あくまでも私がオーダーし、私のこの館で起きた事件の話だからな。どれだけ奴が自分に納得していなかろうと、私には楽しむ権利がある」

彼は居直るような口調でそう言った。

「もう読まれたんですか？」

「いや」雷蔵は首を振った。「せっかく奴の本を順番に消化しているんだ。最後に読まないともったいないだろう」

たまに、誰よりも厄介なファンのようなことを言い出すからタチが悪い。

「僕にその原稿を読ませてもらえませんか。僕も雄山のファンなんです」

「ならん」

雷蔵はきっぱりと撥《は》ねつける。ダメで元々だったが、すぐ傍にあるのに内容を確認出来ないとなると、もどかしくなってしまう。

「しかし、彼の作品は今も多くの読者が待ち望んでいるはずです。そんな貴重な原稿を持っているなら、世の中のためには……」

「世の中のためより、私のためだ」

取り付く島もない。

その時、また地面が揺れた。

ぐらあっ……。

積み上がっていた本が、バタバタッと崩れる。積み方が甘かったようだ。雷蔵は拾うそぶりもない。

震度などの情報が見られないから分からないが、最初のものよりはずっと弱い。しかし、脳をそのままゆっくり揺らされたような、気色の悪い感覚が襲い掛かってくる。

揺れが来ている間も、雷蔵は黙って読書を続けていた。

僕は黙って崩れた本を積み直し、丁寧に机の上に置いた。

「そろそろやめないか、若い論客君」雷蔵は老眼鏡をかけ直し、本に向き直った。「あと四十ページでこれが読み終わる。夕飯時までには読み終われそうだからね」

雷蔵はそう言って、僕への興味をすっかりなくしたように、またページに視線を落とした。

8　その60時間20分前

「馬鹿！　田所の馬鹿！」

　時刻は大晦日の十九時四十分。僕らにあてがわれた一階の使用人室で、三谷に枕《まくら》でバンバン叩かれていた。

「痛い、痛い……悪かったって……」

「どうして沼川さんといい、雷蔵さんといい、だれかれ構わず喧嘩を吹っ掛けなきゃ気が済まないんだよ！　雷蔵さんの機嫌を損ねて、外に放り出されたらどうするつもりだったんだ！」

「だから謝ってるだろ……つい熱くなっちゃってさ……」

　自分でも、さっきの言動を思い出すと恥ずかしくなるばかりだ。しかし、雷蔵の主張にはまるで納得がいかなかった。あんな言い方をされては、現代に生きる芸術家たちに失礼ではないか。ましてや、その中には自分の娘たちまで含まれているのだ。

　僕は腕を組んで、ふん、と鼻を鳴らした。世の中にはああいう偏屈な人間もいる。そういうことで、納得して呑み込むべきなのかもしれなかった。

雷蔵との対面の後、僕らは十八時半に食堂で夕食を取った。

夕食はひとまず、カセットコンロを使って、乾麺を茹《ゆ》でたものにした。ガスは生きているが、館のキッチンは電磁調理器で、電気を消費するよりは、非常用のカセットコンロがいいだろうということになった。おせちのお重はせめて明日に回そう、ということになったらしい。雷蔵、月代、花音はそれぞれの持つアトリエから一向に出てこないので困った。結局、黄来が甲斐甲斐《かいがい》しく、お盆に夕食を載せてそれぞれの部屋へデリバリーしていた。気の毒ではあったが、日常茶飯事らしい。

問題になったのは、花音の行動だった。

「花音！　どうして料理を持ち出したりした！」

黄来がそう怒鳴《どな》っていたので、事件に気が付いた。

おせちのお重の一段分と、チーズやハムなどの保存食を、花音が貪《むさぼ》り食《く》ってしまったのである。

「何よ。お腹が空《す》いたから食べちゃっただけじゃない」

「状況が分かっているのか!?　今ある食べ物だけで、何日やりくりしないといけないか分からないんだぞ！」

「そんなこと言っても、たっぷり食べないと声が出ないんだから仕方ないじゃない」

花音は悪びれもせずに言った。芸術家たちは食料の燃費も悪いのかもしれない。これを機に、戸棚にあった菓子パンが大量になくなっているのも、花音の仕業だと判明した。

残ったのは、おせち五段分と、アルファ米などの保存食のセットが三十、クラッカーが三十、乾麺が十。菓子パンは、全て花音に食べられる前に回収出来たので、八個ほどが未開封のままだったが、全員分には足りない。

「水もしっかり管理して、無駄遣いされないようにしないとな……一日一人一本ずつ渡して、あとは自己申告で必要な分を言ってもらうことにしよう」

元々二十四本入りが三箱残っていて、うち一箱を料理などの生活用水のために確保したから、四十八本を十人に配る計算だ。一日一本とすれば、四日は問題なく過ごせることになる。

人が一日に必要な水の量は二・五リットルで、食事などから摂取出来る分もあるので、実際には一・二リットルほどを経口摂取すればいいとされている。しかし、それは潤沢に水がある時だ。最低限の摂取量は五百ミリリットル。今の計算では、全員が最低摂取量で一日を過ごすことになる。

救助が来ればそれに越したことはないが、土砂崩れの復旧後の救助となると、何日後になるか分からない。慎重な計算を行うべきなのは確かだった。

年末年始を過ごす勘定だったので、一応、飲料の中にはビールや日本酒などもあるが――あまり飲みすぎて、いざ大きな余震があった時に酔っぱらっているわけにはいかない。最後の手段として取っておくのと、水分としては利用出来るので、なるべく保存しておくことにした。カセットコンロがあるので、最悪の場合、日本酒のアルコール分を飛ばして、水の代用品にすることも出来るかもしれない。

夕食の席では、今日が大晦日であるとか、婚約発表の席だというのに随分寂しいとか（全員集まる席は、もう昼食の時に設けたという話だった）、集まった面々の間で愚痴《ぐち》も漏れたが、十九時半にはお開きになった。沼川に付き合わされて、今も五十嵐はホールで飲んでいるだろうけど。彼ら二人の危機感のなさには呆れるほどだ。

僕と三谷は、早々にホールの酒席からは退散することにした。それで、さっきのやり取りになったわけだ。

「確かに、大晦日にしちゃ寂しい夜だよな」三谷は悲しそうに首を振った。「テレビも見られないなんて」

「缶ビール、飲まなくてよかったのか？　黄来さんがくれようとしたのに」

「いや、いいよ。飲んだら余計に水が飲みたくなりそうだし。水がもったいねえと思って、久しぶりに乾麺のしょうゆスープまで全部飲み干しちまったよ」

「それはそれで、塩分をとっているから喉が渇く気がするけどな……」

しかし、僕も同じ行動を取ってしまったのは事実だ。こういう状況になると、どんな行動が役に立つか分からない。

「冬場だから汗もあんまりかいてないけど、風呂に入れねえのもなあ。身体が冷えて仕方ないよ」

三谷はそう言いながら、ベッドの上で毛布を被った。

「それにしてもさ」三谷が言った。「この家、随分嫌な感じだよな。芸術家ってのは、みんなああなのかね」

「やめろよ、偏見ぶちかますの」

僕は苦笑しながらたしなめる。

「だってそうだろ。お前が雷蔵さんに絡んでる時、ハラハラはしたけど、いいぞいいぞ言ってやれって、心のどっかじゃ思ってたもんな」

「そう言ってもらえるとありがたいよ」

「なんか本当に嫌な感じだ。ほら……青海館でのこと思い出すよ。あの時も、葛城の周りを取り囲んで、家族全員険悪ムードって感じだった。まあ、葛城の家族もここまで酷くはなかったけど」

「うん……飛鳥井さんも、いきなり部外者としてこんなところに放り込まれたら、大変だっただろうな」

「案外、俺らを呼んだのはそういう理由もあるのかもなぁ。ほんの少しでも、繋がりのある人を呼びたかった……っていうような。それも、飛鳥井さんが元探偵だって知っている誰かを」

「そうだよな……それを知らなかったら、飛鳥井さんが何を怖がっているのか、きっと分かってあげられないから」

僕は窓の外を見ながら、飛鳥井のことを考えた。

「そういえば、あの時、〈雪の塔〉で何を話してたんだ?」

僕は雪絵に聞いたことを話した。

「なるほど。だったら雪絵さんは、本当の意味で、お兄さんの味方ってわけだ……それが、彼女にとって恩返しの意味もあるんだろうな」

「しかし……救助はいつになったら来るんだろうな」僕は話を逸らした。「ここから脱出さえしてしまえば、飛鳥井さんの不安も解消するんだけど……」

「また、隠し通路か?」

僕は頷いた。

「だけど、いくら落日館と同じように雷蔵さんが設計したといっても、あるとは限らないわけだろ? それに、落日館は山の上にあって、地下に繋がる通路があったみたいだけど、ここは山の下にあるんだぞ。隠し通路っていったって、どこに逃げられるんだよ」

「そう、だよなあ……」僕はうーん、と唸った。「でも、一つ気になることがあってさ」

「気になること?」

「雷蔵さんとの会話だよ。僕らが土砂崩れに巻き込まれて、葛城が街の側に取り残されたって話をした時、雷蔵さんは土砂崩れについて『聞いている』と言ったうえで、『迎えに行けんものか』と呟いたんだ」

「それが、どうかしたのか」

「おかしくないか？　土砂崩れについて聞いているってことは、その規模も知っているってことだ。そして、あの道は荒土館から街へ繋がる唯一の道のはず。それなのに、どうして『迎えに行けんものか』なんて言葉が出てくるんだ？」

「もしかして」三谷が言った。「雷蔵は迎えに行くための手段を知っている、ってことか？」

僕は頷いた。

うーん、と三谷が唸った。

「……考えすぎじゃないか？」

「……やっぱりそうかなあ？」

僕は首を捻った。

「でも、なんだか段々サマになってきたよな」

「何が？」

「今のとか、葛城みてーだったよ。人のちょっとした発言から色々推測を膨《ふく》らませるところとかさ。田所もあいつの傍にずっといて、癖が移ってきたんじゃないの？」

元々僕は名探偵になりたかった。それを、葛城と出会ったことによって諦めたのだ。すこし似てきたと評価されたからといって、その差が埋まるとはとても思えないが、なんだか嬉しかった。

雨音がした。窓の外を見ると、弱い雨が降っている。

「このうえ、雨まで降るのか」うひゃあ、と三谷が言った。「復旧は未だ遠そうだな……」

うーん、と僕は唸った。

そのまま、眠れない夜が続いた。

寝息を立てている三谷の隣でそっと起き、机につく。持ってきたノートパソコンを開いて、この手記を書き始める。

今、ここにいる自分に何が出来るのか。それを考え抜いて、この結論に辿り着いた。

僕に出来るのは、葛城に全ての情報を手渡すことだ——そのためには、どんなに些細と感じたことでも、全てを書き残しておく。

そうしておけば、たとえ、僕の身に何かあった時でも——。

いや、それはあまりに気弱すぎる。絶対に生き残ってやるという強い気持ちは持っておかなければならないだろう。

目が冴えたまま毛布にくるまっていた時は辛かったのに、パソコンに向かって文字を打ち込んでいると、ただそれだけが自分の全てになって、スッと心が落ち着くのを感じた。

その後、二十三時くらいに、トイレに行きたくて一度目が覚めた。その頃には、雨はやんでいた。外からヘリコプターの羽音を、うんと小さくしたような、ブーン、という音が聞こえた。あれはなんだろう、と思ったが、外は霧に包まれていて、あたりを見通すことは出来ない。

僕はスマートフォンを持って外に出る。

外の廊下に、誰かの人影があった。

「誰ですか？」

声をかけると、その人物はくるっと一瞬、こっちを振り返って、すぐに走り去った。

「あっ――」

追いかける隙《すき》もなかった。僕の足では、追いつけなさそうだ。

その人影は黒いタキシードのような服を着ていた。いや、雰囲気からいうと、執事が着ているようなバトラー服だろうか。

そして、白い仮面を被っていた。

まるで幽霊がそこに立っているかのようだった。さっぱり現実感がない。黒の服が廊下の闇に溶けていき、やがて、仮面の白も消えた。角を曲がったのだろう。

〈仮面の執事〉……。

何か禍々《まがまが》しい名前が脳裏に浮かぶ。僕は首を振って、それを振り払った。

その人物がいたあたりまで歩いてくると、そこは雷蔵のアトリエの前だった。

何か、雷蔵のアトリエに用事があったのだろうか。

――泥棒か？

しかし、どんな泥棒であれ、陸の密室と化したこの空間に出入りすることが出来るとは思えない。

僕はスマートフォンを見る。

その時、アンテナの表示が一本立っているのを見つけた。

僕の意識は一気に覚醒《かくせい》し、葛城や救急に連絡を取ろうと、すぐさま画面を操作する。

しかし……。

「繋がらない……」

もう一度画面を見ると、もうアンテナの表示は消えていた。さっきのは幻だったのだろうか？

色々と釈然としないまま、トイレを済ませて、パソコンの前に戻る。ぐっすり眠っている三谷を起こさないようにタイプ音も抑えて、なおも続きを書いた。

一日目の分を書き終えたのが、午前四時頃のことだ。もう一度トイレを済ませ、そこからは泥のように眠った。

そのまま、悲鳴を聞くまで、目覚めなかった。

二日目

1　その48時間58分前

朝の七時二分。

女性の甲高《かんだか》い悲鳴が聞こえて、目が覚めた。

夢の中の出来事か、と僕は一瞬思った。しかし、そうではない。

二度あることは三度あるとは言うが——また僕らは悲劇を防ぐことが出来なかったのか？

頭が痛い。昨日の夜中、明け方くらいまで執筆に励《はげ》んでしまったためだ。腰も重く、まだ眠っていたいと脳が叫んでいた。だが、ここで眠っているわけにはいかない。

気力を奮い立たせて飛び起き、三谷の体を揺さぶった。

「んあ……あけましておめでとう……」

三谷はとぼけたことを言った。確かに今日は元日だが、そんなことを言っている場合ではない。

僕はゾッとする思いを押し殺していた。

飛鳥井の怖《おそ》れていたことが、現実になってしまった――。

僕は寝ぼけ眼《まなこ》の三谷を置いて、着の身着のままで部屋の外に出た。パジャマに着替えずに眠ってしまったので、昨日の服のままだった。

僕らの部屋は一階にある。悲鳴は、中庭の方から聞こえてきたようだ。ホールに回り込んでみる。

ホール内、中庭に続く大扉の前で、雪絵がへたり込んでいた。

「どうしたんですか！」

僕は慌てて駆け寄った。

雪絵の唇は青ざめていた。彼女は震える手を持ち上げ、中庭の方を指さした。

そちらに視線をやった僕は、そのまま硬直した。

中庭の真ん中には、月代の昔の作品であるという、銅像が置かれている。中世風の鎧を着て、剣を崖の岩肌の巨人に向けて掲げた、勇敢な騎士の像である。

その剣に。

人の体が刺さっていた。

上空には深い霧が、中庭にも薄い靄《もや》のようなものがかかっている。だが、その人が誰かは、はっきりと見て取ることが出来た。小柄な男性で、羽織を着ている。

土塔雷蔵だった。

雷蔵から滴り落ちた血は地面にまで垂れている。彼の顔は安らかで、こんな暴力的な死にざまに見合わないように見えた。

昨日彼と交わした言葉が頭の中で木霊《こだま》する。

——死んだ芸術家だけが本物だ。

——ああ、私なんぞは偽物だ。私は死んで完成する。

こういうことだったのかよ、と僕は心の中で変わり果てた雷蔵の姿に語り掛ける。

あんたは、こうなることが分かっていたから、あんな風に嘯いて見せたのか？

僕は首を振った。

彼が昨日読んでいたのは、財田雄山の最後から二番目の著作だった。

雷蔵は結局、雄山の著作を読み切らないまま、死んでしまったのだ……。

あの『荒土館の殺人』の内容にも、恐らくまだ目を通していないのに……。


三谷があとから合流し、次いで黄来がやってきた。二人とも中庭の異様な死体の様子に驚き、目を瞠《みは》った。僕は黄来に、雪絵の傍についていて欲しい、と頼み、三谷と手分けしてみんなを呼びにいった。

十分後、ホールに花音を除く全員が集まっていた。

一体、誰が犯人なのだろう？

震えている五十嵐、気分悪そうに顔をしかめている沼川は、雷蔵を殺す動機があるだろうか。いや、雷蔵の性格を考えれば、家族にこそ恨まれているのではないか。口元を押さえて死体を見上げる雪絵も、目をそらしている月代も、この場に来ていない花音も……怪しく見えてくる。三姉妹のうちの誰かが、父親を恨んでいたのではないだろうか。

「花音は？」

「部屋にいないんです。どこにいるんだか……さっぱり分かりません。昨日から耐えられない、テレビが見たいと騒いでいたので、無理に街へ行こうとしていないといいのですが……」

「花音、無事よね……？」

雪絵の一言で、空気が凍り付いた。

「あんたマネージャーなんだろ」沼川が言った。「どこに行きそうとか、分かんないのか。というか、連絡手段はないのか」

五十嵐は自分の肩掛けカバンを持ってきており、その中から二台のスマートフォンを取り出した。仕事用とプライベート用ということだった。

「やはり、どちらも繋がらないです」

五十嵐は神経質そうに爪を噛んだ。

「あとで手分けして捜そう」黄来が言った。「とはいえまずは……お父さんをどうするか考えないと」

黄来が言うと、男性陣の顔が曇った。あの死体をそのままにしておくわけにはいかないのは分かっているが、あまりにぞっとしない仕事なので、一様に顔に出てしまっている。

「……早めに撤去してくれないかな……」月代が言った。「私の作品が……傷んじゃうから」

「月代！」雪絵が怒鳴った。「あんた、お父さんが死んだのにそんなことしか気にならないの？」

「だ、だって……」

彼女は怯えたような目で雪絵を見た。叱られた子供のようにしゅんと萎《しぼ》んでしまっている。

「言い方ってものがあるでしょうに……ごめん、兄さん、私もあのままお父さんをあんなところに置いておくのは考えられない……どうにか降ろしてあげられないかな」

「分かっている」黄来が雪絵の目を見て頷いた。「銅像の高さは三メートル、剣の先は五メートルってところだから……物置の脚立を使って、高所作業するしかないかな。ちょっと危ないけど……」

今言われた具体的な数字を踏まえながら、僕は考える——犯人は、、、、どうやって、、、、五メートルもの高さにある剣に人の体を突き刺したのだろう？

第一、そんなことをして何の意味があるんだ？

銅像は剣を左手に握っている。その剣の位置は、中庭の四隅《よすみ》を対角線で結んだ時の中心位置から、少し北西寄りにズレている。

「待って」

飛鳥井が言った。

飛鳥井はホールから中庭に通じる大扉の前にしゃがみこみ、じっと中庭を見ていた。

その顔は、少し青ざめていた。

「どうしたんだい、光流さん」

黄来がその横にサッと体を滑り込ませる。

「ないの」

「ないって、何が？」

「足跡」飛鳥井が言った。「一つもない」

ハッと息を吸い込んだ。

飛鳥井の言う通りだった。

中庭の地面は、昨夜の雨によってぬかるんでいる。当然、そこを歩けば足跡がつくはずだ。

しかし、中庭には、誰の足跡もついていない。犯人はおろか、被害者である土塔雷蔵の足跡さえついていないのだ。

「これは……一体どういうことだ？」

「昨日の雨の状況、覚えている人はいないかしら」

飛鳥井に問われ、僕は昨日の午後八時頃に窓の外を見たら雨が降っていたこと、トイレのために午後十一時頃に起きたらやんでいたことを話す。他の人たちの目撃情報も、おおむね似通っていた。ネットが使えれば、もっと正確なデータが得られるのだが。

「まとめると」飛鳥井が言った。「昨日の夜までに中庭に出た人……花音さんや沼川さん、五十嵐さんの足跡は、午後八時から十一時の間、降っていた雨によって消された。午後十一時以降に誰かが中庭を歩いたなら足跡がつくはずだけど、誰の足跡もなく、今日の午前七時頃に、雪絵さんが死体を発見した」

「つまり」三谷が言った。「午後八時から十一時、雨の降っている時間帯なら、足跡を残さず犯行が出来た、ってことですよね？」

「いや待て」沼川が言った。「その時間なら、俺と五十嵐が、まだ食堂で飲んでいたぜ。日付が変わるくらいまでいたからな」

「あなたたち、こんな時にまで飲んでいたんですか」と黄来が呆れたように言った。

「仕方ねえだろ。せっかくの年末年始だってのに、こんなところに閉じ込められて……やってられねえよ」

「すみません、沼川さんにどうしてもと誘われて……」五十嵐が言った。「でも、僕らがいた時に何もなかったことは保証できます。食堂の窓からは中庭の様子が見えますし、こんな事態が起こっていたら、さすがに僕らだって気付きますよ……」

参った。

なぜか五メートルの高さの、銅像の先端に突き刺さっていた死体……その謎だけでお手上げだというのに、中庭は足跡のない殺人の様相を呈《てい》していたのである。

正直、お手上げだった。

「この中庭の状況、誰か、写真に収めておいてくれないかしら」

飛鳥井に請《こ》われ、三谷が手を挙げた。彼が写真をスマートフォンで撮影した後、僕、三谷、黄来、沼川、五十嵐の五人で、死体を降ろす作業に取り掛かった。脚立を二台用意し、二人が上に立って死体を支え、残りのメンバーは下で死体を受け止める役と、脚立を押さえる役に分かれる。かなり危なっかしい作業だったが、なんとか死体を抱《かか》え上《あ》げる。

「よーしっ、ゆっくり降ろせよ……」

黄来と三谷が抱えた死体を、下についている僕と沼川が慎重に受け止める。死の重みが、ずっしりと腕と肩にのしかかってきた。生気がなく、ぐたっとしている。沼川は、うえっと舌を出した。五十嵐はずっと目を逸らしながら、黄来の側の脚立を押さえている。三谷が上っている脚立を押さえる役目だけ、ここでは飛鳥井にお願いした。

その時——。

脚立の金具部分が、カタカタカタッ、と小刻みな音を立てた。

全身から血の気が引く。

「余震だ！」

僕が叫んだ次の瞬間、大地が揺れた。

ぐらあっ……。

震度４くらいだろうか。今回の余震は大きく、長かった。

「うわあっ！」

五十嵐が慌てるあまり、脚立から手を放してしまう。僕と沼川は呼吸を合わせてどうにか死体をブルーシートの上に横たえたが、黄来と三谷は、いきなり高所で支えを失った形だ。

「まずい！」

僕は咄嗟に、黄来が登っている脚立を押さえる。

黄来は脚立にしがみつくようにしていた。

三谷は思い切ってか、脚立の真ん中あたりから、中庭の地面に向けて跳躍した。三谷が地面に倒れ込み、泥に塗《まみ》れる。頭の上に両手を置き、守っていた。

そのまま三十秒ほど、脚立を押さえていた。

「……収まった、か？」

三谷がむくっと体を起こした。

「クソッ」沼川が唾を吐いた。「あやうく先生の死体と心中するところだったぜ。危なっかしいたらねえ」

「余震のタイミングとしては、最悪だったわね」

飛鳥井が憔悴《しょうすい》しきった表情で言った。いくら彼女といえども、この状況はやはり精神にこたえるらしい。

震度4くらい、と思ったが、それも定かではない。震源はどこなのか。最大震度はいくつなのか。長壁町にいる葛城は無事なのか。何一つ、情報を得られないことが尚更不安を掻き立てた。パニックに陥りそうな思考を、どうにか落ち着かせる。

「クソッ、服が泥だらけだ……」

三谷は自分のシャツを見下ろしていた。僕と三谷の荷物は車のトランクの中なので、一張羅を汚してしまったことになる。

「僕の服で良ければ貸すよ。サイズは合っているだろうし」と黄来が言った。

「すみません皆さん、危ない中お願いを聞いていただいて……」

「雪絵さんのせいじゃないですよ」僕は言った。「雪絵さんが言わなくても、誰かが言い出したと思います。あのままではあまりに残酷すぎますから……」

「腰がいてえ」沼川が腰に手をやって、ぐいっと反《そ》らした。「黄来さん、死体を降ろしたのはいいが、置いておくようなところはあるんだろうな?」

「どうしましょうか」黄来が頭を掻いていた。「館の外に、離れがありますから、そこにでも移しましょうか。今は何も置かれていないので、すっきりしているはずです」

「え、嫌だ……」月代があっけらかんと言った。「あそこは花音が使わない時は、私たち共用のアトリエなんだから……お父さんの死臭が染《し》みついたらもう使えなくなっちゃう……」

「月代……!」

雪絵が鋭い声で一喝すると、月代はぷいっと顔を背けた。

「そうか、分かったよ月代。離れは使わないでおこう。他に空いているところとなると……一階の倉庫にでも運ぶしかないでしょうね。田所君たちは、部屋が隣になってしまうのですが……」

「仕方ないと思います」

三谷は唇を歪めながら言った。

冬場だから、あまり死体が傷まないといいが……と思ったが、不謹慎なので口には出さない。

僕はふと思い出したことがあった。

「ところで、昨日の夜中、白い仮面をつけ、執事服を着た人物を見かけたんですが……何か心当たりはありませんか」

「いや、そんなのは見なかったが……」

「あと、ブーン、っていう変な音も聞きました。同じものを聞いた人はいませんか」

沼川が「お」と言った。

「そういえば、そんな音を聞いた気もするぜ。お前はどうだ、五十嵐?」

「そっ、そうですね」

ふと見ると、五十嵐が死体の傍にしゃがみこんでいた。彼は僕と目が合うと、顔をしかめて言った。

「しかし……酷いですね、一体、誰がこんなことを」

「本当ですね……」

僕は顔を背けたい気持ちと闘いながら、死体を調べることにする。ようやく調査らしいことが出来るわけだが——この死体を降ろした経緯を考えると、ゾッとするようだ。

いつ余震が起きるとも知れないここでは、調査でさえ命がけなのだ……。

食堂傍のキッチンから、ビニール手袋を見つけて手にはめ、死体の上半身を少しはだけさせる。

「ちょっ、ちょっと、田所君」

五十嵐が制止する。

「警察が来るまで時間がかかります。明らかに自殺や事故ではあり得ない死に方です。分かることは調べておかないと……」

「ず、随分落ち着いているんだね」五十嵐が眼鏡を押し上げた。「僕なんて、見るだけで気持ち悪くなってくるのに……」

僕はなんと言っていいか考えあぐねて、「どういうわけだか、こういう状況に慣れているんです」と口にするに留めた。

死体の胸には、剣が刺さった痕《あと》が一ヵ所ある。他にはためらい傷や切り傷のようなものはない。犯人はあの銅像の剣に、一発で人の体を刺したことになる。降ろすのに五人がかりでもあれだけ危ない作業だったのに、単独犯で行えるだろうか？

ただし、死体の腋《わき》の下《した》や背中のあたりに、何かが擦れたような赤い痕がある。記憶に留めておく。

いや、それだけではない。首には赤い圧迫痕があった。腋の下と背中についている赤い痕と、幅が同じである。雷蔵はロープで絞殺されたのだ。

死体の後頭部に、殴られたような傷もあった。あらかじめ気絶させられていたのかもしれない。あれだけ痛そうな死に様なのに、どこか表情が安らかに見えたのも、意識を失っていたからなのかもしれない。

殴り、絞め殺し、剣に突き刺した。

随分と、念入りな殺し方である。

人の手を介在しただけとは思えないような、鮮やかすぎる殺人でもある。強《し》いて言えば、殴り、絞め殺すところまでは想像が出来るが、剣に突き刺す部分は、どうやったのか想像することも出来ない。

死体の懐を探ると、羽織の内ポケットの中に、鍵束《かぎたば》が入っていた。どこの鍵だろうか？また、衣服の背中の部分に、麻縄の切《き》れ端《はし》のようなものが紛れ込んでいた。

「縄？」

僕はぼそっと呟いた。

五十嵐の目を盗んで、鍵束を自分のポケットに仕舞った。

「僕は部屋に戻ることにするよ」

五十嵐は早口で言って、そそくさと中庭を後にした。

「正月だってのに辛気臭《しんきくさ》いな」沼川は舌打ちした。「起きて早々、寝覚めの悪いもんまで見ちまった。今夜の初夢に出てきたらどうしてくれる」

「沼川さん、そんな言い方……」

三谷が言うと、沼川は首を振った。

「お前らだって少しは思っているだろう？」沼川は僕と三谷の肩を強引に引き寄せ、声を潜めるようにした。「奇矯《ききょう》な性格だらけの芸術家の館で、その当主様が殺されちまったんだ。あの家族の中に、殺人鬼がいるかもしれないんだぜ？」

「家族の中に、って」僕は思わずムッとして、沼川の腕を振りほどいた。「僕からしたら、あなただって立派な容疑者ですけどね」

「へえ？」沼川の眉が生き物のように動いた。「そいつはお互い様だ。当日になっていきなりやってきた大学生二人組――お前らだって、俺からすりゃあ、充分怪しいさ」

僕と沼川はしばらく睨み合う。

沼川はふうっと息を吐いた。

「まあいい。お前ら、外部と連絡を取る手段、何か持っていないか？」

「さっき五十嵐さんも言っていた通り、電波が通じませんよ。田所と俺のスマートフォンも同じ状況です。他の手段だってありません」

「ああクソ、参ったな」沼川は頭をボリボリ掻いた。「今こそ、方々連絡を取りたいのに」

「助けを呼ぶために、ですか?」

「馬鹿言え」沼川は言った。「土塔雷蔵の作品を売るために決まっているだろ?」

「は?」

「先生の話は昨日聞いたんだろう?」沼川はニヤリと笑った。「土塔雷蔵は死んで完成する……先生の主張には頷けない部分もあったが、芸術家が死んだ瞬間、その価値は跳ね上がる。今こそ勝負に出る時だ」

僕は内心、完全に呆れ果てていた。家族がすぐ傍にいるというのに、この男は、もう金勘定のことを考えている。土塔雷蔵を、本当にただ、商品としか見ていなかった証拠だ。

ふと、今目の前に沼川がいるからそのあくどさが目立つだけで、雷蔵の周りにいた人間は、こんな人ばかりだったのかもしれないと思った。そう考えると、昨日、僕のような相手にまで、滔々《とうとう》と語った雷蔵の哲学は、自分の心を守るための鎧のようなものだったのかもしれない。生きている間の自分も、自分の作品も、所詮全ては偽物である。偽物を見て、胡麻《ごま》を擂《す》る人間のことも、貶す人間のことも、気にする必要はない。だって、それは偽物なのだから……。

三年ぶりに、極限状況の中で人の死に遭遇したことで、感傷的になっているのかもしれなかった。

「沼川さん」黄来がぴしゃりと言った。「美術館の館長はあくまでも僕です。父さんの作品について、あまり好きにさせるわけにはいきませんね。売りに出すことよりも、うちで保存することを考えなくては……」

「おーおー、怖い怖い。まあ、ご子息のお言葉には従いますよ」

沼川はあくまでも余裕のある態度を崩さない。

「おい、なんだこりゃ！」

三谷が叫び声を上げた。

見ると、三谷が黒い小さな箱を手に持っていた。

「それは？」

「銅像の足元のところにセットしてあったんだ。なんなんだ、これは？」

飛鳥井が彼の手元をじっと見ている。その顔が少し青ざめた。

「妨害電波……」

「え？」

「妨害電波を発生させる装置よ。もしかして、スマートフォンやテレビが使えないのは、これが原因じゃないかしら」

「貸せ！」

沼川が三谷の手からひったくるように黒い箱を奪い取り、地面に叩きつける。さらには足で何度も乱暴に踏みつけた。

彼の肩が上下する。スマートフォンをポケットから取り出し、舌打ちした。

「おい、どういうことなんだ飛鳥井さん。壊しても直らねえじゃねえか。嘘をついたのか？」

「……同じような機械を複数設置しているのかもしれない。中庭のここに設置しただけで、塔のてっぺんでも使えなくなるなんておかしいもの」

「クソッ。使えるようにするには、全部探し出さねえといけないってわけか。面倒くせえ！」

彼は肩を怒らせながら言った。

「だが、探すものが分かったぜ。ともかく俺は、なんとか外部に連絡を取れないか探ってみるさ」

沼川は足早に中庭を後にした。

僕はポケットの中の鍵束を触って確かめる。三本。鍵束には、未知の鍵が三本あった。意見を求めようと、ホールの椅子に座り込んでいた飛鳥井に駆け寄った。

「飛鳥井さんにも、見ていただいていいですか」

飛鳥井は右手で左腕をさすってから、首を振った。

「――いやよ」

「え？」

「そういうのはもうやらないって決めたの」飛鳥井が言った。「さっきのは間違いだった。ただ口が滑っただけ。だから私に意見を求めないで」

まるでワガママを言う子供のような口調だった。

「そんな。あの時、飛鳥井さんが足跡のことを言い出してくれなかったら、気付かずに中庭に踏み入って、証拠を台無しにするところでしたよ。だから——」

「それでも、よ」飛鳥井が額を押さえた。「ごめんなさい——気分が悪いの。少し横になってくるわ」

飛鳥井は足早にホールを立ち去った。

2 その46時間36分前

「まさか、本当に人が死ぬなんてな……」

自分たちの部屋に戻るなり、三谷が苦い表情を浮かべて言った。三谷は黄来から借りたシャツに着替え、ペットボトルの水で手と顔を洗ったので、少しサッパリしていた。

それぞれのベッドに腰かけて、一休みしているところだった。

「お前が見たっていう、仮面姿の執事も気になるよな。使用人の誰かかな。男なら、黄来さん、五十嵐さん、沼川さん？」

「どうかな。かなり細身の人だったから、男装した女性の可能性もあると思う。そうすると、三姉妹の中の誰かか、飛鳥井さん」

「飛鳥井さんはないだろ。姿が見えない花音さんかな……」

殺人を犯すために顔を隠していたのだろうか。〈仮面の執事〉、謎の存在だ。

「しかし」僕は続けた。「あんな高い場所に、どうやったら雷蔵さんの死体を突き刺せるんだ？　僕ら五人がかりで、苦労して回収したくらいだから、突き刺すのだって相当な大仕事のはずだ」

「単独犯とは考えづらい、か。雷蔵さんはご高齢だから、体重もあまりないとはいえ、それでも六十キロぐらいはあったと思う」

「そんな雷蔵さんを持ち上げて、しかも突き刺すなんて……」

三谷はうーん、と唸った。

「上から落とすっていうのは？」

「え？」

「そっちの方が現実的じゃないか？」三谷が言った。「剣の先目掛けて、雷蔵さんの体を上から突き落とす」

僕は中庭の状況を思い浮かべる。

「どこから落とす？」僕は聞いた。「剣の先端は五メートルくらいの高さにあって、中庭は十メートル四方の広さがある。もし二階の内側の部屋……例えば遊戯室や図書室から落とすとしても、剣の先端は二階の高さとほぼ水平の位置にある。やや斜め上に投げ上げ、五メートルほどの距離を飛ばさないといけないんだ」

「だったら、二階説はなしだな」三谷はバッサリ言った。「そしたら塔からだ。何せ、四本もあるんだ。高さも、窓のある位置が大体十五メートルくらいか？　その高さから放り出せば、剣の先に突き刺さってもおかしくはない。それにこれなら、足跡の問題だって万事解決だ。中庭には下りなくていいんだから、足跡なんて一つもつけなくていい」

　僕は首を振った。

「問題は二つある」

「二つ？」

「一つ目は、塔と銅像までの直線距離の問題だ。塔からなら高さは充分だけど、塔から銅像までは距離が離れているから、結局は、横向きに飛ばす力が必要になる。それをどう確保するのか、ってこと」

　具体的には、館を二十メートル四方として、銅像はこの正方形の対角線の真ん中に位置している。つまり、$20\sqrt{2}$の二分の一、$10\sqrt{2}$メートルの距離があることになる。こんな計算をするのは高校生以来だが、そんな距離を死体が移動するには、落下以外の力が必要だろう。

「もう一つの問題は」

「もっとクリティカルな問題だ。四つの塔の窓は、全て中庭に向いていない」

「あ」

　三谷はポカンと口を開けた。

「昨日僕らが上がったのは、月代さんがいる〈月の塔〉と雪絵さんがいる〈雪の塔〉だった。館の北東と北西にある塔だけど、この二つは、どちらも窓が崖の岩肌の方角——つまり北に向いている。月代さんの部屋は、窓が塞がれていたけどね」

「あと二つは?」

「さっき外に出て確かめてきた。南東の〈花の塔〉と、南西の倉庫代わりになっている塔は、どちらも南向きの窓だった」

「どれも、館の外側を向いている……ってことか。そしたら、どの塔からも、中庭に向けて死体を落とせないってことだな」

「そうなる」

「だったら」三谷が言った。「こういうのはどうだ。二階の上……屋上部分から、死体を投げ落とす」

「その可能性ならあり得るだろうが……どうも、屋上に上がる階段はないみたいなんだ。だから可能性としては、外壁をよじ登るしかないんだろうけど……」

「そこまでして、死体を担ぎ上げて落とす理由はない……か」

僕は頷いた。

それに、どこかから死体を落としたのだとしても……何のためにそんなことをしたのか、見当もつかない。あの銅像に、何か特別な意味があるのだろうか。

「だーっ」

三谷は間抜けな声を上げながらベッドに身を投げ出した。

「お手上げだよ。俺にゃ分かりゃしねえって、不可能犯罪のトリックなんて。お前か葛城にお任せだ」

「結構ノッてくれてたのに」

「そりゃ、お前に付き合ったんだよ」

三谷が呆れたように息を吐いた。

「……お前、本当に冷静だな。高校生の頃と同じ田所とは思えないよ。経験値を積んだ、ってところか？」

「別に、そういうわけじゃないよ。ただ……葛城もいない時に事件が起きたんだから、せめて、僕くらいはしっかりしておかないと、と思っただけだ」

「こういう時こそ、飛鳥井さんの出番じゃないのか？　落日館の時は、やり方こそ違っても、あの人だって事件の真相に辿り着いていたんだろう？」

僕は首を振った。

「いや……どうも、様子が変なんだ。飛鳥井さんの手助けは期待しない方がいいかもしれない。もちろん、あの人は変わらず鋭い。だけど、『やりたくない』と、強いて顔を背けているような感じがあるんだ。進んで謎を解いてはくれないだろう」

でも、僕は期待もしていた。飛鳥井も、根っこのところでは葛城や僕と同じだ。目の前に謎をぶら下げられて、じっとしていられる人じゃない——彼女もまた目を開いてくれるはずだ、と。

三谷はふうっと息を吐いて、座りながら身を乗り出してくる。

「で、何から調べる？」

「え？」

「お前のことだ」三谷は笑った。「どーせ、じっとしているつもりはないんだろう？」

僕は頷いた。

「せいぜいお前の助手役をしてやるよ」三谷は言った。「どこへなりともお供しますよ、名探偵様」

「やめてくれよ。僕なんて万年助手がいいとこだ」僕は思い切り首を振った。「そうだな……まずは、こいつのことを調べたいかも」

僕はポケットから、鍵を取り出す。さっき雷蔵の死体から手に入れたものであることを三谷に話した。

「お前、そんなことまで……」

僕自身、今朝死体を見た瞬間から、自分の感覚が研ぎ澄まされたような気がしていた。このやる気はどこから湧いてくるのだろう。葛城には頼れない、こういう状況だからこそ、自分が代わりを務めなければと張り切っている――そういうことなのだろうか？

「まあ、いずれちゃんと話すよ」僕はとりあえず受け流した。「この鍵のことを調べたいのは、昨晩話したことに繋がっているんだ」

「確か……雷蔵さんは、隠し通路の存在を知っているんじゃないか、ってことだったな？」

僕は頷いた。

「そういうこと。そんな雷蔵さんが持っていた鍵だ。なんらかの手掛かりにはなりそうだろう？　この館からも脱出出来るかもしれない」

「そうだな。でも、隠し通路の場所が分からない限りは、鍵の使い道も分からないぞ」

「ひとまず、この鍵のことを知らないか聞き込みかな。黄来さんと雪絵さんに聞いてみよう。受け入れがよさそうな人から……」

「月代さんはすぐにアトリエに籠もっちまったからな。自分の父親が殺されたってのに、どうしてあんなにドライなのかね……」

三谷は肩をすくめた。

「それにしても、花音さんはどこにいるんだろう」

「もう、死体を見つけてから二時間以上経ったか。あれだけの騒ぎだったのに、顔も出さないんだもんな……そうなってくると……」

三谷の声は次第に小さくなった。

その先に続く言葉は想像がつく。

――花音も既に、殺されているのだろうか？　あるいは、彼女こそ館を闊歩する〈仮面の執事〉なのか？

いずれにせよ、隠し通路を捜索する中で、花音の所在も確かめる必要があるだろう。

僕らは黄来の部屋に向かった。黄来の部屋は二階の左翼側にある。

黄来の部屋には、飛鳥井もいた。

「すみません、お邪魔でしたか」

僕らは退散しようとしたが、飛鳥井が「いえ、二人で温かいものを飲んでいただけよ」とクールな口調で答えたので、おずおずと部屋の中に入る。

「少し落ち着こうと思ってね」黄来は言った。「光流さんも動揺している様子だったし、ココアを作ってきたんだ。二人もいるかい？」

「いえ、僕らは後で自分で用意しますよ」僕は言った。「ところで、この鍵なんですが――」

僕は鍵を見せて、事情を説明する。

「隠し通路、か……」うーん、と黄来が唸った。「そんなのがあるって知っていたら、僕らならすぐ避難に使っているけどな」

「そうですよね……」

「ただ、父さんは分からないけどね。地震が起きても『どこにいても同じ』なんて言ってたし……自分だけの秘密にしていたかも」

黄来はため息を吐いた。

「この館自体は、父さんが一人で設計して、自由気ままに造っていたからなあ。僕らは完成後の館にやってきただけで、建築過程はろくに聞かされていないんだ。だから、父さんしか知らない秘密があったとしても不思議ではないよ」

「でも、その時工事に入った業者は知っているはずですよね」

三谷が言った。ああ、と黄来は頷く。

「それはそうだね。知っていると思う」

「それなら、街からやってくる捜索隊は、問い合わせて調べてくれるかもしれませんね」

しかし、待つばかりではいけない。僕らの方も探さなくては。

「雷蔵さんがよく出入りしていた場所とか、ありませんでしたか」

「うーん。僕らは普段、別々の場所で生活していて、ここにずっと暮らしているのは、父さんと月代の二人と、あとはこの館を維持するための使用人だけだからね。使用人たちも全員自分の家に帰っているし……」

「ああ、月代さんはここに住んでいるんですか。だから、一階にもアトリエがあるんですね」

「そういうこと」

「じゃあ、月代さんに聞くのが確実……ということですか」

あとで作業の手を止めて聞いてもらうしかない、か。僕は気が進まないながら、月代に話を聞きにいくことに決めた。

「使用人と言えばですね」僕は言った。「昨日の夜なんですが……」

僕は白い仮面を被り、執事服を着た謎の人物を目撃したことを、改めて話した。

「その話だけど……本当なのかい？」黄来が訝《いぶか》しげに眉を動かした。「しかし、どうして……うちにあった執事服を誰かが着ていたのかな。君たちの泊まっている使用人室や、倉庫に予備があったと思うよ」

「本物の執事だったとして、どなたか心当たりはありませんか」

「いや」黄来が首を振った。「僕はさっきも説明した通りここに住んでいるわけじゃないし、父さんも、仕事さえしてくれれば素性や年齢を問わずに雇って、気に食わないことがあるとすぐに辞めさせていたから、人の出入りが激しくて、ろくに覚えていないんだ。有能な人なら、父さんに気に入られていた可能性もあるけど。人を覚えるのが得意なのは、むしろ花音の方だけど、今姿が見えないわけだしね……心配だよ」

やはり分からずじまいだったか。

黄来は言った。

「それより……その鍵、父さんの金庫の鍵、ということはないかな」

「え？」

「ほら、光流さんも話していただろう」黄来は言った。「財田雄山の未発表原稿……あれを収めた金庫だよ」

「あ……」

飛鳥井が口元を押さえた。心なしか、その顔が青ざめている。

「光流さんにとっては失礼な話だろうけど、父さんは、あの未発表原稿の中に書かれた名探偵だ、という一点において、光流さんに興味津々だったんだ。原稿の内容は荒土館で起こる殺人事件の話だという」

「そして今、実際に荒土館で雷蔵さんが殺されてしまった……」

三谷が言う。部屋の中に重い空気が垂れこめたような気がした。

「つまり……原稿の中に、今回の事件が予告されていたのではないかってことか？」

僕はゾッとした。

ミステリーの古典作品にもある構造だ。誰かが書いた筋書きに従って組み立てられた殺人……ミステリーの世界では「筋書き殺人」と呼ばれる手法である。

この館にいる誰かが、そんな殺人を企んで、館の中を歩き回っている……そう考えるだけで背筋が凍り付く。

「その原稿、雷蔵さんの部屋に行ったらありますかね」

「金庫の中にあると思う」

僕らは立ち上がり、善は急げとばかりに雷蔵の部屋に向かった。ただ、飛鳥井は立ち上がらなかった。

「ココアがまだ残っているし、自室に戻っているわ。結果は後で聞かせて頂戴《ちょうだい》」

そう言いつつ、飛鳥井はそっぽを向いた。興味がなさそうにも見えるが、彼女は取《と》り繕《つくろ》うような早口で言ったので、彼女自身が抱いている好奇心を、無理に抑えつけているようにも聞こえた。

雷蔵の死体が安置されている、倉庫の前を通りかかった時のことだった。

その部屋から、誰かが出てきた。

「あっ！」

僕は思わず叫んだ。

執事服を着た、白い仮面の人物——そう、あの〈仮面の執事〉だったのである。

僕の叫び声を耳ざとく聞きつけて、その人物は即座に走り出した。

「待てッ！」

僕は今回こそ捕まえてみせると息巻いて、その後を追った。

「あっ、おい待てよ！」

すぐあとから、三谷が追いかけてくる。

「ちょっと、君たち！」

黄来は完全に出遅れていたが、構っていられない。

人影は塔の中に消えていく。南西の塔、三姉妹のアトリエとしては使われていない塔だ。

「馬鹿め、逃げ場のないところに逃げ込んだな！」

三谷が叫んだ。

そのまま僕らは塔を駆け上がった。そして、頂上の部屋に辿り着く。扉は閉ざされていたが、鍵がかかっていない。僕と三谷は頷き合って、扉を勢いよく開いた。

しかし――。

そこには、誰もいなかった。

「なんだって……？」

部屋の中はアトリエに使われてもいないので、ほとんど荷物や調度品の類がない。隠れるような場所はどこにもなかった。窓は開いているが、外は十五メートルの高さである。どこにも逃げ場はない。

「消えた……？」

「あれ、あいつは？」

遅れて黄来がやってくる。息が上がっていた。黄来も〈仮面の執事〉を見かけていないのだから、すれ違ったとか、やり過ごされたとかでもない。

密室状況の塔から忽然《こつぜん》と消えてしまった――僕と三谷の目には、そのようにしか見えなかった。

僕が昨夜、幽霊を見たように感じたのは間違いではなかったのかもしれない。〈仮面の執事〉は煙のようにかき消えた。

悪夢の入り口に、立った気分だった。

倉庫に戻り、雷蔵の死体を調べた。見かけ上、何も変わっていないように見えたが、ふと思いついて、衣服をめくってみた。雷蔵の浅黒い背中が見えた。

あの時見たはずの、麻縄の切れ端がなかった。

3　その44時間3分前

雷蔵の部屋は、昨日とほとんど変わらないほど散らかっていた。

部屋の隅にある金庫には、確かに鍵穴《かぎあな》があった。

「この中に原稿が？」

「そのはずだ」黄来が頷いた。「開けてみよう」

鍵束の鍵を順番に試し、金庫に合うものを探す。三番目の鍵で、金庫が開いた。

しかし。

「何も入っていないぞ……」

黄来の言葉通りだった。

金庫の中は二段になっており、下の段に現金が仕舞われているが、上の段には何も入っていない。原稿用紙の束《たば》が置かれていたような空白だった。

いや、手で探ってみると、上の段の奥に、何やら妙なものが入っている。

取り出してみると、木彫りの仏像だった。かなり軽く、手の上で自立するくらいの大きさだ。

「仏像……？」

「父さんの作品かな。こんなものを作っていたとは、知らなかったけど……でも、父さんのものにしては、造りが粗《あら》い気もするな。目元のあたりとか、父さんならもっと丁寧に処理する気がする」

僕は仏像を色んな角度から眺めてみるが、なんの変哲もない像だった。どうして、わざわざ金庫の中に入れておいたのだろう。

「原稿用紙は、既に持ち去られた後、ってことか？」三谷が言った。「でも、それもそうか。本当に犯人が小説の筋書き通りに殺人を犯しているなら、そこに真相が書いてある可能性があるんだもんな。原稿は自分の手元に置いておきたいはず……」

「犯人が盗んだ、ってことか……」

僕は呟いた。

車椅子を見ると、タイヤに泥がついていた。昨晩は雨が降っていた。

「雷蔵さんは車椅子を使って、外に出た……？」

僕は首を傾げながら、黄来に聞いた。

「あの車椅子、雷蔵さんは、移動の時にいつも使っているんですか」

「短い距離なら、杖《つえ》を突いて歩けるけど、街に出るような時は、いつも使っているね」

「街に……？」

本当にそうだとすると、雷蔵が隠し通路を知っている、という推測はさらに裏付けられることになる。

「しかし、あの車椅子は電動でもないし、一人で出ていったとは思えないけど……。父さんの体力からいっても、街まで辿り着けるとはとても……」

「だったら、同伴者がいたってことじゃないですか」

僕が言った時、「まさか」と三谷が続けた。

「花音さん……とか？」

三人とも黙り込んだ。

「それでいくと――」

黄来はようやく口を開いた。しかし、顔色はだいぶ悪いように見えた。

「花音は父を連れ出して……殺した、ということになるのか？　君の推測通りだと」

まずい、と僕は本能的に嗅《か》ぎ取《と》った。さっきまで協力的だった黄来の態度が硬化している。

「いや、そうは言っていません。むしろ、花音さんもなんらかの事件に巻き込まれているのではないかと心配しているんです」

「そう、か……」

黄来の体からフッと力みが取れた。僕はホッとしながら、「どこか、花音さんの行き先に心当たりはありませんか」と聞いてみる。

「いや……僕も、少し捜してみることにするよ」

黄来は何やらバツが悪そうな態度で、そそくさと部屋を後にした。


次に雪絵に会うことにした。〈雪の塔〉のアトリエに上る前に、二階にある、雪絵の部屋に向かう。彼女の部屋は二階の左翼側、黄来の部屋の隣にあった。

扉をノックする。「……どうぞ」と答えた声は、昨日よりも沈んでいるように聞こえた。

彼女はベッドに腰かけ、元気がなさそうに俯《うつむ》いていた。目元が赤くなっている。

「ああ、君たちね……本当にとんだことになっちゃって。それに、お父さんを降ろすの、任せっきりにしてしまってごめんなさい」

「いえ、とんでもないです」

僕は型通りのお悔《く》やみを述べて、雪絵に誘われるまま、彼女の向かいの椅子に座った。三谷は入り口の近くに、もたれかかって立っていた。

「あんな父親でも……こうなってしまうと、寂しいものね」

雪絵は目を伏せて言った。

「月代だってあんな風に言っているけど、きっと傷ついているはず。あの子はそんなに薄情な子じゃないもの。三姉妹の中で誰より繊細だから」

「あとで話を聞きにいってみます」

「じゃあ、お願いしようかな。さっき会いにいったけど、扉を開けてもらえなかったから……君たちなら、案外受け入れてくれるかもしれない」

僕は頷いた。

「ところで、この鍵束なんですが……」

僕は鍵束を取り出して、何か心当たりがないか聞いてみる。

雪絵は首を捻った。

「さあ……私は心当たりがないけど。隠し通路だなんて……」

「花音さんは、やはり館のどこにもいないのでしょうか」

「私もさっき、捜してみたのだけど……二階の部屋にも、〈花の塔〉のアトリエにもいないし、どこにも姿が見えないわね。二階の音楽室、図書室にもいなかったし……あと心あたりといったら、外の離れくらいかしら」

「離れ？」

「ええ。誰の部屋と決まっているわけじゃないけど、作業スペースになっているから、持ち回りで使っているの。ああ、言い出したら気になるわね。ちょっとついてきてくれない？　一人で行くのは不安だから……」

僕らは頷いた。

玄関ホールから館の外に出る。雪絵に連れられて、左翼側へ向かう。そこに、小さな小屋があった。三角型の屋根が特徴的な建物だった。

雪絵は扉をノックして、「入るわよ」と声をかける。

扉を開けると、ほとんど何もない空間が広がっていた。全員の共用アトリエで、使いたい人が使うというから、個人の物は置かないようにしているのかもしれない。

何よりも目を惹いたのは、真っ白な床だった。雷蔵が普段と違う環境で心をリフレッシュするために、変わった色を設定したのだという。汚れが目立つので、全員綺麗に使うように心がけているというが、これではむしろストレスがたまるのではないか。

中に入ってしばらく探ってみるが、そもそも家具がないので、隠れるような場所もない。僕らは捜索を諦めて、小屋の外へ出た。

ふと時計を見ると、十二時半だった。

捜索は不首尾に終わった。落胆を感じながら玄関ホールまで戻ってきた。

その時、「ああっ」と三谷が声を上げた。

「おい田所、これ！」

三谷が地面にしゃがみこんでいた。今歩いてきたのと、逆側の方角だ。

見ると、二本の轍《わだち》と足跡が、地面に刻まれていた。

轍と足跡は、セットになって、二組刻まれていた。〈行き〉のものと、〈帰り〉のもの、その二つに違いない。

「車椅子……」

僕は密かな高揚《こうよう》を感じて呟いた。

アトリエ代わりの小屋を調べるのは後回しだ。三人で不用意に外に出ては、この証拠を台無しにしてしまう。

「車椅子って」雪絵が言った。「もしかして、お父さんのもの？」

「はい」僕は言った。「この二本の轍は車椅子のタイヤの跡に違いありません。ピッタリ同じ幅でずっと続いていますから。そして、この轍の間の足跡は……」

「車椅子を押していた、誰かの足跡か」

三谷が鼻息を荒くしながら言った。

「雪絵さん、巻尺や定規などありませんか」

「えっと、アトリエに戻ればあると思うけど」

「お願い出来ませんか。三谷は悪いけど、またさっきと同じように写真を撮っておいてくれないか。轍ともともとからある足跡は乱さないように、隣を歩いてくれないか」

「それだったら、ここから写真を撮っておいて、あとは動画で追跡した方がよさそうだな」

雪絵はきょとんとしていた。

「あなたたち……どうしてそんなに手慣れているの？　まるで探偵みたいに」

「真似事に過ぎないですけどね」僕は言った。「こういう殺人事件に以前も巻き込まれたことがあるんです。それに……こういう状況を、最後には全部、綺麗に解いちまう友達がいるんです。そいつのために、僕は集められる情報は、全部集めておきたいんです」

「葛城君……っていうお友達のこと？」

雪絵は首を振った。

「あなたたち、本当にその人のことを信頼しているのね」

「はい。心から信頼しています」

雪絵は、ふうっと息を吐いた。

「分かったわ。こんな非常事態に、好奇心だけで我が家のことに首を突っ込んでいるなら、お説教でもしようかしら、なんて思ったけれど……」

雪絵はここで、冗談めかした表情を浮かべた。

「あなたたちがそう言うなら、私もその人のこと、信じてみるわ。きっと、お父さんにあんなことをした人を見つけてくれるって」

「……ありがとうございます」

僕は心から頭を下げた。

「じゃあ、すぐ取ってくるから、待っていてくれる？」

僕らは、写真と動画を撮りながら、まずは〈行き〉の足跡を辿っていった。

三谷に突然、肘のあたりを掴まれる。

「おい、崖の方に近付いていっているぞ！　迂闊に近寄るなよ……！」

僕はハッとして、上を見上げた。

切り立った崖が目の前に反り立っている。霧に隠れて、上の方の様子は見えない。確かに、崖から落石がある可能性も否定出来ない。崖に近付いたところで余震が起きたら、ひとたまりもないだろう……。

それでも。

「いや……こんな足跡は、明日にも消えてしまうかもしれない。昨日のように雨も降るかもしれない。危険を冒してでも、今は情報を集めておかないといけないんだ」

三谷はグッと下唇《したくちびる》を噛んでから、首を横に振り、手を放してくれた。

「ありがとう。少し遠くから見ててくれれば構わないよ」

「いや、俺も行くに決まってんだろ」

足跡は、突然途切れていた。足で轍と足跡を消したのか、そこから先は、土全体にならしたような跡がある。

「追跡はここまでか」

「いや、でもだいぶ絞り込めたぞ。隠し通路は、どうやら館の中にはない」

空からヘリコプターの音が聞こえてくる。上を見上げても、周囲は霧に包まれているので、機体の姿を捉えることは出来ない。僕は足元に集中した。

足跡と轍は、玄関ホールの傍から、離れとなっている小屋の真裏を通り、小屋の裏から、さらに二メートルほど続き、そこでふっつりと途切れる。

正面には、崖の岩肌があるばかりだ。

「おいおい、こりゃあ随分露骨だな。これじゃ、この岩肌に何か秘密があるってことが、丸わかりじゃないか」

三谷は岩肌を手で撫でていた。

「つまり、この岩肌に何かが隠してあって、そこから雷蔵さんは外に出た、ってことか」

「そういうことじゃないのか?」

「違うだろう」僕は首を振った。「そうだとしたら、なんで、〈帰り〉の足跡があるんだ?」

そうか、と三谷が口元で呟く。

さっきまで辿っていた〈行き〉の轍と足跡と重ならないようにして、〈帰り〉の轍と足跡が刻まれている。

「轍の模様も、靴裏の模様も完全に同一だ。雷蔵さんは誰かに車椅子を押してもらって、あの岩肌の前まで行って……そのまま、帰ってきたことになる」

「どうして、そんなことを」

「それは分からないが……」

僕はそう言いながら、また三谷を連れて、〈帰り〉の分の轍と足跡を撮影する。辿っていって、玄関ホールに到着した時、雪絵が降りてきた。

「巻尺ならあったよ。これでいい?」

「ありがとうございます。足跡のサイズを調べてみましょう」

足跡を計測すると、靴のサイズは、二十二・五センチだと分かった。

「三谷の靴はいくつだ」

「俺は二十五・五。三センチも小さかったら入らねえよ」

「僕は足が大きいから二十七センチだ。ちなみに、雪絵さんは？」

「あら、私も疑われているの？」雪絵がからかうような口調で言った。「冗談よ。二十三センチ。無理すれば二十二・五でも履けないことはないけれど」

「いや、そういう意味で言ったわけじゃ……一応、どのくらいのサイズなのかなって、知りたくて言ったんです」

僕は頭の中の記憶を探った。

「確か、成人男性の平均は二十五〜二十六・五、同じく女性の平均が二十三〜二十四って聞いたことがあります」

「お前の頭はトリビア排出機かよ」

「ミステリー好きが調べることなんて、大体決まってるんだよ……」

そうすると、この足跡は女性のものである可能性が高い。

「しかし、足跡を残しておくなんて、随分不用心な犯人だよな。警察が来ないからって油断したのか？」

三谷が言った。

確かに、その点は気になっている。というより、この犯人には、証拠を消そうという意識が希薄なように思えた。明らかな痕跡を残して、それを顧みない。足跡や轍も途中で消した方がいいことには気付いてならしたような跡があったが、それも不徹底で、どこかふてぶてしい雰囲気がある。それに、雷蔵の死体にも……。

いや、これは疑惑の段階だから、まだ口には出さないでおこう——。

「ともかく、これで足跡は調べ終わったんだし、あの岩肌を見てみようぜ」

僕と三谷と雪絵は、先ほどの足跡が途切れた先——岩肌の前に戻ってみた。

岩肌を見上げると、霧が深く立ち込めていて、上空の様子は見えないが、館のある場所から大きく逸れた場所なので、例の巨人の奇岩がない位置なのは間違いなさそうだった。

「ここに仕掛けがあるっていったって……どこに？」

僕らはしばらく岩肌のあたりを調べるが、全く手掛かりらしきものは見つからない。

「なあ、一旦仕切り直そうぜ。沼川さんや五十嵐さんにも声をかけて人手を増やすとかさ——」

不意に、崖の壁に異様な痕跡を見つけた。

「待って」

三谷の言葉を制する。違和感の正体を言葉にしようとする。

壁の色だ。崖は黄土色と灰色を混ぜたような色の壁として反り立っているが、その中に一部分だけ、色が薄いところがある。手のひらと同じくらいのサイズだ。

ふと思い立って、その薄い色の部分に手を当て、グッと押し込んでみる。

すると、崖の壁がそこだけ沈み込んだ。

ゴオオ、という音がして、目の前の岩肌が横にスライドした。

僕は目の前の光景に啞然とした。

岩肌はスライドドアのように開き、中には、真っ暗な空間が広がっていた。

「なあ、田所」三谷は再度立ち上がりながら、呆れたような表情を浮かべて言った。「これって本当に現実の光景なのか？」

「僕も夢を見ている気分だよ」僕は半ば怒りを感じながら言った。「土塔雷蔵って男は、どこまで人を馬鹿にすれば気が済むんだ」

4 その43時間24分前

スマートフォンの懐中電灯機能を使って、穴の中に入っていく。

雪絵は、奥まで行くのは怖いからという理由で、強行軍には加わらなかった。黄来や沼川たちを呼んでくるという。

僕らはかなり不安を感じながら、真っ暗な穴倉の中を進んでいく。

「なあ、隠し通路のような空間を見つけたのはいいけど……これが、一体どうやって地上に繫がっているっていうんだ？　俺、嫌だぜ。あの塔の螺旋階段よりも、馬鹿みたいに長い階段とか出てきたら……」

「そうなったら、腹をくくるしかないな。階段が出てきたら、一旦館に戻って態勢を立て直そう」

「うへえ」

三谷が大げさに舌を出してみせる。

その直後、前を歩いていた三谷が突然立ち止まった。僕はその背中に思い切りぶつかった。

「いてッ。おい、三谷、急に止まるなよ」

「田所、前言撤回だ。最高だぞ、こりゃ」

「何が――」

前方に光を向けて、三谷の言葉の意味が分かった。

エレベーターだった。


「とんでもない男だな、土塔雷蔵っていうのは」

三谷は興奮のあまり鼻息を荒くして言った。

「こんな地の果ての獄のような立地に、現実離れした館を建てるだけでは飽き足らず――山一つ切り開いて、こんなエレベーターまで作っちまった、ってことだろう」

「本当に、呆れ果てる大胆さだよ」

「そうと決まれば話は早い」三谷は現金なことに、すっかり元気を取り戻していた。「さあさあ、早く鍵束を出しやがれ。あの鍵束の中に、このエレベーターの操作パネルを開ける鍵があるはずだろ？　それを使って、試運転してみようぜ。そんで上手くいったら、みんなを呼びにいって、こんなところからはサッサとオサラバだ。そうだろ？」

　三谷が手を差し出してくる。

「でも、大丈夫なのか」混ぜっ返すのも悪いとも思ったが、言っておく。「あんな地震があった後で、余震もいつ来るか分からないんだぞ。あの崖を登っていって、地上まで行くエレベーター……ってことになると、かなり長いはずだ。こういう時に、エレベーターって一番乗っちゃいけないんじゃないのか」

「ああもうっ、お前は肝心な時に心配性だなあ。まあ分からんでもないが、今はとにかく、確かめてみることだろ」

　エレベーターの扉を手動で開ける。僕はしぶしぶ頷いて、エレベーターの中に入った。

鋼鉄製の箱で、定員は六名、四百五十キロ……ごく一般的なエレベーターだ。

ボタンは、開閉ボタンを除くと、地上を示す「↑」と、館のあるここを示す「↓」のボタンが二つあるだけだった。

「↑」を示したボタンに、泥の汚れがついていた。かすれておらず、ごく最近付いたもののようだ。誰かが使用したのだろうか？

　試しにボタンを押してみるが、なんの反応もない。

「起動していないんじゃないか？」

　僕は頷き、鍵束の鍵を一つ一つ、操作パネルの下部についていた鍵穴にあてがってみる。二つ目の鍵が、ぴったり合った。

パネルを開くと、起動するためのボタンがあったので押してみる。

なんの反応もない。

「……あれ？」

三谷が首を捻った。

「と、とりあえず、色々押してみたら？」

「いやいや、それで壊れたらどうするんだよ……」

僕と三谷はしばらく、エレベーターを調べてみたが、結局は、「このエレベーターは壊れている」という結論を出した。

「昨日の大きな地震の時に電気系統がおかしくなったのかな」と三谷が言うのに、僕は頷いた。

「その可能性が高いだろうな。それなら、昨日の午後三時半には、もう使えなくなっていたことになる。だからこそ、さっきの轍と足跡は、〈行き〉と〈帰り〉の二組があったんじゃないか？　雷蔵さんは誰かに指示して、ここから脱出しようと思って自分の体を運ばせた。ところが、ここに辿り着いてみると、エレベーターは使い物にならないことが分かった。それで、すごすごと二人とも戻ってきた」

三谷が小刻みに頷いた。

「辻褄《つじつま》は合っているな。田所の想像通りだとすると、その時、雷蔵さんと一緒にいた誰かが、雷蔵さん殺しの犯人ってことになるのか？」

「そうなんだろうけど……不可解だよな。雷蔵さんの指示通りにここまで連れてきたり、甲斐甲斐しく動いていたみたいなのに、突然裏切ったってことになるんだよな。外に出られなくなって、状況が変わったのか？」

「さあ、俺に聞かれても分かんないけど」

三谷はあっさりと議論を放棄してしまう。僕もこれ以上続ける気はなかった。いかんせん、材料が足りなすぎる。

カゴも全体的にひしゃげているように見える。上にあったカゴが、地震の影響で落下し、このようになったのだろうか。そうだとすれば、ワイヤーが切れている可能性も高く、このルートからの脱出は絶望的だ。

「カゴの天井にある扉だが……あそこから出て、カゴの上に登れば、上には空間が広がっているんじゃないか？　地上の出口に繋がる縦穴が」

「そりゃあるだろうが、ワイヤーが切れていたら登っても意味がない。それに、切れていなかったとしても、余震がいつ来るか分からない状況で、しかも命綱なしで上まで登れる奴がこのメンバーの中にいるか？」

いないだろうな、と三谷が言って、はあ、と深いため息をついた。

「脱出出来るって本当か⁉」

まさに帰ろうとしていたその時、通路に飛び込んできたのは、沼川だった。後から、五十嵐、黄来、雪絵の姿も見える。

黄来は通路に入ってくるなり言った。

「〈花の塔〉に上っていたら、ちょうどヘリコプターが上空を通ったから、手を振って助けを求めておいた。テレビ局のヘリみたいだったから、あれで少しは救助が早まるといいが……」

塔の頂上まで上ると、霧の向こうに出られるのか。僕は記憶に刻み込んだ。

僕は状況を伝えた。

「なんじゃ、結局糠喜《ぬかよろこ》びかい」

沼川は悪しざまにそう言って、舌打ちした。

「ぬ、沼川さん、落ち着いてください……彼らが悪いわけじゃないんですし」

横に立った五十嵐は、すっかり沼川のなだめ役に徹していた。

「これが落ち着いていられるか！　生半可な希望を持たされた時が、一番落差でがっかりくるっちゅうか……」

「本当に、大人げないですよ、沼川さん」雪絵もたしなめた。「でも、困りましたね。あれ以降、余震も来ないけど、これだけ地震が影響しているなんて……」

「ひとまず」黄来が言った。「ここにいても埒《らち》が明きませんし、みんなで館に戻りましょう」

まさにその瞬間だった。

短い縦揺れがゴゴゴッと体を揺らした。黄来の顔から血の気が引いた。

ぐらあっ……。

「また余震だ！」

半ばパニック状態になった僕らは、とにかく隠し通路の外へ出た。崖の近くも落石の可能性があり危険なのだが、その時の僕らは、生き埋めの危険を第一に恐れたのだった。

縦揺れから程なくして、横揺れがやってくる。今回の震源も近い。かなり長く、大きな揺れに足を取られそうになりながら、なんとか通路の外に出る。

「みんな、とにかく姿勢を低く！」

外の広い空間に身を寄せ合って、そのまま一分ほどじっとしていると、ようやく揺れが収まった。

「……かなり長い揺れだったね。最初の大きな地震と同じくらいの強さだったし……」

黄来が青い顔で言った。

「ゆっくり横に揺さぶられるみたいで……まだくらくらするわ」

雪絵は、地面にへたり込んだまま、立ち上がれずにいた。黄来が差し伸べた手を取って、ゆっくりと体を起こしている。

僕もまだ気分が悪い。寝不足も祟《たた》っていた。

その場にいた全員が、顔を見合わせながら、安堵のため息を漏らした。

その直後だった。

ドォン！

大きな音が、近くから聞こえた。

爆発音のようにも聞こえるし、何かが壊れた轟音にも聞こえた。

「なんだ？」

「一体どこから……」

僕らは立ち上がって身構えたが、その音がしてからは、変わった様子はない。力んだ体をゆっくり解放した。

三谷が言った。

「せめて、今の地震の大きさくらいは知りたいですが……通信も繋がらないとなると、本当に心細い」

「全くだ」沼川が頷いた。「救助はまだ来ないのか？」

依然、厳しい状況が続いている……。

僕らは、希望を絶たれたせいもあって、足取り重く、玄関ホールまで戻って来た。

またしても悲鳴が聞こえた。

「冗談じゃないぞ。また事件が起きたのか？」

三谷がすぐさま反応する。

「離れの方から聞こえましたよ」と五十嵐が言う。

「ねえ、兄さん、今の月代の声じゃなかった？」

「大変だ！　月代の身に何かあったら……！」

黄来は即座に駆け出した。僕らもその後に続く。

離れの戸口のところで、月代が尻もちをついていた。その視線は離れの方に釘付《くぎづ》けになっている。

「月代！　大丈夫か？」

黄来がすぐさま月代の傍にしゃがみこんで、その両肩を押さえる。

月代も、「に、兄さん……」と弱々しい声で言った。青ざめた唇からは、彼女の不安のほどが伝わってきた。雪絵は、三姉妹の中で月代が最も繊細だと言っていた。

僕は離れをもう一度見た。

その瞬間、あの「ドォン」という大きな轟音の正体を知った。

大きな岩が、離れの屋根に激突していた。

「落石だ……」

三谷が呟く。彼の顔は青くなっていた。

ここは地の底にある。崖から何か降ってきたとしてもおかしくはない。しかし、いざその危険を目の当たりにすると、自然と体が震えてくる。

「そんな……」

離れの屋根が破壊され、壁も一部ひしゃげている。離れの扉は、その歪みによって壊れ、こちら側に向けて開いたまま馬鹿になっていた。この時の破壊音が、爆発音のように聞こえたのだろう。

だから、離れの中の様子を見て取ることが出来た。

部屋の真ん中に、女性が横ざまに倒れていた。

落石事故に巻き込まれて圧死した——初めは僕もそう思った。だが、そうではない。屋根に突き刺さった大岩は、床にまでは届いておらず、微妙なバランスで浮いたようになっていたし、死体の倒れている位置と、岩の落ちてきた位置は大幅に違っていたからだ。それに、死体には、事故ではあり得ない痕跡が明らかに残っていた。

女性の胸に、何かが突き刺さっている。

ナイフの柄が見えた。

心臓のあたりを、正面から一突きにされているようだ。

ナイフの柄の部分には、何か文字か模様のようなものが刻まれているようだが、遠目には分からない。

彼女はファイティングポーズを取るような格好で硬直してしまっている。その光景が奇妙だった。その姿勢は、まるで自分に刺さったナイフを包むようになっていて、余計に柄の特徴が見えづらいのだ。

土塔花音だった。

5　その42時間45分前

土塔月代と雪絵はそのまま現場に留まり、黄来は飛鳥井の様子を見にいくことになった。花音が死体となって発見され、大きめの余震もあった今、彼女のことが心配だから、と。

沼川と五十嵐は、一日に立て続けに二つも死体を見て、さすがに嫌気がさしたのか、具合の悪そうな顔で離れを後にした。ホールに戻って、二人で軽く休むことにするという。

「花音、一体どうして……」

五十嵐は目元を激しく擦《こす》り、哀《かな》しみを露《あらわ》にしていた。雷蔵の死体を目にするなり、金勘定をしていた沼川に比べれば、よほど人間味が感じられる。

沼川もこれには少しばかり動揺したと見えて、五十嵐をなだめながら、館の方へ戻っていった。

離れに残ったのは、僕、三谷、月代、雪絵の四人だ。

僕と三谷は離れに入り、またも、死体の写真を撮影することから始めた。

「でも、離れの中に入るのは……」

三谷がためらうように言うと、雪絵が頷いた。

「ええ、やめた方がいいでしょうね……あの大岩がぶつかって、離れの建物も、なんとか全壊せずに踏みとどまっているようだけど、いつ倒壊するかも分からない。中に入るのは危険すぎる」

「しかし、なんとか凶器の特徴だけでも割り出しておきたい。幸い、屈んで行けばなんとかあそこまで辿り着け――」

「やめとけ、推理馬鹿」

三谷が僕の首根っこをつかまえた。

「ここから分かる範囲で、調べておくだけにしようぜ。とにかく、今は」

三谷の言葉に、彼女は頷いた。

僕はその場にしゃがみこんで、花音の様子を観察する。

土塔花音は、昨日の服装のままだった。着替えはしなかったのか？　もしかしたら殺害自体は、昨日のうちに行われていたのかもしれない。建物が倒壊し、発見されたのが今のタイミングだっただけで、殺害後、どこかに死体を隠しておいた可能性がある。

花音が倒れているあたりの床には、少し血痕《けっこん》が残っているが、血の量は少ないようだ。どこかで殺され、運ばれてきた可能性がある。

花音の死体の下に、何か鈍く光るものがあった。スマートフォンのカメラでズーム機能を使って、それを拡大する。どうやら、飴の破片のようだ。ロリポップが砕けたのか？破片は一部、死体の下にも落ちているようだ。犯人と揉《も》み合《あ》った時、どちらかが飴を踏んで砕き、その上から花音が倒れ込んだ、ということか。しかし、あの飴は相当硬いはずだ。軽く踏んだくらいでは、そうやすやすと砕けないだろう。

「なあ田所、死体のあのポーズ、なんだと思う？」

「犯人と格闘した際のポーズで、そのまま死体が硬直した可能性があるな。強直《きょうちょく》といって、被害者が極度の緊張状態にあると、ああいうことが起こるんだ。弁慶の立ち往生なんかは、この強直による現象じゃないかって言われている。まあ……僕らは法医学の専門家でもないし、これだけ遠くから見ていたらろくに分からないけどな」

問題は、この離れに、花音の死体がある、という事実の方だった。花音の死体は離れの中央に横たわっていた。彼女の死体は、先ほど僕、三谷、雪絵の三人が離れに入った時には、存在しなかったのだ。

あれは十二時半頃だった。今は、十三時十五分といったところだ。そして、十三時頃の余震で、この館にいるほとんど全員（飛鳥井と月代を除く）が、館の外で顔を合わせている。一体、犯人はいつ花音を殺したのだろうか？　あるいは、花音を別の場所で殺し、ここに運び入れたのかもしれないが、それでも時間的な余裕はほとんどないのではないか。

僕は月代に声をかける。彼女は、雪絵に寄りそってもらって、少し血色がよくなってきたようだった。

「月代さん、お辛いとは思いますが、妹さんを発見した時の様子を聞いてもよろしいですか？」

「そんなの、警察に話すから」月代はぴしゃりと言った。「どうしてあなたたちに話さないといけないの。私、もう部屋に戻る。こんなところにいたくない」

髪を振り乱しながら言う月代は、まるで子供のようだった。無理もない。一日のうちに、二人も肉親の死に立ち会っているのだ。

「月代」

雪絵が言うと、月代はハッとした表情を浮かべて、雪絵を見つめた。雪絵としばらく視線を合わせてから、月代は気まずそうに目を逸らした。

「分かったよ……ちゃんと話すから」

月代は拗ねた子供のような口調で言った。

「さっき……大きめの揺れがあって、すぐ後くらいかな。探している道具が、離れにないかなと思って、ここに来たの。それで、ここに来てみたら、離れはこんなことになってて、中に、花音が……」

月代は口を押さえ、顔を背けた。

「揺れがあった時には、どちらにいらっしゃいましたか」

「その時は、まだ〈月の塔〉の部屋にいたよ。あそこ高いから、よく揺れて、すごく気分が悪くなった」

「そうすると、離れに辿り着いたのはどのくらいの時間になりますか」

「えっと……塔の階段をゆっくり降りて、ホールを横切って、ここまで、だから……多めに見積もって、五分くらいかな」

それなら、月代がこの離れに辿り着いたのは、十三時五分頃ということになる。

「この離れに来る時、誰かとすれ違いませんでしたか」

「ううん。館の中は、誰もいないみたいに静かだったよ。光流お義姉さんは、部屋にいたのかもしれないけど……」

犯人は、僕らが離れを確認した十二時半から、月代が離れに入った十三時五分までの間に、花音を殺害し、離れに遺棄したことになる。

わずか三十五分間。しかし、この時間のアリバイを検証すれば、容疑者を炙《あぶ》り出《だ》せるはずだ。

僕はもう一度花音の亡骸《なきがら》を見た。彼女の身体に突き立っているナイフを観察する。やはり、柄に何が書いてあるかは分からない。紋様ではなく、金色の文字で何か彫り込んであるようだ。カメラのズーム機能で見ても、光ってしまって、詳しくは分からない。

「ところで、あのナイフですが、見覚えはありませんか」

「分からない。私も今、あの木を削るために彫刻刀やチェーンソーは揃えてるけど、ナイフは持っていないし」

「エンピツを削るためのクラフトナイフなら、私は持っているわ」雪絵が挑戦的な口調で言った。「なんなら、あとで持ってきましょうか?」

「いえ、大丈夫です」

少なくとも、家族の持ち物というわけではなさそうだ。犯人が用意したものだろうか。

その後、僕と三谷は手分けして、十二時半から十三時五分までの各自のアリバイを確かめてみた。かなり抵抗に遭ったりもしたが、なだめすかしながら、なんとか聞き出した結果がこうだ【図①参照】。

三谷が言った。

「結論から言えば——全員にアリバイが成立したってことになるんだよな」

午後四時。僕らは自分たちの部屋に戻り、再び作戦会議に勤《いそ》しんでいるところだった。

「そうなんだ」首肯する。「僕と三谷はずっと一緒にいたからアリバイ成立。

雪絵さんは、ほとんどの時間僕たちと一緒にいて、十二時三十五分から四十分の間だけ、巻尺を取りに離脱したんだけど、一階の廊下で黄来さんと合流して、巻尺を取りにいくのに付き合ってもらい、また一階で四十分頃に別れた。その直後に僕らと合流しているから、殺す時間はない。

月代さんは〈月の塔〉に一人でいたけれど、僕たちも昨日見たあのビデオカメラにずっと姿が映っていた。十三時になると、離れに向かって、その直後に余震に遭い、死体を発見した。厳密に言うと、二、三分ほどの猶予があるんだけど、余震の前に殺害して、あの状況から逃れたというのはちょっと無理があるね。

黄来さんのアリバイが少し複雑だ。十二時半から十二時三十五分まで、二階の部屋で飛鳥井さんと一緒。三十五分から四十分まで、巻尺を取りにきた雪絵さんと一緒。四十分か

図1　1月1日　12:30〜13:15のアリバイについて

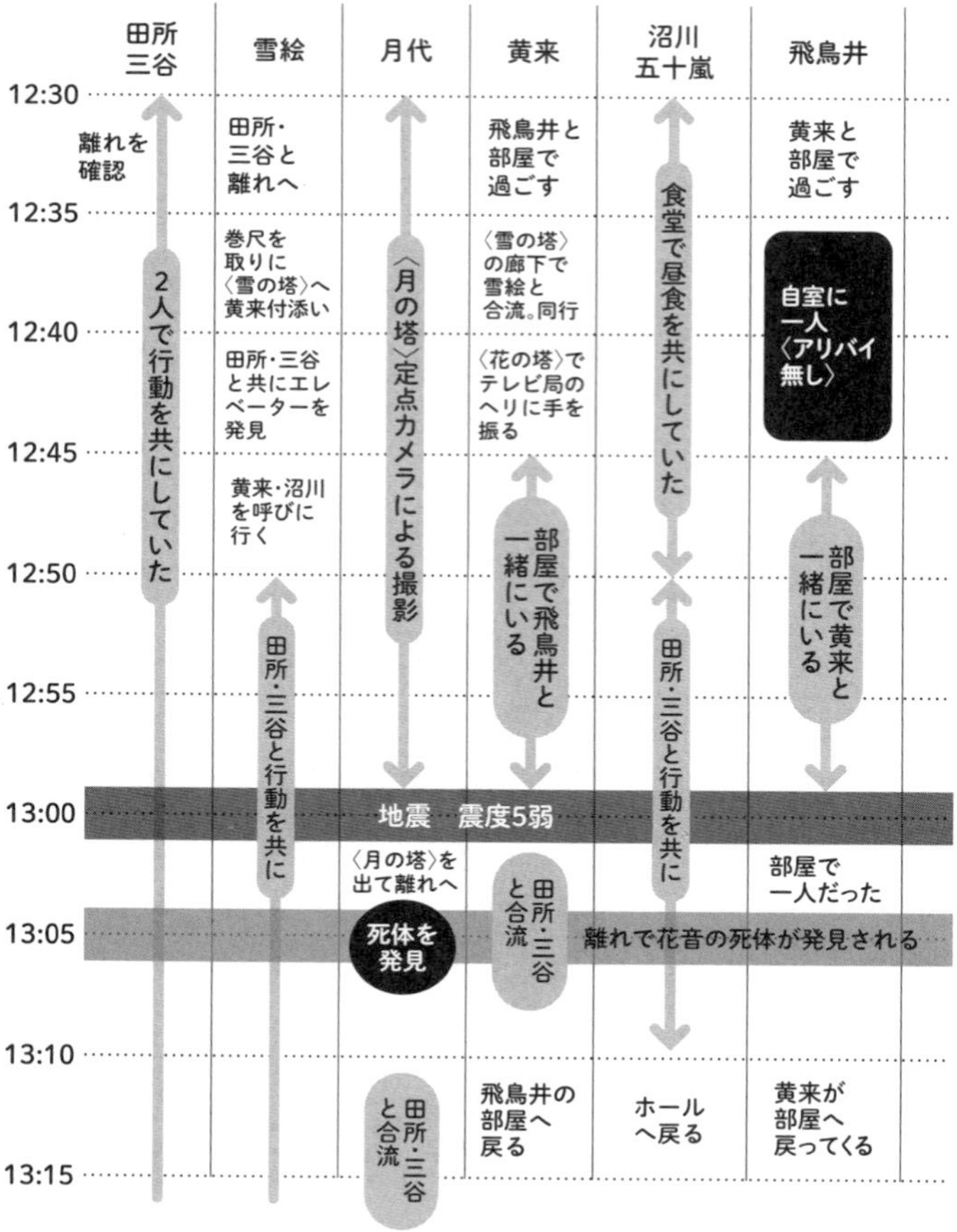
田所 三谷
雪絵
月代
黄来
沼川 五十嵐
飛鳥井
12:30
12:35
12:40
12:45
12:50
12:55
13:00
13:05
13:10
13:15
離れを確認
2人で行動を共にしていた
田所・三谷と離れへ
巻尺を取りに〈雪の塔〉へ黄来付添い
田所・三谷と共にエレベーターを発見
黄来・沼川を呼びに行く
田所・三谷と行動を共に
〈月の塔〉定点カメラによる撮影
〈月の塔〉を出て離れへ
死体を発見
田所・三谷と合流
飛鳥井と部屋で過ごす
〈雪の塔〉の廊下で雪絵と合流。同行
〈花の塔〉でテレビ局のヘリに手を振る
部屋で飛鳥井と一緒にいる
田所・三谷と合流
飛鳥井の部屋へ戻る
食堂で昼食を共にしていた
田所・三谷と行動を共に
ホールへ戻る
黄来と部屋で過ごす
自宅に一人〈アリバイ無し〉
部屋で黄来と一緒にいる
部屋で一人だった
黄来が部屋へ戻ってくる
地震　震度5弱
離れで花音の死体が発見される

ら四十五分まで、〈花の塔〉のてっぺんで、テレビ局のヘリに向けて手を振っていたというが、これは映像を見ないと確認出来ず、妨害電波発生装置が生きている今のうちは確定は出来ない。四十五分からその後十三時前までは、また飛鳥井さんと一緒にいたということだ。

沼川さん・五十嵐さんのペアは単純だ。二人でずっと、食堂でゆっくり昼食をとっていた。十二時五十分以降は、僕らに合流して、故障したエレベーターの様子を見にきていた。

飛鳥井さんは黄来さんと一緒にいた時間はアリバイが問題なく成立。十二時三十五分から四十五分は、黄来さんが部屋にいなかったからアリバイはないけど……それでも、わずか十分しかない。黄来さんに聞いたところでは、息が上がったり、不自然な様子はなかったそうだ」

「飛鳥井さんの容疑が拭いきれないけど、一応、犯行は難しいと認定するってことだな」

「しかし、誰かがアリバイトリックを使っているんだとしても、随分慌《あわ》ただしいよな」

「月代さんが偶然、あのタイミングで離れに行くことがなかったら、犯人ももう少し余裕を持てたんだろうけど……間が悪かったとしか言いようがないな」

もちろん、月代が嘘をついていなければ、の話だが。彼女が犯人であれば、もちろんアリバイの矛盾は解消する。

それにしても、雪絵、月代、黄来のアリバイが成立したのが、僕には頭が痛かった。雷蔵と花音を手にかけたのは身内ではないかという直感があったからだ。沼川や五十嵐には表面上、ビジネスパートナーを殺す動機はないし……。月代のビデオのアリバイは、編集などすれば偽装出来るかもしれないが……。

この場に葛城がいないことを残念に思った。葛城がいれば、誰が嘘をついているのか、たちどころに炙り出して、犯人を見つけ出せたのではないか。

しかし、僕はやれることをやるしかない。

こんな非常時に事件を調べる意味があるのか——高校生の頃に巻き込まれた二つの事件では、絶えず気になっていた問いに、今では明確に答えが出せる。葛城がいずれ正しい答えを出すために、これは必要なのだ、と。僕がこの段階で何かを見逃すようなことがあれば、葛城が謎を解けなくなる。それでは、被害者も浮かばれないし、誰も救われない。

そういう意味では、葛城と離れたおかげで、僕も帯を締め直して気合が入った、といったところかもしれない。

「それにしても」と三谷は言った。「花音さんが死体で見つかったのは驚いたが……それ以前に、彼女はどこに隠れていたんだろうな。朝起きた時から、俺たちは手分けして花音さんを捜していた。黄来さんは、特に熱心に捜していたと思う。自分の部屋にもアトリエにもいないで、どこにいたんだか。その場合、あの離れで、花音さんと犯人はなんらかの理由で密会した……ってことでいいのかな」

「自発的に隠れていたんじゃなくて、別の可能性もある。彼女は気絶させられて、どこかに隠されていたのかもしれない」

「犯人は彼女をその隠し場所から出して、離れで殺害した、ってわけか」

「そういうこと。今の段階では、どちらとも絞り込めない」

花音が隠れられるような、あるいは隠せるような場所……そんな場所があるとすれば、この館の隠された秘密は、他にもある、ということになるのだろうか？

6　その37時間58分前

さすがに夕食の空気は重苦しかった。

会話も弾まない状況である。一気に二人も死人が出たのだから、無理もない。

おせち料理は既に残り一段、というところまで消費された。死体を二つも見た後では、もはや正月ムードも何もないが、保存食として機械的に口に運んでいる、という感じだ。全員、体力の消耗が激しく、塩分を多く含んだ食品を求めるようになっていた。

「なあ、こんなことしてても埒が明かないんじゃねえのか」

黒豆を淡々と口に運んでいた沼川が突然立ち上がり、叫んだ。

「この中の誰かが、土塔雷蔵を殺し、土塔花音を殺したんだろ。この国の芸術に大いなる損失を与えた殺人鬼が、この中にいるんだ」

「沼川さん、まだそうと決まったわけじゃ」

五十嵐が言った。その目元は、未だに赤く腫《は》れ上《あ》がっている。

「お前だって花音を殺されて、悲しんでただろ！　このままやられっぱなしでいいのかよ。いいわけないだろ」

沼川ががなり立てると、五十嵐もグッと顎を引いて、少し俯いた。

「こんな空気の中悪いけどよ、この場を借りて告発をさせてもらうぜ」

「告発ですって？」

黄来が怪訝そうに眉を動かした。

「そうさ。俺と五十嵐は、十二時半から五十分までの間、この食堂にいた。食堂は中庭に面しているから、窓を通じて、中庭の様子……ひいては、玄関ホールの窓を通して、ホールの様子も少しは見えるんだ」

「何が言いたいの、沼川さん」

雪絵がじれったそうな様子で尋ねる。その表情は険しかった。

「つまりよ……俺たちは見たってことさ。あの時間帯、玄関ホールに降りてきた奴の姿を。その時間帯は別の場所にいたと、嘘をついている奴をな」

沼川は人差し指を突き付けた。

「あんただよ、飛鳥井光流！」

僕は思わず目を見開いた。

——飛鳥井……飛鳥井さんが？

予想もしない名前が飛び出してきたことで、僕はすっかり、混乱していた。

飛鳥井は静かな目で、沼川を見つめていた。その顔に動揺しているような様子はなかった。ただ冷静に、目の前の男を観察しているという様子だった。

「おい坊主」沼川が僕に矛先を向けた。「お前さっき、その時間帯のアリバイを聞いて回っていたよな。彼女はどう証言していたんだっけか？」

「……十二時半から十三時五分までの間、ずっと、二階の自分の部屋にいたと言っていました」

沼川は肩を震わせて笑った。

「ほら見ろ、真っ赤な嘘をついていやがる。後ろめたい行動をしていたんだから当然さ。あんたはあの時、二階から降りて玄関ホールを横切り、離れの方に向かったんじゃないのか？」

「向かっていないわ。ただ、気紛《きまぐ》れに館の中を歩いていただけよ」

「嘘つけ。お前は館の外に出ていって、十分ほどして戻ってきた。花音を殺すだけの時間は充分にあったってわけだ」

飛鳥井は何も言わなかった。

沼川は彼女を険しい表情で見つめ、なんの反応も返ってこないのを見て取ると、チッと大きく舌打ちした。

「なあ黄来さん、あんたも知っていたんだろう？」

黄来は黙り込んでいた。

「飛鳥井さんと二階の部屋にいた……あんたはそう嘘をついたわけだ。あんたは四十五分までヘリに手を振っていたというが、その後部屋に戻ったら、彼女の姿はなかったんだろ？　それで、彼女が怪しまれては困ると、口裏を合わせて、自分が雪絵やヘリに見られていなかった時間帯は全て『飛鳥井と一緒にいた』と嘘をついて庇ったんだ」

「ち、違う。そんなことはない……」

しかし、黄来の目は泳いでいた。説得力はない。

「玄関ホールに向かったのは本当よ」

黄来の目が大きく見開かれた。裏切られた、というショックが、その顔にはありありと浮かんでいた。

単純な偽証。飛鳥井のアリバイはもろくも崩れ去ってしまったわけだが、本当にそれが真相なのだろうか？　僕はひとまず、一つの事実を胸に刻み付けた。飛鳥井のアリバイが崩れたということは、同時に、十二時四十五分から十三時までの黄来のアリバイも崩れたことを意味する……。

「でも、私は殺していないわ」

「そんな風に言われても、納得出来るかよ」

沼川は黄来を見た。

「この館の南西の塔……あそこは、今は倉庫として使われているんだっけか？」

「あ、ああ。ゆくゆくは、光流さんのために空けようと話していたんだが……」

「ちょうどいい」沼川は深々と頷いた。「今すぐ開放してやれよ、あんたのフィアンセのために」

「沼川さん……どういうことですか？」

「決まってんだろ。こいつをその中に閉じ込めておくんだよ」

ええっ、というざわめきが食堂に走った。

「だってそうだろう」沼川はがなりたてた。「人殺しかもしれない女と、これ以上一緒にいられるか。扉の前に重いものでも置いておけば、この女だってそうそう出てこられないだろう」

「趣味、悪い……」

月代がボソッと呟いた。

「月代、あんたはそう言うが、あんただって花音さんのように殺されたくはないだろう」

「それは……」

彼女はサッと口元を押さえて、嗚咽《おえつ》を漏らした。

「沼川さん……何も、そんな言い方しなくたって」

雪絵は月代の背中をさすりながら、沼川を睨んだ。

「だが、この女は限りなく疑わしい……」

「結構よ」

食堂の喧騒を沈めたのは、その渦中となった女の声だった。

飛鳥井はスッと立ち上がり、毅然《きぜん》とした口調で言った。

「それであなた方の気が済むのなら、喜んで応じるわ。最低限、毛布と食料、簡易トイレくらいは持ち込ませてもらってもいいかしら」

飛鳥井が淡々と言ったので、その場にいた全員が呆気に取られていた。

「お、おう……あんたが、それでいいなら」

沼川も毒気を抜かれた様子で言った。

「光流さん！」黄来が彼女の手を握った。「こんな奴の言うことなんて、聞くことないよ。だって君は殺していないんだろう？」

沼川からするとだいぶ失礼であろうこの発言も、沼川はあっさり聞き流している。

「そうは言っても、口で言っても納得してもらえないなら、仕方がないじゃない。黄来さん、必要なものの用意、手伝ってくれない？」

飛鳥井はそう言って、黄来を連れて食堂の外へ出ていく。

僕は慌てて追いかけた。

廊下に繋がる扉を閉め、沼川に声が届かないのを確認すると、飛鳥井たちに駆け寄った。

「飛鳥井さん！」

彼女はじっと僕の顔を見た。

「本当のことを話してください。殺していないのは信じるにしても、玄関ホールに降りてきたのはなぜですか？」

「あなたも探偵見習いだったはずよね。言葉だけであっさり人を信じるなんて、甘いんじゃないかしら」

飛鳥井はひねくれた口調で言った。

「光流さん、一体どうしてしまったんだ」

「別に、なんでもないわ。私は元からこういう性格なだけ。あなたには綺麗なところしか見せていなかったかしらね」

「そんな……そんな言い方、しなくても」

黄来は明らかに戸惑っていたが、飛鳥井もまた、イライラしているのを隠しきれていない。言いすぎたと思っているのか、気まずそうに顔を歪めていた。

「そう、性格です」僕は言った。「あなたの生まれつきの性格は変わらない——あなたはその時、中庭で雷蔵さんの事件の調査をするために下りてきたんじゃないですか？」

ピクッと飛鳥井の頰が引《ひ》き攣《つ》った。

僕は自分の感覚が研ぎ澄まされるのを感じた。大学に入ったばかりの頃、葛城に一度手ほどきを乞うたことがある。どのようにして、人の嘘を——ストレス反応を見抜くのか、という手ほどきを。

さっきまで、僕には確証がなかった。今の発言も、たんにカマをかけただけだ。

だが、彼女の反応には手応えがあった。

「そうなのかい、光流さん？」

「冗談じゃない」彼女はハアッと拒絶するようなため息をついた。「あなたやあなたの友達のように、探偵の真似事をするのはもう、卒業したの」

「いや、あなたは中庭に足跡がないことに、誰よりも早く気が付きました。人の思考のバイアスは、そうそう簡単に変わるものじゃない。あなたはやはり誰よりも、謎に強く興味を示してしまうんです」

「違う」

「あなたは中庭を調べるために、二階から一階へ下りてきた。食堂から窓を通じて玄関ホールの様子が見えるということは、あなたにも、食堂の様子が見えたということです。あなたは沼川さんと五十嵐さんの視線にすぐ気付いた。だから、人目を引くのを嫌がって、中庭から離れ、玄関ホールの扉の方に向かった。そして外に出て、あなたは見つけてしまった」

飛鳥井の喉がゆっくり上下した。

「何を？」

「轍と足跡ですよ、もちろん。轍は明らかに、雷蔵さんの車椅子がつけたものだ。事件に無関係なはずがない。あなたはその足跡を調べ……同じような行動をしている僕らを見つけて、すぐに戻った」

「随分、想像力が豊かね。別に雷蔵さんだって、車椅子で散歩に出たくなることくらいあるでしょう。そんな轍が残っていたとしても、私は気にも留めないわ」

またしても、頬が引き攣っている。

「もちろん、そうですね。僕らのように、事件との関連性をすぐに見て取ったわけではないかもしれない。あなたはその時点で、雷蔵さんの部屋から車椅子が消えていたことは、知らなかったはずですから」

「やっぱり、消えていたの？」

飛鳥井が口を押さえた。

「語るに落ちましたね、飛鳥井さん」

飛鳥井は恨みがましそうな目を僕に向けた。

「あなた、この三年の間に何があったの？」飛鳥井は深いため息をついた。「そっくりよ――あなたの大切なご友人に。勝手に踏み込んで、勝手に踏み荒らす」

「これだって、ただの『真似事』に過ぎませんけど……」

僕は密かな高揚を感じながら、謙遜してみせた。

「えっと……じゃあ、光流さん、今田所君が話したことは、その通りってことかい？」

飛鳥井は、しぶしぶといった様子で頷いた。

「ええ、悔《くや》しいけれど、間違いない。恥ずかしいばかりよ、全く……」

「だったら、その通りに話そうよ！」黄来が飛鳥井の肩に手を置いた。「沼川さんたちだって、こういう事態で気が立っているだけで、ゆっくり話せば分かってくれるはずさ！」

「無駄よ。あそこまで話がこじれたら、あの人は聞く耳なんて持たないでしょう。私一人隔離されているだけで話が済むなら、その方が早い」

飛鳥井の表情が曇った。

「犯人の狙いが、雷蔵さんと花音さんの二人だけで終われば……だけれど」

「あ……」

黄来の顔が青ざめる。

「そんな」黄来が首を振った。「どうして君は、いつもそうやって、自分のことを犠牲にするんだ。それじゃあ、いつまで経っても君が救われない」

飛鳥井が苦笑する。

「それ、あなたが言う？」

黄来はグッと喉を鳴らして、顔を逸らした。

「まあ、今はそれを考えても詮《せん》がないわね。ともかく、今は籠城《ろうじょう》の準備を――」

僕は再び割り込んだ。

「犯人の凶行はまだ続くかもしれない。だからこそ、飛鳥井さんの力が必要なんです」

飛鳥井は般若《はんにゃ》のような形相を浮かべた。

「いい？　轍なんて調べたのは、ただの気紛れ。私は二度と探偵なんてするつもりはない」

「ですが……」

「全く……少し興味を持ったばっかりに、まるで犯人扱いで暴《あば》き立《た》てられるなんて」

「犯人扱いなんて、していませんよ」

チッ、と飛鳥井が露骨に舌打ちする。彼女がここまで感情を表に出すのは珍しい。

「それと同じくらい不快だということよ。あなたと、あなたのご友人がやる、その手品はね。まるで裸に剝《む》かれているような気分になる」

黄来がサッと顔を赤らめた。

「光流さん、その比喩《ひゆ》はどうかなあ……」

「今更恥ずかしがる仲でもないでしょうに。まあいい」飛鳥井が肩をすくめた。「残念だったわね、田所君。わざわざ呼び止めて説得してくれたようだけど、私の気持ちは変わらない。私は探偵をするつもりはないし、塔に籠もるという決意を変える気もない。あなたたちお得意の手品も、結局は無駄ってこと」

飛鳥井は、フン、と鼻を鳴らした。

「また人が殺されてもいいっていうんですか？」

僕は聞いた。〈仮面の執事〉のことが頭をよぎる。僕の考えが正しいなら、今回の敵は、密室状態の塔からも忽然と消え、三十五分間という短いスパンの中でアリバイトリックを弄するような、得体の知れない敵だ。その正体は杳《よう》として知れない。飛鳥井を表立って糾弾した沼川も怪しいが、庇おうともしなかった雪絵も性格に合わないように思える。

いずれにせよ、エレベーターも使えないことが分かった今、〈仮面の執事〉はこのクローズド・サークルの中に必ずいるはずなのだが……。

葛城のために情報を集める——そう言ってきたが、悠長なことは言っていられない。もう二人も殺されているのだ。

僕や三谷、そして飛鳥井が、いつ〈仮面の執事〉の凶刃に倒れないとも限らない。この犯人を止めなければ、果ては皆殺しかもしれない——。

「……たとえ犠牲者が増えたとしても、私のせいではないわ」

飛鳥井はぷいと顔を背けた。

手紙で助けを求めたにもかかわらず、いざ呼んでみたら、素直に僕らの手を取ることはない。協力してくれることもない。

誰よりも謎に興味があるにもかかわらず、手を出すことは厭《いと》い、そんな自分を心のどこかで恥じてもいる。

そんなアンビバレントな思いが、飛鳥井に、こんな言葉を言わせているのだろうと思った。僕はひたすら悲しかった。彼女が一人、塔でラプンツェルを演じる必要なんてないはずなのに、止められない自分が悔しかった。

「いい加減にしてくださいよ、飛鳥井さん」

葛城なら——と考えかけて、かぶりを振る。

今ここに、葛城はいない。

だったら、せいぜい自分に言えることを言うしかない。

僕はさっきまで言おうとしていた言葉を引っ込めて、飛鳥井に向き直った。

「……あなたは探偵行為をしようとしてホールに出ていた。そのことを暴いた意味なら、ありましたよ」

「え？」

「飛鳥井さんが本当のことを教えてくれました。僕は飛鳥井さんの無実を信じて、これから調査に身を入れることが出来ます」

飛鳥井は唖然としていた。

「あなたって、とんだお人好《ひとよ》しね」

僕は肩をすくめた。

僕の手を、黄来の大きな両手が包み込む。

「頼む——田所君、力を貸してくれ。僕も絶対に、光流さんの無実を証明したいんだ」

黄来の両目に引き込まれるようにして、僕は頷いた。

飛鳥井は、はあ、と深いため息をついて、踵を返した。

「勝手にして頂戴」

「ええ、勝手にします」

僕はその背中に、精一杯の虚勢を投げた。

7　その36時間37分前

「田所ってさ」三谷が言った。「面倒くさい女性が好きなの？」

「お前さ」僕は顔をしかめた。「僕の感動的な話を聞いて、言うことはそれだけなのか？」

「感動？　するか馬鹿。キザったらしく、おまけに未練がましく、初恋の人を口説いてんじゃねーよ。相手は婚約しているんだぞ」

「初恋だって？　何を馬鹿な」

「初恋だろうが馬鹿。お前は初恋の人が名探偵だったから、それを目指してこんなありさまになっちまったんだよ。飛鳥井さんが音楽家だったら音楽の道を志して、芸術家だったら芸術の勉強をしていただろうよ。お前はそーいう奴だよ」

　僕は一瞬、グッと息を詰まらせた。

「……関係ない。ただ、飛鳥井さんが疑われている今の状況は間違っているから、正したいって言ってるだけだろ」

　それがクサいっての、などの押し問答をしばらく使用人室で繰り返して、ひとしきり飽きたところで、三谷が言った。

「で、そのために何をやる」

「そうだなぁ」

僕は腕組みした。時刻は十九時二十三分。

あれから、五十嵐や言い出しっぺの沼川にも手伝ってもらい、飛鳥井の籠もる南西の塔、その最上階の扉の前に、図書室にあった置物を運び込んだ。あの長い螺旋階段を持ち上げていかなければならなかったので、せいぜい二十キロ程度の置物だが、塔は扉自体も分厚いため、内側からどかすにはちょっと分が悪い。

沼川自身、バツが悪いという気持ちがあるのか、これ以上強硬なバリケードを敷くとは言い出さなかった。

今頃、飛鳥井も不安な夜を過ごしているはずだ。気丈に振る舞ってはいても、かなり堪えているに違いない。一刻も早く、身の証《あか》しを立ててあげたい……。

「とりあえず、一つ気になることがあってさ」

「お、なんだ」

「雷蔵さんの部屋にあった金庫……あの中に入っていた、謎の仏像だよ」

「ああ、あれのことか……確か、黄来さん曰く、雷蔵さんが作ったにしては、造りが粗く見えるんだったたな」

「そう。雷蔵さんが作ったんじゃないとしたら、あれがなぜあそこにあったのか……気になって仕方がない」

「でも、あれを調べるって言っても、どうやって。俺ら、仏像の知識なんてないんだぜ」

「そうだな……せめて、彫刻のことが分かりそうな人に見せてみようか」

それだ、と言って僕は指を鳴らした。

僕らはホールの応接スペースで休んでいた、月代と雪絵に声をかけ、例の金庫から持ってきた仏像を見せた。

「君たち、調査のためとはいえ……」雪絵は顔をしかめていた。「金庫の中身は、兄さんのいるところで開けてくれたみたいだけど、そうじゃなかったら、盗みを疑われても仕方がないんじゃないかしら？」

雪絵は僕たちの調査を、厳しい母親のような目で見てくれる。内心納得はいっていなさそうだが、不問に付してくれた。

月代は、しばらくその仏像を見つめてから、ゆっくりと頷いて見せた。

「分かった……調べてみるよ。この像、少し借りるね」

僕らは礼を言って、二人と別れた。

そのすぐ後だった。僕と三谷は、左翼側の廊下から、自分たちの部屋に戻ろうとしていた。

キャッという悲鳴が、玄関ホールから聞こえた。

月代のものだ。僕らは急いで取って返した。

月代がさっき座っていた椅子の傍にへたり込んでいた。何やら左手首を右手で押さえている。

月代は僕たちの姿を認めると、

「あの像を奪われたの！」

と叫んだ。

その時、目の前で、右翼側の廊下に続く扉が、ゆっくりと閉まっていった。

その後ろ姿を見た瞬間——。

「〈仮面の執事〉だ！」

僕はそう叫び、その時にはもう走り出していた。

右翼側の廊下に抜けると、〈花の塔〉の階段室の扉が、これまた閉まるところだった。

あいつが着ている執事服の裾《すそ》が、チラッと扉の隙間《すきま》から覗いた。

「待て！」

僕は叫びながら、〈花の塔〉へと追いかける。

「何があったの？」

背後から、雪絵の声がした。雪絵は右翼側の廊下、雷蔵のアトリエの前あたりに立っていた。

僕は説明の労も惜しんで、〈仮面の執事〉を追いかける。

——この先は行き止まりだ。どんなに焦っていたか知らないが、袋の鼠《ねずみ》のはずだ。

——だが、この状況は、以前あいつを見かけた時とあまりにも似ている。あいつはあの時、密室状況のはずの塔から忽然と姿を消していた。一体、あれは……。

僕はそう思考を巡らせながら、反時計回りの螺旋階段を駆け上がった。

かなり速く足を動かしているのに、妙に長く感じる。疲れているせいだろうか。僕は気力を振り絞って長い螺旋階段を上がり、最上階に辿り着いた。

部屋の扉には鍵がかかっていた。僕は少し後ずさって、扉に思い切り体当たりをする。

三谷が到着する。

「田所！　奴は？」

「この中だ！　三谷も開けるのを手伝ってくれ！」

三谷がやけに遅かったのも気になったが、僕は構わず、目の前のことに集中する。

せーの、と声を合わせて扉に体当たりすると、ようやく扉が開いた。

僕ら二人は勢い余って、部屋の中に倒れ込む。

〈花の塔〉に入るのは初めてだったが、三姉妹の中では、最も部屋が華やかだった。調度品も凝っていたし、アトリエの中で休めるように、という意味もあってか、革張りのソファも置かれていた。

何よりも目を引いたのは、窓が開け放たれていたことだ。

しかし、窓から外へ降りたとしても、地面は約十五メートル下である。ビル五階分の高さだ。もし飛び降りたら、ひとたまりもない。あそこから逃げた可能性は低いだろう。

謎の人物が隠れられそうな場所はある――僕と三谷は頷き合うと、役割分担を素早く決めた。三谷が部屋の外に立ち、僕が部屋の中を調べることにした。

しかし、ソファの下や、タンスの中……そういった場所を調べてもなお、あの怪しい人物の姿はどこにもなかった。

僕は混乱した。

あの〈仮面の執事〉は、窓から空へ逃げたとしか思えない状況だった。

一度ならず、二度までも。

塔のてっぺんで、地震が来たのを感じる。

ぐらあっ……。

震度2か3の小さな揺れだが、高いところにいると、増幅されて大きな揺れに感じる。

寝不足で痛む頭に大きな打撃だった。

未だ、敵の正体は摑めない……。


僕と三谷は〈花の塔〉を下りた。

階段室を出ると、雪絵と月代に出迎えられた。

「あ、帰ってきた」雪絵が言った。「さっき、月代からも大体の事情は聞いたわ。それで、逃げた奴は捕まえられたの？」

「いえ……」

僕は首を振った。

「俺と田所で、部屋の中をくまなく捜したんですけど、どこにも姿はありませんでした」

「え？　それって……」

雪絵は目を丸くした。その先の言葉を続けるのはためらったのだろう。

「一種の密室状況、ということになります」

僕はあえて先を続けた。

「そ、そんな……」

月代も驚いた様子で、手を口に当てていた。長い前髪の向こうの目が、心配そうに瞬いている。

「月代さんは、その人物を間近に見ているんですよね。どんな人物でしたか？」

「ええっと……執事服の上から、マントのようなものを羽織っていたから、ほとんど分からなかったけど、私よりも背が高かったかな……？」

「顔は？」

「……白い、仮面を被っていた、かな……」

「やっぱり、〈仮面の執事〉だ……」

月代と雪絵が怪訝そうにしているので、僕はこれまでに二度、〈仮面の執事〉を見かけた時の状況を話す。雪絵は嘆息しながら、

「本当に、神出鬼没っていう感じじね……」

と首《と》を横に振った。

「盗られた時の状況は？」

月代は自分なりのペースで、ゆっくり話してくれた。

「……中庭へ続く扉が急に開いて、誰だろうと思ってそっちを向いた瞬間には、もう突き飛ばされていたの。その時、机に打ち付けて、左手首をぶつけて……」

月代は自分の左手首をさすった。

「大丈夫ですか？」

「うっ、うん……痣《あざ》にもなっていないし、少し冷やせば、大丈夫だと思うけど」

月代はすっかり萎《しお》れていて、

「つまりあいつは」と三谷は言った。「中庭から俺たちの話を盗み聞きしていて、俺たちが左翼側の廊下に行き、雪絵さんが右翼側の廊下に行ったのを見て取ると、チャンスだとばかりに中庭から玄関ホールに侵入した。そして仏像を奪うと、即座に右翼側廊下へ向かい、その足で〈花の塔〉に向かった……」

「月代さんの悲鳴を聞いて、僕らは玄関ホールに戻ってきました。あの時、扉は閉まりかけていたから、ちょうど襲撃者が通った直後だったことになります」

僕が言うと、雪絵が頷いた。

「私が月代の悲鳴を聞いて振り返ったら、君たちの言う〈仮面の執事〉が〈花の塔〉の階段室に入っていくのが見えた。その後、君たちが続くのも見ていたわ」

「あの時、雪絵さんは雷蔵さんのアトリエの前あたりに立っていましたよね」

「そう。だから〈仮面の執事〉は、私のいる方に向かってこないで、〈花の塔〉に向かったんだと思う。私と君たちに挟まれて、〈仮面の執事〉はあそこにしか逃げ込めなかった」

「あの時点では、袋の鼠だと思っていたんですが……」

僕は忸怩たる思いを込めて呟いた。

「ひとまず、これで、状況は整理出来たみたいだな」三谷が言った。「あとは、密室状況だった塔から、〈仮面の執事〉がどう消えたか、だが……」

「ねえ、それよりも——」月代が言った。「今すぐ、二階の客間に行って、兄さんと沼川さん、五十嵐さんに声をかけるべきじゃないかな……。どんな方法で逃げたか知らないけど、今ここにいないあの三人のうち、誰かが〈仮面の執事〉なら、まだ部屋に戻っていないかもしれないし……」

月代の言うことは一理あった。

善は急げとばかり、急いで二階に向かった。

僕が五十嵐の部屋、月代が黄来の部屋、三谷と雪絵が沼川の部屋を、同時に訪ねてみることになった。

ノックすると、果たして五十嵐は部屋にいた。

「どうかなさったんですか?」

五十嵐は扉の裏に身を隠すようにして、おずおずと顔を覗かせた。こういうところが、臆病《おくびょう》なウサギのようである。

「実は……」

僕は先ほどの事件のことを、かいつまんで聞かせた。

「ええっ、それは大変ですね。月代さんには、怪我はなかったんですか?」

「軽い打撲は負ったようですが……」

「そうでしたか」五十嵐は神妙な顔で頷いた。「万が一にも、彫刻を彫る際に支障が出てはいけませんからね。大事には至らなかったようで、よかったです」

五十嵐の部屋の扉を閉めると、ちょうど隣にある沼川の部屋の前に、三谷と雪絵がむすっとした顔をして立っていた。

「どうだった?」

「もちろん在室していた」三谷は言った。「それどころか、変な疑いをかけるんじゃねえって、説教されたよ」

「私まで一緒になって怒られたわ。兄さんのところに行っておくんだった」

声を潜めて、そんなことを話していると、黄来の部屋を訪ねていた月代が戻ってきた。

月代はただ、真面目な顔で首を振った。

はあ、と僕はため息をつく。

黄来、五十嵐、沼川の三人の中に犯人がいるとすれば、犯人はよほど巧妙な魔法を使ったらしい。

〈仮面の執事〉が姿を見せた時、雪絵と月代の姿もあったという状況からすると、雪絵と月代にはアリバイが成立することになる。しかし、そう単純に考えていいものだろうか?

襲撃事件自体、何か巧妙なトリックだったのでは？

考えは堂々巡りに陥る。

あるいは――この孤立した館の中に、姿を見せない第三者が潜んでいるのだろうか？

8　その35時間45分前

「納得がいかない」

僕は何度目になるか分からない呟きを、部屋の中で漏らした。

「なあ、頼むよ」三谷がむくっと起き上がった。「もう今日は寝よう。まだ二十時十五分だから、いつもならまだまだ夜更かしをするところだけど、今日はもうさすがにしんどい。お前も、さっきからその言葉、何回繰り返しているんだ？　明日になってから考えないか？」

「だけど、この事件は、飛鳥井さんが南西の塔に閉じ込められてから起きた事件だ。この事件を解決すれば、飛鳥井さんの無実を証明するのに、一歩近付けるよ」

「その理屈は分かるけど――」

三谷はうーん、と唸った。

あれから、雪絵・月代と一緒に〈花の塔〉に上がり、何かなくなっているものがないか確認してもらった。

その結果、ソファの上にあった、クマの柄があしらわれた毛布がなくなっているという。花音はこの荒土館で一人きりになりたい時、ここのソファで仮眠することがあったので、毛布があったという。彼女が帰ってくる頻度はそう多くないのだが、部屋のベッドで眠るより、塔のソファで眠っていることの方が多かったので、やけに覚えていたという。

〈仮面の執事〉はなぜか、毛布を奪って逃げた。それはなぜなのだろう？

「記憶が新鮮なうちに、事件の検討だけしておきたい」

「はいはい、分かったよ。付き合ってやるよ」

三谷は呆れたように言った。

僕らは、一階の右翼側廊下に戻ってくる。状況を整理したかった。

「まず、あの〈仮面の執事〉が、〈花の塔〉に入っていった、っていうのは間違いないんだよな？」

「ん？」三谷が怪訝そうに言った。「というと？」

「例えば、雪絵さんが犯人だとしたらどうだ」

「何？」

僕は舌で唇を湿らせた。

「あり得るだろ。ちょっと、やってみようか」

僕は、三谷を連れて、廊下を歩いた。

「まず、雪絵さんは右翼側廊下に出た後、素早くマントを身に着けて食堂へ向かう」

食堂へ続く扉を開いた。次いで、底から中庭に出る。

「こうして中庭を経由して玄関ホールに戻る。この時にはマントを羽織った襲撃者の姿になっているから、月代さんは雪絵さんだとは気付かない。雪絵さんは背が高い方だ。あとはマントに肩パッドや詰め物を付けておけば、体型も誤魔化せるだろう」

三谷は明らかに納得がいっていなさそうな表情で、「それで?」と先を促した。

「雪絵さんは、ここで月代さんを襲う」

玄関ホールの机のあたりで、パン、と両手を鳴らしてみる。

「月代さんから仏像を奪ってから、再び右翼側廊下へ」

玄関ホールの扉を開け放ち、右翼側廊下に出る。

「手品の仕上げはこうだ。まず、〈花の塔〉階段室の扉に駆け寄って——」

扉を開ける。扉は自重によって、ゆっくりと、自然に閉まるようになっている。

「このように扉を動かす。その時にマントも脱ぎ、雷蔵さんのアトリエに駆けていき、部屋の中にマントを捨てる。そして、初めからそこにいた風を装って」

僕は雷蔵のアトリエの前に立って、三谷の顔を見た。

「こうして、ここに立って、慌てた様子の僕らに、『何があったの?』と声をかける。雪絵さんはずっとここにいた、という印象を強調するためだ」

「つまり、俺たちは扉の動きだけを見て、〈仮面の執事〉が〈花の塔〉に逃げ込んだと誤解した——ってことだな」

「そういうことだ」

三谷は首を振った。

「俺はこういうの得意じゃないが——それでも反論が四つあるぞ」

「四つもか。手厳しいな」

「どこがだ。一応、さっきツッコんだ体格の問題とかは、省いておいて四つなんだぞ」

三谷は不満げに吐息を漏らした。

「一つ目。田所は今、俺に説明しながら今のルートを辿ったから、歩きだったけど、実際には、雪絵さんはずっと全力疾走で駆け抜けなければならない。あの時、雪絵さんは息が上がっているような様子はなかった。田所の推理通りなら、スピードもスタミナもスプリンター級ってことになっちまう」

「そうだな」

「二つ目。時間的に無理がある。全体的に時間が足りないけど、特に、最後の部分はいただけない。月代さんを襲ってから、右翼側廊下に出て、〈花の塔〉の扉を開き、雷蔵さんのアトリエにマントを捨て——というところは、急ピッチだ。俺たちは月代さんの悲鳴を聞いてすぐに玄関ホールに向かって、そのまま右翼側廊下に走っていったから、長く見積もっても、俺たちが右翼側廊下に出るまではせいぜい五秒だ。その間に、平然とした顔をして証拠を処分して、仕掛けまで施す余裕はないよ」

「三つ目は？」

「もし雪絵さんが犯人だとしたら、〈花の塔〉の部屋にはなぜ内側から鍵がかかっていた？　〈仮面の執事〉があの部屋に逃げ込んで、時間を稼ぐために鍵をかけたなら理解出来るが、雪絵さんがそもそも〈花の塔〉に入っていないなら、なぜ扉に鍵がかかっていたのか説明がつかない」

「ぐうの音も出ないな。最後、四つ目は？」

「俺たちは、確実に見たはずだ。〈花の塔〉の階段室の扉が閉まりかけていた時、その向こうに、執事服の裾がひらめいていたのを。あれは、扉の向こうに確実に誰かがいた、という証拠だろ」

僕は深く頷いた。

「やっぱりダメか……」

「ダメだな。だから、〈花の塔〉の密室から、〈仮面の執事〉が消えた方法――それを考えないと」

僕は首を振った。

「そうなるよな」

悔しいが、三谷の反論は的を射ている。雪絵犯人説が成り立たないように、月代犯人説も同じ材料で否定出来るだろう。姉妹に対する疑惑は捨てるべきなのだろうか。いや、しかし……。

「なあ、こういうのはもう葛城に任せないか。人間消失トリックなんて、俺にはサッパリだよ」

　僕はふと思い出したことがあった。

「そういえば、三谷は、塔を上ってくるのに少し時間がかかったよな？　あれはどうしてだったんだ？　僕のすぐ後に追いかけてきたんじゃなかったか？」

「あー、厳密に言うと違うな」三谷は言った。「雪絵さんが駆け寄ってきたから、事情を説明して、月代さんを見ていて欲しいってお願いしていたんだよ。雪絵さんも僕も慌てていたから、説明に手間取って、それから追いかけたから……もしかしたら、一分くらいの誤差があったかもしれないな」

「一分、か……」

　うーん、と僕は唸った。

「あの時……螺旋階段がやけに長く感じたんだよな。追いかけるために必死に走っていたのに、全然辿り着かないって感じで」

「え？　そうだったか？　一分くらい遅れた割には、すぐ追いつけたような気がしていたけど」

　あの時の感覚は、気のせいだったのだろうか。

「ちなみに、最初に追いかけた時と違いはあったか？」

「そう言われてみれば、今回の方が早く上れた気がするけど、それはアドレナリンでも出ていたのかもしれないし……」

うーん、と彼は唸った。

「塔による違い……でもないんだよな」と三谷。

「〈花の塔〉にはあの時初めて上ったけど、〈月の塔〉〈雪の塔〉と高さが違うってことは、ないよな？」と僕。

「確かに、互いの塔の窓は向かい合っていないから、そういう可能性もあるかもしれないな……実際には、部屋のある位置の高さが揃っているかどうかは分からない。館にやってきた時に、南西の塔と南東の〈花の塔〉は高さが揃っていたから、その場合でも、南と北の塔が、それぞれ高さが違う……ってことになるな。どういう意図で造られた仕掛けなのかは、分からないけど。

でも、田所の感覚通りなら、〈花の塔〉の螺旋階段は、〈月〉や〈雪〉より長かった……ってことになるんだろ？ つまり、〈花〉が一番高い、ってことになる。そうすると、余計に襲撃者が逃げにくくなるだけだぞ。逆に低くなるんだったら、突破口が開ける感じがするけど」

「それでいくと、三谷はむしろ螺旋階段が短いと感じたんだろ？ だったら、〈花〉が低くなるじゃないか」

とはいえ、話していても埒が明かない。

僕はスマートフォンのストップウォッチ機能を呼び出した。

「ちょっと、今から上ってみるよ」

「え、こんな時間に？」

「とにかく検証してみないと……今出来るのはそれくらいだ。僕はタイムを計測するから、三谷は下から、階段の段数を数えて上ってきてくれないか？」

「えぇー、俺も上るのかよ」

「歩いてきていいから。ほら、頼んだぞ」

僕は〈花の塔〉を全力疾走で駆け上がり、ストップウォッチを止めた。息が軽く上がっている。心臓もドキドキしているが、さっき襲撃者を追いかけてきた時よりは、やはり、体が軽い気がする。

タイムは四十秒だった。

しばらく待っていると、三谷が上ってきた。

「……ひゃ、く。くそ、やっぱり高いな、この塔。延々続いている感じがするぜ。タイムは？」

「四十秒」

「そう言われても、ピンと来ねえな。階段上るのって、どれくらいの時間かかるんだ？」

「ＪＲ京都《きょうと》駅の大階段が百七十一段、ビルでいうと十一階建ての高さだ。その大階段では、駆け上がり大会が毎年開催されていて……優勝チームの個人平均タイムが、確か、三十秒を切るくらいじゃなかったかな。大会自体はチームでの記録になるけど、個人記録では、二十秒台という人もいる」

「ふうん。じゃあこっちの場合、グルグル回っている分、少し足を取られて、百段でも四十秒ってわけか」

僕はすぐさま階段を下りた。

「上ったのに、もう下りるのか?」

「何言ってるんだ。〈月〉と〈雪〉でも検証してみないと。そうじゃないと、仮説の正否が確かめられないだろ?」

三谷はあんぐりと口を開けた。

「やめてくれよ」

「何が?」

彼は目をすがめて、心底うんざりした口調で言った。

「葛城がいないからって、葛城化するのは、やめてくれ」

僕らは〈月の塔〉と〈雪の塔〉での検証実験を終えた。

結果は、段数は全て百段、タイムは一、二秒の誤差こそ生じたが、有意な差は生じなかった。

僕らはまだ〈雪の塔〉の上にいた。主である雪絵の姿は、今はない。椅子を借りて、ひとまず休憩しているところだった。

「結局、徒労に終わったな……」

三谷がぜいぜいと息を吐きながら言った。

「そうでもない。少なくとも可能性を一つ潰せたんだから」

「葛城化すると、推理に関して異様にポジティブになるのか？」

三谷はため息をついた。

「一応聞くけど、飛鳥井さんのいる南西の塔では、検証しなくてもいいのか？」

「いや、飛鳥井さんがもう寝ていたら、バタバタするのは悪いし……やめておこう。南西と南東の塔は、窓の高さが同じなわけだし」

「ああ、そうかい。安心したよ」

三谷はぐーっと伸びをしてから、安堵したように吐息をついた。

「しかし、段数もタイムも同じだとすると、僕がやけに長く感じて、三谷はやけに短く感じた……この感覚の違いは、なんだったんだろうな？」

「気のせいじゃないのか？」

三谷は軽く受け流して、「これ以上巻き込まれたくない」という思いを露にしていた。

空から、パンッ、という、謎めいた破裂音が聞こえた。

窓の外で、霧が赤っぽく光った気がした。あれはなんだろう。花火でも上がったのか？

窓を開けて、光の上がった方角、東の方に首を向けるが、赤い光の残滓《ざんし》のようなものがあるだけで、もう光そのものは収まっていた。

あの光も、何か事件に関係があるのだろうか。

気になった僕は塔を下り、食堂にいた雪絵に声をかける。彼女も、窓の向こうをジーッと見つめていた。

「雪絵さん」

「ああ、田所君。ねえ、今、外に……」

「雪絵さんも見ましたか。あの赤い光と、破裂するみたいな音……なんなんでしょうね」

「あれは、うちの倉庫にあった、信号弾の光だと思う」

「信号弾？」

「こういう事態までは想定していなかったと思うけど、不便な立地にあるから、お父さんが買っておいたみたいでね」

「誰かが救難信号として撃った、ということですか？」

「分からない。みんなに聞いてみないと……」

謎は増えるばかりだった。


今夜も、ノートパソコンを開いて手記の続きを書く……。

一日目よりも内容が多いはずだが、疲労が祟ってか、駆け足になってしまっているような気がする。思い出したエピソードを足しながら、少しずつ完成に近付けていく。

今日も、午前三時ぐらいまで作業はかかった。

「なあ、何やってるんだ、それ」

トイレに起きてきた三谷が聞いた。

説明すると三谷は呆れたように「よくやるよ」と言った。

「でも、自分に何かあったら、なんて考えるのはやめろ。俺たちは生き残る——そう思ってないとダメだ」

三谷は僕の両肩を摑み、揺すった。

「いいから、お前も早く寝ろ」


死者二名。土塔雷蔵及び土塔花音。

飛鳥井は南西の塔に監禁された。

救助が来る兆《きざ》し、未だなし。

大した成果も挙げられないまま、最悪の元日が終わった。

三日目

1　その23時間55分前

起きてスマートフォンの時計を見ると、朝の八時五分だった。情報が得られないので、時計代わりにしか使っていないが、充電は残り20％になっていた。充電器も車の中なので、そのままにしている。

昨日よりも長く、眠ってしまったらしい。少しだけ回復した気がする。

少なくとも、悲鳴や叫び声で起こされなかったことに、今だけは安堵する。

くしゃみが出た。暖房器具を使わないようにしているので、朝の寒さが体の芯まで染みる。毛布をかき抱き、そのまま少しうずくまった。この館で起きていることから目を背けたい気持ちもあった。

三谷を起こし、食堂に入ると、中には沼川の姿があった。

「おはようございます」

「おう。このビスケット、保存食だけどなかなかいけるぜ」

沼川が内容とは裏腹に、不満そうな口調で言う。

「他の皆さんは……?」

「さあな。ここも随分寂しくなっちまったよ。五十嵐も部屋に声かけたらいねえし」

扉が開いて、雪絵、月代の姉妹が入ってきた。

「皆さんの顔を見るとホッとしますね」

雪絵が言った。

月代の左手首には、湿布が貼られていた。

「月代さん、怪我は大丈夫なんですか?」

「一晩経ったら、だいぶ痛みも引いてきたよ。この湿布も、念のため貼っているだけ」

「ああ、夜中に三谷君と雪絵さんが訪ねてきた、あの件か」沼川が言う。「災難だったな。しかし、その仏像ってやつは、一体どんな価値のある品物だったのやら」

欲と好奇心が覗いた沼川の発言は、誰も拾わなかった。

「大変」雪絵が言う。「光流お義姉さんに、朝ごはんを持っていかなくちゃ。きっと心細くしていると思うし……」

「しかし、食料は持っていったんじゃなかったのか」

沼川は少しバツが悪そうな表情を浮かべて言った。昨日のことを、少しは反省しているようだ。

「だったらせめて、温かいスープだけでも。カセットコンロは使っても大丈夫でしたよね」

雪絵は沼川からぷいと顔を背けて、キッチンに向かった。

「あと姿が見えないのは、黄来さんと五十嵐さんか」

「黄来さんはそれこそ、飛鳥井さんに会いにいっているのかもしれないぞ」三谷が言った。「一晩明けて、誰より様子が気になるだろうし」

「五十嵐さんの行き先は謎だな」と僕は言った。

昨日あんなことがあったばかりだから、姿が見えないと、落ち着かない。

そういう意味では、飛鳥井の様子も気になる。所在はハッキリしているが、いくら気丈な彼女といえども、今回のことは堪えるだろう。

僕は雪絵に、自分もついていく、と申し出た。手土産代わりに、荷物の中から自分の本を持っていくことにした。代用監獄の塔で一人きりでは、時間つぶしの手段もないだろう。ミステリーは読まないと、突っぱねられてしまうかもしれないが。

雪絵は僕の考えに同意してくれたので、三谷も一緒に塔へ向かうことになった。僕は荷物から本を一冊持ってきて、スープとお盆を運ぶ雪絵についていった。

「田所君、あの……」

雪絵は何か言いかけて、口を閉じた。

「どうかしたんですか?」

彼女はお盆にかけた指を少しもじもじさせてから言った。

「――ううん、なんでもないわ。信じてもらえるはずもないし」

一体、なんだろう。聞きそびれてしまった。

南西の塔を上がっていく。口には出さずに段数を数えてみると、やはりここも百段だった。

塔の最上階に辿り着くと、すぐ違和感に襲われた。

部屋の前には、沼川の要請で置かれたバリケードがあったはずだ。本格的なものではなく、外開きの扉の前に、部屋の中にあった置物を置いた――というだけのものだったが。

だが今、その置物が、扉から離れていた。

「さっきの推測通り、兄さんが会いにきているのかもね。私たち、お邪魔かしら」

雪絵がひそひそと耳打ちしてくるので、僕も「そうかもしれませんね」と答えた。

「でも、ここまで来たし、ノックくらいはしてみたらどうですか？」

三谷の言葉に「それもそうね」と言った雪絵が、扉を叩いた。

「光流お義姉さん？　起きている？」

中から返事はない。

嫌な予感がした。

「すみません」

僕はそう言いながら、扉を開けようとする。

鍵がかかっていた。

「飛鳥井さん、無事なら返事をしてください」

まだ、黄来と会っているだけという可能性もある。その場合は、僕がしているのはただの野暮だ。

だが、そうでなかったら。

その時、出し抜けに、鍵が回る音がした。

僕らは扉から離れる。

扉がギイ、と音を立てて開いた。

僕は目を見開いた。

隣で雪絵が、ヒッと引きつるような声を上げて、お盆を落としてしまう。スープの入っていた皿が、ガシャンと音を立てて割れた。

「飛鳥井さん、それ……」

部屋の戸口には、飛鳥井が立っていた。

彼女は棒立ちになっていた。その両手は血に塗れていた。衣服にも血がこびりついている。

彼女の目は虚ろだった。目の前の僕を見ているようで、僕を見てはいなかった。

「私が」

飛鳥井が口を開いた。

「何をしたというの」

「飛鳥井さん、何があったんですか。その血は……」

飛鳥井はそのまま、ぐらっと僕の方に倒れ込んできた。

考える間もなく、その体を抱きとめる。気を失っているようだ。僕はゆっくりと彼女の体を毛布の上に横たえ、部屋の中を見た。

血だまりの中に、黄来が倒れていた。

「兄さんッ！」

雪絵が駆け寄る。体が汚れるのも構わず、その体を抱き寄せた。

僕と三谷も後に続いた。

左目のあたりが大きく損傷している。床にこぼれているのは血だけではない。眼窩《がんか》からこぼれた脳漿《のうしょう》も混じっているようだ。酷くグロテスクで、目を背けたいほどだった。

彼の倒れていた背後に、銃弾が落ちていた。

ハンカチに包んで拾い上げる。

「随分細長い弾丸だな」

隣で見ていた三谷が言う。

「恐らく、ライフルから撃たれたものだ」

「ライフル？　こんな狭い部屋で、か？」

部屋の窓は開け放たれていた。

僕の頭はめまぐるしい勢いで動いていた。

さっき、飛鳥井が内側から鍵を開けるまで、この部屋には鍵がかかっていたのだ。いくら窓が開いていても、ここは地上から十五メートルの高さにあるのだ。外へ逃げ出すことは不可能である。

つまり、これもまた、一種の密室状況なのだ。昨晩のマントの襲撃者が、逃げた時と同じ状況である。

「この部屋の中には、ライフルなんかないぞ」

三谷が一通り部屋を見回ったらしい。

「そうだろうな……」

「なあ、一つ考えたんだが、窓が開いているだろう？　あそこへ弾丸を撃ち込まれた、っていうのはどうだ？」

「どこからだ？　この塔の窓は南向き——向こうには、どんな建物もないんだぞ。もし窓越しに水平に撃ち込んだとするなら、犯人は——空中から弾を撃ったことになる。もしくは、凄《すさ》まじく巨大な人間……かもな」

自分の不安を和らげるために、あえて冗談を吐いてみる。冗談めかして言ってみたが、案外、そう考えれば全ての辻褄《つじつま》が合うのかもしれない。

巨人が雷蔵の死体を摘まみ上げて、空から落とし、銅像の剣先に突き刺した。

巨人が大岩を持って、離れの建物ごと花音の死体を圧《お》し潰《つぶ》した。

あるいは巨人は、〈花の塔〉に逃げ込んだ〈仮面の執事〉を、窓越しに手のひらで受け止め、二度も逃がしてやった……。

我ながら、どうかしている。巨人伝説の土地という雰囲気にあてられたらしい。

しかし、一体誰が、空中からの狙撃《そげき》などという荒業を成し遂げたのだろう？

「田所、とりあえず、飛鳥井さんをこのままここに寝かせておくわけにはいかねえよ。客間のベッドまで運ばないと」

「あ、ああ……」

「そんな必要ないでしょ！」

雪絵が僕らの間に割って入った。

「この人が殺したのよ、私の兄さんを！」

雪絵の口から唾が飛んだ。

「どうしてこの人を助ける必要があるの？　こんな人、ここにもう一度閉じ込めてしまえばいいわ。先に運び出すべきは兄さんの体よ。こんな人と二人きりにしておくなんて、耐えられない！」

いつも冷静で、僕らの行きすぎた行動もたしなめてくれていた雪絵が、今は怒りを露にしていた。

彼女の言葉を思い出す。才能が芽吹かなかった時に、ずっと守ってくれた黄来を大切に思っていること。姉妹たちや父がどれだけ黄来に辛く当たっても、自分だけは味方でいたいと語ったこと――。

黄来が、雪絵の精神的支柱になっていたのだ。

それを喪って、彼女もまた、取り乱している。ヒステリックな彼女の爆発の激しさを見ると、それだけで深い悲しみが伝わってきた。

窓の外から下を覗き込む。犯人はどこに消えたのか、彼女を説得する材料はないだろうか……？

その時。

ゴゴゴゴゴッ。

小刻みな縦揺れが来た。

「あっ！」

雪絵が叫ぶ。彼女はその場に丸くなって、頭を毛布で守った。

僕は僕で、そのまま窓から投げ出されそうになって、「うわっ！」と窓枠を力強く摑んだ。足を三谷に摑まれる。

僕はそのままその場にしゃがみこんで、投げ出されないようにする。

ぐらあっ……。

今回のはかなり大きい。最初の地震とほとんど同じ強さではないか。

「姿勢を低くして、やり過ごすしかありません……！」

三谷が膝をついて、頭を守りながら言った。

飛鳥井は気を失ったままだ。首がガクンと動いている。揺れの中でなんとか近付き、体を抱き止めた。

恐ろしい時間は、そのまま永遠に続いたように思えた。揺れが収まってなお、心臓が小さくなったままだった。あのまま三谷が摑まえてくれなかったら、窓から投げ出されて、死んでいたかもしれない。そう思うと平常心ではいられなかった。

その恐怖は三谷と雪絵にも伝染したようで、雪絵もさっきの怒りはどこへやら、茫然とした顔をしている。

「大き……かったですね……」

「え、ええ……怪我がなくてよかった……」

彼女の頰も上気している。僕が飛鳥井から体を離すと、飛鳥井の顔を見て、力なく腕を上げた。

「そう……そうよ、その人は閉じ込めておかなくちゃ」

雪絵は最前の主張を繰り返すが、もうその口調に力強さはない。出したものを引っ込められない、というプライドの問題のように思えた。

「……もし飛鳥井さんが黄来さんを殺害したとしても、この部屋の中には、凶器がありません」

「そんなの、窓から捨てればいい話でしょう?」

「少なくとも、この窓から見下ろした地点には、捨てられているものはありませんでした」

「外に共犯者がいて、回収したのかもしれない」

「わざわざ、こんな風に自分が疑われる方法で殺害して、しかも共犯者まで用意するなんて、リスクが高すぎます」

雪絵が悔しそうに僕を睨みつけたが、その目にも、やはり力はない。

僕は彼女から反論がないので、先に話を進めた。

「ブルーシートを持ってきて、雷蔵さんや花音さんと同じ倉庫に運びます。その作業はお手伝いします。今はまず、飛鳥井さんを助けさせてください」

「…………」

雪絵は顔を背けた。

「ブルーシートなら私が取ってくるわ。その人を運んだら、ここにもう一度戻ってきてください」

僕らの返事も聞かないまま、雪絵は部屋を後にした。

僕はため息をついた。

「……いよいよ俺たち、味方がいなくなったって感じだな」

「本当にな……」

ただでさえ、考えなければならないことが山積みなのに。

扉からの出入りは不可能。窓は開いていたが、高さ十五メートルの窓から出入りすることは出来ない。

この部屋は準密室状況下に置かれていた。

その密室の中には、飛鳥井と黄来だけがいた。

一人は元探偵、もう一人はその婚約者。

一人は第一容疑者に、もう一人は死体に変わった。

——私が、何をしたというの。

飛鳥井が言っていたのは、どういう意味だったのだろう。想像を巡らせる。

かつて心から信頼していた助手を喪い、心の傷を引きずってきた飛鳥井光流。そんな彼女も、働いて、また大切な人と出会い、人並みの幸せを手にしようとしていた。そこに追いかけてきた、名探偵という運命。結局彼女は事件から逃れられず、今、目の前で、もう一度大切な人を奪われた……。

胸が締め付けられた。倒れ込んできた飛鳥井の重さを、抱き止めた体の重さを思い出す。

ここにいる僕は、一体何が出来るのだろう。

2 その23時間9分前

僕と三谷で、飛鳥井を二階の客間まで運び、ベッドに寝かせると、ようやく一息ついた。

「すぐに塔に戻るか?」

「約束だからな。早く行ってあげないと……」

塔に戻ると、まだ雪絵の姿はなかった。

「いないな。これなら、ブルーシートも持ってくるんだったか」

「月代さんに話しにいっているのかもな。仕方ないよ。気持ちの整理をするのに時間がかかるだろうし……待っていよう」

血の臭いがする現場は、お世辞にも居心地がいいとは言えなかったが、落ち着いて考えたい気持ちもある。

「さっき、外から撃ち込んだとすれば、狙撃手は空に浮いていたことになる……って言ったけど、それについて検証しておこうか」

「そういえば、雪絵さんの前だし、写真も撮っていなかったよな」

三谷はそう言って、手早く死体周辺の写真を撮影した。

「まず」僕は言った。「射殺事件の場合、入射角を探るのが解決の早道だったりする。あのだろうか。それはそれで、また予測がつかないかもしれない。

くまでも、小説の中の話だけど」

「どういうことだ?」

「黄来さんが撃たれた時、どういう体勢だったのか? 座っていたのか、立っていたのか、あるいは体をひねっていたのかもしれない。それによって、弾丸が入った角度が変わってくるだろ?」

「ああ、分かってきたぞ。つまり――」

三谷は窓に近付き、首を窓から出した。

「こんな風に」

三谷の首は外に出ているので、声がくぐもって聞こえた。彼はすぐに首を引っ込め、僕に向き直った。

「黄来さんが窓から首を出して、斜め下の方を見ていたなら、さっきの問題は解消する。黄来さんは俯き加減だから、地面から斜め上の角度で撃てば、密室の中の黄来さんを殺せるってわけだ」

「理屈の上では、そういうこと。黄来さんの姿勢を変えてみるだけで、狙撃手の立っている場所は大きく変わってくる。

ただし、三谷の説は使えない。もしそうやって殺されたなら、血痕は窓の上部にも残っているはずだ。でも、それはない」

そうか、と三谷は残念そうに言った。

僕は死体の傍にしゃがみこんで、キッチンから多めにとっておいたビニール手袋を着けた。

頭の傷は、左目と、左後頭部の二ヵ所。二つの傷の位置関係は水平だった。弾丸は左目から入り、後頭部へとまっすぐ抜けたことになる。

弾丸の落ちていたあたりの壁を調べると、一メートルほどの高さのところに、弾が当ったような傷があった。

「黄来さんの身長は？」

「俺より少し高いくらいだった。百七十センチ、ってところじゃないか？」

左目の位置は、ざっくり見積もって百六十センチといったところか。

黄来さんは仰角《ぎょうかく》に顔を上げ、空を見上げるような姿勢を取り、そこに斜め上から弾丸が撃ち込まれたことになる。

やはり、狙撃手は空に浮いていたことになるのだ。

僕は頭が痛くなった。

三谷に結果を伝えると、彼も情けない声を上げた。

「参ったな……それじゃあ、全然見当もつかないじゃないか」

「迷路に迷い込んだ気分だよ……」

その時、雪絵が部屋に入ってきた。

目元が泣き腫らしたように赤くなっていて、僕は思わず目を逸らした。

ブルーシートに黄来の遺体をくるみ、彼女の父親たちと同じ場所に連れていった。

作業を終えてから、飛鳥井の部屋に戻る。三谷は少し休むと、自分の部屋へ先に戻った。

飛鳥井は目を覚ましていた。地震の最中、彼女の安全を確保するためのことだったとはいえ、咄嗟に抱き止めたことを思い出し、顔が熱くなった。彼女はもちろん、そのことは覚えていない様子だ。

少し落ち着いた様子だったが、血の付いた衣服はそのまま着ている。着替えなくていいのか、と聞くと、彼女は、気力がない、と答えた。

「飛鳥井さん、何があったのか、聞いてもいいですか」

「……分からない……」

彼女は頼りない声で言った。

「私があそこに閉じ込められてから、一時間半ちょっとしてから……二十時ちょうどくらいかしら。黄来さんが来たの。バリケート代わりに置かれていた置物をどかして、入ってきたのよ。

私は彼の行為を咎《とが》めた。でも『心細いだろうから、一緒にいる』と言って聞かなかった。だから私も根負けして、一緒に眠ることにしたの。私も、やっぱり疲れていたみたいで、傍に黄来さんがいると、安心したら深く眠り込んでしまった。それから先は、あなたたちにノックされるまで、ぐっすり眠っていた……」

「その間、何があったかは分からないんですね……」

飛鳥井は弱々しく頷いた。

犯人にとって、随分都合のいい状況に聞こえる。

「飛鳥井さんは、僕たちと同じおせちを、夕食に食べていましたよね」

「睡眠薬を混ぜられた可能性を疑っているのね」

飛鳥井がぴしゃりと言う。彼女自身、考えていたのだろう。

「僕らには睡眠薬を服用した感じはありませんから、睡眠薬が混ぜられていた場合、飛鳥井さんだけが口にしたものに混入されたと考えるしかないですが……」

「ここに持ち込んだ保存食や水には全然手を付けなかった……」

そうすると、不可解だ。飛鳥井が朝までこんこんと眠り込んでいたのは、ただの偶然なのだろうか。

彼女はため息をついた。

「どうして、あんなことに……」

彼女は両手で顔を覆い、首を振った。

僕は、塔で調べたことを彼女に伝えてみる。

「空から……?」

「バカバカしい可能性ですけど、そう考えるしかない状況です。壁の弾痕《だんこん》は動かせませんし」

飛鳥井は目を伏せた。

「私は、やっぱり疑われているのかしら」

「雪絵さんのことは説得しておきましたが、どうなるか分かりません。すみません、僕の力不足で」

「いいわ、気にしなくても。私がこんな事件ばかり引き寄せるのも悪いんだから……」

飛鳥井はかなりネガティブに傾いていた。自嘲気味の発言がそれを物語っている。

「飛鳥井さんは悪くないですよ。悪いのは犯人じゃないですか」

彼女は何も言わない。僕はその横顔を見ているうち、彼女に期待していた自分に気が付いた。いざという時には、彼女も奮起し、在りし日のような推理の冴えを見せてくれるはずだ、と。葛城がいないこの状況でも、飛鳥井がいれば大丈夫だ、と。

だけど、現実は違った。

「……飛鳥井さん。捕まえたくないんですか、犯人を。黄来さんを殺した相手です。今それが出来るのは、この場では、あなただけなんですよ」

僕は発破をかけるつもりでそう言ったが、飛鳥井の心には響かなかった様子だった。彼女はその言葉には反応せず、ただ、力なく首を振った。

「悪いけど、少し一人にしてくれるかしら」

「分かりました。近くにはいるので、必要な時は呼んでください」

飛鳥井はかすかに頷いた。

いつもの気丈さは、すっかりなりを潜めてしまっていた。

僕の言葉では、飛鳥井光流に響かない。


飛鳥井の部屋を出ると、沼川が待ち構えていた。

沼川は僕を見て、気まずそうにしていた。

「あ……」

「沼川さん」

僕は説明しておかなければいけないと思い、口を開いた。

「いや、聞いたわ。雪絵さんの様子がおかしかったから、かいつまんで聞いたぐらいだけどな」

「そうでしたか……」

「雪絵さんは随分取り乱していたが、俺はむしろ、黄来さんが殺されたとなると、飛鳥井さんが犯人とは信じられなくなっちまったわ」

昨日の気迫が嘘のように、沼川は落ち着いていた。自分よりも動揺している人間を見て、落ち着きを取り戻したのだろうか。

「その、やっぱり飛鳥井さんは、気落ちしているのか」

「一人にして欲しい、ということでした」

「そうか……じゃあ、謝るのは後だな」

沼川は言って、はあ、と深いため息をついた。

「全く気が滅入《めい》るよな。なんだっていうんだ。昨日からこっち、三人も人が死んでいるなんて……」

「僕も信じられません。こんな時、葛城がいれば――」

「葛城、っていうのは？」

そういえば、沼川にはしっかり話したことがなかったか。僕は、土砂崩れではぐれた僕の友人で、名探偵というべき推理力の持ち主だとだけ、説明した。

「へえ」沼川が感心したように漏らした。「そんな奴がいたら、確かによかったかもな」

「そうですね……」

「ああ。名探偵なんてもんがここにいたら、上手くいかないことは全部そいつのせいに出来るだろ」

僕は意外の念に打たれた。

「言ってること、おかしいか？　でも、たまにそういう捨て鉢な気持ちになっちまう時があるんだよ。全部が全部自分たちの責任じゃ、心がおっつかないだろう。名探偵なんてもんがいれば、そいつに期待をおっ被《かぶ》せられるし、事件が解決しなくても、『あいつのせいだ』って気持ちを逃がせるじゃないか」

ひねくれた見方だと思ったが、一面の真実を射貫《いぬ》いている気がした。同時に、飛鳥井が元探偵であることは、この人の前で口にしない方がいいだろう、と思った。せっかく火が消えたのに、新たな火種を投入しかねない。

「もちろん、お前の友人の悪口言ってるんじゃねえよ。ただ……あぁくそ、年下の大学生にこんなこと言うなんて、情けねえなあ、俺」

「もうここに閉じ込められて三日目ですし、みんな、気が滅入ってくる頃だと思いますよ」

僕はそう口では言いながら、頭の中で警告を発していた。

僕が以前の事件の時ほど切迫感を覚えずに、ゆったりと推理を巡らせているのは、ここでは山火事や洪水といった目に見え、刻一刻と進行する災害に苛まれていないことも一因だが――最終的に訪れる葛城という絶対者に、全幅の信頼を寄せてしまっているから、でもあるのだ。

すっかり平和ボケしていた。余震の危険も、殺人者の魔の手も、すぐ傍まで迫っている、というのに。

葛城のために情報を集めておく――それが僕の役目だと思い込んでいた。だが、それではいけない。今回の犯人は底が知れない。葛城を待っていては、全員殺されてしまうかもしれないのだ。

僕は帯を締め直した。

自分で全ての謎を解き明かす。

葛城を喰《く》ってしまうほどの男に、成長してやる。
そのくらいの気概がなくて、どうする？

3　その22時間30分前

僕は自分の部屋に戻り、机に向かっていた。
これまでの事件のことを整理したいと思ったのだ。
ノートを開き、思いつく限りの疑問点をまとめていく。

『一、**土塔雷蔵殺しについて**
1、雷蔵は五メートルもの高さがある銅像の剣に串刺《くしざ》しにされていた。犯人はどのように、雷蔵をあそこに突き刺したのだろうか。また、その動機は何か。
2、銅像の周辺には、一切の足跡がついていなかった。雨は当日二十時から二十三時まで降り続いており、犯行は二十三時以降と考えられる。被害者はどのように銅像まで辿り着き、また、犯人はどのように足跡を残さず移動出来たのか。
3、雷蔵が持っていた「財田雄山の未発表原稿」には何が書かれていたのか？　持ち去ったのは犯人なのか？
4、雷蔵の車椅子を押して、隠し通路内のエレベーターまで行った、二十二・五センチの靴の持ち主は誰か？

二、土塔花音殺しについて

5、花音は元日の朝から姿が見えず、元日の十三時五分に月代が離れで死体を発見した。花音はどこに隠れていたのか？　あるいは、犯人があらかじめ花音を気絶させその身柄を隠していた場合、どこに隠していたのか？

6、三谷、雪絵と共に離れに誰もいないのを確認したのが十二時半。それから三十五分後には、離れに死体が現れた。同日十三時頃には大きめの余震があり、館にいたほぼ全員が顔を突き合わせている。このように時間に余裕がない中で、どうやって、そしてなぜ犯人は犯行を行ったのか？

三、謎の襲撃者、〈仮面の執事〉について

7、月代に、雷蔵が金庫に保管していた仏像を預けたところ、〈仮面の執事〉に奪取された。あの仏像には、どのような価値があったのだろうか？

8、〈仮面の執事〉は〈花の塔〉に逃げ込み、部屋に内側から鍵をかけ、密室状況の塔から姿を消した。〈仮面の執事〉はいかにして姿を消したのだろうか？

9、〈仮面の執事〉を追いかける時、僕（田所）はいつもより長いように感じ、三谷は逆に、いつもより短いように感じた。この差は偶然に過ぎないのだろうか？

四、土塔黄来殺しについて
10、黄来の傷と弾痕の位置関係、そして窓が南に向いていることから考えると、狙撃手は宙に浮いていたとしか思えない状況である。犯人はどのようにして、不可能な狙撃を可能にしたのか？
11、黄来は飛鳥井が閉じ込められていた塔の中で殺され、飛鳥井が第一容疑者として疑われる状況になった。犯人は、この状況を狙って引き起こしたのだろうか？

五、その他の疑問について
12、雷蔵が、崖の岩肌に浮かんだ四人の巨人を描いたという「自然の四人」。横長の壁画のような絵で、写実主義の傑作と謳われるその絵だが、雷蔵曰く、あの絵は「秘策」があって描けたのだという。その「秘策」とは何か？』

ざっと、こんなところだろうか。
僕はしばらくリストを見つめながら、「9」の項目でじっと立ち止まった。
三谷の言う通り、気のせいなのかもしれない。自分でもあえて書いた通り、偶然に過ぎないのかもしれない。だが、ここに突破口があるような気がしてならなかった。

先に行った僕と、後から来た三谷で、感じ方が違う。しかし、客観的事実は揺らがない。タイムも段数も変わらないのだ。だとすれば——。

僕は、アッと声を上げた。

僕の想像が正しければ、これで大半の疑問は一本の線で結ばれるはずだ。〈仮面の執事〉が使ったトリックも明白だ。古典的な仕掛け——中心にあるのは、それだったのだ。

「なんだってんだよ。田所」

三谷は顔をしかめて呆れを露にしながら僕の傍に立った。

「黙々とノートに向かっているかと思えば、急に大声出したりして」

「分かったんだよ」

「何が？」

「例えば、下りのエスカレーターがあったとする。そこを走って上がっていったらどうなる？」

「絶対やっちゃダメだ。ていうか、なんで今、そんな話になってんだ？」

「いいから。どうなる？」

三谷の鼻の頭に皺が寄った。

「そりゃお前、あとからあとからステップが下りてくるんだから、全然前に進めないだろ」

「じゃあ、上りのエスカレーターを上がっていったら？」

「エスカレーターは立ち止まって乗るものです」

「分かってるよ。いいから。どうなる？」

三谷は困惑げに眉を寄せた。

「そりゃ、勢いがついて、早く上れるだろ」

「じゃあ――」

僕はあえて言葉を切った。

「螺旋階段が回転していたら、その時、僕らはどう感じる？」

「はあ？」

三谷は一瞬、不審そうに目をすがめたが、すぐに、その目が見開かれた。

「まさか、お前……」

「こう考えれば、全部辻褄が合う。あの四本の塔は、回転するようになっているんだよ」

「最初に、仏像を奪った襲撃者の事件から考えてみよう。犯人がどうやって、〈花の塔〉から逃げ出したか、という謎だ」

僕はノートに書いた疑問点のリストの「8」の部分を指し示した。

「僕らが部屋に突入した時、窓は開いていたけど、たとえ窓から逃げたとしても、十五メートル下の地面に真っ逆さまだ。ところが、塔が回転すると仮定すると、南向きの窓を、例えば、西向きにすることが出来る」

「西向き……本来は上がれない、二階の屋上部分、ってことか」

「そういうこと。実際には計測していないけど、一階、二階はかなり天井が高く造られているから、各五メートルずつと見積もって、二階の天井は十メートルの高さになる。これなら、窓から飛び降りても、五メートルの落下で済むんだ。ビルの二階から飛び降りるくらいの高さだ。運がよければ捻挫《ねんざ》で済む」

「確か、〈花の塔〉からは毛布が消えていたんだったな。あれは、五メートルの高さから落ちる時に、クッション代わりに持ち出したものだったのか」

「屋上部分に飛び降りた後は、窓の向きを戻すため、また塔を回転させて、元に戻しておく」

僕は頷き、ノートの疑問点8に×をつけた。

「で、今の説明からすると、僕と三谷が塔を上った時のことは、こう整理出来る。僕が先に行った時は、まだ、南の窓を西に向けている最中だった。九十度、時計回りの回転。これは反時計回りの螺旋階段と逆行する回転だから、僕はまるで、下りエスカレーターを上るように感じてしまい、実際よりも上るのに時間がかかったような気がしたんだ。

次に、雪絵さんへの説明を終え、一分ほど経ってから追いかけてきた三谷の時はどうか。この時は、西の窓を南に戻していた。九十度、反時計回りの回転で、これは螺旋階段と順行する回転だ。だから、上りエスカレーターを上るようなもので、実際よりも早く歩いたように感じた」

「確かに、辻褄が合うな」

三谷はうんうんと小刻みに頷いていた。

疑問点9に×をつける。

「塔が回ると仮定すると、いくつかの事件も、すっかり解けてしまうんだ。例えば、雷蔵さんの事件」

「あれも解けたのか？」

「うん。死体にロープが括《くく》りつけられた痕があって、そのロープを、五十嵐さんが持ち去った疑惑があることは話したよな」

「ああ。確か、死体の腋の下と背中に、赤い痕があったとか」

「あの痕を見るに、雷蔵さんの死体は、ロープで吊るされるような格好になっていたんだと思う。下半身を垂れて、ぶらんとぶら下がるような感じだ。腋の下にロープを通すやり方は、首吊り死体のふりをするトリックでよく使われるんだ」

「うん。それで？」

「つまり、雷蔵さんの死体は、そうやって吊り下げられた状態で、運搬されたんだよ。べ、べ、ベルトコンベヤーを使ってね」

僕はノートに図を描いた【図②参照】。

図2 雷蔵殺しのトリック 田所の仮説

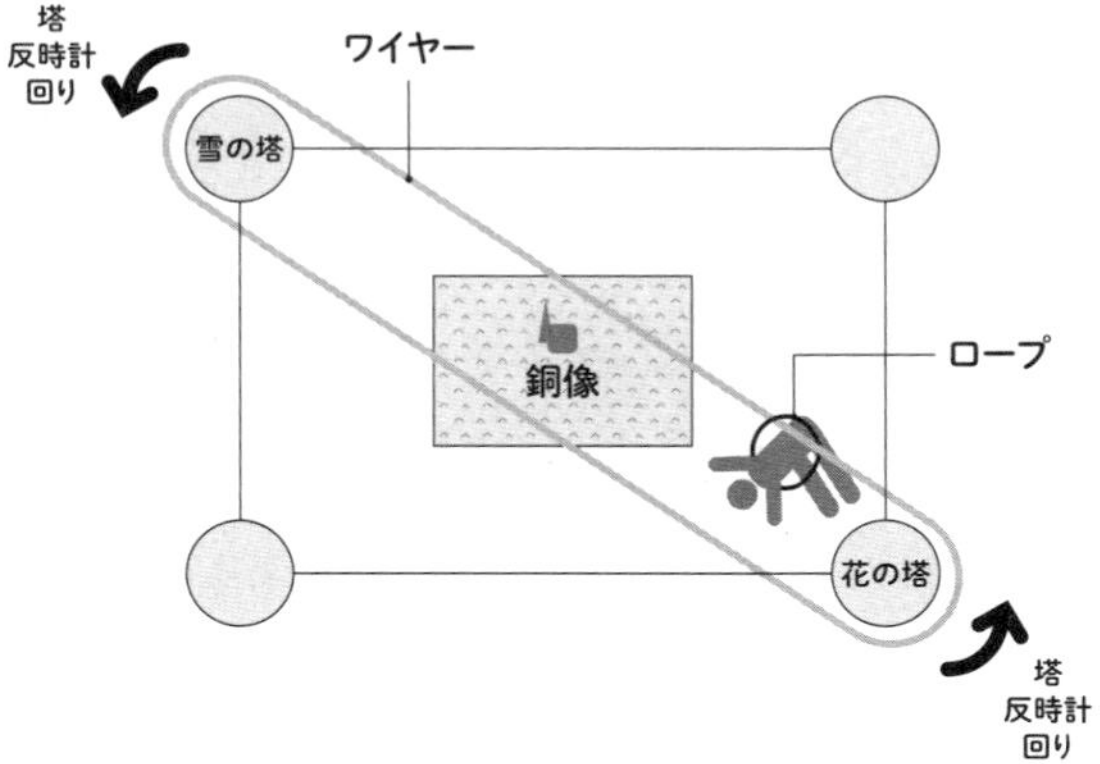

「回転する二つの塔……〈雪の塔〉と〈花の塔〉を車輪に見立てるんだ。この二つの車輪にロープを巡らせてピンと張る。この作業は、ドローンを使いながら行ったんじゃないかと思う。僕が夜中に聞いたプロペラ音の正体は、恐らくドローンだ。で、塔の窓から、このコンベヤーに死体を結び付ける」

「待て、中庭の真ん中に死体を落とさなきゃいけないんだから、対角線で考えないといけないのは分かる。だが、どうして〈雪〉と〈花〉の二つなんだ？」

「〈月の塔〉は、月代さんが窓を塞いで、ずっと籠もっていた。彼女に悟られずに使うことは難しい。その点、〈雪〉と〈花〉なら夜間は人がいないから、犯行に使うことが出来る」

「まあいい、それで納得しよう」

「犯人は南西の塔に上って、その窓を北東方面に向けて中庭を見られるようにしておく。そこで、死体の仕込みを終えたら、〈雪〉と〈花〉、二つの塔を回転させながら、死体を移動させていく。二つを同時に、かつ遠隔で動かせるリモコンのようなものがあれば、なおやりやすいだろう。死体が銅像の剣の上に辿り着いたら、どちらかの塔に上がって、ロープを切断、これで死体が落下して、剣に突き刺さる。足跡のない殺人の完成だ。

　ロープはまた、ドローンを使いながら回収する。ロープはこの時、地面で擦れるような動きがあったかもしれないけど、上空での動きだから、中庭まではあまり垂れ下がらなかったんだろう」

「どうしてまた、そんな手のかかることを……でもまあ、本当に塔が動くならやれなくもないか……」

　三谷はしぶしぶと言った様子で頷いた。

　疑問点1・2がこれで解消した。1については、方法は判明したが、動機は分かっていないので、その部分だけ残しておく。

「で？」三谷が先を促した。「塔が回転すると、花音さんの事件も解けるのか？」

「花音さんの事件については、不明瞭なことが多くて、まだ分からない。ただ、黄来さんの事件については解けたと思う」

「ほう？」

「塔が回転する、というのがポイントだ。狙撃手は空に浮かんでいた——そう判断した最大の根拠は、あの塔の窓が南向き、つまり建物が何もない場所に向いていたことだ。しかし、回転するとなれば——」

「ああ！」三谷がしきりに頷いて見せた。「そうだな、窓を向かい合わせにして、塔の窓から狙撃することが出来る！」

　僕はこれも図に描いて示して見せた【図③参照】。

「〈花の塔〉の窓から撃ったという想定で、ここでは描いてみたけど、これが〈雪の塔〉や〈月の塔〉であっても構わない。〈月の塔〉の窓は塞がれているから、ちょっと面倒かもしれないが。

図3 黄来殺しのトリック 田所の仮説

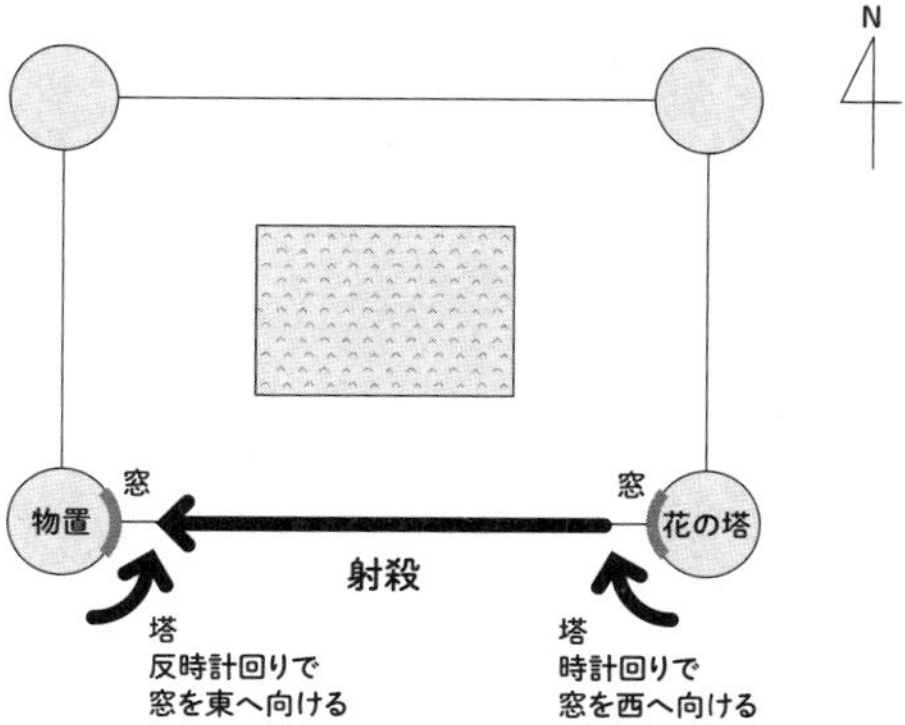

窓から窓へ狙撃した、と考えれば、狙撃手が立っていた位置ははっきりする。ここで残る問題は、弾痕の位置が低く、黄来さんは斜め上を仰いでいたとしか思えない、という入射角の問題だけだけど、窓から窓へ、水平に弾丸が発射されたなら、黄来さんはこの図のように、座っていたか、両膝をついて立て膝の態勢を取っていたと考えるしかない」

「立て膝？　なんでまた」

「黄来さんと飛鳥井さんは、部屋の床に毛布を敷いて、雑魚寝している状態だった。この時、外から物音がしたら、窓から確認するため、自然と立て膝になるだろう」

「それもそうか。こっちの仮説は、図もシンプルだから説得力があるぜ」

三谷は感嘆の声を上げた。

疑問点10がこれで解決したことになる。

「だけどさ、塔の仕掛けを考えたのは設計者である雷蔵さんのはずだろ？　なんだって、雷蔵さんはこんなけったいなもんを造ったんだ？」

「うん。それは雷蔵さんの絵、『自然の四人』に関連しているんだよ。正確には、『自然の四人』のモデルとなった、崖の岩肌に浮かんだ四人の巨人の顔だけどね」

「巨人の顔？」

「雷蔵さんがこの館を建てたのは、あの岩肌の四人の顔を見て、この地に宿るエネルギーと、大いなる偶然の産物である自然のパワーに胸打たれたから——つまり、荒土館を建てる時にも、あの巨人の顔を念頭に置いて考えたことになる」

「それは……そうだろうな。のちに、あんな風に自分の作品も描いたわけだし」

「さて、ここで疑問がある。雪絵さんは、自分のアトリエである〈雪の塔〉の窓から、その巨人の顔が一部分しか見えず、雷蔵さんのように、四人全員を描いた壁画のような絵には出来ない、と嘆いていた。自分は見たものしか描くことが出来ないからだ、と。そう悩む雪絵さんに、雷蔵さんは、『自然の四人』を描いた時、自分には『秘策』があったとほのめかした……」

三谷がハッとする。

「その秘策っていうのが、この回転する塔だっていうのか？　絵と回転する塔に、どんな関係がある？」

「壁画のような絵ってことは、横に長いということだ。そこに『写実的』というキーワードを重ねると、僕にはある単語が浮かんだんだ。

つまり、パ、ノ、ラ、マ、撮影だ」

「なるほど！」三谷が感心してくれた。「今では、スマートフォンのカメラ機能でも、簡単にパノラマ撮影が出来る。パノラマモードを起動して、なるべく水平に、右から左へ動かしていくと、広角の、横に長い写真を撮ることが出来る……つまり、土塔雷蔵は、回転する塔を使って、パノラマ撮影の手法で絵を描いていったんだな」

「あのアトリエには、大きなキャンバスは持ち込めないだろうから、窓から見える景色を描いては、少しずつ塔を回転させて、また新しいキャンバスに絵を描き、最終的に、その複数の絵を繋ぎ合わせた……ということなんだろう」

「雷蔵としては、自分の作品の秘密がバレることになるわけだから、この塔のことはおおっぴらに言わないでおいた……っていうわけか」

僕は頷いた。

疑問点12、に×を書き込む。

これで、残った謎は七つになった。

『一、土塔雷蔵殺しについて
1、雷蔵は五メートルもの高さがある銅像の剣に串刺しにされていた。その動機は何か。
3、雷蔵が持っていた『財田雄山の未発表原稿』には何が書かれていたのか？　持ち去ったのは犯人なのか？
4、雷蔵の車椅子を押して、隠し通路内のエレベーターまで行った、二十二・五センチの靴の持ち主は誰か？

二、土塔花音殺しについて
5、花音は元日の朝から姿が見えず、元日の十三時五分に月代が離れで死体を発見した。花音はどこに隠れていたのか？　あるいは、犯人があらかじめ花音を気絶させその身柄を隠していた場合、どこに隠していたのか？
6、三谷、雪絵と共に離れに誰もいないのを確認したのが十二時半。それから三十五分後には、離れに死体が現れた。同日十三時頃には大きめの余震があり、館にいたほぼ全員が顔を突き合わせている。このように時間に余裕がない中で、どうやって、そしてなぜ犯人は犯行を行ったのか？

三、謎の襲撃者、〈仮面の執事〉について

7、月代に、雷蔵が金庫に保管していた仏像を預けたところ、〈仮面の執事〉に奪取された。あの仏像には、どのような価値があったのだろうか？

四、土塔黄来殺しについて

11、黄来は飛鳥井が閉じ込められていた塔の中で殺され、飛鳥井が第一容疑者として疑われる状況になった。犯人は、この状況を狙って引き起こしたのだろうか？』

「この中で、やっぱり気になるのは、あの仏像のことか」

「そうだな」

疑問の大半は解けた。〈仮面の執事〉の正体もほぼ絞り込めている。逃走経路から考えれば、あの人で間違いないはずだ……。回転する塔を使ったトリックにそうバリエーションがあるはずもない。かなり、犯人に迫ったはずだ。

しかし、僕には何か、重大なピースが抜け落ちている気がした。なぜ犯人はこんな連続殺人劇を組み立てたのか。事件を支配する大きな、中心のピース——それが、僕にはまだ見つかっていない気がした。

だが、その「中心のピース」とは、なんだろうか。

4　その21時間28分前

〈仮面の執事〉の正体を突き止めることが、今の僕にまず出来ることではないか——。その思いは、あの疑問点のリストを作ってより深まってきた。

僕と三谷は、二階の廊下へ向かって歩いていた。

三谷は言った。

「でも、もう選択肢は少ない。昨晩の消失劇が演じられた時、あの場にいなかったのは、五十嵐さんと沼川さん、黄来さん、そして飛鳥井さんだ。飛鳥井さんは南西の塔に閉じ込められていて、黄来さんは今朝、亡くなっているのが発見された……」

「ああ、だとすれば」

「問題はごく単純だ。五十嵐さんか沼川さん、この二択じゃないか」

三谷の意見とは違い、僕はこの時点でたった一人に絞り込めると思っていたが、五十嵐と沼川に話を聞くべき、という点は同意見だった。

沼川の部屋の前で、異変が起きていた。

扉が閉まりかける。その扉の隙間から——。

茶色い革靴の底と、白い仮面が覗いていた。

「あぁっ！」

〈仮面の執事〉だ！

向こうもこちらの存在に気付いたらしく、沼川の部屋の扉は素早く閉まった。

「田所！　今……！」

「ああ、扉の隙間から見えたぞ、奴の姿が……」

「あの革靴は？」

「確か、沼川さんが履いている靴だったと思う」

つまり——〈仮面の執事〉が、倒れている沼川を、部屋の中に引きずり込んだ図だった、というわけか。仰向けに倒れて、両肘のあたりを抱えられ、後ろに引きずられた……。とすれば、沼川は気絶しているか、あるいは——。

僕と三谷は扉に飛びつき、どんどんと叩いて、「沼川さん！　聞こえますか！」と何度も呼びかける。

しかし、中から鍵をかけられていて、開けることが出来ない。

それに、部屋の外まで、なんだか変な匂《にお》いがしていた。バニラの香りに似た、何か、甘ったるい匂いだ。

「三谷！　窓の下に回り込め！　あいつ、窓の外へ逃げる気かもしれない！」

「分かった！」

三谷は走っていった。

そのまま扉に体当たりを繰り返し、なんとか中に入ろうとする。ドン、ドン、と何度もぶつかった。

「何、どうかしたの？」

飛鳥井が部屋から出てきた。

「飛鳥井さん！　雪絵さんか月代さんを呼んで、マスターキーを取ってきてくれませんか！　このままだと沼川さんが危ない！」

飛鳥井の表情がサッと強張って、返事をする前に駆け出していった。

体当たりしても扉が壊れそうにないので、隣の五十嵐の部屋を調べる。

こちらも内側から鍵がかかっていて、中の様子を調べることが出来ない。

五十嵐が〈仮面の執事〉である場合、今、中には誰もいないはずだ——しかし、それを調べることが出来ない。歯がゆい状況だった。

十分ほどして、飛鳥井より先に、三谷が戻ってきた。

「ダメだ、逃げられたぜ。沼川さんの部屋の窓の下なんだが、そこに、くっきりと二つ、足跡がついていた。足跡は壁の方を向いていたから、窓から犯人が飛び降りた時に残したものだと思う」

「その足跡は、どこに？」

「例のエレベーターの隠し通路まで続いていた。そして、白い仮面、マント、執事服の扮《ふん》装《そう》が解かれて、全てそこに残されていた」

「そうか……」

犯人は予備の着替えを、あらかじめそこに置いておいたのだろうか。準備のいいことだ。

「五十嵐さんの部屋は？」

「まだ開けられない」

「二人とも、待たせたわね」

飛鳥井が雪絵と月代を連れて戻ってきた。鍵を手に持っている。

「沼川さんが危ないと聞いたけれど……」と雪絵。

「何、この匂い……」と月代は鼻を押さえた。

「ともかく、沼川さんの安否を確かめないと」

三谷の言葉に僕は頷いた。鍵を手に取って、部屋の中に声をかける。

「沼川さん——開けますよ」

鍵を開け、扉を開け放った。

そして——。

中からもうもうと煙が立ち込めてきた。

僕は本能的に危険を察知して、素早く後ろに飛びのいた。うっ、という声を上げて、飛鳥井たちも口元を押さえる。

沼川は机に突っ伏している。ぴくりとも動かない。

彼に駆け寄ろうとした時、僕は三谷に肩を押さえられ、後ろに引き戻された。

「この煙は何かヤバい。迂闊に近寄ると二の舞になるぞ」

「でも……」

「ハンカチを口元に当てて、一気に突入するんだ。向かいに窓が二つある。あれを二人で一斉に開けて、ここに戻ってくる。煙が外に出るまで待つんだ」

僕は沼川を見やった。こんな会話をしているのに、反応さえ見せない。肩を上下させるなど、息をしている様子もなかった。気絶している可能性もあるが、既に死んでいる可能性が高いだろう。

「分かった。どっち行く?」

「俺が左側の窓に行く」

「じゃあ僕が右だ。行くぞ、せーのッ!」

僕らは一斉に駆け出し、窓を開け、元の位置まで戻ってきた。

どうやら、煙の影響は受けずに済んだようだ。特に症状はない。

「火事、ではないようね」飛鳥井が呟く。「バニラのような甘い香り……これは、何かしら。少なくとも、この煙を追い出すまでは近付かない方がよさそうね」

「バニラ……」

月代はその言葉を繰り返して、しばらく考え込む様子を見せた。

「すごい煙ですが、飛鳥井さんは何か気付きませんでしたか。さっきまで部屋にいたんですよね」

「建物自体がしっかりしているせいか、匂いも煙も、隣の部屋までは来なかった。体調にも特に異常はない」

飛鳥井が言った。部屋が近い彼女ですらそうなのだから、異変は外へ洩《も》れなかったのだろう。

「皆さん、どうかされたんですか」

背後から声がかかった。

五十嵐が自分の部屋の扉を開け、廊下に出てきていた。彼は後ろ手に素早く扉を閉めてしまう。

彼はいつもの自分のスーツを着ており、汗をかいている様子も特にない。

廊下を通って部屋に戻っていたなら、目に留まらなかったはずがない。五十嵐は本当に、ずっと部屋の中にいたのか……？

ダメだ……思考がまとまらない。彼が怪しいのは分かり切っているのに。

煙が抜けるまでの間、十分くらいかかっただろうか。

「もうよさそうかな……？」

そう言いつつも、ハンカチは口に当て、慎重に近付いていく。念のため、僕だけが近付いて、他の面々には後ろに下がっていてもらうことにした。

沼川の体を揺さぶって、呼びかける。反応はない。瞳孔《どうこう》は開いていて、口は半開きになっていた。吐瀉物《としゃぶつ》が机に広がっており、その上に、左頬を下にして突っ伏している。ここまで近付いてきて、ようやく吐物の臭いが感じ取れたくらい、部屋の中に充満していた謎の甘い匂いは強烈だった。

沼川の手首を取って、脈をみる。脈がない。口元に手をやっても、呼吸の気配がなかった。やはり、もう亡くなっているようだ。

テーブルの上には、灰皿とライターがあった。灰皿には、タバコの代わりに、煤《すす》けた黒い塊《かたまり》がある。

これが、この煙の原因だろうか？

僕は、自分もこれ以上この部屋にいるとまずいかもしれないと思い、この灰皿と沼川のカバンを回収して部屋の外に出た。

部屋の扉を閉め、「このままもう少し換気しておいて、みんなで一度、玄関ホールに行きませんか」と促した。少しでもここから離れて、新鮮な空気を吸い込みたかった。

玄関ホールの応接スペースに、全員で集まっていた。椅子の数から考えると、食堂に行ってもよかったのだが、吐物の近くにあった灰皿を食堂に持っていくのはためらわれたのだ。

月代が雪絵を部屋から呼び、この館にいる面々が全員顔を揃えることになった。

応接スペースの四つの椅子に、僕、飛鳥井、雪絵、月代が座る。三谷と五十嵐は、近くで立っていた。

この館にいるのも、残り六人。

恐ろしいほどのペースで、人がいなくなっている。

僕はまず、沼川のカバンの中身を探った。

目を引くものは二つ。

一つは、何かのリモコンと思しきもの。

二つ目は、カバンの底のプラスチック製の板の裏に隠されていた、封筒だ。

僕はひとまず、それらを机の上に置いてから、座の面々に話をした。回転する塔の秘密についてだ。

「お父さんの秘策って……そういうことだったの」

月代は額を押さえてため息をつき、酷く呆れた様子で言った。

「待ってください」雪絵が混乱した様子で言った。「とてもじゃないけど、信じられません。そのリモコンが出てきたなら、ひとまず、それだけでも実験しにいきませんか」

雪絵の提案に全員が頷き、僕らは〈花の塔〉に向かった。封筒については、この館に、今ここにいる六人以外の人間がいるとはとても思えなかったが、そこに放置するのもためらわれて、僕の上着のポケットに仕舞っておいた。

塔の頂上についてから、リモコンを操作し、回転させてみる。

音もなく、塔が回り始めた。窓から見える景色が変わっていく。

「おお」五十嵐が言った。「本当だ、動いていますね」

「長く動かしていると、鈍い揺れが襲い掛かってくるな……結構気分が悪いぞ」三谷が言った。「塔を駆け上がった時に感じなかったのは、激しく動いていたからか？」

「走っていたから、気付かなかったんだろうな」

僕は頷きながら、内心、驚いていた。まさか、葛城を真似た僕のにわか推理が当たっているなんて。

塔が回転し、窓は北西側を向いた。

「本当だ。下に中庭が見える……うっすら、とだけど」

月代が言ったのを受けて、窓の外を見る。

うっすら、と月代が表現したのは、館全体を取り巻くように発生している霧のせいだ。今まで見えなかった、ロの字形となっている館の内壁が見えるので、あそこが中庭だと分かるが、視界が悪く、銅像の姿は見えなかった。

「田所……お前の推理だと、剣の先端に死体を落とすように、塔の上から目で見て、ベルトコンベヤーを操作する……そういう推理だったよな」

「ああ……」

「しかし、こいつはいただけないぞ。大晦日の深夜、もしくは元日の早朝も、ここまで霧が深かったかは分からないが、この状況では銅像の剣に突き刺すのは無理だ」

ううん、と僕は唸った。

「でも、大きな収穫じゃないかしら」雪絵が言った。「少なくとも、この塔の仕掛けのことは、私たち家族だって知らされていなかったわけだし。このことが分かったのは、大きな前進よ」

僕はこの場にいる面々の反応に注意する。この中の誰かは絶対に、あらかじめ仕掛けを知っていたはずなのだから。月代の口数が少ないのも、性格上の問題ではないのかもしれない。

飛鳥井は窓の外をじっと見つめていた。この発見に対して、驚きも感嘆も見せず、いつものように皮肉めいた言葉を投げることもしない。金持ちの道楽のようなトリックだとか、普段の彼女なら、毒を吐きそうなものなのに。

僕らは検証作業を終えると、塔を降り、玄関ホールに戻ってきた。

僕は次に、例の封筒をポケットから取り出す。

「意味ありげな封筒だな」

五十嵐が顎を撫でた。

僕は封筒を開いた。

中には、便箋が二枚、入っていた。誰かからの手紙のようだ。

宛名《あてな》はない。いきなり本文が始まっているようだった。


(一枚目)

『いきなり不躾な手紙を送りつけて申し訳なく思っている。

実のところ、君の推測は正しい。土塔雷蔵は、回転する塔の仕掛けを使い、パノラマ撮影の手法で、『自然の四人』を描いた。電気利用記録の異常値に目を付けて、塔のことに気付いたのは、誠に慧眼《けいがん》だったといっていい。

ただ、それでは雷蔵を追い詰めることは出来ない。

ここまで読んで君は驚いているかもしれないが、驚かなくてもいい。私はなんでも知っているのだ。

土塔雷蔵は、あの塔の仕掛けを、何も後ろ暗いから秘密にしているわけではない。むしろ、この事実を公表したところで、雷蔵を「天才」と崇《あが》めることに慣れたメディアは、「芸術のために館一つ建てる剛毅《ごうき》な振る舞い」だのなんだのとくだらないことを言って持ち上げるだろう。彼は自分しか知らない秘密を持って、楽しんでいるだけだ。そう、彼は本質的に子供なのだ。』

（二枚目）

『土塔雷蔵は、君が関わったそのことを保存した媒体を、自室のアトリエの金庫の中に収めている。それも、自分で作った仏像の中に、埋め込んであるのだ。秘密を知らない者にしか、絶対気付けない隠し場所にね。

仏像は木で出来ているから、燃やせば中から媒体を取り出せるだろう。仏像を手に入れたからといって、安心しないことだ。これは窃盗にあたるから、盗みの証拠をいつまでも持っているわけにはいかない。燃やしてしまえば、媒体のみになって隠しやすくなるし、決定的な証拠も消すことが出来る。一石二鳥ではないか？

この情報を生かすかどうかは、君の手に委《ゆだ》ねる。

善意の第三者より』

便箋の筆圧はかなり濃い。二枚目は左半分が大きく余っていた。

「善意の第三者、ね……」三谷は顔をしかめた。「法律の講義を思い出して嫌な気分になってきたぜ」

「善意どころか」雪絵は呻き声を上げて言った。「この手紙通りだとすると、沼川さんはこの人にまんまと操られたってことになるわわね……」

「そうか、だからあの人は仏像をわざわざ奪っていたのか」

「あの人、っていうのは?」

三谷に聞くと、彼は意外そうに目を瞬いた。

「そりゃお前、〈仮面の執事〉に決まっているじゃないか。仏像の中に不正の証拠があると思っていたからこそ、必死になって仏像を奪おうとした……筋は通っているじゃないか。沼川さんが〈仮面の執事〉だった、それで決まりだ」

そう、筋は通っている。通っているのだが……。

「でも、どうして沼川さんは死んでしまったんでしょう?」

雪絵が言うと、みんな一様に、うーん、と唸り声を上げた。

「あの、それなんだけど」

月代が小さく手を挙げた。

「さっき、沼川さんの部屋から漂っていた、バニラの香り……あれは、夾竹桃《きょうちくとう》の花の匂いだと思う」

「夾竹桃……?」

三谷が首を傾げた。

「つまり……あの仏像は、夾竹桃の生木で作られていた、ということですか」

僕が言うと、雪絵がウッと顔を歪めた。

「それは強烈ね……夾竹桃は、身近に咲いている花の中でも、かなり毒性が高い花です。

ニュースでも、夾竹桃の花を食べて、子供が救急搬送されたなんて話を聞いたことがあります」

「夾竹桃は」飛鳥井が淡々と言った。「有毒成分のオレアンドリンを含んでいて、これは熱でも分解されない。高熱処理すれば別だけれど、ライターで燃やすぐらいの処理だと、誤食したのと同じ中毒症状を呈する。症状は、下痢、嘔吐《おうと》、眩暈《めまい》」

飛鳥井は言葉を切った。

「……心臓麻痺」

僕はごくりと唾を飲み込んだ。

「そうすると……」月代がゾッとしたように身を震わせて言った。「あの仏像は……沼川さんを狙った殺人トラップだった、ということですか？　『善意の第三者』という人が、沼川さんを操って、あの仏像を奪わせ、燃やさせた……」

玄関ホールに、重苦しい空気が下りた。

「なんて惨《むご》いことを……」

雪絵の呟きが、その場にいた全員の心境を物語っていた。

「故人の秘密を暴き立てるようで恐縮ですが……」五十嵐が言った。「つまり、その灰皿の中には、燃え尽きた仏像と……この手紙に書かれている、『媒体』というものがあるのでしょうか？」

彼の言葉を受けて、僕はボールペンの先で、灰をつついてみる。真ん中のあたりに、固いものがあった。

あれだけ燃やされて無事であるということは、なんらかの断熱素材で出来ているのだろう。金属製のそれを摘まみ上げ、いじくってみる。

キャップを回すように回転すると、カチッと音を立てて、金属製のそれが開いた。

中から、USBメモリが出てきた。

「ノートパソコンを持ってきているので、中を見てみましょう」

僕は部屋に戻ってパソコンを取ってくると、USBメモリをパソコンに差し込み、内容を読み込んだ。USBメモリは、スライド式で端子を押し出すようになっていて、端子の先の部分に少し煤がついていた。それを払ってから、パソコンに差し込む。

USBメモリ内のフォルダが、ずらっと表示される。一番上に、目が惹きつけられた。

果たして、その中身は――。

「ここで出てくるのか……」

僕は思わず呻いた。

一番上に表示されたフォルダを開き、その中にあるテキストファイルを開く。

パソコンの画面には、テキストが表示されていた。一番右側に、タイトルと著者名が表記されている。

『荒土館の殺人

財田雄山』

息が止まりそうになった。

僕には予感があった。これだ。これこそが、この事件の「中心のピース」だ。塔の仕掛けを暴いてなお、この連続殺人劇の中心にポッカリと穴が空いているように思えた――その、「中心のピース」。目の前の原稿を調べることで、真相に迫れる気がした。

と、同時に――。

出来すぎている、と僕は心の中で口にした。

ずっと探していたのに出てこなかった謎の原稿。それが今、目の前に現れた。それも、傀儡《かいらい》として操られた沼川の死を犠牲にして。だって、沼川が「善意の第三者」氏の言葉を真に受け、あの仏像を燃やさなかったら、この原稿は手に入らなかったのだから。

これは演出だ、と脳が警告を鳴らす。僕らは、誰かにノセられている。

土塔雪絵は、パソコンの画面を食い入るように見つめている。

土塔月代は、鼻をぴくぴくと動かしながら、周囲のみんなを見渡していた。

五十嵐は、目をすがめて、テキストを追いかけている。

飛鳥井は顔を背け、中庭の方を見つめていた。それは、先ほど毒物について滔々と蘊蓄《うんちく》を垂れた自分を恥じているようでもあったし、目の前に現れた新たな謎から、努めて顔を背けているようでもあった。なんとも、もどかしい態度だ。

三谷は僕を見つめている。

――この中に、この恐ろしい演出を考えた何者かが、いるのだろうか？

その人物は、今どんな気持ちで、この一団に加わっているのだろう……。

それを思うだけで、僕の体は震えた。

「原稿の内容は、どうなっているんだろう？」

僕が言うと、三谷がせっついた。

「細かい内容は後で誰かがまとめて確認する必要があるだろうが、まずは、結末を見ちまおうぜ」

「結末を？」

「おいおい、ネタバレ厳禁なんていうのはなしだぜ。現実の事件は、この小説の内容をなぞっている可能性があるんだろ？　だったら、今は『起こったこと』よりも、これから『起こること』を確認しなきゃまずいだろうが」

「馬鹿馬鹿《ばかばか》しい！」五十嵐が呆れたように言った。「所詮は小説じゃないですか。それを下敷きに事件を起こすなんて、あり得ませんよ。まして、僕らが遭遇する事件の結末が書かれているなんて――」

五十嵐はそう心の底から信じている、というような真に迫った口調で言った。

昔の僕が無邪気に憧れていた大作家の、未読の作品である。平常時なら、結末からミステリーを読むというマナー違反に異議を唱えたかもしれないが、三谷の理屈には一理ある。

僕はシークバーを操作し、小説の結末部分に移動する。

『私は、玄関ホールにある大時計に、事件の証拠が残されていることを確信した。あの生意気な女探偵が口にしていた、「犯人が見落とした場所」とは、あの大時計の中を指していたのだ。

大時計のガラスカバーを開き、振り子時計の動きを観察する。

私はその場にしゃがみこんで、大時計の中を覗き込んだ。

そこには』

文章はそこで途切れていた。

「ちょっと……これ、どういうことなの？」

月代が不満そうに言った。

「随分、尻切《しりき》れトンボじゃないか」三谷は鼻を鳴らした。「結局、これは未完成だったってわけか……」

「いや、ちょっと待ってください」

僕はマウスを操作した。

USBメモリ内のフォルダを開き、ファイル名『荒土館の殺人』の、更新日時を確認する。

「見てください、これ。更新日時が去年の十二月五日になっています」

「去年の十二月五日……？」三谷は首を捻った。「おい、確か、財田雄山さんが亡くなったのって……」

「僕らが高校を卒業した頃だ。つまり、今から約二年前だよ」

「つまり、財田雄山が執筆した時点で保存されたファイルなら――」

「どんなに少なくとも二年前……いや、僕と葛城、飛鳥井さんが巻き込まれた落日館の事件で昏睡状態にあったんだから、三年以上前の日付でないとおかしい」

「ということは……」雪絵が言った。「このファイルは、誰かの手によって加工された後？」

「そうですね」僕は頷いた。「最後の部分だけ削除して、その後保存したからタイムスタンプがズレた……ということなんでしょう」

「待ってくれ」三谷が口を挟んだ。「田所、こういうのはどうだ。例えば、パソコンで親ファイルを作成し、後からバックアップのためにUSBメモリ自体に保存した時には、タイムスタンプの日付は保存日に変わる。だから、犯人か雷蔵かがコピーした時に、合わせて日付も変わってしまっただけ……」

僕はしばらく頭の中で反芻《はんすう》してから、頷いた。

「……どうも、その説に説得力がありそうだな」僕はみんなの方に向き直った。「この

『荒土館の殺人』は、土塔雷蔵が、落日館の焼け跡に残された金庫から発見したものがオリジナルであるはず。そして、こっちのUSBメモリは、夾竹桃の仏像に入っていたことからも分かる通り、犯人が罠として用意したもの。だとすると、犯人は雷蔵さんの目を盗んで、オリジナルの原稿をコピーし、そのUSBメモリに保存したことになります」

「そのうえで……オリジナルの原稿も盗んだってこと?」

月代の言葉に、僕は頷いた。

「オリジナルの原稿を奪って、内容を分からなくしたうえで、結末だけが除かれたコピーを僕らに見せようとしている……まだその真意は分かりませんが、犯人が狙ったのは、こういうことだと思います」

「どうでしょうね……」

五十嵐が処置なしだというように首を振って、ソファに深く沈みこんだ。

「もしかしたら、その原稿自体が、贋作《がんさく》なんじゃありませんか? だって、こんな風に出てくるなんて都合がよすぎるでしょう」

僕は首を捻った。

「でも……僕はアマチュアですが、小説を書いていまして……この原稿、文字数から計算すると、今残っている部分だけでも原稿用紙換算で五百枚以上あります。文字数で言うと、二十万字以上です」

「五百枚か」三谷がぶるっと震えた。「先週出したレポートの百倍の長さ……ゾッとするぜ」

「それだけの長さの原稿を、誰かが贋造《がんぞう》したとなると……その人は、どういう情熱で書き上げたんでしょうか。その贋作者が犯人だったとすれば、その人物も、小説家、あるいは小説家志望のアマチュアだったということになるんでしょうか。それはどうも、不自然な気がします。

財田雄山さんの作品は、大部のものもありましたが、二段組のノベルスで二百ページ台という、短めの作品も多くありました。枚数的には、今の原稿量と同じくらいです」

「つまり田所君は、この原稿はあくまでも本物で、犯人がなんらかの目的で、原稿の末尾を削除した……そういう説を採るわけだね」と五十嵐。

「そうなります」

「確かめてみたらどうかしら」

突然、飛鳥井が口を開いたので、僕らは驚いて一斉に飛鳥井を見た。

飛鳥井は居心地が悪そうに身じろぎした。

「この中で、財田雄山の作品を読んだことがある人は手を挙げて」

僕だけが手を挙げた。

「三谷、お前読んだことないのかよ。ミステリー好きじゃなかったのか?」

「俺が好きなのはハードボイルドだよ。手を出してみたことくらいはあるが……正直、そんなに趣味じゃなかったんだ」

「残念ながら、田所君だけのようね」飛鳥井が言った。「だったら、田所君に確かめてもらうしかない」

「あの……さっきから言っている、『確かめる』というのは、一体どういう……？」

「決まっているじゃない。実際にその原稿、『荒土館の殺人』を田所君に読んでもらって、それが贋作なのかどうか確かめてもらうのよ」

僕は息を呑んだ。

「そういうのって、読んだら分かるものなの……？」

月代が身を乗り出す。

僕は少し思案してから、口を開く。

「……文体や言葉の使い方、そういう特徴から、財田雄山の作品かどうか、判断することは出来ると思います」

「それじゃあ」月代が言った。「財田雄山さんの過去の作品は、特徴まで含めて、全部頭に入ってる、ってことなの？」

「さすがにそこまでじゃありませんが、雷蔵さんが彼の著作を読んでいたようです。彼の部屋に本があるでしょうから、それをサンプルにすればいいと思います」

「だったら、決まりだね……」月代が深々と頷いた。「この原稿を田所君に読んでもらって、判断してもらおうよ。いつ助けが来るかも分からないんだから、出来ることは何でもやっておくべきじゃないかな」

「だったら、このままUSBメモリごと預かります」

「それにしても」月代が言った。「もし、犯人が結末部分を削除したんだとしたら……一体なんのために、そんなことを？」

「事件の結末……あるいは解決。要するに、トリックが書いてあるから、じゃないのか？　もし本当に小説と同じトリックを使っているなら、それこそ致命的だろ」

三谷があっけらかんと言った。

「ともかく、読んでみれば分かることもあるか……」

僕はふと思いついて、声を潜めて言った。

「三谷にも一つ頼みたいことがあるんだが」

「なんだよ」

「雷蔵さん殺しに使ったドローンと、黄来さん殺しに使ったライフル——この二つは、まだこの館の中にあるはずだ。隠してあるかも。それを探してくれ。飛鳥井さんの手も借りて……」

「人遣いの荒さも、葛城に似てきたな。はいはい、承ったよ」

時刻は十三時。

三日目も午後になっていた。

5　その10時間55分前

　パソコン画面の右下に、二十一時五分と表示されていた。あれから八時間、ひたすらに小説を読《よ》み耽《ふけ》っていたことになる。

　落日館と青海館。過去に巻き込まれた二つの事件では、考えられなかった行動だ。あの時は、刻一刻と災害が目の前に迫っていて、危機をあからさまに察知することが出来た。だからこそ、やるべきことも明確に決まっていた。

　しかし、今度の相手は大地だ。不意に地を揺らして襲い掛かってくるが、予測することは出来ない。情報を得ることも出来ず、助けが来ることをただ期待するしかない。やるべきことも、分からない。だから、こんな風に謎の原稿を読み耽っている。まるで砂漠の中から一本の針を探すように、どんなに小さな希望でも探る他はないのだ。周りから見れば、のんきな行動に見えるとしても。

　それだけではない。何の情報も得られない中、やみくもに不安を抱えたままでいるよりは――目の前の原稿にただ没頭出来るのが、ありがたかった。本を読むことは、僕が日常に戻るためのステップだった。雄山の原稿を読んでいる時は、垢じみた臭いのしてきた一張羅や、土埃でザラザラする肌の感覚を忘れられた。

　それに、この原稿こそが僕の求めていた「中心のピース」かもしれないのだから……。

僕が顔を上げると、三谷がベッドから体を起こした。

「読み終わったのか?」

「ああ……結末はやっぱりなかったけど、長編一冊分だから、だいぶかかっちゃったな」

机の上には、パソコンの他、雷蔵の部屋から持ってきた雄山の著作が十冊積まれていた。もちろん、雄山が生前に残した著作はもっと多いが、雷蔵がここに持ち込んでいたのはこの十冊だけだったのだ。

「それにしても、すごい集中力だったよな。夕飯時にも立ち上がらないんだもん、お前」

「そういえば、何も食べていなかったな」

意識した途端、空腹が耐えがたくなってくる。

「どうする? 報告はみんなの前でするか? お前が何か腹に入れている間に、みんなを食堂かホールに集めてきてもいいぞ」

「いや……その前に、三谷に聞いてもらおうかな。ちょっと、頭も整理したいし」

三谷は頷いた。

「分かった。じゃあ、せめてキッチンからビスケットでも持ってくるよ」

「助かる」

三谷はキッチンから戻ると、僕のベッドの端に腰かける。

「一応こっちの報告からするぜ」三谷は言った。「結論から言えば、ドローンとライフルは見つからなかった。俺は男部屋を中心に、亡くなった沼川さんや黄来さんの部屋を調べたし、女性の部屋は飛鳥井さんに手伝ってもらったんだけどな。それらしいものは全然」

「そうか……飛鳥井さん、快く引き受けてくれたか？」

「めちゃくちゃ渋々だったよ」

僕はビスケットの封を開けてから、パソコンの横で広げていたノートを引き寄せた。

「じゃあ、こっちもまずは結論から。

これは、財田雄山の真作で間違いない」

「根拠は？」

「文体や言葉遣いのクセだ。例えば、雄山は読者を煽りすぎるところがあって、事件のキーポイントとなる要素について、『この時はまだ、ここで見たことが解決の鍵になるとは思いもよらなかったのである』とか、こういうところは筆が大いに乗っている。犯行についての描写も大げさで、『恐懼《きょうく》』とか『悪魔の奸計《かんけい》』とかは、彼の大好きな言葉だ」

「なるほどな」

「あとは、横一列のカギカッコとか」

「それは、一体どういう意味なんだ」

「例えば、このページを見てくれよ」

「ふうん、文字数が揃っているのか」

「多分ね、一種の言葉遊びだと思う」

「雄山は、よくこれをやっていたと」

「なぜか、好きだったみたいなんだ」

僕と三谷は顔を見合わせて、頷き合った。

「あとは、登場人物の境遇なんかにも、共通のパターンが見出せるかな。もちろん、『荒土館の殺人』は、この荒土館と、土塔一族をモデルにしているから、ある程度までは、雷蔵さん、黄来さん、雪絵さん、月代さん、花音さんのキャラクターに重なる部分もあるんだけど、現実の誰とも重ならない、オリジナルと思えるキャラクターには、雄山の『クセ』が出ている。他人に興味が持てないとか、恋愛に問題を抱えているとか、親子の折合いが悪いとか、親同士の再婚で結びつけられた姉妹の確執とか……」

僕は傍らの本を引き寄せる。

「こういうのは過去作でいうと『黄昏《たそがれ》どきの誘拐』とか、『壊れた時計』とかにも登場するモチーフだ。それだけじゃない。『荒土館の殺人』には、この『壊れた時計』に登場した、〇県警の刑事の名前と全く同じものが出てくるんだ。珍しい苗字《みょうじ》じゃないから、偶然ということはあり得るけど、少しずつ登場人物をリンクさせるやり方は、雄山がよくやっていたものだ」

「そんなもん……よく見つけてきたな」

「舞台となっている都道府県が同じだから、もしかしてと思って、資料に当たってみただけだよ。時間さえあれば誰にでも出来ることだ」

三谷は笑って、僕の肩をバンと叩いた。

「謙遜すんなよ。まあ、まとめると、雷蔵さんに依頼されて書いた原稿でも、自分の好みを全開にしていた、ってことだな」

「親友の依頼だから……とも言えるかもしれない。ここで失敗出来ないからこそ、自分の得意な要素で固めたんだ」

なるほど、と三谷は呟いた。

「じゃあ、田所の観察を信じて、これが財田雄山の真作に間違いない、としよう。そうすると、原稿が結末まで書かれていなかった件はどうなる？」

「二つの解釈がある。

一つ、雄山自身が最後まで書き上げなかった。

二つ、何者かが結末部分を削除した」

「確か雷蔵の話では、雄山は第一稿の出来に納得がいっていなくて、書き直しをする予定だったんだよな。だったら、一つ目のケースもありそうだけど……そうすると、あのタイムスタンプの件はどうなる？」

「三谷が言った通りだ。USBメモリにデータをコピーした時に、保存日に自動的に変わった。オリジナルはどうだったか分からないが」

「いまいち、納得はいかねえけどな……」

「それに、第一稿に納得がいっていなかったのは事実だろうけど、それはあくまで、飛鳥井さんと〈爪〉の対決を間近で見て、そこから起こる化学反応を糧《かて》に作品を仕上げようとした……という意味だ。作品自体は、普通に終わりまで書かれているみたいだ。少なくとも書かれている範囲については、伏線と思しきものはちゃんと張ってあるし、結末がなくても、終わりまでビジョンがあったのは伝わってくる。

だから僕も、何者かが後から、悪意をもって、結末部分を削除した、という見方に賛成だ」

三谷は頷いた。

「じゃあ、ひとまずその点も、そう考えて前に進もう。それで、いよいよ核心なんだが……原稿の内容は、本当に、今現実に起きている連続殺人と同一だったのか？　この連続殺人は、『荒土館の殺人』をなぞった、『筋書き殺人』だったのか……？」

僕は答えを口にするのをためらった。

「答えは――」

三谷の灼《や》けるような視線に負けて、僕は口を開いた。

「そのどちらとも言えない」

三谷がふっと脱力した。

「おいおい、なんだよそれ。散々引っ張っておいて、そんな結論か？」

「本当に、どちらとも言えないんだよ」

僕はため息をついた。

「内容から先に説明するよ。

タイトル通り、この荒土館で連続殺人が起こる……というのはいいんだけど、プロットはこんな感じだ。名探偵・冠城浩太朗《かぶらぎこうたろう》は、奇矯な芸術家の一族、土門《どもん》一族が暮らす荒土館を訪れ、事件に巻き込まれる。しかしそこには、かつて探偵だった女性、光宗飛鳥《みつむねあすか》の姿があった。事件を解決しようとする冠城に、光宗は度々突っかかる。二人の対決が、この後、推理合戦として描かれて、プロットの要諦《ようてい》を成しているんだ」

「光宗、飛鳥。明らかに、『飛鳥井光流』の名前を意識したネーミングだな。ていうか、そこだけ聞くと、お前たちが落日館で巻き込まれた事件みたいに聞こえるぞ……」

「確かにそこは、読んでいて体が痒《かゆ》くなったな」

僕は苦笑する。

「ちなみにその、冠城なんとかってのは？」

「冠城浩太朗。雄山が使っていたシリーズ探偵だよ」

「ははあ。じゃあ、その一事をもってしても、これが雄山の作だってのは明らかだったわけか」

「まあ、贋作を書くならシリーズ探偵を引っ張ってくるのなんて、一番やりそうだからそれだけでは決めつけられないけど」

僕はノートを開いた。

「これは、『荒土館の殺人』中で起こる殺人事件の内容についてまとめたものだ。現実との相違点も考えてみたから、目を通してくれ」

「おお、こりゃ、要領よくまとまっているな」
僕は三谷の肩越しに、書いた内容を見直した。

『**第一の殺人：雷太〈雷蔵がモデルと思われる〉殺し**

状況：中庭から死体が発見されたが、現場周辺には足跡がなかった。当日は雪が降っており、中庭にはうっすら雪が積もっていた。雷太は刺殺されており、凶器は発見されていない。

○相違点
①作中では、死体は地面の上に倒れているが、現実では雷蔵の死体は銅像が持っていた剣に突き刺さっていた（『荒土館』作中には銅像の描写がない）。
②作中では雪が降っているが、現実では雨が降った。
③作中では刺殺されているが、雷蔵は絞殺されたうえで、剣に突き刺された。

第二の殺人：月江（月代がモデルと思われる）殺し

状況：密室状況下にある〈月の塔〉において、月江が撃ち殺された。窓は開いていたが、もし塔の外から狙撃されたとしても、窓の開いている東側の方角には、他に建物はない。狙撃手は空中にいたとしか考えられない。

○相違点
④作中では月代がモデルの月江が射殺されているが、現実では黄来が殺された。
⑤作中では〈月の塔〉の窓は東側を向いているが、現実では北側、つまり崖がある方を向いている。
⑥作中では、塔の中で発見されるのは月江のみだが、現実では被害者の黄来と共に、飛鳥井が閉じ込められていた。

第三の殺人：華（花音をモデルにしたと思われる）殺し
状況：密室状況だった自室において、心臓麻痺を起こして死亡していた。現場にはバニラのような香りが漂っていたが、火の勢いが強く、現場は部屋ごと燃えてしまった。

○相違点
⑦作中では花音をモデルにした華が殺されているが、現実では沼川が殺された。
⑧作中では現場は花音の自室だが、現実では沼川の自室だった。
⑨作中では、現場全体に火の手が上がり、証拠も含めて焼失してしまったが、現実では、火は灰皿の上だけに留まり、証拠も燃え尽きずに残った。

⑩作中では、花音をモデルにした華は夾竹桃のトリックで殺害されたが、現実には離れで刺殺されたとみられる』

三谷がノートから顔を上げた。

「作中の事件の内容を見る限り、田所が推理したトリックはそのまま使えそうだな。トリックは当たっていたってことじゃないか？」

僕は頷いた。

「恐らく、そういうことになるんだと思う……細かい現場の状況が、『相違点』に示した通り、違うのが気になるけど、本文の記述を見る限りは、現実で僕らが推理したトリックが、大枠では作中にも当てはまりそうなんだ。雷太殺しの第一の殺人は、回転する塔を使ったベルトコンベヤートリックで運搬すれば出来そうだし、月江殺しの第二の殺人は塔を回転させて窓の位置を変えれば可能だ。華殺しの第三の殺人も、夾竹桃のトラップがそのまま使える。ただ――」

「花音さん殺しだけは、作中に描かれていない、ってことか。その部分の描写が、ごっそり削られた、ってことはないのか？」

「それはどうも、なさそうだ。前後が繋がらない箇所はなかったし、それに、『離れがある』ことは一行だけ描写されているけど、その後、ろくに描写されないんだ。描写がないってことは、作品の展開や、トリックにも関わらない、ってことだよ」

「うーん」

三谷が首を捻った。

「つまり……トリックやシチュエーションなどは、どうも参考にしたフシがあるけど、犯人のオリジナル部分もかなり存在する、そういうことだな？　だから、これが『筋書き殺人』なのかといえば、『どちらとも言えない』という回答になる」

「そういうことだ。完璧な再現にはほど遠いし、どうにもちぐはぐな印象なんだ。『筋書き殺人』の場合、元の『筋書き』から変更されたところは、犯人のミスや、止むを得ずそうしたってことが多いんだが、今回の事件では、雪の代わりに雨とか、そういうパッとしない相違が大半だ。雷蔵殺しのトリックが推理通りなら、雪でも雨でも大差はないしな……」

「一方で、犯人のオリジナル部分、付け足してアレンジしたと考えられる部分は……三つか。

一つ目は、雷蔵の死体が、銅像の剣に突き刺さっていたこと。

二つ目は、花音殺しそのもの。離れに忽然と現れたという点まで含めて、これは原稿には一切ない。

三つ目は、黄来さん殺しの現場に、もう一人、飛鳥井さんがいたってところ」

僕はしばらく考えてから、同意した。

「だが、目的はなんだ？」三谷は首を捻った。「『荒土館の殺人』の模倣なんかしたところで、何の意味もないじゃないか」

「……案外犯人は、自分でトリックを編み出す力がなかったのかもしれないな。それで作品を丸パクリしたんだ」

犯人がアレンジして付け加えた部分もあるとはいえ、根幹のシナリオが明らかになってしまった今、僕は犯人に、〈仮面の執事〉に、神秘性を感じることが出来なくなっていた。むしろ頭に浮かぶのは、独創性のない、凡庸な怪人の姿だ。

「でも、それにしたって気にならないか？」

「何が？」

「犯人は、原稿をどうしてあんなところで切ったりしたんだろう。トリックを知られたくないだけなら、あんな気になるところで切る必要はなかったはずだ」

「……確かに……」

僕はそう呟いた瞬間、雷に打たれたようになった。

「罠だ！」

「え？」

「あの最後の記述を読んで、現実でも大時計に手掛かりがあるのでは、と考えたら、三谷ならどう行動する？」

三谷に、今の言葉が浸透するのを待つ。二拍おいて、彼の顔がはっきりと青ざめた。

「大時計を覗き込む――」

僕らは部屋を飛び出し、玄関ホールに向かった。

そこには――。

「ああ……」

僕はその場に膝から頽《くずお》れた。

床を強く叩く。

防げていた。

この死は、防げていたはずだった。

大時計のガラス戸の前に、女性が倒れていた。体だけが転がっている。女性の体には、首がなかった。

大時計の中に、スマートフォンのライトを向ける。

雪絵の生首と目が合った。

「一体、どうして……」

三谷が時計の中に手を伸ばそうとした時、本能的に危険を感じて、「待て!」と叫んだ。

ノートのページを千切って、丸めて筒にする。それを大時計の中に、恐る恐る差し入れていった。

鋭い光が煌《きらめ》いて、一瞬のうちに、筒の先端が切り落とされた。ゆっくりと仕掛けが巻き上がって、元に戻る。得物は刃の板だった。

「ギロチンだ」

ゾッとした。

これは『荒土館の殺人』の原稿の中にも、存在する仕掛けなのだろうか？　大時計の中を覗き込んだ人物の首を落とす、残酷な機械。あの原稿の中の『私』――すなわち、名探偵・冠城浩太朗も、同じように首を落とされたのか？　それとも、これは犯人のオリジナルなのか？　そうだとすれば、犯人はどこかのタイミングで、元々ここにあった大時計を、殺人装置付きのものにすり替えたことになる。

「雪絵さんは、黄来さんが殺されてから、目に見えて憔悴した様子だったよな」

三谷がゆっくりと口にした。そうでもしないと、心の整理がつかないのだろう。

「……ああ。犯人に対する怒りも、人一倍強かったと思う。だから、あの原稿通り、大時計の中に手掛かりがあるとしたら……その思いを捨てきれなかったんだ」

僕は雪絵の死体から目を逸らした。

一体、どうしてこんなに残酷なことを。

僕は、まだ見ぬ犯人に憎しみを覚えた。


眠れない夜だった。

今日の分まで、手記も全て書き終えた。それでも眠ることは出来なかった。

「ねえさん！　どうして、ねえさん！」

月代が雪絵の死体に縋りついて、絶叫していたあの声を思い出す。あんな声を聞いたことはなかった。彼女はいつも落ち着いていて、ぼそぼそと喋るのが常だったからだ。

彼女は一気に、自分のきょうだいたちを喪ったのだ。

その悲しみは想像も出来ない。

僕はベッドに横たわりながら、同じ思考をグルグルと巡らせた。

バカバカしい。

もう、二択ではないか？

土塔月代。

五十嵐友介。

犯人候補はもう二人だけだ！　目を瞑っていても、五十パーセントの確率で当たるのだ。

いや、それとも、飛鳥井なのか？

僕ははなから、彼女が犯人である可能性を除外してしまっている。彼女は僕と葛城に助けを求め、ここに招いた張本人だからだ。しかし、探偵を招いて目撃者にするのは、むしろミステリーの王道パターンではないか？　飛鳥井は葛城の力を侮り、自分の創《つく》った謎を解けないと思い上がっているのだ……。

僕はベッドから起き上がった。

「やめよう」

三谷は布団にくるまって、すうすうと寝息を立てている。こんな時でも、眠ってくれるのがありがたい。僕に引きずられて、一緒に起きているような相手だと、こちらも気が休まらないからだ。

三谷は、こういう時、構わずに眠ってくれる。

葛城は逆だ。いつまでも起きている。

眠れない夜は、信じられないほど長い。いつも経験していることなのに、今日はなおさら酷かった。

僕は部屋から抜け出し、廊下を歩く。歩いているうちに、気持ちが落ち着くかもしれない。

黄来が死んだ時も、これほどまでに動揺はしなかった。むしろ雪絵の哀しみに、飛鳥井の悲嘆に共鳴し、僕が頑張らなければいけないと、踏ん張ることが出来た。僕は、あの雪絵という女性に感情移入していたのだと、遅まきながら気が付く。また性《しょう》懲《こ》りもなく、思慕のようなものを抱いていたのではないか。

――田所君、だから君は同じ過ちを繰り返すんだよ。

葛城の声が聞こえる気がした。

沼川の部屋に入る。

部屋の中にノートパソコンが入ったケースがあった。ケースは煙を浴びたせいか煤に塗れ、例のバニラの匂いが染みついている。ケースを開いて、中のパソコンを出してみると、USB端子の部分に煤がついていた。中を覗き込んでみると、煤が中に押し込まれているように見える。

次に、〈雪の塔〉を上る。

そこに何があると期待しているわけでもない。ただ、気持ちを落ち着かせるために、螺旋階段を上った。体を疲れさせれば、眠りにつくことも出来るかもしれない。

〈雪の塔〉の部屋に入る。

一日目、黄来に連れられて入った時から、ほとんど変わっていない。

いや、違う。絵が進んでいる。キャンバスの絵が進んでいた。

一日目は半分までしか描けていなかったのが、今は、ほとんど完璧に、眼前の、微笑みを浮かべた巨人の顔を写し取っていた。

――目にしたものしか描くことが出来ないの。

彼女はそんな風に謙遜したが、これも凄まじい才能ではないか。こういう絵は、まるで写真のようだ、と評されることもあるが、写真とはまた違う。一筆一筆に、雪絵の意思が宿っているように見える。

僕は戸棚の中のスケッチブックを手に取った。

一ページ目を開く。

昔、黄来が描いたという、雪絵の顔のスケッチだ。

そうか。僕は自分で納得する。僕は無意識のうちに、この絵を見たくなっていたのだ、と。雪絵という女性の生き方に惹かれ、彼女の才能が芽吹くまでを支えた黄来の生き方に惹かれた。どんなに他の家族が彼に辛く当たろうとも、自分を貫《つらぬ》き通《とお》す雪絵の生き方が好きだった。それを象徴するようなこの一枚を見て、僕は安心し、そして、そんな二人の命を奪った犯人への怒りを、再び燃やそうとしていたのだ。

僕はそのスケッチブックをスマートフォンで写真に収めた。もうその気持ちを、忘れないように。

ふと、キャンバスの隣のテーブルを見ると、別のスケッチブックが置かれていた。あれは確か、僕と三谷の似顔絵を描いた時、使っていたものだ。つまり、雪絵が使っていた最新のスケッチブックということになる。

僕は、それを手に取って、開いた。

そのまま硬直した。

スケッチブックには、風変わりな絵が描かれていた。

――すごくないって。こうしないと、人の顔と名前を覚えられないだけで……。

――雪絵は、目にしたものをなんでもスケッチする癖があるんだ。

目にしたものを描く。

彼女は空想を描かない。

僕は手元をもう一度見た。

スケッチブックには、薄霧の中、すっくと立ちあがった人の影が描かれていた。輪郭《りんかく》はぼんやりしているが、人の立ち姿であることは明らかである。しかし、顔や服は描き込まれていない。黒いぼんやりとした影として表現されていた。

その人の後ろには、荒土館が描かれている。高さ十五メートルの塔も。

そして、人影の身長は、その塔の高さを越していた。

「巨人……」

雪絵は、あの霧の中に、巨人の姿を見たのだ。

――ううん、なんでもないわ。信じてもらえるはずもないし。

今朝、黄来の死体を発見する直前、雪絵は何かを言いかけてやめていた。あれは、この巨人の目撃談のことだったのではないか？

僕は自分の妄想を笑いたくなった。きっと雪絵は、気紛れに空想世界を描いてみただけだ。こんな絵にはなんの意味もない。あるはずがない。

だが、こんな出来事は『荒土館の殺人』の中にはなかった……凡庸かに思えた犯人は、遂に巨人の幻想を産み出すことに成功したのだろうか。だとしたら――。

僕は一人、笑った。

目にしたものを信じられずに、笑った。

インタールード

荒土館に救助が辿り着いたその後のことだ。俺――小笠原恒治は、一人一人助け出されていく、その様子を見ていた。

一人目。五十嵐友介。

彼は真っ先に助け出され、俺たちに死者の数を告げた。その恐るべき大量殺人の結果を。

「田所君！　三谷君！」

葛城が崖から身を乗り出し、腹の底から絶叫していた。

「田所君……！」

彼の小さく丸まった背中を見ていると、なおさら絶望感が深まっていった。

二人目が助け出される。

前髪の長い女性だった。彼女も風呂に入れていないらしく、垢じみた臭いがするが、その顔はテレビや雑誌でも見たことがある。

土塔月代。

三人目。

これも女性だった。顔が憔悴しきっていて、本来は美形なのだろうが、その見る影もない。

「飛鳥井さん……！」

葛城の目に光が宿った。彼は、助け出されて、毛布にくるまった飛鳥井と呼ばれる女性の元に駆け寄っていく。

「飛鳥井さん、田所君と三谷君は……!?」

「ああ、葛城君……」

飛鳥井は目を伏せた。

「彼は……」

「おーい、こっち受け取ってくれ！」

四人目が助け出されてくる。

小柄な男だった。明らかに外の光を浴びてホッとした表情を浮かべている。

「三谷君！」

葛城はまたそこへ飛んでいった。

俺は呆気に取られていた。

俺が、あの時聞いた数字が正しいとすれば——あとは——。

「——六人死んだ」

五十嵐という男はそう言った。

「三谷君、大丈夫だったかい、怪我は……」

「ああ、俺は、無事だ。だが……」

葛城の顔がまた青ざめる。まるで信号機のように彼の顔は明滅していた。

そして――。

＊

僕は薄く目を開けた。

頭が重く、体も全身痛い。ここは一体、どこなんだ……？

「いてっ」

頭頂部に鋭い痛みを感じた。この痛みは――そうだ、僕は――。

この三日間、僕はあの館の使用人室でベッドに眠っていた。しかし、ここは違う。畳張りの部屋に、布団が敷かれていた。イグサの香りが鼻に心地よい。

ゆっくりと、体を起こす。

机に座り、パソコンに向き直っている男がいた。

その姿を見た途端、僕――田所信哉の瞼《まぶた》は熱くなった。

「葛城――」

僕の声を聴いた瞬間、彼はパソコンから顔を上げ、僕の顔を見た。その顔がゆっくりと綻んでいき、それから、小さく首を振って、いつもの見慣れた――自信満々の彼の顔つきになった。

「おかえり、田所君……よく帰ってきた」

僕はゆっくり半身を起こして、葛城に向き直った。

「それ……僕の書いたやつか?」

「ああ。三谷君から聞いたよ。深夜まで起きて、こつこつ書きためていたそうじゃないか」

「実を言うと、そうなんだ。僕に何かあった時でも、お前が謎を解ければいいと思って……」

「その言い方には感心しないが、役に立ったよ。君が眠っている間にも、随分事件のことが分かった」

そうだ、眠っていた! 僕は何時間眠っていたんだ?

部屋の窓から外を見ると、外では月が煌々と光っている。

「ここは?」

「〈いおり庵〉という、長壁町の旅館だ。救助された五人は全て、ここに一時的に保護されている」

「今は何時だ?」

「一月三日の午後九時だ。君は都合十三時間ほど眠っていたことになるね」

「そうか……」

「しかし、三谷君に聞いたよ——君が〈仮面の執事〉の正体を暴き、その謎を解き明かしたことをね」

僕は頷いた。

「その額の傷は名誉の負傷というわけだ。逆上した犯人に襲われて殴られたんだね」

「ああ……それで気絶して、気が付いたら助け出されて今、って感じさ。くそっ、まだ頭がガンガンする……」

僕は頭を押さえた。

「六人死んだ、と聞かされた時はヒヤヒヤしたよ。今思えば、彼は君を殺してしまったものと思い込んでいたらしいね。そのせいで、てっきり——」

葛城は大きな咳払いをした。少し、耳の先が赤くなっている。

「さて、今読んだ記録の中には、もちろん、君が体験した四日目——〈仮面の執事〉の正体を巡る推理が、一切記されていないわけだ。当然、時間的余裕がないわけだからね」

葛城は僕の枕元《まくらもと》にあぐらをかいて座った。

「さあ、聞かせてもらおうか。君自身の口から、ね」

僕はこの瞬間が訪れたことを感動的にさえ思った。あの悪夢のような日々も、この瞬間にようやく、報《むく》われるのだ。

そうして、僕は語り始めた。

四日目

その1時間1分前

夜の間、何度も何度も自分の考えを確かめた。

明確だ――全てが明確に思える。こんな人数になるまで、これほど単純なことにさえ気付かなかった自分に腹が立つ。

今、生き残っているのは五人。もう悠長なことは言っていられないのだ。

午前六時五十九分。

玄関ホールに五十嵐友介が降りてきた。

僕と三谷は、ホールの椅子に座り、彼が来るのを待っていた。

「おはよう、二人とも。今日こそは救助が来てくれるといいけどね……食料もだいぶ残りが少なくなってきたよ。クラッカーはもうあと一日分しか――」

僕らが黙り込んでいるのを見て、彼は不審そうに言葉を切った。

「……どうしたんだい、二人とも、雰囲気が怖いよ」

「ええ。そうでしょうね。僕は、あなたを告発しにきたんですから」

僕は立ち上がって言った。

「五十嵐さん。あなたが〈仮面の執事〉だったんですね」


「何を馬鹿なことを言っているんだい？」

五十嵐が言った。

「その名前のセンスもどうかと思うけど……まあ、それはいい。ともかく、その問題については、昨日解決したはずじゃないか。沼川さんのカバンから、脅迫の手紙が出てきただろう？　仏像の中に自分の秘密が隠されていると彼は思い込み、月代さんも襲撃したし、仏像も燃やした。しかし、それは罠で、彼は夾竹桃の煙を吸い込んで死んでしまった……」

「ええ、ですが、あの手紙には秘密があったんですよ」

僕はクリアファイルの中に保存しておいた、例の手紙を取り出す。

「僕が気になったのは二枚目の内容……『土塔雷蔵は、君が関わったそのことを保存した媒体を、自室のアトリエの金庫の中に収めている』。この部分でした」

「それの何がおかしいんですか？」

「『そのこと』……この指示代名詞が何を示しているか、一枚目を読んでも分からないんです。要するに、雷蔵が沼川さんのどんな秘密を握っていたか、具体的なネタが書かれていない」

「なんだ、そんなことか。それなら単純なことじゃないか。『そのこと』という表現だけで心当たりがあるほど、沼川さんは重い犯罪に手を染めていたんだろう。婉曲的《えんきょくてき》な表現を取っただけじゃないか」

「ですが、真相は違ったんです」

僕は二枚目の便箋を示す。

その便箋の左半分を、エンピツで薄く汚してあった。

「この手紙を書いた人は、強い筆圧の持ち主だったようです。二枚目の便箋は左半分が大きく空いていましたが、ここに、上の便箋に書かれた文字が写っていたんですよ。便箋を重ねたまま、手紙を書いていたようですね」

五十嵐が黙り込んだ。

「エンピツが浮かび上がらせた文字は、『マネージャー』『粉飾決算』というものでした。マネージャー……その言葉が意味する人は、この館において一人しかいません。土塔花音さんのマネージャーであるあなた、五十嵐さんです」

「つまりは」三谷が言った。「この手紙は二枚組じゃなくて、三枚組だったってことです。俺たちが二枚目だと思っていたものが三枚目で、本物の二枚目に、具体的な脅迫のタネが書いてあった」

「そう、この手紙は、本当は『善意の第三者』から五十嵐さん——あなたに送られたものだったのです。しかし、あなたは仏像を手にして、その罠に気付いてしまった。そこで、誰かに仏像を燃やさせて、USBメモリだけ回収することを思い付いた。

　手紙を読み返したあなたは、天啓に打たれたことでしょう。二枚目の手紙を隠してしまえば、自分に宛てた内容だとは気付かれない。沼川さん宛ての脅迫文としても使えるのです。そこで、あなたは便箋のうち二枚だけと、仏像を沼川さんに渡し、仏像を燃やさせた」

「なぜ沼川は僕にそう言われ、従ったんだ？　沼川だって、仏像が月代さんの手から盗まれたことは聞いていたはずだ。僕が仏像を持っていった時点で、彼にとっては僕が〈仮面の執事〉であることがモロバレじゃないか」

「沼川さんにも、本当に後ろ暗いことがあり、それはあなたと一蓮托生《いちれんたくしょう》の悪事だったのでしょう。それプラス、あなたはマネージャー業での粉飾決算もしていた、ということです。そう考えると極悪人ですね。

　だから、あなたはむしろ沼川さんの前では、『二人のために盗んできたんだ』と説明したはずです。そう言われれば、沼川さんもあなたを犯人だとは糾弾出来なかったんでしょう」

「全て君の憶測じゃないか」

　五十嵐はなおも抵抗する。

「しかし、あなたが沼川さんに手紙と仏像を手渡し、焼くのを依頼した……ここには、推理の根拠があります」

「どんな?」

「あなたが、沼川さんの遺体を引きずって、沼川さんの部屋に運んでいたからです」

五十嵐はグッと息を詰まらせた。

「沼川さんがあなたの目論見通りに動き、自分の部屋で仏像を燃やし、死んだのなら、あんな行動を取る必要はありませんでした。死体を動かす必要があるのは、沼川さんが別の部屋で死んでしまった場合だけです。つまり、仏像を燃やし、亡くなったのではないですか?

沼川さんには、恐らく大した考えはなかったのでしょう。平素からあなたを見下すような言動がありましたし、仏像を焼いて、部屋が煙臭くなるのをただ厭がっただけなのかもしれません。あなたが席を外している間に、彼はあなたの部屋に入り、そして死んでしまった。あなたは困ったことになりました。部屋中に夾竹桃を燃やしたバニラのような匂いがつき、死体も一つ残されている。これでは誰が犯人か明白です。あなたは死体を沼川さん自身の部屋に移す必要に駆られた。自分の部屋の換気を急ピッチで進め、誰かに見咎められないように〈仮面の執事〉の扮装を身に着け、灰皿と仏像を沼川さんの部屋に移す。そしてもう一度仏像に火をつけ、沼川さんの部屋にバニラの匂いを漂わせる。その後、死体を運び入れたところを、僕と三谷に目撃されてしまったというわけです」

「あんたはあの時、必死だったんだな。俺たちの姿を認めて、すぐに部屋の鍵をかけ、中で工作を続けた」

　五十嵐はかぶりを振った。

「待ってくれ。矛盾しているぞ。もし本当に僕がUSBメモリの中に不正の証拠があると信じていたなら、君たちがあの中のファイルを開こうとした時、真っ先に止めるはずじゃないか。実際の中身は『荒土館の殺人』という原稿だけだったが、僕がそう信じていたなら、絶対に止めるはずだ。しかし、僕はそうしなかったし、あの場にいた誰もそうしなかった。これは、USBメモリの中身について脅迫を受けていたのが、あの場にいなかった人物——つまり、死んでいた人物である何よりの証拠じゃないか！」

　こういう局面では、なかなか弁が立つ男だ。しかし、その反論も既に潰してある。

「いえ、あなたはあらかじめ、USBメモリの中身を見ていたんです。そのことは、沼川さんの部屋にあったノートパソコンとUSBメモリに残った痕跡が証明しています。

　あのUSBメモリは、端子部分をスライド式で押し出すものでした。つまり、端子部分は本体部分に隠れている形になっています。しかし、あの時僕がメモリを差そうとした時、その端子の部分に煤がついていたんです。これは、誰かが煤の付いた手で触れたか、あるいは、煤の舞っている部屋でメモリを使った証拠に他なりません。

　また、沼川さんのノートパソコンはケースの中に仕舞われていましたが、ノートパソコンのUSBメモリを差す端子の中に、煤が入っていました。メモリを差した時に押し込んでしまったんです。

この二つの証拠から、犯人はあの時、部屋の中でＵＳＢメモリの中身を見たことが証明されます。犯人は中身を知っていたからこそ、怪しまれないために、僕らが『荒土館の殺人』のファイルを開こうとしていた時には黙り込んでいたんです」

「だが――それだけで、僕が犯人とは――」

「では次に、二日目の夜、その仏像を盗んで消えた時のことを思い出してみましょう。〈仮面の執事〉は月代さんから仏像を奪うと、〈花の塔〉に上り、その頂上から忽然と消《き》え失《う》せました。このトリックはもう分かっています。塔を回転させ、窓を西側に向けることで、二階の屋上部分に飛び降りたのです。後から塔の向きを元に戻せば、痕跡は完全に消えます」

五十嵐は鼻を鳴らした。少し自信を取り戻した様子だ。

「ですが、そんな絵空事みたいなトリックが使われていたとしても、僕が犯人という証拠にはなりませんよ」

「それが、なるんです。ここが次の問題なのですが――犯人はそうやって二階の屋上部分へ逃れた後、どうやって自分の部屋まで戻ったのでしょう？」

五十嵐は黙り込んでいる。僕の出方を窺っているようだ。

「この点はもったいぶるようなことではありません。端的に言えば、犯人はあらかじめ屋上に置いておいたロープを使って、窓から自分の部屋に戻ったのです。こういう事態に備えておいたのでしょう」

「しかし……」

「ええ、ロープを使うには、それを固定する場所が必要です。ですが、おあつらえ向きのものがあるではありませんか。屋上の真ん中に、ガーゴイルの像が」

「なるほど」三谷が隣で言った。「それで田所は、犯人が絞り込めたわけか。ガーゴイルの像にロープを結び付けて垂らし、そこから自分の部屋の窓に帰れるのは、像の真下に部屋がある五十嵐さんだけだ」

「この『ガーゴイル像ルート』は、一日目に僕らが〈仮面の執事〉であるあなたを見かけ、南西の塔から逃げられた時も、二日目に月代さんから仏像を奪われた時も、三日目の夾竹桃騒動の時に、あなたがいつの間にか自分の部屋に戻った時にも、常に使われていたルートのはずです。三日目については、相当な距離を走ったでしょうから、あなたの息がほとんど上がっていなかったのは驚くばかりですが、汗の臭いによって、あなたの体に沁《し》みついていたはずのバニラの匂いが誤魔化されていたのは幸いでしたね。〈仮面の執事〉の扮装を解いたのも、服を着替えていたのも、全て匂い対策のためでしょう。

もう一つ、気になっていたのは、二日目の事件直後、あなたの部屋を訪れた時の言葉です。『月代さんには、怪我はなかったんですか?』『万が一にも、彫刻を彫る際に支障が出てはいけませんからね』。これがあなたの言葉だった」

「それがどうしたっていうんだ、田所?」

「彫刻を彫る際に――つまり、明らかに手の怪我を想定していると思わないか？」

「確かにそうだが……ああ、そういうことか」

三谷が頷くのを見て、僕は自信を深めた。

「おかしいだろう？　僕はその時、『軽い打撲』と言っただけで、どことは一言も言っていないのに、五十嵐さんは明らかに、手の怪我を想定していたんだ。つまり、手首をぶつけたことを知っていたんだよ」

翌朝、月代は手首に湿布を貼っていたので、それを見た後であればおかしくはないが、五十嵐に話を聞いたのは事件の直後のこと。まだ月代と会っていない段階だ。

「自分が突き飛ばした時に、月代さんが手首を机に打っていたのが、印象に残っていた……ってことか」

「そんなのは言いがかりだ」

五十嵐の言葉には、段々力がなくなってきている。

「もう一つあります。雷蔵さんの死体が発見された時のことです。僕たちは、五十嵐さん、沼川さん、黄来さんと一緒に五人で、雷蔵さんの死体を降ろしましたよね」

「ああ、あれは重労働だった」

「その直後、僕は死体を調べた。死体には、腋の下と背中に、何かで擦ったような赤い痕があった。あれは、ロープの痕でした。僕はあの後、ロープを使ったベルトコンベヤー式の運搬トリックを解き明かしましたが、それなら、犯人はロープを回収出来なかったはずなんです」

「ああ、確かに。あの時、死体の周辺、中庭には一切の足跡がなかったんだもんな。犯人も含めて、誰も近寄れなかった」

「うん」三谷の言葉に相槌を打つ。「だけど、五十嵐さんには機会があった。僕ら五人が、ブルーシートの上に雷蔵さんの体を横たえた後のことだ。雷蔵さんの死体の扱いについて、どこに置いておくべきか、月代さんや黄来さんと議論していた時……五十嵐さんは気分が悪そうにしながらも、死体の近くにしゃがみこんでいたんだ」

「でも、どんなトリックを使ったにしても、体に痕が残るくらい強くロープを結んだなら、解くのも大変だろ？　そんな一瞬で回収出来たとは……」

「カッターか何かを使ってロープを切断すれば、懐から抜き取ることも出来ただろう」

「いや……たとえそうだとしても、あの時、他の人間にもチャンスはあっただろ？　なんで五十嵐さんだけ疑うんだ？」

「ロープを回収する機会は、少なくとも、雷蔵さんを降ろすのを手伝った五人の男性陣と脚立を押さえる役をしながら近くに来た飛鳥井さんにはあったと思う。でも、持ち去る機会があったのは、五十嵐さんだけだったんだ」

「……どういうことだ？」と三谷が首を捻る。

「思い出してくれ。僕らはあの時、雪絵さんの悲鳴に起こされて、着の身着のままで中庭に出てきた。みんな、手荷物は携帯せずに来たんだ。

でも五十嵐さんは違った。花音さんに連絡を取るために、仕事用とプライベート用、二つのスマートフォンが入った、肩掛けの小さなカバンを持ってきていただろう？　あの中になら、回収したロープを隠せたはずなんだ」

ああ、と三谷が納得したように頷く。

「ところが、五十嵐さん、あなたは回収したロープを見て、長さが合わないことに気付いたんじゃないですか？　僕も死体を調べた時に、ロープの切れ端が死体の服の中に残っていたことに気付いた。あなたはそれに気付き、雷蔵さんの死体が安置されている倉庫に、大急ぎでそのロープを回収しにきたんだ。これが、〈仮面の執事〉が目撃された理由だった」

五十嵐はうう、と唸った。

「一体、なんだっていうんだ……お前は……」

「全て白状してもらいたいだけですよ。どうしてあなたがこんなことをしたのかを――」

時刻は午前七時四十三分。長い長い話になってしまった。

不意に、ヘリコプターのローター音が、遠い空から響き渡ってくる。もうそろそろ救助が来るのだろうか？

心の中に安堵がよぎる。この事件を、自分なりに出来る最高の形で葛城に引き渡すことが出来そうだ。

「うるさい……」

「え？」

安心しきった瞬間だったから――五十嵐の態度が豹変《ひょうへん》したことに、気付けなかった。

「――田所、危ない！」

不意に叫び声が上がり、キュッと心臓が縮んだ。三谷が僕に向けて走ってくるのが見えた。

ハッとした時には、もうタックルを喰らって、僕は玄関ホールの床に押し倒されていた。

五十嵐は僕の上に馬乗りになっていた。

「うるさい！　お前に、何が分かるっていうんだ！」

五十嵐は手近にあったガラス製の灰皿を手に取り、僕に向かってそれを振り下ろした。手でガードしようとしたが、左手は五十嵐の膝に押さえられていた。

間に合わない――。

右手が灰皿にかすり、軌道と威力をわずかに逸らすが、止めることは出来なかった。

第三部　探偵・飛鳥井光流の復活

「（前略）さて、アメリア、注意して聞いてくれ」

「何でしょう？」

「犯人になってもらいたい」

——ジェフリー・ディーヴァー『ボーン・コレクター』（池田真紀子・訳）

1

「そうか——」

僕の話が終わると、葛城は深く頷いた。

「勇気ある行動だったと思う。そして、〈仮面の執事〉という謎の存在に対する君の推理は正しい」

葛城のお墨付きをもらうと嬉しくなる。僕は額の傷の痛みを堪えながら、笑ってみせた。

「あの後……五十嵐さんは？」

「彼は救助隊から一番目に助け出された。だから僕も一瞬信用してしまったんだが、あれは、飛鳥井さんと三谷君のアイデアで、暴力事件を起こした奴を真っ先に地上に上げようということだったようだ」

「どういうことだ？」

「つまり、もう自衛隊が救助に来ている状況だから、地上に上がったあと、救助を打ち切らせるとか、自分だけ助かって他を皆殺しにする、なんてトラップは仕掛けようがない。その場合、むしろ危惧《きぐ》するべきは、残された人物たちの中で、突発的な殺し合いが起こることだ。凶悪な人物と、善良な人物を二人きり残したら、救助の順番を待つ間に、最後にもう一人被害者が増えてしまうかもしれない」

「ああ……なんだか、狼《おおかみ》と山羊《やぎ》の川渡しパズルを連想するな、それ」

「人間の監視なしで狼と山羊を同じ岸に置いておくと、狼が山羊を食べ尽くしてしまう……っていう問題設定のやつか。あったね」

葛城の話では、五十嵐は助け出された時、「六人死んだ」と口にしたらしい。殴った後、程なくして救助が来たので、僕が気絶しているだけとは思わず、「殺してしまった」と思い込んでいたらしい。

「五十嵐さんは、君が頭から血を流しているのを見て、急に目が覚めたというか、冷静になったと聞いている」葛城が言った。「自衛隊に救助されて地上に上がってから、警察の前で全てを認めたと聞いているよ」

「どこまで認めたんだ？」

「順番に言おうか。まず、自分が〈仮面の執事〉であること。

雷蔵の遺体からロープを切り、持ち去ったこと。

月代を襲い、仏像を奪ったこと。

手紙の仕掛けを用い、沼川さんに仏像を燃やさせて死に至らしめたこと。

五十嵐さんと沼川さんは、土塔家の財産に手をつけて私腹を肥やしており、その点において共犯者だったこと。これが、沼川さんに見せた『二枚の便箋』で、沼川さん相手にチラつかせた方のネタ。五十嵐さんにはさらに、マネージャー業でも粉飾決算をしていたという弱みがあった。まあ、二人とも金にがめつい極悪人だってことさ」

「以上だ」

彼は言葉を切って、パン、と手を叩いた。

「……それだけ、か？」

「ああ」

「そんな馬鹿な。ロープを切って回収したということは、ベルトコンベヤー式の運搬トリックを使った人物であるに違いないじゃないか。つまり彼が犯人に違いないんだ。それが、どうして――」

「いや、そうとは限らない」

葛城はかぶりを振った。

「五十嵐さんの説明ではこうだ——死体を見た時、彼はあらかじめ脅迫状で塔が回転することを知っていたから、ベルトコンベヤーの歯車として塔を使ったのではと思いついた。そして次に、花音の姿が見えないことを気にかけた」

「あっ」

僕はその可能性を見落としていたことに、自分で自分が悲しくなった。

「つまり……五十嵐さんはあの時点では、花音さんが犯人ではないかと疑って、庇っていたのか」

「そういうことになるね。その後、花音さんの死体が見つかったので、彼女が犯人ではないと分かった。自分の工作が徒労だったと気付いたようだ」

ううん、と僕は唸った。

「だが、嘘をついているかもしれないじゃないか」

「うん、僕もあくまで又聞きだから、まだ五十嵐さんを容疑者から外してはいないよ」

「しかし、僕と三谷、飛鳥井さんを容疑から外すなら……もう、五十嵐さんか月代さんの二択だぞ。ここまで絞られていて、どうして真相が分からないんだ？」

「さあ……」

葛城は何やら含みのある言い方をして、首を捻った。

外から、ドタドタと激しい音がした。

襖が勢いよく開く。

「おい葛城！　ここの温泉めちゃくちゃいいな！　もう四日ぶりの風呂だから、最高ってなもんだぜ！」

三谷が入ってきていた。

葛城がくすくすと笑った。

「まあ、ここも水道が制限されているから、ただ湯を沸かしたもので、今は天然温泉の提供じゃないようだけどね」

「ああ、そんなの気にしねえよ。とにかく風呂に入れれば御の字だ」

確かに三谷はさっぱりしていて、垢汚れがすっかり落ち切っていた。

僕は途端に自分の状態が気になった。しかし、荒土館にいた頃の汚れはすっかり消え去っているし、体にも痒いところがなくなっていた。

「君は額の傷のことがあるから、あまりお湯には入らない方がいいみたいだよ。医療班が君の処置をした後、全身を清拭《せいしき》していた。服も着替えさせたからすっかり清潔なはずだ」

眠っている間に全部済んでいたのか。ありがたいやらなんとやら。

ともあれ、この三人で顔を揃えていると、いつもの日常に、帰ってこられたような気がした。

＊

あの後の状況を、葛城から聞いた限り、整理する。

〈いおり庵〉には、大晦日の地震直後、鉄道や車道を利用出来なくなった帰宅難民たちが押し寄せ、初対面の葛城と小笠原が相部屋になるほどだったというが、あれから三日経ち、鉄道の方は復旧したので、部屋がいくつか空いたのだという。

葛城が宿の人に事情を話し、僕らもしばらく泊めてもらえることになった。ありがたいことだ。

空いている部屋は四室。僕と三谷がまた同じ部屋に入り、月代・五十嵐・飛鳥井が一人一部屋ずつ使うことになった。五十嵐は沼川殺しを自供しているので、準備が整い次第、身柄を留置場に移送するらしい。今、部屋には警察の監視がついている。五十嵐は憔悴しきっているようで、ひとまず心配はないようだった。

ちなみに、僕が眠っていた部屋に葛城がいたのは、僕の身を案じてずっと傍にいてくれたからだそうだ。全く、友達甲斐のある奴である。

荒土館へ続く、土砂崩れの起きた道は、未だ復旧していない。今なお土砂の撤去作業が進んでいるという。壊れた道路の補修には、ところによっては年単位の長い時間がかかるという。荒土館へ続くあの道は、立地もかなり悪く、隧道《ずいどう》のように狭いので、完全な復旧には時間を要するということだった。大地に残された爪痕《つめあと》は、そうそう簡単には消えない。

地震による死者は幸いにしてゼロであったため、土塔家の状況——生存者五名——は近隣住人にかなりのショックを与えたという。警察が死体を確認していないため、公式発表では「安否不明」の扱いとしているが、助け出された五人の中に雷蔵や雪絵、花音がいないことは既に発表されている。憶測が憶測を呼び、全国的な騒ぎになっており、僕たち生存者のいる場所は秘密にしてもらっている。

むしろ希望があるのは、隠し通路にあったエレベーターの方だという。

エレベーターの場所は、葛城が元日に早々に発見しており、警察にも即座に報告したという。葛城が発見した時点では壊れていたが、地震の前後に壊れたことに間違いはなさそうだ、という。

エレベーターの電気系統は、専門家が見たらすぐに回復し、あとはカゴを吊っている金属製のワイヤーを付け替えて、もう一度使えるようにしてやるだけだという。早ければ明日には復旧出来るようだ。

また、エレベーターのシステムの方から、使用ログを復旧出来る見込みがある、という。何度も地震があったにもかかわらず、エレベーターシャフトが歪んでいないため、復旧にさほど時間はかからないという。

地元警察には、荒土館に放置された五つの死体の件は伝わっている。彼らは捜査のために崖下の荒土館に一刻も早く降りたいようだが、自衛隊の助けを受けてハーネスによる降下作戦を試みても、体一つで行ったのでは意味がないし、死体も回収出来ない。だから彼らはエレベーターの復旧を、今か今かと待っていた。

三谷が撮った現場写真の数々は、宿のプリンターを使って印刷し、捜査資料として提供されたようだった。僕も三谷も、現場を荒らすなと耳にタコができるほど説教された。

2

一月四日の、午後三時。

「本当に、災難だったね、田所君、三谷君」

葛城は、僕ら二人の部屋に来て、再度ねぎらいの言葉をかけてくれた。

ここの若女将だという、満島蛍の差し入れで、温泉まんじゅうなどのお茶菓子をもらった。随分よくしてくれるなと思ったら、僕らがいない間に、葛城は満島蛍の命を救ったのだという。

僕と三谷は驚いた。

向かい合う葛城は、ニヤリと笑って言った。

「この四日間、お互いにそれぞれのフィールドで闘っていた……そういうことさ。だからまずは、お互いの持っている情報を交換し合おう。そして——それを始める前に、君たち二人に、紹介したい人がいるんだ」

葛城は、襖に向かって、「入ってください」と声をかけた。

襖をゆっくりと開け、おずおずといった感じで入ってきたのは、四十代くらいの気弱そうな男性だった。

「あなたは……」

男性は真剣な表情をして、葛城の隣に正座した。

「小笠原、恒治といいます」

「この人だよ」葛城が軽い調子で言う。「若女将の満島蛍さんを殺そうとした人」

僕と三谷は、ますます驚くことになった。

小笠原はタジタジだった。葛城の傍若無人な振る舞いにまだまだ慣れていない様子だ。

「葛城君……いや、本当のことなんだけど、その紹介はあまりに酷すぎるというか」

「この場に同席したいと申し出たのは、あなたの方ですよね？　だったら、この説明が一番簡明というものです。あなたはわざわざ、親友同士の対面に水を差そうというのですから、これくらいのことは勘弁してもらわないとね」

葛城は滔々と述べると、小笠原は、ぐうっ、という声を立てて俯いた。

随分と、立場が弱いらしい。

「おい葛城、いくらなんでも、『簡明』すぎて分からねえって」

三谷が苛立たしげな口調で言った。

「悪い、悪い。じゃあ、順を追って話そうか」

そうして僕らは、この四日間の葛城の行動について聞いた。

土砂崩れの現場から長壁町に戻り、〈いおり庵〉にやってきたところで、この小笠原に出会い、その行動から、人殺しを企んでいると見抜いたこと。その標的は、若女将の満島蛍だった。

そして、三度にわたる葛城と小笠原の攻防。その果てに、葛城は小笠原を追い詰め、こんな行動に至った経緯を告白させた。土砂崩れの現場で出会った、謎の女性。顔も見えないその女性と企んだのが――。

「交換殺人……」

僕は困惑していた。

「そういうことだ。僕はこの犯人を、悪女のモチーフになぞらえて〈狐〉と呼ぶことにした」

「名前があった方が呼びやすいからな」

僕はかつて対峙した犯人たち、〈爪〉や〈蜘蛛《くも》〉のことを思い出す。

「その人物は……〈仮面の執事〉、つまり五十嵐さんとは別人なのか？」

「さあ、どうだろうね。今は可能性を狭めない方がいいが、少なくとも〈狐〉の声は女性のものだったと、小笠原さんは言っている」

僕はしばらく考え込んでから言った。

「しかし……交換殺人というには、この事件はあまりにおかしい」

「そうなんです！」

小笠原が勢い込んで、机に手をやって前のめりに身を乗り出した。

「俺があの時〈狐〉に依頼したのは、あくまでも土塔雷蔵さんの殺害だけでした。それだって、今は反省しています。許されないことだったと……ですが、とにかく、私は雷蔵さん一人の死しか望んではいなかったのです。それなのに、田所さんたちが助けられた直後口にした内容によれば——荒土館では、五人もの命が奪われた、というではありませんか」

そう、そこがおかしい。

〈狐〉は小笠原に、満島蛍の殺害を依頼した。その一件だけだ。それなのに、〈狐〉は五人もの殺害を行った。明らかにバランスを欠いている。沼川殺害の実行犯は五十嵐だが、〈狐〉の存在を知ってみると、五十嵐も〈狐〉に操られたのかもしれない。

「俺は恐ろしいんだ」

小笠原は両目を手で覆った。

「俺は土塔雷蔵の才能に嫉妬《しっと》して、彼を殺そうと思っていた。いや、雷蔵だけじゃない。彼の正式な子供になることが出来ず、才能も芽吹かなかった自分に腹を立ててもいたから、土塔家の才能ある一家が全員憎いと思っていた。母のためと、そして引き裂かれた半

◎タイムテーブル（○中の数字は、第一部・第二部の章番号を示します）

12月31日（1日目）	小笠原・葛城たちの行動	田所・三谷・飛鳥井たちの行動	気象・地震
14:00	①小笠原、O県山中に車で到着		
14:10		①田所、三谷、葛城、三人で車中の会話。飛鳥井の手紙を読み上げる。	
14:53		②田所、三谷、葛城、荒土館へ降りる坂へ。飛鳥井、黄来と合流する。	
15:07	①小笠原、車でオフロードを走っており、揺れに気付かない（緊急地震速報の通知はオフ）。	②荒土館の坂道が土砂崩れで寸断される。葛城のみ、長壁町側に取り残される。	最初の地震。震度5強。
15:21		③田所、三谷、飛鳥井、黄来、荒土館へ向かう。心配になって様子を見にきた雪絵、沼川と会う。	
15:25		④館の水、電気、食料の確認。上記メンバーに加え、花音、五十嵐に会う。	
15:30	②小笠原、土砂崩れの現場に辿り着き、〈狐〉に会う。交換殺人の提案を受け入れる。		
16:10		⑤田所、三谷、飛鳥井、黄来、雪絵の五人で〈月の塔〉へ向かう。塔の最上階で月代と話す。	

16:30	③小笠原、〈いおり庵〉へ到着。ロビーで満島蛍と最初の接触。葛城と遭遇し、同室になる。④で殺人の動機を回想する。		
16:32		⑥田所、三谷、飛鳥井、黄来、雪絵〈雪の塔〉へ。雪絵の話を聞く。	
17:00	⑤小笠原、部屋で葛城に長壁町に来た理由を尋問される。		
17:01		⑦田所、三谷、黄来、五十嵐、沼川、ホールで話す。のちに田所、三谷、黄来で土塔雷蔵の部屋へ向かう。部屋で雷蔵と議論になる。	
17:30	⑥小笠原、殺人計画を練る。従業員用の休憩室で満島と接触。その際、地震に遭う。	⑦田所、三谷、雷蔵、雷蔵の部屋にいる時に地震あり。雷蔵は怖がる様子がない。	地震。震度3。
18:00	⑥小笠原、部屋に戻り、盗聴器から情報収集する。階段、遊戯室を調べた後、ロビーで葛城に遭遇する。		
18:30		⑧19:30くらいまで、ホールで夕食を取る。雷蔵、月代、花音はそれぞれのアトリエに籠もる。	
18:40	⑦小笠原、葛城　他の宿泊客と共に食堂で夕食を取る。TVのニュースで荒土館の情報。「巨人を見た」という壮太少年に会う。		

19:40		⑧使用人室で田所、三谷話す。	弱い雨が降り始める。
23:00		⑧トイレのため、田所目覚める。謎の羽音を聞いた。ドローンのものか？　廊下で〈仮面の執事〉と最初の遭遇。	もう雨は降り止んでいる。
23:45	⑧雨が止んでから1時間程度。小笠原、ピンポン球の仕掛けを階段にセットする。		
深夜	⑧小笠原、部屋に戻る。窓の外を見ていると、満島が旅館に帰ってくるのが見える。		

1月1日（2日目）	小笠原・葛城たちの行動	田所・三谷・飛鳥井たちの行動	気象・地震
6:30	①起床。朝食の前、小笠原、葛城は初詣のため明星神社に出かける。		
7:02		①雪絵の悲鳴で目が覚める。中庭で雷蔵の死体が発見される。ホールに花音を除く全員が集合した。中庭には足跡がない。死体をそのままにしておけず、死体を降ろすことに。	
7:30	①明星神社にいる時に地震に遭う。小笠原、葛城にカマをかけられる。	①死体の降ろし作業中に地震。死体はなんとか降ろせた。死体は倉庫に置くことに。	地震。震度4。

9:24		②使用人室で田所、三谷話す。二人は黄来の部屋へ。部屋に飛鳥井もいる。隠し通路の件など聞いてみる。 ↓〈仮面の執事〉を倉庫前で目撃。追いかけると塔の上から消失する。	
11:57		③田所、三谷、黄来で雷蔵の部屋へ。金庫の中に仏像を発見。 ↓黄来と別れ、雪絵の部屋へ。花音を捜し、三人で離れを調べるが、何もない。	
12:36		④田所、三谷、足跡と車椅子の轍を調べ、エレベーターを発見し、エレベーターを調べる。使えなくなっている。	
12:40	②小笠原、〈いおり庵〉の食堂でTVを見ている。黄来が塔から手を振っているのが、TVで中継される。		
12:50	②小笠原、葛城と共に東屋へ向かう。霧が深く、館の様子は分からない。	④知らせを聞きつけ、雪絵、黄来、五十嵐、沼川が来る。	
13:00	②東屋の傍で地震に遭う。何か大きな音が聞こえる。	④崖下で地震に遭い、急いで避難する。ドォン、という大きな音が聞こえる。この時の音は離れへの落石だった。	地震。震度5弱。
13:05		④月代が離れを訪れ、花音の死体を見つける（月代証言）。	

13:15		⑤田所、三谷、雪絵、月代、離れに残る。落石が離れの屋根を壊しており、近付けない。凶器のナイフについては雪絵、月代も知らない。	※12:30〜13:05の各自のアリバイについては、図①を参照のこと。
18:02		⑥生き残っているメンバー全員が食堂に集まり、夕食。飛鳥井が沼川に告発され、飛鳥井（と同時に黄来）のアリバイが崩れる。飛鳥井が南西の塔に閉じ込められることに。	
19:23		⑦使用人室で田所、三谷話し合う。ホールで雪絵、月代に仏像を渡し、調べるよう依頼した直後、〈仮面の執事〉の襲撃を受け、仏像を奪われる。〈仮面の執事〉は〈花の塔〉から消失。	
20:15		⑧田所、三谷、消失事件について検討・検証作業を行う。	
20:30	③〈いおり庵〉ロビーで信号弾の光を目撃する。〈狐〉からの合図だと確信。	⑧田所、塔の上で謎めいた音を聞く。信号弾が炸裂した時の音。	
20:45	③ロビーに満島が戻ってきて、信号弾のことを聞く。		
21:00	③食堂で正月の小宴会が開かれる。小笠原、オレンジビールに毒を入れ、満島に飲ませようとするが、葛城が転んで満島がビンを落とし、失敗する。		

22:00	④小笠原、盗聴で満島の深夜の散歩について聞く。		
23:00	④満島、散歩して東屋へ。		
23:30	④満島、〈いおり庵〉へ戻る。		
23:45	④小笠原、東屋でクロスボウの仕掛けの検討中に地震に遭う。	⑧田所、就寝か、もしくは執筆。	地震。震度2〜3。

1月2日（3日目）	小笠原・葛城たちの行動	田所・三谷・飛鳥井たちの行動	気象・地震
8:05		①食堂に田所、三谷、雪絵、月代、沼川が揃う。田所、三谷、雪絵の三人で、飛鳥井のいる南西の塔へ向かい、黄来の死体を発見する。	
8:43	①小笠原、地震と共に飛び起きる。昨夜、自動殺人の仕掛けを考えたせいでよく寝た。	①塔の上で黄来殺害の現場検証中に被災。田所、窓から落ちないよう窓枠に掴まる。	地震。震度4。
8:51		②田所、三谷、飛鳥井を部屋に運んでから塔に戻る。弾道の検証作業。雪絵が来てからは黄来の死体を倉庫へ。↓飛鳥井の部屋へ。憔悴した様子。探偵行為は拒絶する。	

9:30		③田所、ノートに事件の疑問点を整理する。回転する塔の仕掛けを推理し、三谷に披露。	
10:32		④田所、三谷、沼川の部屋から〈仮面の執事〉が顔を覗かせるのを目撃。鍵を使って中に入ると、バニラの匂いがする部屋の中で沼川が死んでいた。〈仮面の執事〉は三度目の消失。	
13:00		④仏像は夾竹桃で出来たものと月代が推測。仏像内のUSBメモリに残されていた財田雄山の原稿『荒土館の殺人』は田所が調べることに。	
21:00	②小笠原、動き始める。		
21:05		⑤田所、『荒土館の殺人』の原稿を読み終える。現実との相違点についてまとめたものを三谷と共有する。	
21:15	②小笠原、東屋着。		
21:25	②小笠原、仕掛けのセットを完了。		
21:35	②小笠原、葛城から将棋に誘われる。アリバイ作りにうってつけと受ける。	⑤田所と三谷、ホールの大時計で、ギロチンに首を切断された雪絵を発見する。	
23:40	②第二局の終盤、席を立ったところでマジックテープ付きの矢に射られる。葛城が小笠原の犯意を見抜き、殺害前に止めた。		

23:50〜	③・④葛城による推理。小笠原は〈狐〉の話を葛城、満島に共有。満島には、命を狙われる心当たりはないという。	⑤深夜、田所は沼川の部屋と雪絵の部屋を調べる。雪絵の部屋で「巨人の絵」を発見してしまい、いよいよ巨人の妄想に囚われる。	

1月3日（4日目）	小笠原・葛城たちの行動	田所・三谷・飛鳥井たちの行動	気象・地震
6:59		田所、五十嵐が〈仮面の執事〉であるという推理を突き付ける。	
7:43		田所、逆上した五十嵐に殴られ、頭を負傷する。	
8:00	小笠原、葛城と共に荒土館からの救助者に会いにいく。六人死んだと聞かされ、小笠原はショックを受ける（田所を殺したと思い込んでいたため、六人と言った）。	館から生存者が救助される。五十嵐、月代、飛鳥井、三谷、田所の順に救助された。 ↓三谷から事情を聞いた葛城は、この後、田所が残した記録（本書の第二部）を読み耽る。	
21:00		田所、目覚める。そこには葛城の姿があった。	

身のためにも。それを、あの〈狐〉に見透かされた。そういうことなのかもしれない。たったあれだけの会話で、俺のあさましい気持ちを、〈狐〉は見破ったのかもしれない。

そうでなくても、あの時……俺が顔も知らない相手に、殺意を告白したせいで、〈狐〉の心の扉を開いてしまったんじゃないか、って。同じように雷蔵や土塔一家に殺意を抱いて、ここにやってきた男がいる。その事実が、〈狐〉の心に弾みを与えて、その扉の奥にいた悪魔を……殺戮の悪魔を解き放ってしまった。

つまり、俺は、俺のせいで、五人も殺されたんじゃないかと思って、恐ろしいんだ……」

僕はその心理に、完全には納得出来なかった。自分が雷蔵の殺害を目論んでいたこと、そして、満島蛍という女性をその悪魔に唆されて殺そうとしていたことを、すっかり棚上げて、自分の心を守ろうとしているように見える。そういうところに鼻白んだ。汚いと思った。彼はただ、そうではないと誰かに慰めてもらって、安心したいだけなのではないか、と。

だが、その心理に、自分が少し重なるような気もしていた。

僕も、心の奥底で怯えているからだ。

葛城ではなく、僕があそこにいたからこそ、五人もの人が死んでしまったのではないか、と。

僕は、五人もの死を、防ぐことが出来なかった。

特に雪絵の死。あれは、原稿の途切れ方まで含めて、罠であることが明白だったのに、防ぐことが出来なかった。目の前の作業に没頭して、目先に危機が迫っていることを察知出来なかったのだ。それが悔《く》やまれた。

だから、僕は小笠原の気持ちを、あしらうことは出来ない。誰かに安心させてもらいたい。根っこのところでは、僕も同じ欲求を持っているからだ。

それに、前々から雷蔵は酷い男だとは思っていたが、小笠原の生い立ちを聞いたところ、雷蔵はやっぱり酷い奴だという思いを新たにした。小笠原の母が産んだ双子を「とんびの子はとんび」と言って捨てるところなど、怒りしか湧かなかった。

「大丈夫ですよ」

その時、葛城が言った。

「これはあなたのせいではない。あなたは〈狐〉の思惑に呑み込まれ、利用されただけなのです。それを証明するために、僕がいます」

葛城の言葉は力強く、温かかった。

その言葉を受けて、小笠原が顔を上げ、葛城の顔を見る。その目に、少しずつ光が戻って来た。

本当に、葛城は変わった。

殺人事件を未然に防いだ自信——この四日間で得た経験も加えて、ますますたくましくなったかもしれない。

葛城は僕らを見た。

「もちろん、君たちもだ。田所君、三谷君。君たちも、この悲劇について気を病む必要はない」

胸がじんわりと温かくなる。

「それにしても、葛城はすごいな。未然に事件を防ぐなんて。人の命を救った、ってことだろ」

「よせよ。色んなことの波長が合っただけだ」

昨夜のうちに、メールで小笠原にも僕の手記を送信し、話を共有していたことを、葛城は伝えてきた。気恥ずかしい気もしたが、小笠原も事件の当事者であるので、ぜひ見てみたいと申し出があったという。

「それで、葛城」三谷が言った。「田所の推理は……お前から見て、当たっているのか？もちろん、〈仮面の執事〉の正体については、本人からも自白があったが、第一の土塔雷蔵殺しのベルトコンベヤー式運搬トリックや、第三の土塔黄来殺しの狙撃のトリックとか、田所はかなり推理を進めてくれたぞ」

葛城はしばらく思案げに、額を指で叩いていた。

「……六十点、ってところかな。試験問題でいうと、部分点は充分に取れているよ。ただ、大局を読み違えている」

「それって低いのか、高いのか？」

三谷の言葉に葛城は苦笑する。

「大枠では合っているけど、細かいところで違うこともある、ってところだね。言っておくけど、雷蔵さん殺しのトリックは、田所君の推測通りで根本原理は合っているし、黄来さん殺しもそうだ。ガッカリさせないように重ね重ね言っておくけど、僕の推理は、細かい点で君の述べた推理と違うけど、原理の点では同じだから、新しいトリックなんて期待しないようにね。

沼川さん殺しの夾竹桃の罠については、目の前で見ているからなおさらだろうけど、これは完答だよ。それにしても、回転する塔の仕掛けを確かめておいてくれたのは僥倖《ぎょうこう》だった。そのおかげで、僕の推理もだいぶ楽になったよ。

あとマイナス四十点の理由としては、そもそも、花音さん殺しのトリックは解けていないようだし——いや、どうかな。あれは、トリックとも呼べないようなものだしね」

僕は心底驚いた。

「おい、冗談だろ葛城。この事件、もう解けているのか？」

「おおむね、ね。何個か検証したいことは残っているけど、事件の真相は摑めたと思う」

「まさか——」

僕は半ば呆れていた。こいつはどれだけ想像の先をいくのだ。

「ただ——」葛城が言った。「犯人の、動機が分からない」

「え？　それって、〈狐〉がどうして満島さんを殺そうとしたか、ってことか？」

「確かに」小笠原が言った。「犯人は、土塔家の人間も満島さんのことも殺そうとしていたってことになりますよね」

「いずれにせよ」葛城は言った。「僕には、事件をどう終わらせればいいのか分からない。真相はおおむね見えているけど、解決の仕方が分からないんだ」

葛城の謎めいた言い方に焦れったくなったが、彼はその先を続ける気がなさそうだった。僕は話題を変えることにした。

「さっき話した時は言い忘れていたけど……話の最後に言った、雪絵さんの絵の件、あれはあの後、どういうことだか分かったよ」

「あれか」三谷が言った。「見たものしか描かないはずの雪絵さんのスケッチブックに、高さ十五メートルもの巨人の絵が描かれていた、っていう……」

葛城は愉快そうな顔をして、「田所君、続けて」と促した。

「見た瞬間には驚いたけど、分かってしまえばどうということはない。あれは、ブロッケン現象だったんだ」

「ブロッケン現象？」

三谷に向けて、僕は頷く。

「登山家が山の上でよく遭遇するんだけどね、自分の背後に太陽がある状態で前方や眼下に広がる霧を見ると、自分の影に虹色《にじいろ》の後光がさしたようになって、影も長く伸びるから、まるで巨人のように見える、そんな現象だ。ブロッケンの妖怪《ようかい》、なんていうところもある。飛行機に乗った時、上空から雲を見上げると、虹の輪っかが見えることがあるだろ？　あれもそうだよ」

「ああ……聞いたことはあるな」

三谷が納得したように呟いた。

「つまり、あれは雪絵さん自身の影だったんだ。それが荒土館周辺に漂っていた霧に投影された……」

「幽霊の正体見たり枯れ尾花、か」三谷が鼻を鳴らした。「分かってみれば、他愛《たわい》のないことだったんだな」

その時、葛城がため息をついた。

「田所君、だから君の推理は六十点止まりなんだよ」

明らかな煽りだったので、僕はムッとした。

「どういう意味だよ」

「ブロッケン現象が答えなのは、君の推理通りだよ。でも、君はそこから先に進まない。その先こそが一番大事だっていうのにさ？」

「その先……？」

「君が今した説明の中にも、既にヒントがあるじゃないか」

「ヒントが……？」

出来の悪い生徒の答えを待つみたいに、葛城は黙り込んで、じっと僕の顔を見つめた。

「やれやれ。じゃあ、これだけ言ってあげようか——君の説明通りだとして、光源はなんだい？」

「何って……太陽だろ？」

「じゃあ、君が撮影してきた、スケッチブックの絵のアングルを見直してみてくれ。

絵の右手には、岩壁が見えるね。そして、正面に塔が描かれ、左の方にはもう一つ塔がある。この位置関係からすると、この絵はどこから見た光景だい？」

「それは……館の右翼側、だろう」

「右翼側は切り立った崖になっているが、ここは天然の日よけになっていて、太陽の光は差し込まない」

あ、と僕は声を漏らした。

「だったら……月代さんのアトリエにあったランプだ。あれを持ち出して、使ったんじゃないか？」

「雪絵さんは火恐怖症だった。わざわざランプを使うかな」

「じゃあ、電気……」

「崖の近くに電灯はないよね」

僕は言葉に詰まった。

「この問題を突き詰めれば、真相に一歩近付くんだけどね。もちろん、〈狐〉の正体にも」

葛城は言葉とは裏腹に、浮かない顔つきだった。さっき自分で言っていた「動機」の問題に悩んでいるからだろうか。

「だけどよ」三谷が言った。「〈狐〉が女だとするなら、もう候補は月代さんと飛鳥井さんしか残っていないぞ。あとは、月代さんがどうやって全ての犯行を行ったか……その問題だけに絞られるんじゃないか？」

「そうだろうか」小笠原が言った。「例えば、雪絵さんが犯人ということはないのかな」

「え？」

「ギロチンの罠に引っ掛かったように見せて、自殺したのかもしれない。そうでなくても、罠のインパクトが先行してしまうから、ともすれば忘れがちになるけど、死体の首を切り落とすのは、身元を隠すためだろう？　実は、大時計の中に落ちていた生首は偽物、あるいは土塔家の姉妹の誰かのもので、本物の雪絵さんは誰かに成り代わって逃げ出したのかもしれない」

葛城は小笠原の推理に対して、なんとも答えない。

代わりに、葛城はため息をついて言った。

「〈狐〉なんて命名してみたけど、この事件の犯人は、今までの悪人に比ぶるべくもないな。ある意味で、この犯人ほど、事態に翻弄《ほんろう》され尽くした犯人もいないだろう。狡猾《こうかつ》に見えるが、その実行き当たりばったりで、上手くいったところなど一つもない。しかし、外見上は計算高いように見えるから、その印象が覚束《おぼつか》なくなるんだ」

葛城の言葉の意味が分からず、僕と三谷は顔を見合わせた。

ふうとため息をついてから、三谷がパン、と自分の両腿を叩いた。

「会いに行ってみないか」

「え？」

「小笠原さんの言う通り、雪絵さんが全ての犯行を終えた後、覚悟の自殺をしたという可能性もあるかもしれない。だけど、〈狐〉は女性で、それも生存しているってなると、やっぱり月代さんが怪しいじゃないか。五十嵐さんの言い分は、葛城が聞いてくれている。あくまでも、花音さんを庇って〈仮面の執事〉を演じただけで、殺しはやっていない、って言うんだろ？　だから今度は、月代さんの話を聞きにいきたいんだ」

「小笠原さんに月代さんの声を聞いてもらうのも良さそうですね」僕は小笠原の方をチラリと見ながら言った。

「でも」小笠原は言った。「小笠原さんは〈狐〉の声を直接聞いているわけですから」「月代さんも、家族を大勢亡くされて、今は傷ついているんじゃないですか。そんな中、面識のない俺まで会いにきたら、ストレスなんじゃ」

小笠原の指摘はもっともだったので、小笠原には月代の部屋の前に立ってもらい、声だけ確かめてもらうことにした。

しかし、三谷のいう、月代犯人説は成り立つのだろうか。僕はまたノートを引っ張ってきて、適宜葛城に質問を飛ばしながら、状況を整理してみることにした。以下は、僕が話しながらまとめたノートと、葛城から飛んできたコメントをまとめたものである。

田所の推理で証明された事実（葛城も同意する部分）
①荒土館の四つの塔は回転する。回転はリモコンの操作が可能。
②〈仮面の執事〉は五十嵐である。

第一の殺人　土塔雷蔵殺し
状況
雷蔵が首を絞められ、中庭の銅像の持つ剣に突き刺された。中庭には雨が降っていたが、銅像の周囲の地面には足跡ひとつなかった。
田所の推理
二つの塔を回転させ、ベルトコンベヤーのように死体を運搬。ワイヤーはドローンを使ってわたした。銅像の剣に突き刺した（ベルトコンベヤー説）。
月代犯人説の壁
ドローンを処分する機会がない。ドローンは館から見つからず、救助後はずっと救助隊に見張られていて、こっそり処分することは出来ない。
葛城のコメント
ドローンと回転する塔、ワイヤーを使ったという見立ては間違っていないので、部分点は取れているが、まだ真相ではない。

以前書いたノートに残された疑問

1、雷蔵は五メートルもの高さがある銅像の剣に串刺しにされていた。その動機は何か。

3、雷蔵が持っていた『財田雄山の未発表原稿』には何が書かれていたのか？　持ち去ったのは犯人なのか？

↓解決済。未発表原稿こと『荒土館の殺人』には、実際の荒土館で行われた連続殺人のモデルとなるような事件が描かれており、犯人はこの原稿をもとにした「筋書き殺人」を行っていると思われる。

↓3－A、なぜ犯人は『荒土館の殺人』に則って殺人を続けたのか？（ただ独創性がなかったにすぎないのか）被害者や状況の相違は何を示しているのか。

4、雷蔵の車椅子を押して、隠し通路内のエレベーターまで行った、二十二・五センチの靴の持ち主は誰か？

第二の殺人　土塔花音殺し

状況

十二時半時点で離れには何もなかったが（田所・三谷・雪絵が確かめる）、十三時五分に月代が訪れた時、そこに花音の死体があった。問題の三十五分間には、飛鳥井と黄来以外の二人にアリバイが成立した。なお、離れは落石により屋根が破壊され、近寄りがたい状態だった。落石は同日十三時に起きた震度5弱の余震が原因と思われる。

田所の仮説

なし

月代犯人説の壁

雪絵のアリバイは、定点撮影していたビデオカメラにより保証されている。映像に細工をする余裕はなかったはず。映像のアリバイはいかにして崩せるのか？

葛城のコメント

トリックとも呼べないようなトリックだと思われる。警察の現場検証で全て明らかになるはずだ。

以前書いたノートに残された疑問

5、花音は元日の朝から姿が見えず、元日の十三時五分に月代が離れで死体を発見した。花音はどこに隠れていたのか？　あるいは、犯人があらかじめ花音を気絶させその身柄を隠していた場合、どこに隠していたのか？

↓葛城のコメント　後者が答えのはず。

6、三谷、雪絵と共に離れに誰もいないのを確認したのが十二時半。それから三十五分後には、離れに死体が現れた。同日十三時頃には大きめの余震があり、館にいたほぼ全員が顔を突き合わせている。このように時間に余裕がない中で、どうやって、そしてなぜ犯人は犯行を行ったのか？

↓葛城のコメント　良い問いだけれど、問いの立て方が間違っている。

第三の殺人　土塔黄来殺し

状況

一月一日の夜から二日の朝にかけて、飛鳥井が南西の塔に監禁状態となっていたが、こっそり彼女に会いにいった黄来が射殺された。現場の扉は鍵がかかっており、窓の外は十五メートルの高さがあるため、準密室状況となっていた。黄来の傷と壁に残った弾の痕から考えると、やや仰角の位置から狙撃されたものと思われる。

田所の仮説

二つの塔を回転させ、窓を向かい合わせにし、別の塔から南西の塔へ射撃した。

月代犯人説の壁

ライフルを使ったと思われるが、処分する機会がない。

葛城のコメント

塔を回転させたという部分は正解だが、角度の問題が非常に重要。

以前書いたノートに残された疑問

11、黄来は飛鳥井が閉じ込められていた塔の中で殺され、飛鳥井が第一容疑者として疑われる状況になった。犯人は、この状況を狙って引き起こしたのだろうか？

↓犯人が犯行のモデルにしたと思われる『荒土館の殺人』には、飛鳥井がモデルであるキャラクター・光宗飛鳥が同様のピンチに陥る状況はなかった。このアイデアは、犯人の思いつきなのだろうか？

第四の殺人　沼川勝殺し

状況

沼川の部屋から出てくる〈仮面の執事〉＝五十嵐を目撃。沼川の部屋からは夾竹桃を燃やした時に発生するバニラの匂いがしており、雷蔵の部屋の金庫にあった仏像は夾竹桃の生木で作られたものだと思われる。沼川は自分への恐喝のタネがその仏像の中にあると誤解して仏像を燃やした（実際に仏像の中にあったのは、『荒土館の殺人』が保存されたＵＳＢメモリだった）。燃やした者が毒殺するように仕向けられる殺人トラップだったのだ。

田所の仮説

五十嵐は仏像を燃やすよう指示する手紙に不審感を覚え、沼川を操って、仏像を燃やさせようとした。そのために使ったのが、「善意の第三者」から送られた恐喝の手紙である。これは三枚組のものだったが、五十嵐は二枚目を取り除くと、自分を特定する情報がなくなることに気づき、沼川に一枚目と三枚目を転送。沼川は自分が脅されていると勘違いし、仏像を燃やした。しかし、沼川は自分の部屋を煙くさくすることを嫌ったか、五十嵐の部屋で燃やしたため、事態がややこしくなった。五十嵐は〈仮面の執事〉の扮装をして、死体を移動させる必要が生じたのだ。

月代犯人説の壁

壁はない。手紙を出した「善意の第三者」＝〈狐〉と考えるなら、それが月代であってもおかしくはない。

葛城のコメント

「善意の第三者」＝〈狐〉で間違いない。〈狐〉の標的は五十嵐だったのだろうが、実際には沼川が死んだことをどう評価するかが問題か。

以前書いたノートに残された疑問

7、月代に、雷蔵が金庫に保管していた仏像を預けたところ、〈仮面の執事〉に奪取された。あの仏像には、どのような価値があったのだろうか？

↓解決済。五十嵐・沼川は〈狐〉に操られ、あの仏像の中に恐喝のタネがあると勘違いさせられていた。

第五の殺人　土塔雪絵殺し

状況

『荒土館の殺人』はラストシーンが途中で削除されており、そこには、ホールに置かれた大時計の中に手掛かりがあることが示唆されていた。雪絵は原稿に書かれた通り大時計の中に首を突っ込み、仕掛けられていたギロチンの罠にかけられた。

田所の仮説

〈狐〉は原稿のラストシーンを意味伸長に見えるように加工し、雪絵を罠にかけた。しかし、これは雪絵を標的にしたものだったのだろうか？

月代犯人説の壁

なし

葛城のコメント

標的を絞り込めるのか、という疑問は合っている。合っているとすれば、それは何を意味するのか？

僕はノートを見返しながら、うーん、と唸った。

「月代さんが〈狐〉だとすると、壁はやっぱり花音さん殺しの時のアリバイと、あとは証拠の処分のタイミングが問題になるな」

「警察が館の中を捜査すれば、ハッキリするだろうよ。俺と飛鳥井さんで館中探して見つからなかったけど、どこか館の中に巧妙に隠していたのかもしれないし」

三谷はじろっと葛城を睨みつけた。

「それにしても、葛城、お前、こんだけ色々コメント出来るってことは、やっぱり全部分かっているんだろ？　どうして犯人をズバッと捕まえない？」

「だから言っただろ。動機が分からないから、事件をどう解決するべきか、幕を引くべきか、僕には分からないんだ」

「そりゃ、月代さんが家族を殺す理由なんて分かるはずないさ。あれだけ残酷に、次々と手にかけて。きょうだいだって一人残らず殺しちまって」

「まあいずれにせよ」葛城が言った。「犯人は警察の厳重な監視下にあるという状況なんだ。犯人ももう下手な真似は出来ないよ。

いずれにせよ、月代に会いにいくべきだ、という三谷の意見には賛成だった。ここまで状況を整理しておけば、月代に何を聞けばいいかも、分かった気がする。

「事件の整理が出来たみたいだから、もう一つ、重要と思われることを伝えておこうか」

葛城が言って、折り畳んだ紙を広げた。

「これは？」

「今朝方、顔見知りになった警察官に声をかけて情報を提供してもらったんだよ。復旧したエレベーターから吸い上げた、使用履歴のログだ」

「使用履歴ったって……地震が起きてから、あのエレベーターはずっと使えなかったんじゃないのか？　なんの意味が……」

「まあ見てみなよ三谷君。そう思ってみれば、そこそこ意外な結果のはずだよ」

使用履歴のログは、以下の通りになっていた。

エレベーターは地上のオブジェと、荒土館の崖下にしか繋がっておらず、これを「上」「下」とそれぞれ表記し、エレベーターのカゴの動きだけを示していた。

12月31日（事件の一日目）
15時47分　上↓下
15時49分　下↓上
15時53分　上↓下
23時15分　下↓上
23時18分　上↓下
23時45分　下↓上

1月1日
0時19分　上↓下

0時30分　下↓上
0時35分　上↓下

「ちょっと待てよ」三谷が言った。「確か、最初の大地震が起きたのは、十二月三十一日の十五時七分だったはずだよな。つまり――」

「ああ。一日目に限っていえば、エレベーターは使用できる状態にあったことになる」

「待ってくれ」僕は遮った。「僕と三谷は、エレベーターを、確か正月の十三時ぐらいに見つけたんだ。離れへの落石の原因となった地震の直前だ。その時には、ボタンを押しても反応がなかったし、使えなくなっていた」

「うん。それは間違いない。僕も同じ頃に地上からオブジェを調べて、エレベーターが使えないことを確認している。カゴを吊っているワイヤーが切れていて、動かなくなっていたんだ」

「つまり、それは地震で切れたのではなく……」

葛城が頷いた。

「人為的に切られたんだ。犯人が、エレベーターを使えなくしたんだよ」

うーん、と僕は唸った。

「エレベーターの中の防犯カメラの映像は、残ってなかったのか？」小笠原が聞いた。

「それさえあれば一発で出入りした人間が分かるんじゃ……」

「犯人もそこは周到だった。カメラは壊されていて、映像は一切残っていない。カゴの動きを示したログだけ、どうにか復旧出来たんだ」

「でも、だからなんなんだ？」三谷は言った。「一日目にエレベーターが動いていたなら、犯人が館から外へ逃げられたかもしれない。だけど、現実には、花音さんは二日目の元日に、黄来さんは二日目の夜から三日目の朝にかけて、そして沼川さんと雪絵さんは三日目というように、殺戮は二日目以降も続いていたんだ。一日目に外に逃れたやつは、どうやっても犯人になれないだろうが」

三谷の指摘はもっともだが、ここに何か秘密がある気がする。何か……。

「あーっ！」

僕は思わず叫んだ。

「な、なんだよ」

「これ、月代さん犯人説の決定的証拠になるじゃないか！」

「な、何？」

「つまり、この二十三時以降の動きが鍵なんだよ。この時間、まさに一日目の雨が降り止んだ後……雷蔵さんが殺された時刻と一致するじゃないか」

「ああ！」

そこまでいうと、ようやく三谷も納得したように膝を打った。

「雪代さんにとって第一の殺人の壁は、トリックのために必要なドローンの処分機会がないことだった。でも、これならクローズド・サークルの外に出ていくらでも処分出来る」

「おお……！」

小笠原が感心したように頷いた。

「でも、十五時四十七分から五十三分の間の上下動はどういうことだ？」

「地震の直後だから、試運転したんじゃないか？　自分が乗っていいかどうかを確かめるためにも、複数回試運転した」

「筋は通るな」

葛城はひとしきり頷いた後、ぼそっと一言言った。

「じゃあ、月代さんは第三の殺人で使ったライフルを、どう処分したんだろうね」

僕は説明に窮したが、エレベーターによってドローンの処分をクリアー出来たなら、これも越えられる気がした。何か、トリックがあるはずなのだ。


月代の部屋の前は物々しい警戒状態となっていた。私服警察官が二人、狛犬のように扉の横に張り付き、部屋の出入りを見張っている。

なるほど、だから葛城は「下手な真似は出来ない」と言ったのか、と合点する。もちろん土塔家の人間があれだけ殺されたのを受けて、月代の身を守るための処置なのだろうが、同時に、月代が犯人であっても、重要な監視の目になるわけだ。

葛城は警察官に話しかけ、部屋に入ることを了承させた。もう顔見知りになっているようだ。いつもながら、手の早いことに感心する。

打ち合わせ通り、小笠原は部屋の外に待機し、月代の声だけを聞くことになった。葛城とは初対面になるので、僕と三谷が先に顔を見せて安心させることにした。

念の為声をかけると、入っていいとの回答だったので、三人で部屋に入る。

寒々しい空気が肌を刺した。

月代はまだ布団を敷いたままだった。〈いおり庵〉の浴衣と半纏を着たまま、布団の上で体育座りをしている。浴衣が少しはだけて、足があらわになっているのを見て、僕はサッと目を背けた。

「す、すみません。まだ眠っていたなんて」

「いいよ」月代はか細い声で言った。「入っていいって言ったのは、私なんだし」

月代の口調は投げやりに聞こえた。もはや自分すらもどうでもいいと思っているかのような、そんな無気力な調子だ。月代も昨日のうちに入浴は済ませたということで、顔についた土埃や体の垢が取れ、大理石のような肌の白さになっていた。それがますます、儚げな印象を深めるのだろう。

——彼女が、犯人?

僕は最前までノートに書き連ねていた推理を恥ずかしくさえ思った。家族を喪ってこんなにも悲しんでいる人が、犯人であるはずがない。

——いや、だが、これさえ演技だとしたら……。

彼女が犯人であるなら、演技だと考えるしかない。なぜなら、〈狐〉は女性であるはずで、候補はもう月代しかいないからだ……。

僕はひとまず葛城を月代に紹介する。

「いくつか聞きたいことがあって来ました」

「え、ええ……」

月代は困惑するように眉根を寄せた。

葛城は要領よく、〈狐〉にまつわる話を伝える。

「そこで、〈狐〉は土塔家の人間と同時に、この〈いおり庵〉の若女将である満島蛍を殺そうとしていたと思われるのです。その理由に、何か心当たりはないでしょうか？」

「心当たり？ あるわけないでしょ……。満島さんって、ここに来た時に、応対してくれた人でしょう。着替えのこととか、食事のこととか、よくしてくれたけれど、会った覚えはないし……」

「土塔家の皆さんが狙われる理由については？」

月代はブルっと身を震わせた。

「そんなの……分からない。父さんってああいう人だから、どこで恨みを買っているか分からないし、花音だって……でも、雪絵姉さんだけは……どうして、あんな風に殺されなきゃならなかったのか……黄来兄さんだって……」

葛城はすかさず続けた。

「荒土館の北側の壁に、エレベーターが隠してあったのは、田所君たちから聞いていますね。あの存在を知っていましたか？」

葛城はじっと月代を見つめている。

僕はハッとした。

――嘘をつくかどうか、見ているのだ。葛城は人の嘘を見抜くことが出来る。

月代は首を振った。

「いいえ。兄さんから田所君たちは聞いているかもしれないけれど、私たち三姉妹は、あの館に行くこと自体珍しいの。ああいう特殊な装置があっても、知っていたのは父さんだけだったと思う」

葛城は目を瞑った。「そうですか」と短く言った。

彼女は今、嘘をついたのか、つかなかったのか。その判断は見ているだけではつかない。

「ところで」月代が言った。「あなたはなんで、そんなことを根掘り葉掘り聞いてくるの？」

「僕が、名探偵だからです。この事件を解決するために必要だから聞いています」

「名探偵？」

月代は嘲笑うような口調で言った。しかし、その言葉にも力はない。

「ええ。僕は必ず、この連続殺人の真相を解き明かしてみせます。それにはあなたの協力も必要になるのです」

「もし本当にあなたが……名探偵だというなら……」月代は言った。「もっと早く……来て欲しかった……」

「それについては、僕も胸を痛めているところです」

葛城の口調が月代の感情を逆撫でしたのか、月代はキッと葛城を睨みつけた。

「口ではなんとでも言えるでしょ！　あなたは五人もの死を防げなかったのよ！　父さんも、雪絵姉さんも、花音も、こ、黄来兄さんだって……みんな！　みんな殺された！　天才芸術家一家と言われた土塔家も、これじゃおしまいじゃない。残っているのは私だけなんだから……」

葛城は黙って聞いていた。彼女の言葉を真正面から受け止めているように見えた。

「私があの塔で作っていた『あの子』も、あそこに取り残されたきり……そのうち、道が復旧すれば助け出せるかもしれないけれど、雪絵姉さんが死んだ途端に、私があの子に見出していたはずの天使の影が、薄れていくのを感じたの……。情熱がなくなったんだと、笑ってくれても構わない……。それくらい、この世に一人きりになったという孤独が、私には耐え難いの……」

彼女は頭を押さえながら言った。

「どうして私――あそこで死んでしまわなかったの……」

「そんな！」

僕は叫んだが、とにかく口に出しただけで、先に続ける言葉は何も考えていなかった。一つずつ、言葉を捻り出していく。

「……こうして生き残ったことには、何か意味があるはずです。それに……」

それに。僕はこの時、小笠原のことを告げようとしていた。異母きょうだいが今扉の向こうにいるのだと。あなたは天涯孤独ではないのだと。しかし、それをいきなり伝えたところで、この人の心を救うことが出来るだろうか。突然には受け入れることが出来ないのではないだろうか、と思った。

「いいえ、ただの偶然でしょ……」月代が言った。「だってそうじゃない。夾竹桃の仏像は、あなたたちに相談を持ちかけられた私が燃やして調べたかもしれない……大時計を覗き込んだのは私だったかもしれない……偶然、私は生き残ってしまったの。あそこで死んでいたのは、私であっても構わなかったのよ……」

月代の言葉は悲観的だったが、頷ける部分もあった。殺人トラップの無差別性——そこには、何か意味があるのだろうか？

三谷もオロオロとするばかりで、どうしていいか分からない様子だった。

「あなたの言葉は甘んじて受け入れます」

葛城が言った。

「ただ、これだけは言わせてほしいんです。僕は絶対に、この事件を終わらせます。僕一人では、確かに力不足かもしれない。だけど、ここにはもう一人、頼れる人がいます。彼女の力を引き出せれば、必ずこの事件を終わらせられるはずです」

彼女……飛鳥井のことだろうか？

「それに」葛城は扉の外の方を見やった。「あなたはこの世に一人ではない。そのことだけは、覚えておいていただきたいのです」

小笠原のことを指しているのだろう。異母きょうだいとはいえ、小笠原にも雷蔵の血は繋がっている。それなら、月代はこの世に一人ではない。

「月並みな言葉ね」

月代は挑みかかるような調子で言った。ふん、と鼻を鳴らしてから、

「あなたたちに話すことは、もうないわ。帰って……一人にして」

僕たち三人は、追い立てられるままに月代の部屋を後にした。

月代の部屋を出ると、小笠原と目が合った。

彼は黙って首を横に振った。

月代の声は、〈狐〉のそれとは違う——ということらしい。

僕はますます混乱した。

——どういうことなのだ？　〈狐〉の候補はもはや月代しかいないはずだ。それなのに……。

——いや、まだ道はあるのか。なぜなら、死者の声はもう一度聞くことが出来ない……だとすれば……。

混迷する思考に没入していると、葛城が鼻を鳴らした。

「分からない。やはり、動機が分からない」

はあ、と葛城はため息をついた。そして両手で頬をパンと張ると、呼吸を整えてから言った。

「行こう」

「どこへ？」

「自分の限界を、認めにいくんだよ」

また、はぐらかす癖が始まった。呆れてツッコミを入れようとし、葛城の真剣な目の色に気付く。

「真相が分かっていても、僕には、この事件を解決出来ない。見えないんだ。犯人が何を思っているのか。月代さんの言葉に正面から反論出来ないのはそれが理由だ。僕は、それを受け入れるよ。だから、この事件には、今の僕には、あの人が必要なんだ」

葛城は肩をすくめた。

「行こう。自分の心に囚われた、囚われのお姫様のところへ」

3

唖然としている僕ら三人を尻目《しりめ》に、葛城は部屋を飛び出していった。

「おい、葛城……！」

三谷が呼び止めるが、聞きやしない。僕は「とにかく追いかけてくるよ」と声をかけて、後を追った。三谷と小笠原は、そのまま部屋に残った。

葛城はそのまま、ズカズカと飛鳥井の部屋の前まで行き、制止する暇もなくノックした。

「葛城です。少しお話出来ませんか？」

その肩を摑んで引き寄せる。

「おい葛城、飛鳥井さんは今弱っているんだ。そんな風にズケズケと……」

しかし、葛城の肩に触れて気付いた。身体が強張っている。まさか、緊張しているのか？

葛城は僕の手を払う。彼はこちらを振り向いて、声を潜めた。

「今、彼女に一番効くのは荒療治だよ。そして、そのために最も必要なのは――」

葛城は不敵に微笑んだ。

「三年前の僕、だ」

「は？」

扉の向こうから「どうぞ」という弱々しい声が聞こえた。

「失礼しますよ、飛鳥井さん」

葛城は扉を開けた。

旅館の和室、奥の広縁の椅子に、飛鳥井は座っていた。窓の近くに、椅子とテーブルを置いたスペースだ。机の上には何もなかった。葛城が入ってきてもなお、顔を背けたまま、ずっと窓の外を眺めている。

「飛鳥井さん、大丈夫ですか」

僕はたまらず、声をかけた。

飛鳥井はゆっくりこちらを振り向いた。その目には生気がない。澱んだ目だった。僕の胸はキュッと締め付けられた。

「そんな……」

「あそこで死んでしまえばよかった」

飛鳥井は言った。ふと、あの窓の方角に、荒土館があるのだということに気が付く。

飛鳥井は唇を歪めて、哀しく、冷たい笑い声を立てた。

「もう今更、人生に希望もないからね」

「らしくないですね、飛鳥井さん」

「君に一体私の何が分かるというの。たった一度、三年前に会っただけだというのに」

「その、たった一度会っただけの男に、長い手紙を送って寄越したのはあなたですよ」

飛鳥井は鼻を鳴らした。

「君は本当に優しくないね」

「名探偵でいたいなら、優しくなんてない方がいい。そう言ったのは、あなたではありませんでしたか？」

　葛城は丁寧な言い方をしているが、その口調がどこか皮肉めいて聞こえる。そんな言い方をしなくてもいいのに、と思った。

「そうだね。でも、君があそこにいてくれさえすれば、黄来さんは死なずに済んでいたかもしれない」

　飛鳥井は恨みがましく言い返した。

「あの事故に巻き込まれて、咄嗟に荒土館の方へ体が動かなかったことについては、僕も反省しています。でも僕も、こちらに残らなければ、人の命を救えなかったのでね。それに、荒土館にはあなたがいるので、大丈夫だろうと思ったんですよ」

「私は、もう君のようなことはしないの」

「そうでしたか。ピンチの時こそ、力を発揮される方だと思っていましたが」

「……一度ならず二度までも、大切な人を喪った。そんな私に鞭打《むちう》つようなことばかり言うんだね」

　飛鳥井は肩を震わせて笑った。葛城は何も答えない。

「だったら、どうすればよかったの？　教えてみなさいよ！」

　彼女は悪しざまに叫び、そのまま床にへたり込んだ。

　僕はいたたまれなくなって、葛城の腕を取った。

「おい、葛城、部屋に戻るぞ」

葛城は僕の手を払った。

「まだ居座る気なの？」飛鳥井は首を振った。「だったら……助けてよ、『名探偵』さん。黄来さんを殺したのが誰なのか、教えてよ。そのために、わざわざ部屋まで押しかけてきたんでしょう？」

葛城はゆっくり首を振った。

「飛鳥井さん、僕の答えは変わらない。僕は、あなたを助けない」

葛城が言い放つ。

飛鳥井は、顔を上げて、澱んだ眼《め》を葛城に向けた。

「葛城……！　この期に及んで、まだそんなことを言っているのか！」

僕は葛城の胸倉を摑む。葛城はされるがままになっていた。

「過去は過去、今は今だろ……！　飛鳥井さんは今、大切な人を殺されて傷ついている。そんな彼女を目の前にして、お前は未だに過去の遺恨にこだわり続けるっていうのか？」

「君はいつも最後まで話を聞かないなあ。まあ、こうなると思っていたから、今の今まで詳しい説明を省いてきたわけだけどね」

葛城はまっすぐに僕を見据えた。

「僕は、何も意地悪で助けないと言っているわけじゃないんだ。それが、飛鳥井さんのためになると思っているからだよ」

「……はあ？」

僕の手の力が緩むと、葛城は素早く手を払って、僕の拘束を逃れた。

葛城は床にへたり込んだ飛鳥井の前に、跪《ひざまず》いた。その目を覗き込みながら、葛城は語る。

「飛鳥井さん、あなたは僕に助けられるような人じゃない」

「え？」

「確かに、僕はあなたを助けることが出来る。この事件を解き明かすこともね。それには寸毫《すんごう》の疑いもない」

さっきとは言っていることが違う。虚勢なのか？　それとも――。

「……すごい自信ね」

飛鳥井が嘲《あざけ》るように言った。

「しかし」

葛城は続けた。

「それでは、あなたが救われない」

飛鳥井が目を瞠った。

「あなたも心の底では気付いているはずだ」葛城は言った。「目の前にいる僕に縋るのは簡単でしょう。ただプライドを捨てるだけだ。でも、それではあなたに後悔が残り続ける。あなたは、今日という日に僕の手を借りたことを、生涯思い出すことになる」

「………」

飛鳥井は黙り込んで、葛城の言葉を聞いていた。

「そうしてあなたは死ぬまで僕のことを思い出すんです」葛城は意地悪そうに笑った。

「自分で解くことを放棄して、僕に縋ったことを。大切なプライドを捨てたことをね」

「……君って本当に——」

「最悪、ですか？　優しくありませんか？　なんとでも言ってください。これは、三年前、あなたにすっかりやり込められた意趣返しだとでも思ってもらえばいい」

僕は驚いていた。

葛城は冷たい、とずっと思っていた。飛鳥井の危機を前にして、あまりに冷たすぎる、と。

だがその実、彼は飛鳥井のことを誰よりも考えていた。今だって、あえて悪役を買って出ているのだと、ようやく気付いた。

「あなたはね、飛鳥井さん。誰かのためにしか生きられない人だ」

「なんですって？」

「飛鳥井さん、先に謝っておきますよ。僕の本質は、三年前からまるで変わっていない。僕は自分が解き明かしたことを、人に突き付けずにはいられない人間だ」

葛城は自嘲するように笑った。

「あなたには確かに推理の才がある。しかし、それを自分のためには使わない——使おうとしたことがない。ひとりでに分かっ、て、し、ま、うことがあっても、そこに明確な意思はない。そこに意思が生まれたのはいつですか？

甘崎美登里さんと出会った――その瞬間からでしょう？」

ハッと飛鳥井が息を吸い込む。

「あなたは、甘崎美登里さんに求められた。あなたにとってのワトソンに。だからこそ、あなたは自分をホームズに擬した。名探偵のふりをすることにした」

「――黙れ」

「だが彼女を喪ってそれは叶わなくなった。だからあなたは一人で生きてきた。それが変わったのが土塔黄来さんとの出会いだった。妹たちのために、どんな罵詈《ばり》雑言を浴びようと尽くしてきた彼の姿に、あなたはシンパシーを感じたんだ。だから惹かれ合った」

「――黙れ……」

「結局、あなたは同じ轍《てつ》を踏んだだけです。あなたは誰かのためにしか生きられない。だから同じ傾向を持つ彼に惹かれた。彼のためになら、生きられると思った。互いに必要とし合うことで、生きていこうとした……」

「黙れ！」

飛鳥井が葛城を睨みつけた。

その目には、はっきりとした意思が宿っていた。燃え盛るような目で、葛城を見据えていた。

「本当のことを言われて、苦しくなりましたか？」

「それ以上喋るな！　上から目線で何様のつもりだ？　『名探偵』っていうのはそんなに偉いのか？　君は――」

飛鳥井が言葉を切った。

葛城は優しい目をしていた。それは憐れむような目ではなかった。ただ、飛鳥井の言葉をありのまま受け止めていた。受け入れていた。

「飛鳥井さん」

葛城はゆっくり言った。

「もう、自分のために生きませんか」

「え？」

「自分を憐れむ以外の何かをしませんか。誰かのために胸を痛めなくてもいいんです。思うように生きてみませんか」

飛鳥井はじっと黙り込んでいた。

「あなたはもう、『名探偵』にならなくてもいいんですよ。立派に取り繕う必要はない。ただ、哀しいことに、あなたは目の前に謎があると気になって気になって仕方がない。そんな自分の心に蓋《ふた》をして生きるのは、窮屈ではありませんでしたか？」

荒土館でのことを思い出す。

誰よりも早く中庭の足跡の問題に気付いたこと。

車椅子の轍《わだち》を僕らと同じように辿っていたこと。

毒物についても滔々とその知識を披露したこと。

雄山の原稿が見つかった時顔を背けていたこと。

彼女は誰よりも探偵らしく振る舞ってみせたのに、そんな自分を恥じるように行動していた。

葛城はニヤッと笑い、おどけたような口調で言う。

「考え方を変えませんか！　飛鳥井さん」

「何？」

「堅苦しく考えすぎなんですよ。今のあなたは、三年前の僕みたいだ」

「最大級の侮辱だな」

「例えばこんなのはどうです？　あなたは、高校時代『探偵部』なるものに入っていたんです」

「はあ？」

飛鳥井が乱暴な声を出した。

「部活動なので当然引退試合があります。三年間じっくりと部活に打ち込んで、最後の最後、思いを引退試合にぶつける！　そうやって、熱も思いもすっかり消化して、高校を卒業する、その予定でした」

葛城は、握りしめた拳を、パッと開いた。

「しかし、思わぬ事故によってその計画はパーになった。そうですね、試合に向かう電車が遅延したことにしましょうか？」

「君は、美登里が死んだのはその程度のことだったとでも言うのかい？」

飛鳥井のキツい口調にも、葛城は怯《ひる》まない。

「あくまでたとえ話です。ともあれ、あなたは引退試合を出来ないまま、卒業だけすることになった。そのせいで、ずっと熱を引きずったままだ。だけど、プロにもなれずに未練がましく続けている——そんな風に思っているから、自分のことがたまらなく恥ずかしく感じるんじゃないですか？　誰もそんなこと気にしていないのに。だから、僕のような人間を見ると我慢が出来ない」

飛鳥井はじっと葛城を見つめていた。

「飛鳥井さん、今日があなたの引退試合です」

葛城がゆっくり立ち上がり、飛鳥井に手を差し伸べた。

「最後に、自分で自分を救ってください。そうしたら、あなたが宿痾だと言っているものの、そこから解き放たれるはずです」

飛鳥井はしばらく差し伸べられた手を見つめてから、口を開いた。

「一つ聞かせて」

「なんでしょう？」

「君は『引退試合』を済ませたの？」

「僕はまるで違う動機で探偵をしています。あえて言うなら、『引退』出来ないのが僕です」

「とことんまで、馬鹿にしてくれるね」

ふう、と飛鳥井は息を吐いた。

そして、葛城の手を取ることなく、自分で立ち上がった。

「さっき、助けないけど、手を貸すくらいならする、って言ったよね？」

「ええ」葛城は出していた手を引っ込めて、笑った。「その通りです」

「なら、手を貸しなさい。君には腹が立ってばかりだけど、一理あるのは認めてあげる」

「それは光栄です」

葛城が恭しく頭を下げた。

飛鳥井の目の中で、炎が燃えているように見えた。

彼女は今、ようやく復活を遂げたのだ。

「先に言っておくよ、葛城君」

「なんでしょう」

「私はやっぱり、君のことが嫌いだ」

「奇遇ですね。僕もあなたが嫌いですよ。でも」葛城は笑った。「手を貸すくらいは、させてもらいますよ」

4

事件を解き明かすと決意した飛鳥井を交えて、僕らはもう一度作戦会議をすることにした。葛城の部屋で行うが、小笠原には外してもらい、飛鳥井、葛城、三谷、僕の四人で行った。

三谷と僕にとっては重複になるが、葛城は手早く、〈狐〉に関する話題と小笠原の行動について飛鳥井と情報を共有する。

「〈狐〉……？　また妙な名前をつけたわね」

飛鳥井にチクリと言われても、葛城は平然としている。

僕はすかさず、荒土館の事件の疑問点についてまとめたノートを差し出す。飛鳥井はしばらく熟読してから、大きく頷いた。

「ありがとう。要領よくまとまっている」

これぞワトソン役の面目躍如だと、鼻が高くなった。

「月代さんがいかにして犯行を成しえたか。月代さんと満島蛍さんの関わりは何か。あとは、月代さんが犯人なら、小笠原さんが聞いても〈狐〉だと断定出来なかったのはなぜか。このあたりがポイントになるかしら。満島さんという方に会ってみたいけど、今はどちらにいるのかしら」

これには葛城が応じた。

「旅館の方で忙しく、てんてこ舞いのようです。僕も飛鳥井さんが会いたがるだろうと思って、声をかけてみたのですが……まあ、同じ旅館にいるのですから、いずれ機会はあるでしょう」

僕は舌で唇を湿らせてから言った。

「〈狐〉の声の問題については、小笠原さんの推測が当たっているのではと思っています」

「というと？」

「つまり、死者が〈狐〉なのでは、という推測です。最後に死んだ雪絵さんが大時計のギミックを使って、覚悟の自殺をした。雪絵さんの声はもう聞けないので、〈狐〉であるかどうか判別はつかない……」

飛鳥井は黙って聞いてから、小さく首を振った。

「雪絵さんが犯人だとしても、花音さん殺しのアリバイや、証拠の処分の問題は同じように生じるわ」

「それはそうですが……」

「それに、雪絵さんを疑うなら、もう一つ検証しないといけないことがある」

「え？」

「花音さんよ。彼女の死体には誰も近付けなかった。彼女が替え玉でないかどうか、誰にも確かなことは言えないんじゃない？」

「あ……」と三谷が口を押さえた。

「でもですよ」僕は反論した。「確かにあの時、離れが倒壊する危険があって近付けませんでしたけど、えいやっと決意を固めれば、下に潜り込んで近付くことは出来ましたよ。そのくらいの按配《あんばい》でした。大事をとって近付きませんでしたが、犯人からしてみれば、替え玉を安心して使える状況じゃありませんでした。それに——」

「分かっている」飛鳥井が頷いた。「あの落石は地震によるもの。つまり完全な偶然のはずだ。犯人が予測して犯行に組み込めるわけがない」

ふう、と飛鳥井は息を吐いた。

「いずれにせよ、花音さん殺しの現場が疑わしいね。まだ田所君も推理出来ていないところだし、アリバイの謎は解けていない。エレベーターのことも気になるし……」

「さっき警察の人に聞きましたが、明日にはエレベーターも復旧して、下に降りられるかもしれないということでした。作戦会議はこの辺りにしておいて、明日を待ちませんか」

「そうしましょうか」飛鳥井は立ち上がった。「休んでおきたいし……それに、これ以上は、現場を見ながらのほうが良さそうだわ」

翌日のこと。

エレベーターが無事に復旧し、荒土館まで再度降りられるようになったという。

昨日の話もあるので、早速荒土館へ降りるのだろうと思っていたが、葛城は「メインデイッシュは後に取っておこうよ」とはぐらかした。

「じゃあ、どうするんだ」

「まずは少し散歩に出ようか。幾つか確かめたいことがあるし、見せておきたいものもあるんだ。小笠原さんも一緒にどうですか」

「お、おう……」

小笠原はしぶしぶといった様子でついてきた。

「待てよ、俺もついていくぜ。こんだけ目の前で色々起こったのに、俺だけハブるのはなしだろ」

三谷は有無を言わせぬ口調でパーティーに加入した。

ロビーに降りると、飛鳥井が椅子に座っていた。

「遅い」

飛鳥井は葛城に向けて言った。

「おや、それは失礼しました。まさかあなたがここまで乗り気だとは思ってみなかったものので」

「煽れば煽るほどやる気になると考えているのだったら、お門違いよ」

飛鳥井が、フン、と鼻を鳴らした。

「その人が、君が昨日話していた小笠原さん？」

小笠原は突然名前を呼ばれ、ビクッと体を跳ねさせた。飛鳥井は、かなり目つきが鋭いし、今は葛城のせいで機嫌も悪そうなので、初めて会うと怖い印象を受けるかもしれない。

「は、初めまして」

飛鳥井は小笠原に会釈した。

「大体の話は昨日聞かせてもらいました。満島さんという方を殺しかけたそうですね」

「か、葛城、お前って奴は……」

小笠原が泣き笑いのような表情を浮かべた。

「仕方ないじゃないですか。そう説明するのが一番早いんですから。それに、彼女と議論するためには、〈狐〉についての謎を掘り下げるのが一番早い」

「〈狐〉、か……」

僕は唸った。

「小笠原さん、ちなみに、飛鳥井さんと話していて、何か感じることはないんですか？」

小笠原はきょとんとしていた。

「……というと？」

「あなたは、土砂崩れ越しに〈狐〉と直接言葉を交わしたわけでしょう？ そして、その相手は女性です。であれば、荒土館にいた女性は全員怪しいことになる」

「それで、私も疑っているってこと？」

飛鳥井が愉快そうに言った。

「そういうわけではありませんが……」

「うーん」小笠原が唸った。「さっきから考えているんだが、どうも、心当たりがないんだよな。飛鳥井さんは違うと思うが……」

「そう。ならよかったわ」

飛鳥井は事もなげに答えた。

僕は苦笑しながら、頭の中で整理する。あの時、荒土館にいた女性は――。

飛鳥井光流↓小笠原の証言により「×」。
土塔雪絵↓死亡。声を聞くことは不可能。
土塔花音↓死亡。声を聞くことは不可能。
土塔月代↓小笠原の証言により「×」。

こういうことになる。可能性のある人物がいなくなってしまう。月代がなんらかのトリックを使ったのだろうか？　極端な話、声優などは演じている役と地の声がまるで違うことがある。月代のぼそぼそ喋るキャラそのものが演技であれば、あるいは……。

「ちょっと確かめたいことがあるの」飛鳥井は言った。「話はそこに着くまでの道すがらで、どうかしら」

飛鳥井は手に双眼鏡を持っていた。あんなもの、一体何に使うんだろう？

飛鳥井と共に、宿の外に出て、裏手の山道を歩いていく。舗装されているので歩きやすいが、気温が低く、体の芯から凍《こご》えるようだった。

「そもそもの疑問だけれど」飛鳥井が口を開いた。「〈狐〉はどうして、その満島蛍さんという人を殺そうとしたのかしら。まだ、タイミングが悪いのか、その人には会えていないけれど……」

「いい人ですよ」葛城が言った。

「しかし現実には」飛鳥井が白い息を吐いた。「誰かが彼女の名前を挙げたわけね」

「ええ、そうなりますね」

「〈いおり庵〉が老舗旅館なら、土塔雷蔵があの地の果ての獄に目を付けて、荒土館を建てるよりも先に、〈いおり庵〉はあった……そういうことよね」

「まさしく」

「だとすれば、旅館絡み、養父母絡みのトラブル……とかでもないか」

「土塔家の方が新参者なわけですからね。それに、土塔雷蔵は特に長壁町の方には愛着がなかったようで、引っ越してきた際に、神社を少し見にきたくらいとのことです。平素はあの館にいた使用人たちは、買い出しやら何やらで、お世話になっていたようですがね」

「接点が見当たらない……か」

飛鳥井が首を捻った。

「土塔家の人間でないとすれば、五十嵐さんか沼川さん、つまり外部の人間ではないかな。五十嵐さんは花音さんのマネージャーで、芸能事務所に勤務している。役者時代の満島さんと面識があったのかもしれない。

「あり得そうですけど」僕は口を挟んだ。「小笠原さんが聞いた声は女性のもの……だったんですよね？　男性の五十嵐さんや沼川さんでは……」

「変声機を持っていて、それを使ったのかもしれないでしょう」

飛鳥井が真顔で言うので、冗談で言っているのか真剣なのか、区別がつかなかった。参った、この人、もしかしたら葛城より数段扱いにくいかもしれない。

「まあ」葛城が肩をすくめた。「そんな風に声の問題は差し置いて、土塔家にいた十人と満島さんの接点を考えてみるのはいいかもしれませんね」

「待って、あるいは、接点なんて一つもない、という考え方はどう？」

飛鳥井が言い、葛城は「例えば？」と促した。

「満島さんの名前を挙げたのは、便宜的なもの。〈狐〉はともかく小笠原さんと交換殺人の契約を承諾させることが目的の第一だった」

「そんなことをして何になるんです？」

「交換殺人に付随した条件……そこにこそ、〈狐〉の真の目的があった、ということ。つまり、信号弾を撃つこと、これが目的だった」

「撃つこと自体が……ですか？　随分奇妙に聞こえますね」

葛城がからかうように言うので、飛鳥井は顔をしかめた。

「君はさっきから、のらりくらりと私の推測をかわすばかりで、自分の考えを述べないね」

「さあ？　僕はあくまでも手をお貸しするだけで、助けるつもりはありませんからね」

ほんっと腹立つ、と飛鳥井は口元で呟いた。

「別の角度から考えてみましょうか。

私が気になっているのは、雷蔵さん殺しについて。田所君が調べてくれたところによれば、原稿『荒土館の殺人』では、足跡のない中庭に死体が横たわっているだけだったというけど、実際には銅像の持った剣に突き刺さっていた」

「想像するだけで」小笠原が言った。「嫌な気分になる死に方ですね……」

「実際、かなりキツかったっすよ」

三谷の顔色が悪かった。

「僕もそれは気になったんですが」僕は言った。「確か、あの銅像は月代さんの作品で、一年前に設置されたということでした。財田雄山があれを書いたのは少なくとも昏睡状態になる三年以上前ですから、原稿に書かれていなくてもおかしくはありません」

「そうね。その考え方には私も賛同するけれど……それ以上に気になっているのは、あれが〈狐〉のアイデアだったのか、というところね」

僕は困惑した。

「それって、どういう意味ですか。実は雄山の原稿にも同じようなシーンがあって、

〈狐〉はそれを真似しただけ、ということですか。それを悟られないように、原稿から該当する描写を削除した……?」

飛鳥井は首を振った。

「違うわ。もっと根本的な話。田所君だって考えていたじゃない。霧があれだけ深かったのに、二本の塔を操作しながら、狙って剣先に落とすことが出来たのか……って」

「確かにそうです」三谷が頷いた。「とてもではないですが、狙って出来るとは思えない」

そうこう言っているうちに、荒土館を見下ろせる道まで辿り着いた。小笠原の話にもあった地点だ。右に行くと荒土館に降りる道があり、左に行くと小笠原が満島を殺そうとした東屋がある。そして、正面には例のオブジェ、エレベーターの昇降口があった。

オブジェの周辺には、警察やエレベーターの業者と思しき人々がたむろしている。

飛鳥井は彼らを無視して、崖の近くまで歩いていった。

「危ないですよ、飛鳥井さん」

そのまま何をするかと思えば、宿から持ってきた双眼鏡を目に当て、荒土館の方を無言で見始めた。

「やっぱり」

彼女は双眼鏡を目から離した。彼女はそれを、そのまま葛城に渡す。

「南西の塔。その壁面を見てみて」

「仰せのままに」

葛城はおどけた調子で言って、すぐ満足げな吐息を漏らした。

僕に双眼鏡の順番が回ってくる。

双眼鏡を覗き、言われた通りにしてみる。しかし、何を見ればいいのかサッパリ見当がつかない。塔の窓は南を向いているので、北側から見ると窓も見えず、巨大な石の塊を眺めるだけになる。

僕は隣の葛城を肘で小突いた。

「なんだ」

「お前、さっき双眼鏡を覗き終わるまで異様に早かっただろ。見るべきポイントが分かってたってことだろ。教えてくれ」

「飛鳥井さんに聞きなよ」

「いいから」

葛城のため息が聞こえた。

「いいかい。それなら、塔の側面に、傷のようなものがついているから、確かめてみてくれ。その傷が、どんな風についているか、をね」

「傷……？」

そう言われて注目してみると、あった。

確かに傷がついている。うっすらとだが、削れたような痕があった。僕はロープを使ったと推理していたが、すると、ロープなどではなく、ワイヤーや鉄線など、頑丈なものを使ったに違いない。

「――あれ？」

ようやく、僕は違和感を覚えた。

傷は、塔に対して斜めについていたのだ。例えていうなら、野菜を乱切りにする時のような、斜めの角度だった。それも、塔の上方についているので、その傷の線を伸ばしていくと、荒土館のはるか上空に伸びることになる。

「おかしい……これじゃあ、二つの塔を使ったベルトコンベヤーにならないじゃないか」

「気付いたかい？」

双眼鏡を目から離すと、ニヤニヤと笑う葛城の顔に出迎えられた。

「下からだと見えなかっただろう？　霧も深かっただろうし、角度も悪かっただろうからね」

「お前、事前にこれを見にきていたのか？」

「まさか。ただ、推理の結果、そうなっているだろうと思っただけさ。君の推理した通りなら、あの傷は水平についているはずだ。しかし、そうなっていない。これはどういうことだと思う？」

僕は困惑した。

「あの、俺も見ていいか？」

小笠原が順番待ちしていたので、僕は慌てて双眼鏡を渡す。三谷もうずうずしながら待っている。

小笠原と三谷が見終えると、ちょうど見計らったように、トレンチコートを着た刑事風の男が近付いてきた。彼は葛城の顔を見ると、少し顔をしかめてから、会釈した。

「もしかして、飛鳥井光流さんや田所信哉さん……今回の事件に、巻き込まれた方々ですか？」

彼はおずおずとした口調で尋ねてきた。

そうだと答えると、彼はホッとした口調で言った。

「よかった。私はO県警の岩城《いわき》という者です。本件の担当者になりました」

「僕が何回か言った、警察官に話を聞いたというのは岩城さんのことだよ。とても親切な人なんだ」

葛城の言葉に、岩城はサッと顔を赤らめた。

「君が友人を心配しているというから、仕方なくだ。間違っても、名探偵なんていうたわごとを信じたわけじゃない」

彼は咳払いしてから続けた。

「実は今し方、復旧したエレベーターを使って、五つのご遺体の運搬作業を済ませたところなんです。それで、ある現場について、このような状況になった経緯を確認したいと思いまして……」

「それは構いませんが、どの現場ですか？」

「土塔花音さん……彼女が殺されていた、離れなんです」

彼は言葉を切って言った。

「驚かないで聞いてください。彼女が亡くなっていたあの場所は、一階ではなかったんです」

「え？」

僕の口から、思わず、素《す》っ頓狂《とんきょう》な声が漏れた。

「あそこは二階だったんですよ」

5

僕、葛城、三谷、飛鳥井、小笠原の五人は、例の刑事に連れられて、再度荒土館へと降りることになった。

彼に案内されるまま、離れに向かう。

離れの屋根には、まだ大きな岩が突き刺さったままだった。

岩城が言った。

「花音さんのご遺体を発見された時、皆さんは、離れの戸口から、花音さんの様子を確認されたのみ、ということでしたよね」

「そうです」僕は言った。「あの時はまだ、大きな余震があり、この大岩が落ちてきた直後でした。離れ自体に倒壊の危険があったので、近付かないようにしていたんです」

「なるほど。やはりそうでしたか」

岩城が頷いた。

「あの、それよりも」僕は聞いた。「さっきの言葉はどういう意味だったんでしょうか。ここが二階だった、というのは……」

「ああ、実はですね。この離れは吊り天井構造によって造られていたんですよ」

「吊り天井……？」

僕の頭に過去の事件の記憶がよぎり、嫌な気分になる。

「といっても、大げさなものではありません。学校の体育館の天井に施されているようなものです。花音さんのスタジオとして使えるよう、防音のためにこういう構造にしていたようですね。荒土館の建造をする際、ここに入った業者に確認したんですよ。

つまりですね、元日十三時の余震があった際、ここに大きな岩が事故で落下してきました。それによって、離れの屋根が破壊されると共に、吊り天井を支えるワイヤーが破壊さ、い、い、い、い、い、い、い、い、い、い、い、い、い、い、い、い、い、い、
れ、吊り天井はそのまま、一階部分に落下したのです」

僕は唖然とした。

「では……花音さんの死体を見つけた時、彼女の死体の下にあったのは……」

「はい。一階部分の床ではありませんでした。いわば、あの離れの二階部分、吊り天井の

上の面だったのです。たまたま同じ色だったので、気付かれなかったようですね」

確かに、あの離れの床は白かった。

僕の頭は目まぐるしく回転した。

「それって、吊り天井の上に、花音さんの死体が隠されていたということですか」

僕は頭の中で状況をイメージした【図④参照】。

僕たちは十二時半にあの離れに入り、余震の後、十三時五分には月代が訪れ、花音の死体を発見した。そのため、彼女はその三十五分間のうちに殺害されたものと思っていた。しかし、違ったのだ。僕と三谷、雪絵があの離れに十二時半に入った段階で、花音の死体は吊り天井の上に放置されていたのである。

土塔花音は、あらかじめ殺害され、吊り天井の上に載せられる。その後、大きな岩が落ちてきて、吊り天井の機構ごと、死体を一階部分まで落下させる。これによって、死体は忽然と出現したのだ。

僕は、花音の死体の下敷きになっていた、ロリポップの破片のことを思い出す。あれは、ポケットに入っていたものが、花音が床に落下した時の衝撃で割れたものだったのではないか。あの硬い飴が砕けるとは、どんな衝撃が加わったのかと思っていたが、花音と一緒に二階から落下したならそれも頷ける。

当然、落下の時に死体には衝撃が加わり、腹や足などには、打撲の跡や骨折が残ったかもしれない。しかし、建物の倒壊を恐れて、僕らはろくに近付かなかった。

図4　離れのトリック解説

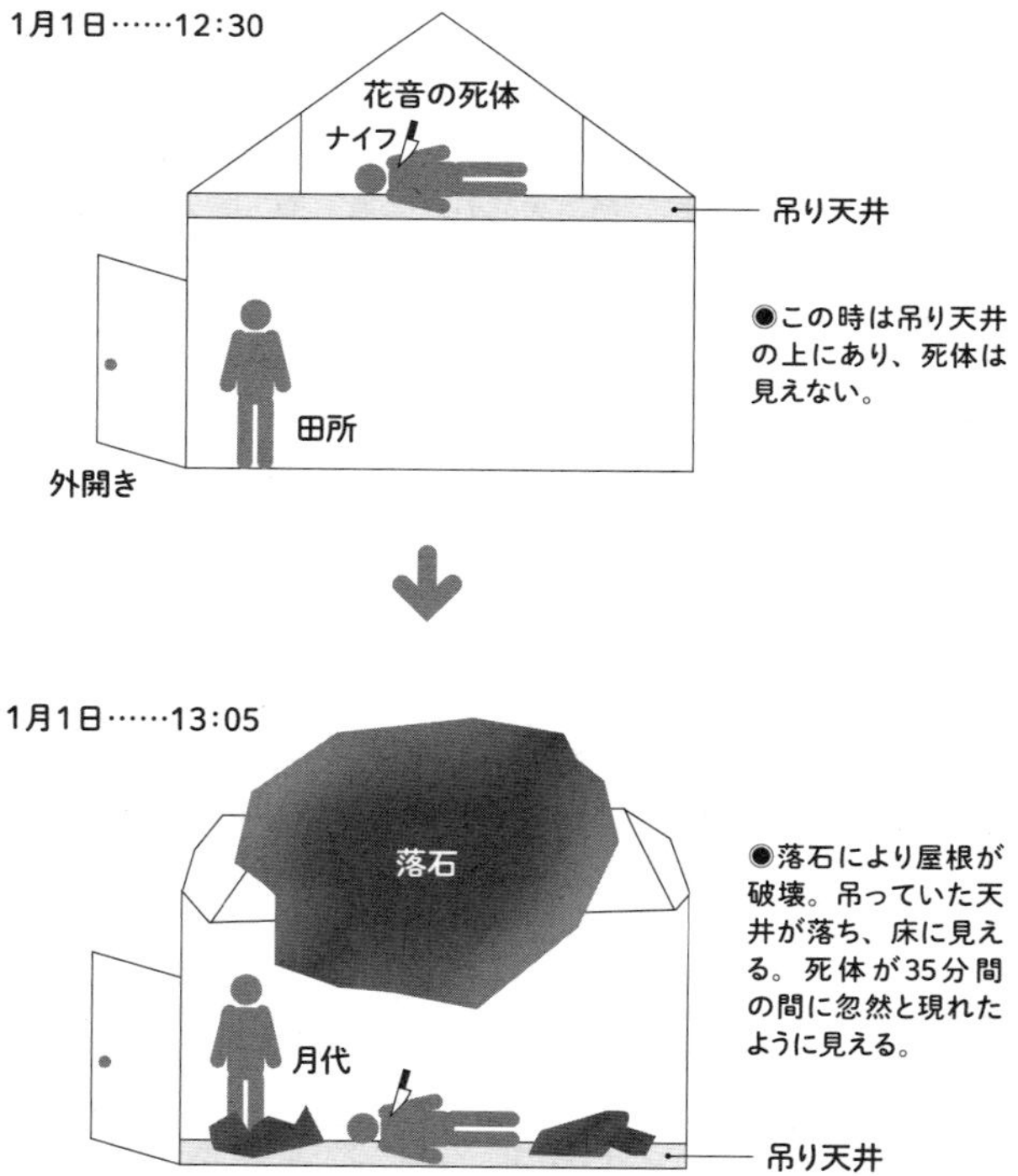
1月1日……12:30
花音の死体
ナイフ
吊り天井
●この時は吊り天井の上にあり、死体は見えない。
田所
外開き
1月1日……13:05
落石
●落石により屋根が破壊。吊っていた天井が落ち、床に見える。死体が35分間の間に忽然と現れたように見える。
月代
吊り天井

岩城は咳払《せきばら》いをした。

「恐らく、田所さんの推察通り、天井裏に隠されていたのでしょう。詳しい解剖結果はまだですが、この館にあった五つのご遺体のうち、花音さんのご遺体の腐敗状態が、最も進行していたんです。死後硬直は顎から始まり、徐々に下半身へ進行し、二十四時間かけて最大になり、冬場は四日……死後九十六時間ほどで緩解《かんかい》しますが、全身緩解とはいかないまでも、既に胸部までは硬直が緩解していました」

「僕らは、大晦日の深夜から元日未明のうちに雷蔵さんが殺され、その後、どこかに身を隠していた花音さんが正月の十二時半から十三時五分の間に殺された、と思っていましたから、その前提が崩れますね」

同時に、花音はどこに身を隠していたのか、という謎もこれで解けた。雷蔵よりも先に殺され、吊り天井の裏に隠されていたのだ。

それに、あの時間帯には、飛鳥井と黄来を除いて全員にアリバイが成立していた、という謎もあったが、あれは偶然に過ぎなかったというわけだ。そもそも、アリバイトリックなるものは存在しなかったのだから。

これで、月代犯人説の壁は一つ消えたことになるし、雪絵のアリバイも無意味になる。

しかし、それよりも。

「葛城、もしかして、あれはトリックとも呼べないと言っていたのは……このことを指していたのか?」

葛城は肩をすくめた。

「まあ、そういうことだよ。君からすれば意外な真相に聞こえるだろうけど、こんなのは推理もへったくれもない。偶然中の偶然、事故みたいなものだからね」

「事故？」

「だってそうだろう？　事件の経過を思い返してごらんよ。五十嵐さんは、雷蔵さんの死体を発見した時、その段階では姿を消していた花音さんが事件に関与していると疑い、ロープの処分を手伝った。これは誤解だったわけだけど、〈狐〉にとって、この段階では花音さんは完璧なスケープゴートとして機能していたんだよ。さて、ここで問題だ。この場合、花音さんの死体は、いつまで発見されないのが好都合だ？」

僕は、うっ、と呻いた。

「最後まで……」

「そうだ。それなのに、死体は余震によるアクシデントによって、あっさり発見されてしまった。これが事故でなくてなんだ？　結局、犯人の思い通りには一切ならなかったってことさ。そもそもこの事件が犯人が狙って引き起こしたものなら、館にいるほぼ全員にアリバイが成立するような時間帯に死体を出現させるわけがない」

葛城は至極つまらなそうに言った。

彼はこれまでの事件で、対峙する犯人の狡猾さを褒めそやすような場面もあった。その様子を見るたびに、実は、彼は頭脳明晰《めいせき》な犯罪者に親しみを覚えるのではないかと邪推していたのだが、今回の彼は、随分と犯人に対して悪しざまである。〈狐〉という犯人を、狡猾だと口にしていたのに、今ではけなし続けている。

このちぐはぐな態度はなんだろう？　だが、僕自身、花音殺しの謎解きの呆気なさに、どこか魔法が解けたような虚しさに襲われていた。

岩城はホッとしたような口調で続けた。

「ひとまず、それを確認したかったんです。この奇妙な現象について、皆さんが把握されていたかどうかを。見たこともないような状況ですし、死体の腐敗度合いが明らかに違うので。最初に発見した時からこの状況で、誰も手を加えていない、ということで納得しました」

それでなのですが、と彼は続けた。

「死体に刺さっていたこのナイフですが、何か見覚えはありませんでしょうか」

彼は写真を見せてきた。

そのナイフを見て、僕は目を見開いた。

ナイフは、いわゆる十徳ナイフと呼ばれるもので、ドライバーや栓抜きなど、様々な機能が一つにまとまったものだ。各機能は柄の部分に折り畳んで収納することが出来る。

その柄の部分に金色の文字で、〈いおり庵〉という屋号が彫られていたのだ。

ようやく見つかったのだ。

土塔家と、〈いおり庵〉との接点が。

それを見るなり、なぜか葛城は舌打ちした。

「迂闊だ。迂闊すぎる」

飛鳥井はナイフをじっと見つめながら、思考を巡らせている様子だった。

「そのナイフ、発見時には遠目からしか見ることが出来なかったんです。まさか、そんな屋号が彫られていたなんて」

「〈いおり庵〉って、俺たちが泊まっているところだ」

小笠原が言うと、岩城が彼を見た。

「長壁町にある旅館ですよね……ええ、存じ上げています」

「しかし、なんでナイフがこんなところに？」

「あっ」小笠原が写真を指さした。「これ俺、見たことあります。〈いおり庵〉の休憩室で見つけて、満島さんに教えてもらったんです。記念品だと」

「そうですね」岩城は言った。「〈いおり庵〉の従業員にも確認を取りましたが、これは創業百周年記念……つまり昨年の六月に、百本限定で作り、関係者にのみ配った限定品だそうです」

「ナイフだったんですね」小笠原が得心のいったように言った。「いや、満島さんね、他の従業員が放置したんだろうってことで、『こんなところに置いて、物騒だ』なんて趣旨のことを言っていたんですよ。あの時は十徳部分を開いてなかったので分からなかったですが、ナイフだったからなんですね」

「そうすると」飛鳥井が言った。「現場にナイフがあったことには、大きく分けて三つの経緯が考えられますね。

一つ目は、ナイフは犯人が当時もらったもので、犯人自身の持ち物である可能性。

二つ目は、ナイフは犯人が〈いおり庵〉の関係者から譲り受けたり、盗んだりしたものである可能性。

三つ目は、被害者である土塔花音さんの持ち物である可能性」

「花音さんが……？」

僕が首を捻ると、飛鳥井は頷いた。

「花音さんが元々〈いおり庵〉の関係者だったから十徳ナイフをもらえたのか、それとも誰かから譲り受けたのかまでは分からないけれど、この三つ目の可能性だった場合は、事件のあらましはこうでしょう。花音さんは犯人をナイフで襲撃し、揉み合いになった。その時、犯人が花音さんのナイフを奪い、逆に刺してしまった。犯人は慌てて、花音さんの死体を隠そうと、ひとまず吊り天井の上に隠した……」

「ちょっと待ってください。そのケースだと――」

「そうよ。花音さんが〈狐〉だったことになる」

僕は驚いたが、満更あり得ない結論ではない。沼川勝、土塔雪絵の二件の殺人については、自動殺人によって達成されるからだ。最初に殺された花音が〈狐〉であったとしてもおかしくはない。

「しかしその場合、雷蔵さん殺しと、黄来さん殺しはどうなります？　あれは明らかに、〈狐〉こと花音さんが死んだ後に起きた事件です」

「花音さんを殺した犯人が、花音さんが計画していたことを乗っ取った、つまり『便乗殺人』だったことになるわね。花音さんを殺害後、彼女の持ち物に、雄山の原稿と、それを利用した犯行計画書があるのを見つけ、ちょうど二人を殺す動機があったので便乗した」

思わず唸った。この説が上手いのは、これによって、男性である五十嵐にも犯人の可能性が浮上したことだ。今までは〈狐〉＝女性の声という先入観があって、五十嵐を容疑圏外にしてしまっていたが、再考しなければならなくなった。

しかし、花音殺しの謎が解けてみると、何か酷く、呆気ないような気もした。アリバイの謎も、不可解な殺害タイミングの謎も、結局は存在しなかったのだから。

「ちょっといいかしら」

飛鳥井が言った。深刻そうな顔をしていた。

「行ってみたいところがあるの」

6

飛鳥井が今、行ってみたいところ。黄来さんの現場をもう一度見たいのかも、と思ったが、その予感とは裏腹に、彼女は館から離れていく。

彼女についていくと、例の土砂崩れの現場に辿り着いた。土砂崩れの向こう側では、今も復旧作業が続いているらしく、大声や機械の音が飛び交っていて、かなり騒がしかった。

「ちょっと飛鳥井さん、ここで何を……？」

「小笠原さん」

彼女は僕の声には答えず、小笠原の名を呼んだ。彼は驚いた様子で、「はい」と応える。

「ここで、あなたと〈狐〉は話をしたのよね」

「はい、そうですが……」

「どんな話をしたの？」飛鳥井が有無を言わせぬ口調で聞いた。「最初から全て聞かせて頂戴」

「……俺は、この土砂崩れを見て、一人項垂《うなだ》れたんです。最初から、計画が頓挫してしまったから。それで……誰も聞いていないと思って、呟いたんですよ。殺人をしようなんて無茶だった、俺が雷蔵を殺せるわけない、みたいなことを。そしたら、出し抜けに向こうから女の人の声が聞こえて。それで、彼女が『土塔雷蔵を殺したいのですか』と言って」

「土塔雷蔵を殺したいのですか」

飛鳥井が、〈狐〉の言葉をそのまま繰り返した。小笠原が怪訝そうに眉を動かす。

「あの……？」

「私は時折、あなたの言葉を繰り返すと思う。でも、気にしないで。これは私の思考法のようなものだから」

小笠原はまだ当惑したような表情を浮かべて、「はあ」と言った。

しかし、彼はそのまま、彼自身の役割を続けた。もちろん、彼自身の記憶だから、一言一句正確であるかは分からないが、よほど印象深い出来事だったのだろう、彼は細かいことまで、実によく覚えていた。

その間も、飛鳥井はいくつも、〈狐〉のセリフを繰り返していく。

「私が殺して差し上げましょうか」

「ですから、代わりに本懐を遂げて差し上げましょうかと、申し上げています」

「私も今まさに、人を殺しにいこうと思っていたのです」

「どうでしょう。私たち、互いのターゲットを入れ替えるというのは」

「私たちがするのは、もっと完璧な犯罪です」

「満島蛍のことが、心の底から嫌いだからです。憎いからです。満島蛍さえいなければ……」

飛鳥井の言葉には、少しずつ情感が籠ってくる。間近で目の当たりにしている小笠原が、目を瞠っていた。

僕は密かに高揚していた。

これこそが、飛鳥井光流の探偵技法だった。

僕は葛城に肘で小突かれた。彼は声を潜めて僕に聞く。

「なあ……飛鳥井さんは一体、何をしているんだ？〈狐〉の言葉から、その性格をプロファイリングでもしているのか？　こう言ってはなんだけど……気味が悪いよ。どうして、あんな風にオウム返しに……？」

「私も今、まさに同じことを聞こうと思っていました」

岩城も隣から、ひそひそと喋った。

「なあ、俺も気味が悪いよ。一体あれ、なんなんだ？」

三谷がすり寄ってきた。

「あれ……葛城たちには話したこと、なかったたっけか？」

葛城が明らかにムッとした顔をした。自分が知らないことがあるのが我慢出来ないのだろう。こいつはそういう奴だ。しかし僕は僕で、葛城が知らないことを知っているという優越感に浸っていた。

飛鳥井が口を開いた。

「彼女はここにいた……私はここにいる……」

彼女は土砂の山を見つめている。思考に没頭するかのように。

葛城と岩城が焦れているので、かわいそうになって、僕は咳払いをしてから話し始めた。

「今彼女がやっているのは、探偵だった時代、彼女が得意としていた思考法なんだよ。飛鳥井さんは、現場に残る『犯人の思念』を追想することで事件の真相に辿り着くんだ。

誰よりも深く、犯人になりきることによって、犯人の過去の思考をトレースし、未来の行動を予測する——彼女自身が、完璧に犯人と一体化したと確信した時、彼女の中で事件は解決する。落日館の事件で、真相にいち早く気付いていたのは、この思考法が理由だと思う」

葛城は、啞然とした顔をしていた。

「恐らく、この思考法によって、自分の大切な人である甘崎美登里を殺した〈爪〉と深く繫がってしまったことが、高校生時代、彼女の苦悩の理由だったんだ。そしてこれこそが、彼女が、謎を目にした時高揚する自分の態度を恥じ、封じ込めようとしていた理由だったんだ。彼女にとって、謎を解く行為とは、犯罪者と同一化する行為だったからだ」

「今、私の目の前に」そう話している間も、飛鳥井はうわごとのように呟く。「殺意を持った男がいる。顔も見えない男。信用出来るの？　でもこの状況は利用出来る。あたりには他に誰もいない。この男をどう使うか……」

この男呼ばわりされている小笠原は、助けを求めるように僕らを見ていた。僕らは団子になってひそひそ話をしているから、彼は随分心細いに違いない。

僕は続ける。

「だから、婚約者を殺した今回の〈狐〉をトレースすることも、僕は心配していたんだ。また、同じように彼女が傷つくんじゃないか、ってね……でも、彼女の表情を見る限り、そんな心配はなさそうで安心したよ。彼女はもう、二度と同じ轍は踏まない。どこかで吹っ切れたんだ。どれだけ犯罪者と心を同一化しようと、自分は変わらない、そういう自信がついたんだと思う。

——葛城、紛れもなくこれは、お前の手柄だ」

葛城は髪をかきあげる。顔が引きつっていた。

「僕はどうやら」葛城は苦笑を漏らす。「とんでもない人を目覚めさせてしまったらしいね……」

僕は葛城の反応にだいぶ気をよくして、大げさに肩をすくめてみせた。

飛鳥井が僕らを見た。

その目の色がすっかり変わっていた。

「行きましょう。事件の現場を、この目でもう一回見ておきたい」

当初の予感通り、黄来の殺害現場も見にいくことになりそうだ。

しかし、予想と違うのは、彼女がただの感傷で、そこに向かうわけではない、ということだった。

7

「私は『荒土館の殺人』の通りに殺人を犯さなければならない」

飛鳥井は荒土館を歩き回りながら、犯人の心情をトレースし、物騒な発言を繰り返している。小笠原が泣きそうな顔をしているので、後で、葛城たちにしたのと同じ説明を繰り返してやった。

「土塔家の人間を殺さねばならない。しかし私には独創的なトリックは考え付かない」

「あれだけの大量殺人をやらかしたんですから、動機は土塔家全体への恨みだと、飛鳥井さんは推理したんですね？　独創的なトリックは……というのは、花音さん殺しが偶然の産物だったから、そう思ったのでしょうか」

葛城が横から飛鳥井に話しかけるが、飛鳥井は一切葛城の方を見ない。飛鳥井は今、自分の世界に完全に入り込んでいる。

彼女は雷蔵のアトリエのドアを叩き開けた。

「だが土塔雷蔵がいいものを持っていた」

彼女は、部屋の隅に置かれた金庫に手を載せる。

「この金庫の中に。あの財田雄山の原稿だ！　『荒土館の殺人』。あの原稿には、ここを舞台にした殺人計画がいくつも書かれているのではないか？　おまけに雷蔵は、死んだ芸術家こそが本物だなどという妄言をぬかして、雄山の死後に作品を一つずつ読んでいる。まだ『荒土館』を読んですらいない。あの原稿を奪ってしまえばどうだ？　ＵＳＢメモリにコピーして……そうだ！」

飛鳥井は雷蔵の椅子に座り、机の天板を叩いた。

「いいぞ！　ここにはいくつもの殺人計画が書かれている。古臭いトリックばかりだが、使えそうなネタは結構あるじゃないか。

塔を使った死体の運搬。

塔を使った狙撃事件。

夾竹桃の像のトラップ。

大時計のギロチン。

原本まで盗むと雷蔵に気付かれる。原本を処分するのは、雷蔵をいよいよ殺す時にしよう」

彼女はそう言って、椅子から立ち上がった。

葛城は呆れ返っていた。

「おいおい……あれじゃまるで、狐憑《きつねつ》きだぞ」

「この事件は、とことんまで狐に縁があるね」

僕は葛城が困惑しているという、珍しい状況に浮き足立っていた。それに、もはや二度と見ることは叶わないと思っていた彼女の昔の推理手法を間近に見ることが出来て、興奮していた。

彼女は玄関ホールで立ち止まった。

「だが待て！『荒土館の殺人』というこの原稿、何かの演出に使えないだろうか。そうだ！　結末部分だけ削除してしまえば、私のトリックは見抜かれない。そして、あえて、大時計を覗き込む描写まで残しておけば……好奇心に駆られた誰かが、罠にかかってくれるかもしれない」

彼女はまるで本物の〈狐〉であるかのように、大時計を見ながら、満面の笑みで頷いた。

「とすれば、コピーしたうえで、該当部分を削除したデータを、どこかに残しておこう。事件の終盤になって発見されるように。さてどこがいいか。——そうだ。あの夾竹桃の像の中だ。燃やした後、そこに焼け残って発見される。さて、ではそれで毒殺される被害者は誰がいいか」

彼女は二階へ上がる。廊下をぐるりと巡り、それぞれの部屋のドアプレートを見ているようだった。

彼女は花音の部屋の前で立ち止まった。

「『荒土館の殺人』の中では、花音にあたる華が殺されているが、上手く花音の行動を操って、夾竹桃の像を燃やす……そこまで誘導出来るだろうか。

……違うわね。それよりも——」

犯人の思考トレースが上手くいかなかったらしい。飛鳥井は少し言い澱んでから、また廊下を歩きだした。

「——上手く花音の思考を操れば、原稿通りに誘導出来るかもしれない。しかし、どういう手段がいいだろうか」

飛鳥井は五十嵐の部屋の前で立ち止まった。

「いや待てよ、さっき金庫で、芸能事務所の粉飾決算に関わる資料を見たぞ。あれは五十嵐に関わるものに違いない。なるほど、その情報を使えば、思うままに彼を操り、像を燃やさせることも可能だろう。『荒土館の殺人』からはアイデアは借用するが、こんな風に、上手い形に変えてやっても構わないはずだ」

飛鳥井はさっき、花音のことは操れないかも、と弱気な犯人像をイメージしたが、そうではなく、狡猾であるがゆえに、より失敗が少ない形に修正したのだ、とイメージしてみたのだろう。彼女は自分の思考の軌道修正に満足が行ったのか、うんうんと頷いていた。

「あとは、回転する塔のことだ」

彼女は一階に下りて、南西の塔の階段室に向かう。彼女は螺旋階段を上りながらも、喋り続けた。

「回転する塔の仕掛け、その起動スイッチを探す時間はたっぷりある。なるほど、こういう仕掛けになっているのか。面白い。あのトリックを使うためには、遠隔操作が出来るように、リモコンを手に入れる必要があるな。さて、ここが惨劇の舞台となるわけだが――」

塔の最上階に着くと、扉を開け放った。

南西の塔の室内には、まだ黄来が殺された時の血痕が残っていた。

「ここで……銃を……」

彼女の言葉はそのまま、尻切れトンボになった。

たっぷり間を置いてから、僕は飛鳥井の背中に、おずおずと声をかける。

「あの、飛鳥井さん。もし、この部屋にいるのが辛いなら……」

飛鳥井は首を振った。

「違うわ」

その口調は、いつもの怜悧《れいり》な飛鳥井のものに戻っていた。振り返った彼女の目も、いつも通りだった。

「見失った」

「え？」

「さっきまで、犯行計画を練る〈狐〉のことがよく分かったのに、この部屋に入った途端、何も感じなくなった」

彼女にとってもそれは不可解な事象であるようで、腕組みをしながら、壁の血痕をじっと見つめていた。

「黄来さんを殺害した時、〈狐〉はこの部屋には入っておらず、別の場所から狙撃したはずです」僕は言った。「だから、ここにいても、犯人の思考の残滓を感じられないのでは？」

「それもあるでしょうけど」

彼女はいまいち納得がいっていない様子である。

「まあいいわ。犯人の存在を少しでも近くに感じられたのは、いい傾向だった。満更、何も分からないってわけじゃない。でも……」

「でも、なんですか」

彼女の眉がへの字形に歪み、下唇を噛んで、その先の言葉を続けるのをためらうような仕草《しぐさ》を見せた。

少しして、彼女は口を開いた。

「この館には、悪意をもって動き回っていた、五十嵐さんの思考の残滓も感じる。そのせいもあるのかも」

「悪意をもって全員が動き回っていた、という点では、落日館も同じだったのでは？」

葛城が不審そうに水を差した。

「私が集中したのは〈爪〉のことだったから。十年来の付き合いだったし、迷わなかったのかもしれない」

「なるほど」葛城はひとまずといった口調で言った。「ですが、これでは肝心のところが分かっていませんね。雷蔵さん殺しと、黄来さん殺し。この事件に隠された謎は未だ解けないままですよ」

飛鳥井の鼻の頭に皺が寄った。

「皆さん、そろそろ帰りませんか」

岩城に促され、僕らはようやく部屋を出た。

飛鳥井だけが、最後まで壁の血痕を見つめていた。

8

僕らは宿に戻った。

そのロビーで、「変なお兄ちゃん！」という大声に呼び止められた。

見ると、五歳くらいの少年だった。

「壮太君じゃないか！」

葛城が満面の笑みで出迎えていた。彼がしゃがんで、両手を広げると、壮太と呼ばれた少年は、彼の胸の中に思い切り飛び込んでいった。

「おーよしよし、元気だね、壮太君は」

「すみません、葛城さん、壮太の奴はしゃいじゃって……」

彼の後ろから、大人の男性がやって来た。彼の父親だという。

「街の外に出る道路は復旧したようですし、私たちも明日、帰ることにしたので、ご挨拶をと思っていたんです。葛城さんにはお世話になりましたから」

葛城の奴、僕のいない間に、随分と一人でご活躍だったらしい。

「いや、僕はちょっと話をしただけで……」

葛城は謙遜するように言った。

飛鳥井が「私は先に部屋に……」と言いかけた時、壮太が不安そうに言った。

「それでね、お兄ちゃん。さっき、あの大きな人を見た場所に行ってきたの」

葛城は「大きな人」の事件について説明してくれる。彼は最初の地震、大晦日の十五時七分の地震があった時に、霧の中、荒土館の方に、「一つ目の巨人」の姿を見たのだという。しかし、それは塔の窓から漏れた光を、「一つ目」の光と間違えたのではないか、という推理を聞かせたのだそうだ。

「でも、目はどれも、こっちを向いていなかったんだ」

葛城は眉根を寄せた。

「どういうことだい?」

「あの家、おっきな建物が四個あるでしょ?」

「塔のことだね」

「その四つとも、こっちを向いていなかったんだ」

葛城の目が輝き出した。

「すみません、葛城さん」父親は頭を下げていた。「葛城さんからああいう推理を聞いたせいもあってか、どうしても気になる様子でして」

「お父さん」彼は父親に呼びかけた。「明日お帰りになるというタイミングで申し訳ないですが、どこから塔を見たのか、連れていっていただけますか」

父親は困惑したように頷いた。

そうして、僕、葛城、飛鳥井の三人は、その場所に案内してもらった。三谷と小笠原は宿に留まり、少し休むということだった。

そこは——。

「東屋じゃないか……」

葛城が興奮した様子で言った。

壮太はふふーんと鼻を鳴らした。

「ここ、ちょっと休むのにいいと思ったんだ」

「そしたら、ここで地震に遭ったんですよ」父親がぶるっと体を震わせた。「これだけ崖に近いですし……肝が冷えました」

父親は壮太の肩をそっと抱くようにした。

「それにこいつ、そこの椅子にオレンジジュースをこぼしましてね」

「ああ、そういえば、なんだか座面がベタベタしていましたね。僕も一度被害を……」

「すみませんでした！　ウェットティッシュで拭《ふ》いたのですが、拭き足りなかったみたいですね……」

座面を見ただけでは、変色等はないので分からない。触ってみると、確かにネチョネチョする。知らずに座ったら、大惨事だろう。

僕はこの東屋から荒土館の方を見た。東屋は、荒土館から見て東北東の方角にある。ここから見ると、八十メートルほど先に荒土館があり、四つの塔の上部ははっきり見渡すことが出来る。

しかし、北側の塔は窓が北向き、南側の塔は窓は南向きにあるので、確かにこちらから見ると、どの窓もこちらを向いていない。

これでは、「巨人の一つ目」は見られなそうである。

「ですが……」

僕は言った。父親相手に、あの館で発見した、「回転する塔」の仕掛けについて話す。

「あの塔、ロボットみたいに動くの!?」

壮太が目を輝かせた。確かに、機械仕掛けで動くと言えば、この年頃の子にとっては合体ロボットのイメージかもしれない。

「ああ……そうなんですね。お金持ちの考えることは分からないというか」

壮太の父親は、呆れたように言ったが、しかし安心した様子だった。疑問が解けたからだろう。

壮太とその父親はまた葛城に礼を言い、僕たちとはそこで別れた。

「なんだ。大した話じゃなかったじゃないか」

二人がいなくなったのを確かめてからぼやくように言うと、葛城と飛鳥井は同時に言った。

「何を言っているんだい?」

「何を言っているの?」

僕はびくっとした。

「え？」

「だから君は万年助手なんだよ」葛城が辛辣《しんらつ》に言った。「今の情報が、まさに値千金のものだったと気付かないなんて」

「ええ。私も一つ、疑問が解けたと思う。〈狐〉の言葉の中で、不可解だったことが分かった」

名探偵と探偵に置いてけぼりを食らって悲しくなり、僕は「どういうことなんですか」と聞いた。

「じゃあ、一つだけポイントを示しておこうか。一つ目、つまり窓が東屋の方角を向いていたのは、塔が回転していたから。これは間違いない。では、ここで問題だ。あの子が『一つ目の巨人』を見たのは、大晦日の十五時七分、つまり最初の地震があった瞬間だった。なぜそんな時間に塔が回転していたんだ？」

あっ、と僕は声に出した。

確かにそうだ。まだ、事件が起こる前の段階である。

「その点だけ、答えを出しておいてあげよう。犯人はその段階で、犯行のための実験を行っていた」

「実験？」

「あとは自分で考えてみるんだね」

そう言い捨てて、彼は宿に戻る道を歩き始めた。

助けを求めるように飛鳥井を見ると、彼女も肩をすくめるだけで、何も教えてくれなかった。

＊

宿に戻ると、「ちょっと思い付いたことがあるの」と飛鳥井が言い、葛城と僕はこのまま飛鳥井の部屋に来るように言われた。

「〈狐〉の正体を炙り出す。それが、この事件解決の早道よね」

飛鳥井の言葉に、葛城は「ええ、まさしく」と答えた。

「だったら、試してみたいことがある。首実検ならぬ、声実検よ」

「声実検？」と僕はオウム返しに繰り返した。

「なるほど」葛城は笑った。「面白そうですね」

飛鳥井が僕に向けて説明してくれる。

「小笠原さんは、〈狐〉と直接会っている。顔は見ていないけれど、声はハッキリと覚えているはずよ。

私たちは、土砂崩れに遭った時、荒土館側と長壁町側に寸断された。その状況で、荒土館側の私たちと、長壁町側の葛城君で、会話をしたでしょう？　あの時、声ははっきりと聞こえた」

「そうでしたね。だったら、荒土館にいた女性の声を、小笠原さんに聞いてもらって、記憶と比べてもらえばいいってことですか」

「そういうこと。私や月代さんの声、それに、この店の従業員や、女性の警官さんの声なんかも色々録音して、サンプルをたくさん作って、それらに全てナンバリングする。それで、どの声が似ているか、小笠原さんに聞くの」

「なんだか警察の捜査手法みたいですね」

葛城が言った。

「でも」僕は混ぜっ返した。「こう言うのは不謹慎かもしれませんが、亡くなってしまった方もいます。彼女たちについては、声実検は不可能なのでは?」

今回の事件は、自動殺人による仕掛けも多かった。亡くなっているからといって、〈狐〉の容疑圏内から外すわけにはいかない。

「雪絵さんや花音さんについては、インタビューやテレビなどで、喋っている時の音声が利用出来るでしょう。もちろん音質は粗くなってしまうでしょうけど。まあそれでも、身近な女性の声のサンプルなんかと引き合わせれば、それが雪絵さんや花音さんに似ているとか、チェック出来るんじゃないかしら。月代さんが犯人である場合、なぜ声を聞いても小笠原さんが確信を持てないのか、その理由も分かるかもしれない」

「やるだけやってみましょうか。思いもよらない結果が飛び出てくるかもしれませんからね」

　それから僕らは作業を分担して、「声実検」のためのサンプルを集めた。ジャンケンの結果、飛鳥井が部屋に残り、パソコンで雪絵と花音関係の音声資料を集め、僕と葛城がみんなの声を録音して回ることになった。女性の警官に協力してもらうのは、怪しまれて大変だったが、旅館の従業員の方は、気さくなおばちゃんに声をかけたら、その人が率先して協力してくれた。休憩室でご飯を食べていた満島蛍も、サンプル取りに協力してくれた。

　僕らはそうして取ったサンプルに、No.1、No.2というように番号を振っていった。ボイスレコーダーで録《と》った音源を、パソコンに取り込んでいく。

　最終的には、サンプルは二十個集まった。

　小笠原を部屋に呼び、実検の趣旨を説明すると、彼は快く協力してくれた。

　No.1。女性警官の声。

『私が殺して差し上げましょうか』

　喋ってもらうフレーズは、〈狐〉が言った言葉から、最もシンプルなものを選んだ。

　小笠原が首を横に振る。

　No.2。土塔花音。

『今回は全国ツアーです。みんなのところに会いにいきたいと思います』

　雪絵や花音に関しては、既にある素材から切り出すしかなかった。その代わりに、二～

三パターン用意してある。これはかなり陽気な喋り方の花音だ。この後、バラエティーで司会者に恋愛経験イジリをされ怒っている花音の声も出てくる。

小笠原が首を横に振る。

No.3。これは満島蛍だ。

『私が殺して差し上げましょうか』

「あれ？　これは満島さんじゃ」

小笠原がすぐさま言った。実検の趣旨を説明して協力をしてもらった旨、説明すると、彼は「なるほど」と言った後、首を振った。

No.4。受付の女性。

『私が殺して差し上げましょうか』

小笠原はこれも首を横に振った。

No.5。清掃員。

『私が殺して差し上げましょうか』

声自体におどけた響きがあった。当然、小笠原は首を横に振る。

その後も実検は続いた。

小笠原からはほとんど、有意な反応は得られなかったが、No.19だけは反応が違った。

『私が殺して差し上げましょうか』

「これだ！　これだよ。そっくりだ！」

僕らは浮き足立った。

パソコンを操作している飛鳥井に、僕は尋ねた。

「No.19の声の主は、誰だったんですか？」

飛鳥井は僕に一瞥《いちべつ》をくれてから、ため息をついた。

「私よ」

部屋の中に、気まずい沈黙が流れた。

9

声実検でも犯人を炙り出せなかった。分かったのは、飛鳥井の声に似ている人物が〈狐〉だ、ということぐらいだ。

部屋には、僕、葛城、飛鳥井と、小笠原がいる。小笠原は部屋の隅で、所在なげにしていた。

「あれが悪かったんじゃないですか」

葛城はほとんど恨みがましいような口調で言った。

「直前に、〈狐〉のセリフをトレースして、飛鳥井さんが聞かせたから。そのせいで、飛鳥井さんの声が、小笠原さんの記憶を上書きしてしまったんですよ」

「私のせいだって言うの」飛鳥井は棘《とげ》のある口調で言った。「どのみち、ただの思い付きだったんだから。別に大して期待なんかしていないし」

二人はそれからもギャーギャーと言い合って、議論は平行線をたどった。ここまで来ると子供の喧嘩だった。

「田所君」小笠原が助けを求めるような目をしていた。「これ、俺のせいだよね……」

「まあまあ、二人だって、小笠原さんが正直に答えてくれるのに、越したことはなかったと思いますよ……」

多分、と心の中で言い添える。

「まあ、いい」飛鳥井が先に折れた。「だったら別の角度からアプローチしてみましょうか……」

「へえ、今度はどこから」

「待ちなさい。今考えるから」

飛鳥井は絶対零度の目で葛城を睨みつけた。

葛城は肩をすくめ、僕の隣にやってきた。

「で？　田所君は色々分かってきた頃かい？　例えば、昨日言った、光源の問題とか」

「いや、さっぱりだ」

「やれやれだな」葛城は言った。「じゃあ、参考までに、僕が前に作った疑問リストも見せてあげるよ。君の十二ヵ条も見せてもらったんだしね」

彼はノートを開いた。

その疑問リストは、〈狐〉に関するものだけなので、三つの疑問を書いたのみで、シンプルだったが、奇妙なことが一つあった。第一の疑問に取り消し線が引かれ、別の表現に書き直されていたのだ。

『十、〈狐〉はなぜ、満島蛍を殺したかったのか？
一、〈狐〉はなぜ、満島蛍の名前を挙げたのか？
二、〈狐〉は荒土館側にいた。満島殺しのアリバイは作れるが、閉鎖空間の中で雷蔵を殺すのはリスクが高い。〈狐〉はいかにして、土塔雷蔵殺しの容疑を免れるつもりだったのか？
三、〈狐〉は誰か？』

「なんだよ、これ。なんで『一』のところ、書き直してあるんだ？　まるで同じ意味じゃないか」

「同じ意味？　そう見えるなら、顔を洗ってきた方がいいね」

葛城は不敵に微笑んだ。

「さて、飛鳥井さん。もう随分時間を使いました。そろそろ考えはまとまりましたか」

飛鳥井は逡巡《しゅんじゅん》する様子を見せた。

「明日の朝、月代さんと五十嵐さんも呼んで、謎解きといきませんか。あなたも追い詰められれば考えが浮かぶでしょう。大丈夫です、僕がお膳立てしますから……」

飛鳥井は素直に首を縦には振らなかった。それはそうだ。葛城のやり口は強引すぎる。

部屋にノックの音がした。

飛鳥井が考え事に没頭しているので、僕が代わりに出た。

外には、三谷と満島がいた。

「あ、いたいた。ったく、部屋になかなか戻ってこないから、捜したぜ」

「どうしたんだ？」

彼らは部屋に上がってきた。

「満島さんから宿利用についての連絡事項と相談があってさ、なんでも、今後の滞在について なんだけど――」

その時だった。

飛鳥井が突然立ち上がり、満島蛍の手を取った。

「葛城君」

飛鳥井が静かな声で言った。

だが、その響きに僕はゾッとした。

まるで地獄の底から響いてくるような――不吉な声だったからだ。

「この人が、満島さんね？」

そう言いながら、彼女は食い入るような目で、満島蛍を見つめている。満島もまた、身じろぎをして、警戒心を露にしながら飛鳥井を見つめていた。

「そ、そうだ、飛鳥井さんは、満島さんと初めましてですよね」

間に割って入ろうとした時、飛鳥井が笑った。口の両端を吊り上げて、喜色を満面にたたえた、不気味な笑みだった。

「さっきまで一緒だったのに、見失ってしまって、どこに行ったか不安だったの。ああ、良かった——」

飛鳥井は目を細めて、愛おしげな表情を浮かべる。

「ようやく会えた」彼女は言った。「〈狐〉さん」

10

たっぷり半時間も、そのまま硬直していたような気がする。

それほどまでに、飛鳥井の言葉が信じられなかったのだ。

〈狐〉——満島蛍が、〈狐〉！

彼女はこの〈いおり庵〉にいたではないか。荒土館には近付きもしていない。どうして彼女が〈狐〉なのだ。そんな結論、あり得ない。

いや、それどころではない。これは驚異的な事態だった。

飛鳥井光流は今初めて、満島蛍と対面したのだ。彼女は初対面の人間を犯人だと指摘した、、、、のである。これを驚異的と言わずして、なんであろうか？

〈いおり庵〉の客室はお世辞にも広いとは言えない。和室の中に、六人の人物がひしめき合い、しかも途方もなく重苦しい空気が流れている。

「何を――おっしゃっているのですか」

満島は、飛鳥井の手を振り払った。

「〈狐〉というのは確か、私を殺すよう小笠原さんに持ちかけた人でしたよね？　それが、私？　私はただ、今後の滞在について、皆様にご相談に上がっただけです」

「そ、そうだ、飛鳥井さん」

小笠原が立ち上がった。

「いくらなんでも無茶苦茶だ。〈狐〉が、満島さん本人であるわけがない！」

「いえ、僕も全面的に飛鳥井さんに賛同しますよ」

立ち上がってそう言ったのは、葛城だった。

「葛城、お前……」

僕は茫然とした。

「やれやれ、飛鳥井さん」葛城が言った。「いつその結論に気が付いてくれるのかと、ひやひやしましたよ」

「やっぱり、分かっていたのね。君は本当に人が悪い」

飛鳥井は満島から目を逸らさずに言った。

「もちろんです。でも、あなたが自力で気が付かなければ、あなたの『引退試合』である意味はありませんから。――さて、飛鳥井さん、どうせパズルは半分も埋まっていないんでしょう？　あなたはお得意の手法で、〈狐〉と同一化し、その観察に最も適合する人物を見つけたから飛びついただけだ。今目まぐるしく、頭の中で推理をまとめている頃ですか」

「見透かされているわね。ええ、そうよ」

「動機も分かっているんですか？」

「多分、分かっていると思う。私がトレースした〈狐〉がこの人であるなら、恐らく……」

「さすがですね。あなたに託した甲斐があります。しかし、あなたも見切り発車で告発したでしょう。整理のついていないことも多いはずです。ここからは、全力でアシストして構わないんですよね？」

「そうしてもらえる？」

名探偵と探偵は、いつの間にかすっかり意気投合した様子だった。ツーカーのやり取りで、とんとん拍子に話が進んでいく。

置いてけぼりにされた僕は、なんとか食らいついて言った。

「ま、待ってくれ。〈狐〉は荒土館の中にいると思っていたから……頭が追いつかない。一体、どういうことなんだ？」

「じゃあ、問題を整理してご覧。満島さんも、二、三分なら待てるでしょう?」

「……この告発自体、私には心当たりのないことですが、放っておくのは気分が悪いですからね」

僕はなんとか許された時間で、頭を整理することにした。

クローズド・サークルの中に犯人がいる——そう思ってきたからこそ、「月代犯人説」を強く心に抱いていた。だから、それを成立させるための「壁」を念頭に置いてきたわけだ。

まず、第一の殺人で使ったドローンや、第三の殺人で使ったライフルの証拠処分の問題。これは、クローズド・サークルの外に犯人がいたなら、そもそも解消してしまう。

次に第二の殺人の花音殺しについてだが、花音を殺し、吊り天井の上に死体を仕込んだのが一日目なら、エレベーターで脱出することが可能だったことは、使用履歴からはっきりしている。これも解消してしまう。

第四、第五の殺人については、夾竹桃の仏像や大時計、『荒土館の殺人』の原稿など事前の仕込みで、被害者を操って起こす殺人だ。確かに、クローズド・サークルの外にいても出来る……。

なんてことだ、と僕は瞠目した。満島蛍が犯人であっても構わないではないか。

問題は大きく分けて三つ。

一つ目は、第一の殺人と第三の殺人のトリックだ。いくら証拠を楽に処分出来るとはいえ、外から使えるトリックがあるのでなければ意味がない。葛城のいうとおり、僕の推理したトリックが違うのは間違いないだろうが、それでも、具体的にどうやったというのか。

二つ目は、声の問題だ。せっかく声実検までやったというのに、〈狐〉の声を小笠原に突き止めてもらうことは出来なかった。あろうことか、飛鳥井の声が一番似ていると口にしたのだ。いや、それどころか――No.3は蛍の声のサンプルだったのに、小笠原はスルーしたではないか？

三つ目は、動機の問題だ。ずっと葛城がこだわっている問題。それに、〈狐〉が満島蛍その人であるなら、なぜ交換殺人の提案など持ちかけたのか、その理由も分からない。

他に、「雪絵が描いた巨人の絵がブロッケン現象だとして、その光源はなんだったのか」とか「最初の地震の時に塔が回転していたという事実は何を意味するのか」など、ノートに書いていない細かい疑問もいくつか残っている。

それら全て、葛城と飛鳥井には見えている――というのだろうか？

「さて、田所君。頭の整理はついたかい？」

葛城の言葉に、僕は渋々ながら頷いた。

「ああ……お前の言う通り、満島さんが犯人であってもおかしくはない」

「君は『荒土館』の原稿と現実を比較した時、原稿で殺された人物と現実のそれが違うことや、ギロチンの仕掛けで特定の人物を狙えないことに着目した。あれは正当な疑問だった。犯人は、クローズド・サークルの外にいて、特定の人物を正確に狙うことは出来なかったんだ。犯人は土塔家への強烈な恨みで動いていた。だから、それでも構わなかったんだ。今から思うと、満島さんは、君や三谷君が館にいると、一月三日に初めて聞いた時、青ざめていた。本来の標的でない、土塔家以外の人物を手にかけてしまったかもと、怯えたからだ……」

葛城が鼻で笑った。

「それにしても、あの『声実検』の結果には焦りましたがねえ。満島さんの声をサンプルにしたNo.3で結論が出るかとも思いましたが、そうそう上手くはいかなかった」

「やっぱり」僕はパン、と手を鳴らした。「その一件があるよな?」

「そ、そうだ」小笠原が身を乗り出した。「俺はこの〈いおり庵〉に来て、何度も満島さんと言葉を交わしている。その時にも、この人が〈狐〉かもしれないという考えはカケラも浮かばなかった。声が違うからだ」

これはあまりにも大きなハードルではないだろうか。僕は葛城の答えをじっと待った。

葛城は、話にならない、とでもいうように首を振った。

「残念ながら、それは反論にはならないよ。あの声実検のポイントは、小笠原さんが、『飛鳥井さんの声が〈狐〉と似ている』と判断したことだった」

「それは、直前に飛鳥井さんが〈狐〉のセリフをリピートして、記憶を塗り替えてしまったからで——」

「違う。飛鳥井さんの手法は、犯罪者の思考の残滓を辿るとか、同一化するとか、立派な御託を並べてはいたが、結局は即興演劇のようなものだったじゃないか。声を張り、声音を作り、別の人物になり切る。これは、演技以外の何物でもない。つまり——」

　僕はハッとした。

「小笠原さんが、飛鳥井さんの声が似ていると思ったのは……〈狐〉も土砂崩れの現場において、演技して声を出していた、から？」

「そう。つまり、声そのものというより、発声法や声のトーンが似ていたんだよ。そして、満島さん。あなたはこの旅館で働き始める前は、役者をなさっていたんでしたね？」

　満島はむっつりと黙り込んでいた。

「逆に言えば、あなたは声実検のサンプル採りに来た時に、僕らの意図に気付いたはずですから、〈狐〉の声など出すわけがない。あなたは役者として自分の声を制御していた」

「満島さん」三谷が言った。「違うなら違うって、はっきり言ってくださいよ」

　ふう、と満島はため息をついた。

「私はずっとこの旅館にいました。荒土館の側に降りることは不可能でした。それなのにどうやって、殺人を犯せたというんですか？」

「まずは、それが出来た、という立証から行いましょうか」飛鳥井は言った。「ひとまず、沼川勝さんと、土塔雪絵さんの死については、自動仕掛けによる殺人だったので、あなたが現場を離れていても可能だった、と除いておきましょう。

続いて、土塔花音殺しです。この殺人については、論ずべき点が残っているのですが、それは後回しにして、まずはこの殺人がまるで計画的なものではなく、死体が三十五分間の合間に忽然と現れたように見えたのも、余震のせいで起きた事故だったと言っておきます。つまり、あなたは元日の十二時半から十三時五分の間、荒土館にいる必要はまるでなかったわけです」

「それでも二件、残っているだろう。それはどうする？」

三谷が鋭く言った。

僕も追従する。

「土塔雷蔵殺しと、土塔黄来殺し……この二つは、地上側にいては決して行えない犯行だ」

「確かに、そう見えるだろうね」葛城が言った。「飛鳥井さん、解けていますか？」

「ええ、大丈夫よ」

「さすがです。では、説明はお任せします」

飛鳥井が咳払いした。

「まず、土塔雷蔵殺しから行きましょうか。この事件は、中庭に足跡一つつけず、五メートルもの高さにある剣に雷蔵さんの死体を突き刺した、というもので、田所君の推理によって、回転する塔のベルトコンベヤーを使えば、雷蔵さんの死体をそこまで運搬出来るのではないか、と思われていた。

しかし、この地上に上がってきて、双眼鏡で南西の塔を観察したところ、ワイヤーによる傷が、斜めの角度で残っていた。つまり、田所君の推理は、原理こそ正しかったけど、実際に使われたものとはまるで異なっていたわけね」

「どういうことですか？」

「つまり、ワイヤーは南西の塔と、エレベーターを隠していた例のオブジェに結び付けられていた、ということよ」

「それって……」

「ええ。死体の運搬トリックには、二つの塔は使われていなかった。田所君は、水平なベルトコンベヤーをイメージしていたけど、実際には、ロープウェイと言った方が正しかったのよ【図⑤参照】」

僕は目を見開いた。

「信じられないだろうから、こっそり撮影していた写真を見せてあげよう」

葛城が気さくな調子で割り込んできて、スマートフォンに画像を映した。

それは、あのオブジェをアップで撮影したものだった。オブジェの上部に、傷がついていた。絵の描かれている部分が擦れ、かすれている。

「この傷は斜め下を向いている――荒土館の南西の塔の方にね」

「こんなものまで撮っていたなんて、抜け目なくて、嫌になるわね」

飛鳥井が鼻を鳴らした。

図5 雷蔵殺しの真相 ロープウェイのトリック

【図5-A】

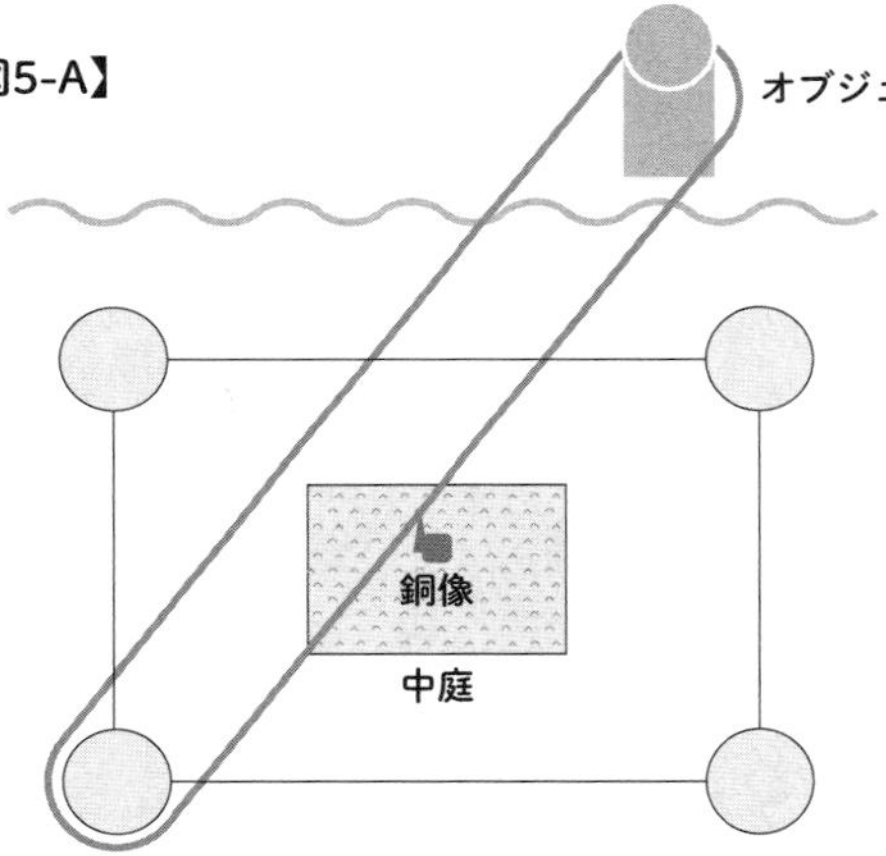

【図5-B】

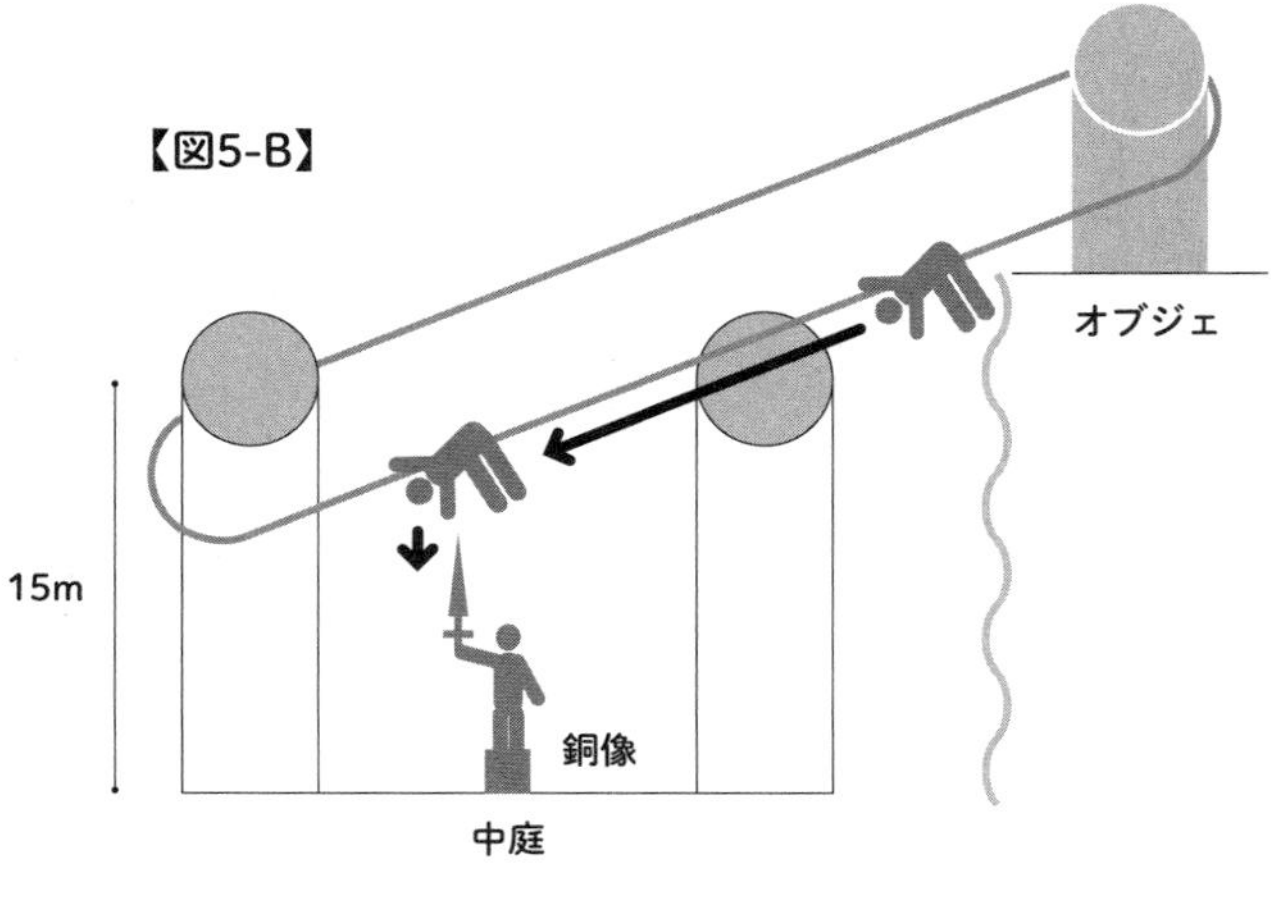

「実のところ、田所君のベルトコンベヤー説には、大きな欠陥があった」

「霧の件、ですか」

「違うわ。塔の直径を考えると、ワイヤー上で死体を運搬させた際、剣の直上を通らないのよ」

「あ……」

「でも、このオブジェは、ちょうど東西の塔の中心にある。ここと南西の塔にワイヤーを渡すと、ちょうど、剣の直上を通過することになるの」

「そういうことだったんですか……」

僕はぐうの音も出なかった。

「〈狐〉は雷蔵さんを絞殺した後、このロープウェイを使って、死体を地上から荒土館へ投下した。この時、『荒土館の殺人』通りに、中庭にまで落下させようとは思っていたでしょうけど、剣に刺さったのは完全に偶然だった。なぜなら、眼下の中庭は、霧に隠れて絶対に見えなかったはずだから」

偶然……あの、残酷すぎる惨状が？

「あなたは」葛城が割り込んできた。「土塔家に度々、執事を装って侵入していましたね？」

「待ってくれ」三谷が言った。「〈仮面の執事〉の正体は五十嵐さんだったんじゃ……」

「五十嵐さんは、『謎の執事がいる』という館の中の噂を利用して、執事の扮装をして目を暗ますことを思い付いた。しかし、その噂の元を辿れば、その正体は満島さんその人だったんじゃないかな。素性も知れない、ただただ有能な執事という触れ込みで、あなたはあそこで信頼を勝ち得ていた。元々、ここでの若女将業との二重生活を送っていたわけです。

　あそこの使用人たちは、仕事さえすれば、互いの素性は詮索《せんさく》し合うことはない。あなたは仕事が出来るので、むしろ信頼を得ていたほどだったでしょうね。雷蔵さんのアトリエに忍び込んで、雄山の原稿を盗むことが出来たくらいですから。

　一方、雷蔵さんはといえば、使用人の顔など一切気にしない。事件当日の大晦日、『エレベーターを使って助けにきた』と言えば、一も二もなく信じ、我が身可愛さに、金庫の中身と共に避難することを選んだでしょう」

「エレベーターで？」

　三谷が言った。葛城は頷く。

「そうだ。大晦日、十五時半の時点では土砂崩れの現場にいた満島さんが、その後、小笠原さんより先に一旦〈いおり庵〉に戻った後、人目を盗んで再度荒土館に戻り、車椅子に乗せた雷蔵さんを連れ出した……エレベーターの使用履歴は見ただろう？」

「ああ……」

　小笠原が言った。

　タイムテーブルと現場の状況に照らし合わせながら、エレベーターの使用履歴について整理すると、次のようになるだろう。

12月31日（事件の一日目）
15時47分　上↓下　満島が脱出のためカゴを下に下ろす。
15時49分　下↓上　満島がカゴに乗り込む。
15時53分　上↓下　満島、まだ余震等で落下し、壊れては困るのでカゴを下へ。
　この間に、満島は〈いおり庵〉へ移動する。
23時15分　下↓上　満島がカゴを上に移す。
23時18分　上↓下　満島、カゴに乗り込む。荒土館の中へ。
23時45分　下↓上　車椅子に乗せた雷蔵と一緒に上へ。
1月1日
0時19分　上↓下　雷蔵を殺害後、まずは車椅子を雷蔵の部屋に戻す。
0時30分　下↓上　満島、カゴに乗り込む。長壁町側へ脱出する。
0時35分　上↓下　満島、カゴを落とす。

僕がノートにまとめたものを見せると、葛城は満足そうに頷いた。
「その通り。雷蔵さんをワイヤーで移動させたのは、二十三時四十五分から零時十九分の間と考えてもいいけど、殺害だけして、死体をオブジェの隠し部屋の中に隠しておけば時間的余裕は出来るから、零時三十五分以降にゆっくり移動させたと考えても差し支えない」

葛城はそう言ってから、満島に向き直った。

「あなたは雷蔵殺しの後、カゴを吊っていたワイヤーを人為的に切断し、カゴを下に落とした。ワイヤーの断面をギザギザにして、事故で千切れたようにする工作も忘れなかった」

満島が首を振った。

「かなり強引な理屈で、塔の傷やオブジェの傷だって、たまたまそういう傷がついただけ……にしか私には思えませんが、まあ、いいでしょう。では、黄来さんという方の件はどうなんです？」

飛鳥井が、黄来という言葉に反応したのか、一瞬、頼りなげな表情を見せた。

「聞いたところによると、あなたはクレー射撃が得意だそうですね。役作りのためにやったのに覚えがよくて、トロフィーも獲得されたほどだと聞きました。クレー射撃の的は、直径十一センチで、的までの距離は平均で三十五メートル。もちろんこれは、射出された後の的を狙うわけだから、もっと遠い場合だってある。そして、人を狙うなら的はもっと大きい。あなたは、長距離狙撃を成功させたんですよ。荒土館の塔を見渡せる、あの東屋から【図⑥参照】」

図6　黄来殺しのトリック　長距離狙撃

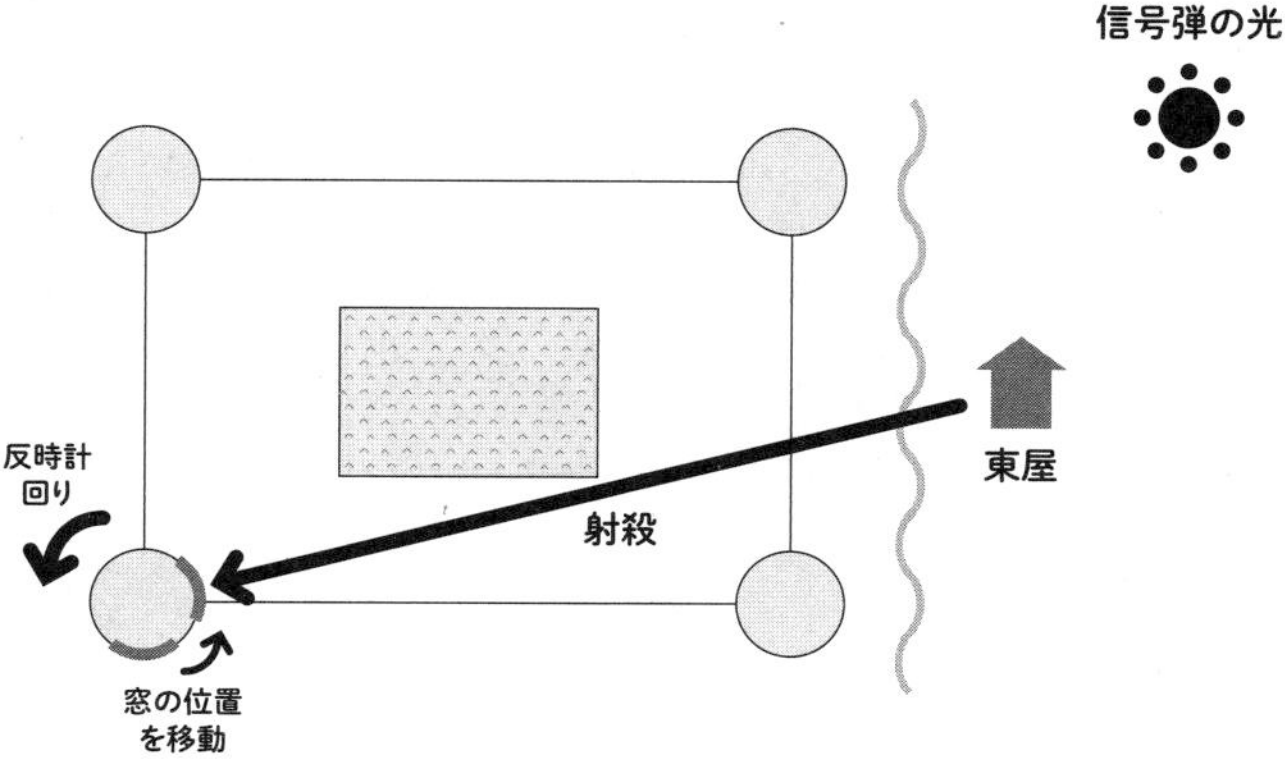

「東屋から……？」小笠原が怪訝そうに言った。「そりゃあ、あそこからなら塔が見えますし、距離はせいぜい七、八十メートルっていうところでしょうけど……」

「あなたは」葛城が言った。「元日に夜の散歩から帰ってきた時、カバンを肩から提げていましたね。あの中に、分解されたライフルが入っていたのではないでしょうか」

「ライフル……ですか」満島は冷静な声で言い返した。「しかし、そんなものを撃てば音がするのではありませんか？　そんな音が夜にしたなら、誰かが気付いていたのではないでしょうか」

「ええ、その点は疑いありません」

「だったら――」

「だからあなたは、銃声をかき消したんですよ。信号弾の音でね」

満島は言葉を切った。

飛鳥井の代わりに、今度は葛城が追及を始める。

「夜空に打ち上がった、赤い信号弾の光。僕ら〈いおり庵〉にいた人間には、荒土館から打ち上がった救難信号に見えましたが、実は違った。あなたが、東屋から空に打ち上げたものだったんです。あの信号弾はあなたにとって、大きく分けて三つの目的があった。

一つ目は、小笠原さんに対する合図です。これは約束したものですから、どこかのタイミングで打ち上げる必要があった。

二つ目は、信号弾の音によって、ライフルの発射音をかき消すことです。

三つ目は、信号弾の光によって、塔の中にいる黄来さんの目を惹き、窓際に立たせ、同時にその姿を光の中に浮かび上がらせることです」

「ああっ」

僕はポン、と手を鳴らした。

「黄来さんは、少し仰角に上を見上げた状態で、銃弾をまっすぐ受け止めていた。あれは、空に上がった信号弾を見ていたから、あんな姿勢になったのか」

葛城は深く頷いた。

「傍証もありますよ、満島さん。あなたは元日の夜、まだあなたを殺そうと企んでいた小笠原さんと、彼を監視していた僕の二人に尾行されながら東屋に向かったわけですが、あなたはわざわざ奥の椅子に座った。手前の椅子を避けて、ね。手前の椅子は、宿泊客の一人である壮太君がオレンジジュースをこぼしたことで、未だネチョネチョした感覚が残っていた。しかし、それは触って初めて分かるレベルで、見て分かるほどではなかった。あなたは、オレンジジュースがこぼされた後に、東屋を訪れていて、手前の椅子の状況をあらかじめ知っていたからこそ、あえて奥の椅子を選んだのです」

葛城は咳払いしてから、更に続けた。

「ついでに、もう一つの問題も解決しておこう。雪絵さんが描いていたという巨人の絵、ブロッケン現象によって、霧の中に浮かび上がった影の問題だ。

僕は田所君に、あれがブロッケン現象であることには同意するけど、一番大事なのは光源がなんだったかを推理することだ、と言った。つまりそれが——」

僕はハッとした。

「光源は信号弾だったのか、、、、、、、、、、、、のか！」

「その通り。もし、雪絵さんの絵が白黒のデッサン画ではなく、着色されていたら、赤みがついていてすぐに気付いただろうね。

田所君が見たという雪絵さんの絵が手掛かりになって、信号弾は東側、つまり東屋の方角に打ち上げられたと確信を抱いた。だからこそ、黄来さんは東側を見上げたはずで、そうであるなら、あの塔の窓は回転して東側に向いていたと確信した。こういった推理を繋ぎ合わせて、狙撃手は元日の夜、信号弾が打ち上がった瞬間に、東屋にいた——つまり、地上にいた何者かだと、確信を持ったんだ。恐らく、上に立っていた満島さんの影が『巨人』に見えたんだね。そうでないと、館の右翼側にいる雪絵さんが、塔の高さを超えるサイズの『巨人』を見るわけがない」

あの時点で、葛城はそこまで推理していたのか。僕は内心、舌を巻く思いだった。

「しかしあなたは」葛城が言った。「あの時点で、飛鳥井さんも部屋の中にいたとは想像するべくもなかった。なんなら、あの部屋にきちんと鍵がかかっているかどうかだって、確かめようがなかったはずです。

だからですよ。あなたに腹が立つのは。銅像の剣に雷蔵さんの体が突き刺さったのだって、花音さんの死体が忽然と現れたことであなたのアリバイが補強されたのだって、黄来さんの事件に飛鳥井さんというスケープゴートが生まれたのだって、結局のところ偶然だ。地震も偶発性の高い災害だが、こんなにも偶然に彩《いろど》られた事件を僕は知らない。偶然がこの事件をかき乱して、必要以上に劇的に見せ、不要な装飾を増やし、あなたはその中にまんまと隠れた。

ただあなたは偶然に助けられているだけではない。そのことは強調しておかなければならないでしょう。落石のため、予定より早く花音さんの死体が見つかったことによって、あなたは助けられたのと同じくらい、追い詰められている。あなたの体感では、僕ら探偵サイドより、自分の方がよっぽど、偶然に翻弄されたという意識が強いんでしょうね」

葛城は言葉を切ってから、ほとんど叩きつけるように言った。

「あなたは今まで僕が対峙してきた、天才的な犯人とは全然違います。そういう犯人には、偶然さえねじ伏せて、自分の計画に取り込んでやろうとする、圧倒的な膂力《りょりょく》があります。でもあなたは、むしろ凡才です。これは凡才の犯罪だったんですよ」

11

和室の中の空気がますます重苦しくなっていく。これで五つの殺人全てについて、地上側にいた人間でも犯行が可能だったと立証されてしまった。

しかし、満島蛍は口を開かない。

まだ抗戦する構えのようだった。

飛鳥井は、ふうっと息を吐いた。

「では次は、理屈で攻めましょうか」

「理屈？」

満島が眉を動かした。

「土塔花音さん殺しです。あの事件には、明瞭な手掛かりが埋め込まれていたんです。葛城君の言う、偶然に追い詰められた、という点は、まさしくこの点でしょうね」

飛鳥井が立ち上がって、部屋の中を歩き回り始めた。

「私にとって、花音のことは誤算だった」

彼女の口調が変わった。また〈狐〉の中に入り込んでいるのだ。

満島は不安げな目で飛鳥井を見た。小笠原や三谷も見慣れていないので、驚いた様子だった。

「エレベーターで雷蔵を上に運んだ後、首を絞めて殺した。ロープウェイで中庭に落とすのは後でやりましょう。雷蔵の体はあのオブジェの中、エレベーターの地上側出口の近くに隠し——私自身はもう一度降り、車椅子を荒土館に戻しにきた」

「あの、どうしたんですか、飛鳥井さん。『私』というのは……？」

「私はあなた。私は〈狐〉。私は殺戮者」

飛鳥井の目の中に、激しい炎が揺らめいている。

彼女の迫力にたじろいだのか、満島は気味わるそうな顔をして、黙り込んだ。

「雷蔵は人の顔なんて気にしないのに、花音は違った。彼女と玄関ホールですれ違った時、私の顔を一目見るなり、いつもはいない執事だと見抜いた。土砂崩れが起こっているのに、荒土館に降りてこられたことも怪しまれた。口を封じるしかない。私は咄嗟に自分の十徳ナイフを取り出し、花音を追いかけた。花音は離れに逃げた。私はそれを追った！花音と揉み合いになり、そして――」

葛城が、バン！　と手を打ち鳴らした。

「――殺した」

飛鳥井は目を瞑った。

「咄嗟のことだから、自分の持ち物を使ってしまった。これを現場に残しておくわけにはいかない。ナイフを抜かなければ。でも抜けない。おかしい。処分しなければいけないのに、花音がまるで『私を逃がさない』とでもいうように、死体がナイフを咥《くわ》えこんで離さない……」

あっ、と僕は気付いた。

「強直！」

「そうだ」葛城が言った。「花音さんの死体は筋肉の緊張により、強直を起こしていた可能性が高い。それはあの死体の独特のポーズから明らかだった。つまり、ナイフはあえて残されたわけではなく、やむを得ず、残さざるを得なかったんだ」

「私は焦った。ナイフを回収したいがそう出来ない。ひとまず、この死体をどこか人目につかないところに隠すしかない。そういえば、この離れは吊り天井方式で造られていると調べたことがある。脚立を持ってきて天井を持ち上げてみると、板がズレて、上に隠せそうだと分かった。私は死体をなんとか持ち上げて、天井の上に隠した。ナイフは後で取りに来よう。今は離れの床の血痕を綺麗にすることだ。ナイフが刺さりっぱなしだったから、幸い出血は少ない――」

満島の顔が次第に青ざめていった。

その表情は、自《おの》ずから、告白をしているように見えた。

飛鳥井の手法の怖さは、これだ。初めは、彼女がおかしくなったのではないかと、皆びっくりし、あるいは侮る。しかし、彼女がまるで見てきたかのように自分がしたことを見破り始めると、次第に恐ろしくなってくるのだ。そして、自然と顔に出してしまう……。

「これこそが犯人の条件です」

葛城が話を引き取った。

「岩城さんも言っていたことですが、強直性硬直が起こっていたとはいえ、死後硬直は三日から四日後には緩解します。そして岩城さんが教えてくれた所見によれば、胸の硬直まではゆうに緩解していた、という。

花音さんの死体は、余震によるアクシデントにより、元日には発見されてしまいましたが、離れの倒壊を恐れて誰も死体には近寄らず、ナイフも正確な特徴は誰も確認していなかった。逆に言えば、あの時荒土館にいた人間なら誰でも、胸の死後硬直が緩解した後に、ナイフを回収するチャンスがあったのです。もちろん離れ倒壊のリスクは常に負うことになりますが、あんなナイフを現場に残しておくよりはマシだ。すなわち」

僕は思い付いたことをそのまま口にした。

「荒土館にいなかった人間が、土塔花音さんを殺した犯人……」

葛城は深く頷いた。

「一の矢、ナイフの物語です。正直なところ、地上から見れば、荒土館はずっと霧の中にあり、下の様子までは見えなかった。落石による事故で元日には花音さんの死体が発見されていたと知って、一番驚いたのは満島さんでしょうね」

「……さあ」

満島は、何を言ったものか分からなくなっているのか、顔に脂汗を浮かべながら、すっかり無口になっていた。

「もう一つ、ダメ押ししましょうか。二の矢、地震の物語」

葛城は芝居がかった調子で言った。

「〈狐〉は一つ、小笠原さん相手に決定的な失言をしています」

「失言？」

当の小笠原が首を捻った。

「小笠原さんに会った直後のことです。『この土砂の山、何が起きたのかご存じありませんか』。〈狐〉はそう尋ねたそうですね」

「あ、ああ……」

「これは、あなたにも起こった現象の裏返しです。あなたは地震があった午後三時七分の時点で、オフロードを走行していたため、車が揺れ、震度5強の地震の揺れにも気付くことが出来なかった。そうでしたね？」

「そうだな。スマートフォンの通知を見て、ようやく知ったんだ」

「地震が起きた時間を知るには、自分で揺れを感じるか、情報を得るか。この二つに一つです。

〈狐〉はあなたに会った時点で、このいずれにも当てはまらなかったことになります。なぜでしょうか？

　これは、『一つ目の巨人』の怪から明らかです——あれは何かといえば、犯人が黄来さん殺しの射殺トリックのために、東屋の方角と窓の向きを合わせるべく、塔を回して実証実験をしていたところだったのでした」

「塔を回して……？　あっ」

　僕はハッと気付いた。実際に塔を回す実験をした時のこと。

「塔が回る時その中にいると、揺れを感じる」

「その通り。〈狐〉は、地震の揺れを、塔の揺れと勘違いした。だから地震があったことに気付かなかったんだ」

「しかし……それでは、実証実験をしていた人物、つまり犯人が、小笠原さんの話した〈狐〉だった、ということしか意味しないじゃないか。なんの証明にもなっていない」

「ところが、そうじゃない。地震の揺れを自分では感じておらず、小笠原さんにも教えてもらわなかった。ついでにダメ押しすれば、小笠原さんが大晦日の夕方に休憩室を訪れた時、満島さんはスマートフォンを充電しており、さらに電源ボタンを押して起動する様子だったそうです。つまり、スマートフォンの電池が切れていて、情報を得られなかった可能性が高い。

また、その足で急いで〈いおり庵〉に戻った彼女は、割れてしまった陶器を見て、もう一つ決定的な失言を重ねてしまう」

「ああっ」

小笠原が叫んだ。

「思い出した！　ロビーの陶器だな。満島さんは、『地震のせいで割れたものを、ずっと放置しているのはよくない』と言った。でも……」

「はい。ロビーにいた中年の男性は、かれこれ二時間近く放置されていると文句を言っていた。あの時は十六時半過ぎでしたから、ざっくり十四時半に割れたと考えると、十五時七分の地震の前には割れていたことになります。それもそのはずで、陶器は、壮太君がロビーでキャッチボールをしていたから割れたのです」

「そう、彼女には、地震があった、という知識だけが与えられていたが、正確な時間は知らなかった。それで、陶器が割れた原因を勘違いしていたんだ」

　これもまた、満島が地震という偶然に翻弄され、馬脚を現してしまった一例と言えた。よりにもよって、彼女が塔で実証実験をしていた時に地震が重ならなければ、こんなことにはならなかったのだ。

「だ、だが」小笠原が力強く頷いた。「俺に交換殺人を持ち掛けた狙いは、一体なんだったんだ？　デメリットしかないじゃないか。俺につきまとわれて、命を狙われるようになって……」

「それこそが彼女の目的だったのです」

　飛鳥井が喝破した。

「え？」

「自分を殺人の標的にすることで、あなたに自分の行動を逐一追わせた。そうすることによって、確かなアリバイを確保する」

「馬鹿な……」

「しかし、なかなかどうして合理的です。アリバイには、空間的なアリバイと、時間的なアリバイの二つがあります。東京で被害者が殺された時大阪《おおさか》にいた、というような事件では、空間の壁と時間の壁は重なり合っていますが、今回のような事件では違います。

　土砂崩れによって、あなたは空間的なアリバイを担保出来ます。荒土館の外にいれば、自動的に容疑圏内から外れることが出来るのです。しかし、時間的には違う。あなたは、地震が起こったことで、自分の時間的なアリバイを担保することがやりづらくなった」

「時間的なアリバイを……？　どういうことですか？」

「まず、決定的な事実が一つ生まれてしまっています。大晦日の十五時七分、あなたは確実に〈いおり庵〉にはいなかった。この時点で従業員たちは、『満島さんがいない』という事実を認識してしまう。

その後、従業員たちは、地震への対応に追われることになります。各々が自分の仕事に必死な状態です。そんな中では、何時何分に満島さんが宿に戻ってきたか、正確な記憶を残すのは難しくなる。

だから、小笠原さんが必要なのです。彼は自分の行動を逐一見張り、監視し、行動パターンを把握し、追跡してくれる。これほど有用なアリバイ証人がいるでしょうか？」

僕は目を瞠った。アリバイ証人を確保するためだけに計画された交換殺人——咄嗟にそんな計画を思い付いたなら、満島は、葛城に貶されているほど「凡人」だとは、僕には思えなかった。

「だからね、田所君」彼は悲しそうに笑った。「君は、僕が人の命を救った——と評価してくれたよね。だけど、本当は違ったんだよ。僕が助けなかったとしても、満島さんは自ら小笠原さんの悪事を暴き、自分の命を助けるつもりでいたんだ。結局、僕がやったのは、むしろ満島さんの計画を補強したに過ぎない。僕は、まんまと利用されたわけだ」

これか、と僕は納得する。これこそが、葛城が〈狐〉＝満島を嫌う理由なのだ。偶然に助けられた凡才であるにもかかわらず、自分もそのシナリオに乗ってしまったから。彼には名探偵としての絶対的な自負がある。だから、もっと早く気付けたはずだとかなんだとか、内心地団太を踏んでいるに違いない。

「もっとも、一月二日の段階では、僕もあなたに目を付けていたから、あなたが命を狙われているから監視をつけましょう——というのを建て前に、あなたの動きを封じることにしたわけですが……その時点で、直接手を下した三件の殺人は終了し、あなたの計画は九割方完成していたようですね。時既に遅し、でした」

葛城は慙愧《ざんき》に堪えないといった表情を浮かべた。しかし、地上側にいた彼には、圧倒的に情報が足りなかったのだ。そこまで彼が責を負う必要はないというのに。

僕は、ハッとする。

彼が作った、〈狐〉に関する三つの疑問リストのことだ。

『~~一、〈狐〉はなぜ、満島蛍を殺したかったのか？~~
一、〈狐〉はなぜ、満島蛍の名前を挙げたのか？』

葛城は最初に書いた文章を線で消し、書き直していた。僕は二つの文言は同じじゃないか、なぜ直したんだという意味のことを言ったが、今思い返すと全然違うではないか。〈狐〉が満島蛍の名前を挙げたのは、自分を監視して欲しいから、だ。直された文章では、明らかに、〈狐〉の正体が満島蛍であることが示唆されている。

　僕はこの疑問を投げ、葛城に「いつ気付いたのか」と尋ねた。

「もちろん、このリストを作った時点では、君たち荒土館組が救出される前だった。事件の様子は分かっていなかったし、今までこの部屋で述べたような推理を、その時点で全て持っていたわけではない。ただ、僕は元日の段階で、満島さんに目を付けていた」

「え？」

　満島がついに反応した。

「では、最後のダメ押しです。三の矢、割れたビンの物語」

「割れたビン……？」と小笠原は言った。

「小笠原さんの、第二の殺人計画。毒入りオレンジビールを満島さんに飲ませようとした仕掛けの時です」

　小笠原の顔がサッと赤らんだ。

「あの時の仕掛けは、我ながら随分お粗末《そまつ》だった。自分のアレルギーを利用して、自分が被害者だと装うことにしたのは、いいアイデアだと思っていたんだけど……」

「まあ、それだって結構ベタな手法ですけどね」

　小笠原は明らかにしょんぼりした。

「ともあれ、僕が注目したのは、この時の満島さんの行動です。僕は早い段階で小笠原さんの狙いには気付いていましたから、なんとしても満島さんの手からビンをはたき落とそうと、ゴルフボールまで用意して、すっ転んでたまたまもつれ合ってしまった、という状況を作ろうとしていたのです」

そう聞くと、葛城の甲斐甲斐しい努力が涙ぐましくなってくる。

「しかし、異変はその時起きました。

僕がまさに満島さんのビンに手をかけようとした時、僕がビンに触れるよりも早く、満島さんが自分からビンを手放したのです」

「ああっ」小笠原が目を丸くした。「あれは、見間違いじゃなかったのか……」

葛城が頷いた。

「僕はあの時、満島さんに名探偵であるというような自己紹介はしていません。毒入りオレンジビールの前に、一件、小笠原さんのプロバビリティーの犯罪計画を潰していますが、それも水面下で行われたので、満島さんは僕の推理能力を知らない。つまり、僕のことは、ただの大学生だと思っていたはずです。僕の意図など知る由もない。だからこそ――。

僕にはあの行動が、僕が転んだのを利用して、僕の転倒のせいにしてビンを故意に割ろうとした行為に見えました」

「なんじゃそりゃ」

三谷が首を傾げた。

「つまり、こういうことですよ――満島さん、あなたはあの時点で、小笠原さんの殺意をていたのです」

「そうか！」僕は言った。「あの時点ではもう、信号弾は打ち上がっている。満島さんは、小笠原さんがなんらかの動きを見せてくると予想しているはずだ。なのに、彼が差し出してきた飲み物を口に入れられるだろうか？」

「出来ない」葛城が言った。「だから、僕が転んだのを僥倖だと思って、僕のせいにして、ビンを怪しまれずに割ってしまおうと思った。だから、僕が触れるよりも早く手放したんです。

あなたは、小笠原さんが自分の命を狙ってくることを知っていた。なぜなら、あなたが〈狐〉だからです」

葛城は言葉を切ってから、両手を広げた。

「満島さん、何か反論はありますか？」

僕たちは固唾《かたず》を呑んで、彼女の答えを待った。

彼女は長いため息をついた。そのまま、ゆらり、と立ち上がる。

僕と三谷は、素早く片膝を立てた。やけになった彼女が飛鳥井と葛城に襲い掛かるのではないかと、身構えたのである。

彼女は、ゆっくりと口を開いた。

「私が、殺して差し上げましょうか」

小笠原が、ハッと息を吸い込んだ。

「あなたは……」

「土塔雷蔵を殺したいのですか」

満島の声は、柔和で、おっとりとした若女将のものではなくなっていた。冷たく、触れれば切れるような鋭く、魅惑的な声——。

満島は自嘲的に笑った。

「昔から、声だけは取り柄だったんですよ」

「じゃあ……あなたが……」

小笠原が震える指を満島に向けた。

彼女は頷いた。

「ええ。私が荒土館の方々、五人を殺した犯人です。あなた方の言葉を借りるなら……〈狐〉、と言うべきかしら」

僕はそう聞いてもなお、未だに信じられずにいた。

「どうして、こんな」

小笠原は無念そうに眉根を寄せながら、首を緩く振っていた。

「小笠原さん、あなたと同じだった、と言ったら、驚かれますか？」

「え……？」

「あなたが目の前に現れ、あ、な、た、が、私、と、全、く、同、じ、動、機、を、語、っ、た、と言ったら、驚きますか？」

小笠原は大きく目を見開き、愕然とした表情をした。

「なんですって……？」

「そうです……あなたが、私と同じだったからこそ、私は声だけで、あなたを信頼したんです。あなたなら、この状況もチャンスに変えてくれるかもしれない。同じ動機を持つあなたの思考なら、きっと私にも読めるはずだ。それなら上手くいくに違いない。

まあ、そんなのは私の思い上がりだったわけですけどね。始まってみれば、予定外のことに振り回され、それどころか、荒土館の中で計画が上手く進んでいるのか、気になって夜も眠れない始末……。おまけに葛城君のような名探偵まで現れて、小笠原さんの殺意から救ってくれた時には、頭の中は混乱の極みでした。目の前の葛城君に、どう対処していいのかも分からなかった」

彼女は首を振った。

「私は土塔雷蔵を憎み、その家を憎み、才能を憎みました。だから一人でも多く彼らを殺すことだけを考えていた。雷蔵を最初に殺した後は、ライフルで誰を殺すことになろうと、大時計のトラップで誰を殺すことになろうと、それが土塔の人間であるならば誰でもよかった。だから、あなたたちのように無関係な子たちがいたと後から聞いて、青ざめたわ……」

僕はゾッとした。考えてみれば明らかではないか。信号弾の一瞬の光で狙いをつけて撃ち、または殺人装置の罠に任せる。誰がそのトリックにかかって死ぬかは、彼女自身にも分からない。

だが、土塔家の人間が死ぬなら、誰がどういう順番で死んでも構わなかったのだ。

だから、『荒土館の殺人』の原稿の内容と、現実の事件とがリンクしなかった。黄来が塔で撃たれた時、そこに飛鳥井がいるとは彼女は知る由もなかった。

葛城の怒りの理由が分かった。

こんな犯人がいてたまるものか――。

「そして霧が晴れてみれば、広がっていたのは予想以上の惨状でした。特に、花音さんの死体があんな形で発見されていたのには、驚きました。ナイフを回収出来なくなった時点で、私は覚悟を決めました。いずれ警察は私のもとに辿り着くだろう、と。まさか……こんなにも早く、見抜かれるとは思ってもいなかったけれど」

「あの時」小笠原は言った。「満島蛍のことが嫌いだ、だから殺してくれ、と言ったのは?」

「まさに本心です。自分のことが嫌いで仕方がない……殺されるなら、あなたの手にかかって死ぬのもいいと思った。もちろん、自分のアリバイを担保する、っていう、葛城さんと飛鳥井さんが推理した通りの打算も私にはあったし、毒薬入りのビンを故意に落とした時には、死にたくないという思いが勝ってしまった。結局、何一つ自分で決められなかったんです、私は。小笠原さんと出会った瞬間から、心を乱されていました」

不意に、嫌な予感がした。

彼女の説明には、何か重要な要素が欠落している。

小笠原が信じられないというように小刻みに首を振った。

「満島さんが、俺と同じ動機を持っていた……でも、それじゃ説明は半分じゃないですか。土塔家の人間を恨んでいる、というだけでは足りません。俺は、自分の母と失われた半身のために復讐するつもりだったと、自分の身の上を語って……」

小笠原が口を半開きにしたまま固まった。そのまま魂が抜けてしまったのではないかと思った。

「そうよ、小笠原さん——私が、あなたの言葉を聞いた時、どれほどの運命を感じたか、分かりますか?」

「嘘だ……」

「嘘じゃありませんよ」

満島が顔を上げた。その目には、涙が浮かんでいた。

「生きているうちに、会えるなんて思わなかった。私の兄さん——」

12

座の面々に衝撃が走った。

小笠原と満島が兄妹?

特に、小笠原は完全に放心してしまっている。

だが、僕の頭の中で、パズルのピースが嵌《は》まっていく。小笠原が語った話の始めには、彼の身の上話があった。彼は、『お前のような平凡な女が産む子を、俺の子と認めるわけにはいかない』と雷蔵に突っぱねられ、認知を受けられなかった子供だ。つまり雷蔵と血の繋がりがあるのに、望むべき人生を手に入れられなかった。それが、雷蔵を殺したい動機だ、と彼は口にしていた。

そして、小笠原の母親は、双子を産んだのではなかったか？

「二卵性双生児だった、ってことか」

知らず知らずのうちに呟く。

双子でありながら男女のきょうだいであるなら、二卵性と考えるしかない。顔立ちが違うのも、二卵性だからだ。

それにしても、どれほどの偶然なのだろう？

四十数年前に生き別れた兄妹が、土砂崩れで寸断された現場で奇蹟の再会を果たす。それも、互いの顔も知らないままに。

偶然に彩られた事件、偶発性の犯罪——。

「どれほど心強かったか分かる、兄さん？」

満島が言った。素性を明かしたことによってか、口調も砕けたものになっていた。それが心理状態に作用してか、彼女の言葉一つ一つが、重たく体にまとわりついてくるように感じる。

小笠原の顔は蒼白《そうはく》になっていた。

兄と呼びかけられている小笠原には、なおさらそう感じるだろう。

「どうして私が、十五時七分、あの地震の時点まで、塔の操作の実験をしていたか……それも分かる？　自分の計画に惚《ほ》れ惚《ぼ》れとしながらも、実行に移すことをためらっていたからよ。そもそも、私は自分の頭脳に自信がなかった。トリックの根本原理は全てミステリー作家の借り物で、自分で考えたことは一つもない。自分にはやり遂げられないのではないか。そんな不安を、あの時点までは抱えていたの」

それが、と彼女は続けた。

「兄さんが現れた瞬間、全て晴れ渡った。だって、兄さんも同じことを考えて、雷蔵を、土塔一家を殺そうとしていたんですもの。この世で最も信頼出来る人が、私の考えは正しいと後押ししてくれた――」

「違う。俺はそんなことしていない。俺は土塔雷蔵の死しか望んでいなかった。こんなことは――」

小笠原が振り向いて、立っていた葛城の足元に縋りついた。

「なあ、話が違う……話が違うじゃないか、葛城君。五人も死んだのは俺のせいじゃないと、それを証明するために君がいるんじゃなかったのか？　俺を解き放ってくれるんじゃなかったのか？　これじゃあ、これじゃあまるで――」

俺のせいじゃないか。

彼はそう、はっきりと口に出した。妹の前で。

葛城の顔は真剣そのもので、微動だにせず、満島を見つめている。だが、彼の額にも脂汗が滲んでいた。

その表情を見て、僕にはハッキリと分かった。

こんな偶然、葛城にも推理出来なかったのだ。

犯人が組み込もうとし、あるいは組み込めず翻弄され、馬脚を現す要因にもなった偶然、災害まで含めてその綾《あや》を全て見抜いた葛城でさえも――本物の大いなる偶然だけは、見抜くことが出来ない。

話が違う。それはそうなのだ。

神の他に神はない。

だから葛城輝義は、全知でも全能でもない。

思えば彼は、動機が分からないと何度も口にしていた。当然だ、こんな偶然、分かるわけがない。

「目を逸らさないでください」

葛城はそれでも、口を開いた。

「これが、この事件の結末です。あなたが直面するべき真実です」

「嫌だ」

嫌だ厭だイヤだいやだ――

小笠原が駄々っ子のように繰り返した。

「ねえ兄さん、どうしてそんなことを言うの」

満島が顔を歪めた。泣き笑いのような表情。裏切られた、と体全体で憎しみを表現しているかのようだった。

「私は兄さんのために――」

「こんなこと、俺は望んでいない」

小笠原はほとんど叫ぶように言った。

「みっともないですよ、小笠原さん!」気の強い三谷は、それでも果敢に言った。「受け止めてください。そうでないと、あまりに、満島さんが、妹さんが救われない」

葛城は下唇を強く噛んでいた。

成り行きを見守ることしか出来ない、とでも言いたげな表情だ。

僕は目の前が真っ暗になったような気がした。

葛城はあの事件以来、名探偵としての自信をつけ、自分の生き方に迷いがなくなったように見えた。それなのに、またこんなところで折れてしまうのか? こんな、全てを壊すようなめちゃくちゃな偶然で、全てがご破算になるというのか?

「兄さんは褒めてくれると思っていたのに」

満島蛍は、まるで五歳の少女のように、拗ねた口調で言った。

彼女は和服の袂《たもと》からカッターナイフを取り出し、首筋に当てた。

「復讐も果たした。兄さんにも捨てられた。もうこの世に未練はないわ」

さようなら、と彼女が口にした瞬間、目を瞑った。

……何の音もしない。

恐る恐る目を開くと、満島の前に誰かが立っていた。

飛鳥井だった。

飛鳥井は満島が頸動脈《けいどうみゃく》に当てていたカッターナイフの刃を素手で握りしめ、フーッ、フーッ、と荒い息を吐いていた。

「飛鳥井さん！」

彼女は呼びかけに反応しない。

「な、なんなのあなた。まだ言い足りないことがあるの」

「私は彼のために死ぬ必要はない」

飛鳥井は、「役」に入っていた。

「私は育ての親たちがいなくなっても、一人で強く生きてきた。私は強い。たまたま目の前に兄貴が現れたから、頼ってみたくなっただけ。こんなのはどうってことない。こんな男のために、死ぬ必要はない」

飛鳥井は、カッターナイフを握っていない方の手で、力強く、満島の体を抱きしめた。

「私はこんなところで死ぬ必要はない」

「あなたおかしいわ。どうして私を止めようとするの？　私は、あなたの婚約者を殺したのよ？」

「そうね、おかしいかもしれない」

「あなたの大切な人を、私は奪ったの。許せないでしょう？」

「許すよ」

飛鳥井はあっけらかんと言った。

「許す。私はあなただから」

満島の目に、人間らしい、温かい光が戻った。それと同時に、彼女はカッターナイフを手放した。満島はその場にへたり込んで、虚脱したように座り込んだ。

飛鳥井は、憑《つ》き物《もの》が落ちたようにさっぱりした顔をして、ずっと天井を見上げていた。

「これでよかったのよね、美登里……黄来さん……」

飛鳥井はぽつりと呟いた。

彼女はかつて、同一化まで果たして追い込んだ犯人を殺した。私を殺したのだ。それが彼女の翳になっていた。ようやく、その事実に思い至る。

しかし、今日は違う。

彼女は私を許した。

理由はどうあれ。過去の傷はどうあれ。許したのだ。
憑き物が取れたように見えるのは、何も満島蛍だけではなかった。
飛鳥井の顔からも、険相が取れ、彼女は今、静かに瞑目《めいもく》していた。
彼女の『引退試合』は、今まさに、終わったのだ。

エピローグ

満島蛍は、あの後警察の手に引き渡された。五人も殺したことで極刑は免れないだろうが、岩城たちに連れられていく彼女の表情は、さっきまでの悪鬼のような面相が取れていた。飛鳥井の言葉が、最後に彼女を現実に引き戻してくれたに違いない。

彼女はこれから、自分の行いを悔いる時間を、過ごすことになるのだろう。

飛鳥井光流が、体を張って守った時間を。

その後もしばらく、事態の収束のために、僕たちは〈いおり庵〉に留まっていた。

土塔家での死や、世界的アーティストの死への痛みを受け止めて、少しずつ、何事もなかったかのように動き出す町を見ていた。道路や鉄道の復旧で、孤立状態は解消され、血液が血管を流れるように、少しずつ町は色を取り戻していった。

でも、何事もなかったように見えるだけだ。どんな関わりであれ、地震と土塔家に関わったものは、多かれ少なかれ、傷付いている。それでも、前に進もうとしている。

特に、若女将が連続殺人犯だと分かった時の、〈いおり庵〉の空気は重かった。この地震の時にも踏ん張って、一夜の宿を提供してきた従業員たちのプライドは傷付けられた。

僕が話を聞いた人たちはみんな、満島蛍が犯人だと今でも信じられないと言った。

東京に帰る前日、僕ら三人——飛鳥井と葛城と僕——は東屋から荒土館を見下ろしていた。

「犯罪者だからって、一人ぼっちで死んでいいとは思わない」飛鳥井は毅然とそう語った。「犯罪者とシンクロする、こんなしんどい手法に取り憑かれたせいかな。五人の被害者にも、残された月代さんにも、自分の力が足りなかったって、申し訳ない気持ちでいっぱいだけど、あの時は、自分が出来ることをしたかった」

今後、〈いおり庵〉はどうしていくのか、僕は複数の従業員に聞いた。

——守っていきたいです。若女将が守ってくれた、大切な場所ですから。

みんな、明日はどうなるか分からない。でも、満島蛍は一人ではない。

彼女のいた証が、人々と共に残っていくからだ。

土塔家の功績も、同じように残っていく。

いつの日か、月代も立ち直ってくれると信じたい。

「立派でしたよ」葛城が拗ねたように言った。「僕はと言えば、予想外の事態に面食らって、何一つ出来なかったんですから。全く、自信をなくすなあ」

「僕はこんなことでは迷わない。僕は真実の味方であって、依頼人の小笠原の気持ちを慮《おもんぱか》る必要だって本当はない。僕は何が起ころうとも、謎を解くことしか出来ない」

葛城が面食らっていると、飛鳥井はフフッと笑った。

「君はもう、自信をなくしたようなふりをして、人の気を引くのをやめた方がいいね。いや、本当に自信をなくしたような気分になっているんだろうけど、君の根っこの部分には、揺るぎない、化け物みたいな自信がある。それを口ではウダウダと言うから、君はモテない」

「モテるかどうかは、この際関係なくないですか？」

葛城が明らかにムッとした表情で言った。

「ただ」葛城は頬杖《ほおづえ》をついた。「ちょっと考えてしまうだけです。例えば、僕が本当に神の如《ごと》き推理力の持ち主で、小笠原さんと満島さんが兄妹だと見抜けていたとして——この事件を解決し、幕を引く采配《さいはい》が、僕に出来ただろうか、とか」

「君には無理だったかもね」

「無理だったでしょうね」

葛城はあっさり認めた。その表情には、どこかさっぱりしたものがある。かつての彼なら、飛鳥井相手には絶対認めなかっただろう。

「満島蛍が自殺するのを止めた——と言ったら、月代さんからは恨まれるのかしらね」

飛鳥井の手にはまだ包帯が巻かれている。カッターナイフを握った時の傷。名誉の負傷だ。

飛鳥井は、満島を見た瞬間、真相に辿り着き、その場ですぐに糾弾を始めてしまったため、誰よりも真相を知りたがっていたであろう、月代と五十嵐には、あとから葛城が、丁寧に事件の全容を伝えていた。

「そういう考え方もあるかもしれませんが」葛城は言った。「あそこで飛鳥井さんが止めなかったら、僕らにはずっと嫌なものが残り続けたでしょうし、何より、小笠原さんの心には一生、消えない傷が残ったでしょう。彼はさっき宿で、満島蛍さんに送る手紙を書いていましたよ。気持ちが落ち着いたら、面会にも行って、話をしたいと言っていました」

僕もその光景を見ていた。便箋に文字をしたためては、紙をまるめて捨て、また書き直し、必死に言葉を絞り出そうとしていた。

小笠原の言葉を思い出す。

——取り乱して、妹を突き放すようなことを言ってしまった。葛城君、君にも。

——たった一人の肉親と再会して、すぐにこんな事態になるなんて思ってもみなかったが、せめて俺だけは最後まで、彼女の家族でいたいと思っている。

——飛鳥井さんにも、『こんな男』なんて言われてしまったしね。あれは、結構堪えているんだ。

「それは」飛鳥井に小笠原の言葉を伝えると、申し訳なさそうに顔をしかめた。「悪いと思っているけれど」

葛城は荒土館の方角を見ながら、ため息をついた。

「神様にでもなった気分だ」

「え？」

僕が聞き返すと、彼は僕に向き直った。

「そう思わないか？　この地上から、眼下の荒土館を見下ろしていると。あそこに人間がいるとはとても思えなくなってくる」

すっかり霧も晴れ、その全容をあらわした荒土館を、僕は見つめた。葛城の言葉が分かってくる。酷く現実離れした光景であるがゆえに、余計にそう感じるのかもしれない。僕は、ノートに図を描きながら、二つの塔の回転を推理した時のことを思い出す。あの俯瞰《ふかん》図。天上の視点、天上の論理。財田雄山が著した『荒土館の殺人』も、同じ論理で書かれていたのだろう。あの男にはそういうところがあった。そういう論理に魅入られて、満島蛍は、まるで紙の上の人形を殺すように、五人もの人間の命を奪ったのではないか。

もし、飛鳥井の手紙で彼女が推理していた通り、落日館の悲劇も、雄山が飛鳥井と〈爪〉を引き合わせたことにより起きたものだとすれば——これもまた、財田雄山の仕業で起こった事件といえるのかもしれない。

「ところで」飛鳥井が言った。「あの『荒土館の殺人』の結末部分は、見つかったの？」

「雷蔵さんを殺害した時に、金庫からオリジナルも奪い、そちらは処分してしまったそうです」

「そう。だったら、現存しているのは、彼女がコピーしたものだけ、ってわけ」

「はい。あの原稿の完成版は、見つからずじまいです。かつてのファンとしては、少しだけ残念な気もしますが」

飛鳥井は笑った。

「飛鳥井さん」

葛城が改まった口調で言った。

「どうしたの」

「僕はあなたに、自分が名探偵ではないことを認めてくれと言いましたが、あなたはやっぱり、名探偵ですよ」

飛鳥井はじっと言葉の続きを待っているようだった。

「名探偵はヒーローでなくてはいけない。ヒーローは、目の前で泣いている人間を放っておかない。たとえ、それが犯人でもね」

「言っておくけど」飛鳥井は笑った。「そんなつまらないものに、もう戻るつもりはないから」

彼女はあっけらかんと言った。葛城の言葉が彼女を解き放ったのは、どうも本当のことのようだ。

「もしかして口説いているつもりなの?」

葛城が目を丸くした。

「まさか」

「そういう意味じゃなくて、これからも一緒に探偵活動を続けたいのかと思ったの」

「ああ、そういう意味なら」

「だったら、それもお断り。だって君、味方相手にも、やっぱり意地が悪かったし優しくなかったでしょう。『手を貸す』とかなんとか言っておきながら、美味《おい》しいところはいつも持っていくし。あと、あの疑問リストを作った段階で満島さんに目を付けていたなら、せめてもっと早く、私と彼女が出会う機会を作ってくれるべきだったし――」

飛鳥井がくどくど言い始めると、葛城の顔がどんどん曇っていき、助けを求めるように僕を見た。僕は思わず笑い、せいぜいお灸《きゅう》を据えてもらうといいと、あえて顔を逸らした。

眼下にある荒土館は、太陽の光を浴びていた。

その姿が一瞬、落日館に重なる。

飛鳥井たちに視線を戻すと、彼らは未だ言い争っているが、ギスギスした雰囲気ではない。言い合い自体を楽しんでいるような、温かい気配だった。

僕らはようやく、あの日の落日館から帰ってこられたのだ。

冬のほのかな光の中で、不意に、そう思った。

あとがき

はじめまして。あるいはお久しぶりです。阿津川辰海です。

このシリーズ〈館四重奏〉（と、いいます）は、クローズド・サークルと化した館を、「地水火風」の四元素になぞらえて形成するシリーズです。こうした構成の物語にしようと思ったのは、災害の中でも力強く立ち上がる人間たちの姿を、名探偵に仮託して書いてみたいと思ったからです。第一作『紅蓮館の殺人』は山火事、第二作『蒼海館の殺人』では水害を扱い、多くの資料を取り寄せ、どうにか咀嚼し、書いてきました。

また「地水火風」とは別に「春夏秋冬」の設定も用意し、『紅蓮館』は火と夏。『蒼海館』は水と秋。『黄土館の殺人』の今回は、地と冬にテーマを決め、二〇二一年の十二月にはプロットを作成。以来、二〇二三年四月までに第一稿を執筆しました。

令和六年一月一日、まさにこの作品の再校ゲラを進めている際、緊急地震速報を聞きました。それ以降、次々に報道される甚大な被害。日本を舞台に、地震をテーマとした本格ミステリーを書く以上、覚悟していたことではありますが、現実はその比ではありませんでした。

令和六年能登半島地震で被災された皆様に心よりお見舞い申し上げます。被災された皆様に、一日も早く日常が戻ってくることを、強く、願っております。微力ではありますが、寄付をさせていただきました。

出版社、担当編集者とも話し、出版を延期、あるいは中止することも考えました。作品の舞台と現実とは大きく違います。ただ、被災された方がご自分の体験を思い出さないとは言い切れず、ゲラの束がずっしりと重く感じられました。

最終的に、担当編集者の「災害という題材への扱いは真摯である」という言葉を受け、このシリーズを心待ちにしてくださった方々のことを思って、刊行することとなりました。この本が、大変な幕開けとなったこの一年の、ひとときの休息となることを願います。重ねて、令和六年能登半島地震で被災された皆様に心よりお見舞い申し上げます。

令和六年一月十日

この作品は、書き下ろしです。

〈著者紹介〉

阿津川辰海（あつかわ・たつみ）

1994年東京都生まれ。東京大学卒。2017年、新人発掘プロジェクト「カッパ・ツー」により『名探偵は嘘をつかない』（光文社）でデビュー。以後、『星詠師の記憶』（光文社）、『紅蓮館の殺人』（講談社タイガ）、『透明人間は密室に潜む』（光文社）などを発表、それぞれがミステリ・ランキングの上位を席巻。'20年代の若手最注目ミステリ作家。

黄《こう》土《ど》館《かん》の殺《さつ》人《じん》

2024年2月15日　第1刷発行　　定価はカバーに表示してあります

著者……………………………阿《あ》津《つ》川《かわ》辰《たつ》海《み》

発行者……………………………森田浩章
発行所……………………………株式会社 講談社
〒112-8001 東京都文京区音羽2-12-21
編集03-5395-3510
販売03-5395-5817
業務03-5395-3615

本文データ制作……………講談社デジタル製作
印刷……………………………株式会社広済堂ネクスト
製本……………………………加藤製本株式会社
カバー印刷…………………株式会社新藤慶昌堂
装丁フォーマット…………ムシカゴグラフィクス
本文フォーマット…………next door design

ISBN978-4-06-534728-7　N.D.C.913　612p　15cm

講談社
タイガ

阿津川辰海

紅蓮館の殺人

イラスト
緒賀岳志

山中に隠棲《いんせい》した文豪に会うため、高校の合宿をぬけ出した僕と友人の葛城《かつらぎ》は、落雷による山火事に遭遇。救助を待つうち、館に住むつばさと仲良くなる。だが翌朝、吊《つ》り天井で圧死した彼女が発見された。これは事故か、殺人か。葛城は真相を推理しようとするが、住人と他の避難者は脱出を優先するべきだと語り――。

タイムリミットは35時間。生存と真実、選ぶべきはどっちだ。

講談社タイガ

阿津川辰海

蒼海館の殺人

イラスト

緒賀岳志

学校に来なくなった「名探偵」の葛城《かつらぎ》に会うため、僕はY村の青《あお》海館《みかん》を訪れた。政治家の父と学者の母、弁護士にモデル。名士ばかりの葛城の家族に明るく歓待され夜を迎えるが、激しい雨が降り続くなか、連続殺人の幕が上がる。刻々とせまる洪水、増える死体、過去に囚われたままの名探偵、それでも——夜は明ける。

新鋭の最高到達地点はここに、精美《せいび》にして極上の本格ミステリ。

講談社タイガ

アンデッドガールシリーズ

青崎有吾

アンデッドガール・マーダーファルス　1

イラスト
大暮維人

吸血鬼に人造人間、怪盗・人狼・切り裂き魔、そして名探偵。異形が蠢《うごめ》く十九世紀末のヨーロッパで、人類親和派の吸血鬼が、銀の杭《くい》に貫かれ惨殺された……!? 解決のために呼ばれたのは、人が忌避する〝怪物事件〟専門の探偵・輪堂《りんどう》鴉夜《あや》と、奇妙な鳥籠を持つ男・真打《しんうち》津軽《つがる》。彼らは残された手がかりや怪物故《ゆえ》の特性から、推理を導き出す。謎に満ちた悪夢のような笑劇《ファルス》……ここに開幕！

講談社
タイガ

アンデッドガールシリーズ

青崎有吾

アンデッドガール・マーダーファルス　2

イラスト
大暮維人

1899年、ロンドンは大ニュースに沸いていた。怪盗アルセーヌ・ルパンが、フォッグ邸のダイヤを狙《ねら》うという予告状を出したのだ。

警備を依頼されたのは怪物専門の探偵〝鳥籠使い〟一行と、世界一の探偵シャーロック・ホームズ！　さらにはロイズ保険機構のエージェントに、鴉夜《あや》たちが追う〝教授〟一派も動きだし……？　探偵・怪盗・怪物だらけの宝石争奪戦を制し、最後に笑うのは!?

講談社
タイガ

アンデッドガールシリーズ

青崎有吾

アンデッドガール・マーダーファルス　3

イラスト
大暮維人

闇夜に少女が連れ去られ、次々と喰い殺された。ダイヤの導きに従いドイツへ向かった鴉夜《あや》たちが遭遇したのは、人には成しえぬ怪事件。その村の崖下《がいか》には人狼の里が隠れているという伝説があった。〝夜宴《バンケット》〟と〝ロイズ〟も介入し混乱深まる中、捜査を進める探偵たち。やがて到達した人狼村で怪物たちがぶつかり合い、輪堂《りんどう》鴉夜の謎解きが始まる——謎と冒険が入り乱れる笑劇《ファルス》、第三弾！

講談社
タイガ

アンデッドガールシリーズ

青崎有吾

アンデッドガール・マーダーファルス　4

イラスト
大暮維人

平安時代。とある陰陽師に拾われた鴉夜《あや》という平凡な少女は、いかにして不死となったのか。日本各地で怪物を狩る、真打《しんうち》津軽《つがる》と同僚たち《鬼殺し》の活動記録。山奥の屋敷で主に仕える、馳井《はせい》静句《しずく》の秘めた想い。あの偉人から依頼された《鳥籠使い》最初の事件。北欧で起きた白熱の法廷劇「人魚裁判」——探偵たちの過去が明かされ、物語のピースが埋まる。全五編収録の短編集。

講談社
タイガ

京極夏彦

今昔百鬼拾遺　鬼

「先祖代代、片倉家の女は殺される定めだとか。しかも、斬り殺されるんだと云う話でした」昭和29年3月、駒澤野球場周辺で発生した連続通り魔・「昭和の辻斬り事件」。七人目の被害者・片倉ハル子は自らの死を予見するような発言をしていた。ハル子の友人・呉美由紀から相談を受けた「稀譚月報」記者・中禅寺敦子は、怪異と見える事件に不審を覚え解明に乗り出す。百鬼夜行シリーズ最新作。

講談社
タイガ

怪盗フェレスシリーズ

北山猛邦

先生、大事なものが盗まれました

イラスト
uki

愛や勇気など、形のないものまで盗む伝説の怪盗・フェレス。その怪盗が、凪島《なぎのしま》のアートギャラリーに犯行後カードを残した！灯台守《とうだいもり》高校に入学した雪子《ゆきこ》は、探偵高校と怪盗高校の幼馴染みとともに調査に乗り出す。だが盗まれたものは見つからず、事件の背後に暗躍する教師の影が。「誰が？《Who?》」ではなく「どうやって？《How?》」でもなく「何が盗まれたのか？《What?》」を描く、傑作本格ミステリ誕生！

講談社
タイガ

斜線堂有紀

詐欺師は天使の顔をして

イラスト
Octo

一世を風靡《ふうび》したカリスマ霊能力者・子規冴昼《しきさえひる》が失踪《しっそう》して三年。ともに霊能力詐欺《さぎ》を働いた要《かなめ》に突然連絡が入る。冴昼はなぜか超能力者しかいない街にいて、殺人の罪を着せられているというのだ。容疑は〝非能力者にしか動機がない〟殺人。「頑張って無実を証明しないと、大事な俺が死んじゃうよ」彼はそう笑った。冴昼の麗《うるわ》しい笑顔に苛立ちを覚えつつ、要は調査に乗り出すが——。